근대 기행 담론 자료 3

1920~1930년대 기행문의 변화 2

: 『동광』(1920년대 후반기)

이 자료집은 2014년 정부(교육부)의 재원으로 한국연구재단의 지원을 받아 수행된 연구임 (NRF-2014S1A6A4026474)

엮은이 김경남

건국대학교를 졸업하고 동 대학원에서 문학박사학위를 받았다. 현재 대학에서 글쓰기 강의를 하고 있으며, 글쓰기 이론에 관심이 많다. 「일제 강점기의 작문론과 기행문 쓰기의 발달 과정」, 「1910년대 기행 담론과 기행문의 성격」 등 다수의 논문이 있으며, 『일제강점기 글쓰기론 자료』(도서출판 경진) 등을 엮어 냈다. 그 밖에 한·중 지식 교류에 관한 연구를 활발히 진행중이다.

근대 기행 담론 자료 3

1920~1930년대 기행문의 변화 2
: 『동광』(1920년대 후반기)

© 김경남, 2017

1판 1쇄 인쇄__2017년 12월 05일
1판 1쇄 발행__2017년 12월 10일

엮은이__김경남
펴낸이__양정섭

펴낸곳__도서출판 경진
　　　　등록__제2010-000004호
　　　　블로그__http://kyungjinmunhwa.tistory.com
　　　　이메일__mykorea01@naver.com

공급처__(주)글로벌콘텐츠출판그룹
　　　　대표__홍정표　편집디자인__김미미 노경민
　　　　주소__서울특별시 강동구 천중로 196 정일빌딩 401호
　　　　전화__02) 488-3280　팩스__02) 488-3281
　　　　홈페이지__http://www.gcbook.co.kr

값 22,500원

ISBN 978-89-5996-556-4 94800
ISBN 978-89-5996-553-3 94800(세트)

근대 기행 담론 자료 3

1920~1930년대 기행문의 변화 2
: 『동광』(1920년대 후반기)

김경남 엮음

경진출판

사전적인 의미에서 기행문은 "여행하면서 보고, 듣고, 느끼고, 겪은 것을 적은 글"을 의미한다. 『표준국어대사전』에서는 기행문의 의미를 풀이하면서, "대체로 일기체, 편지 형식, 수필, 보고 형식 따위로 쓴다." 라고 덧붙였다. 이는 기행문이 '기행', 곧 '여행'과 밀접한 관련이 있음을 의미하며, 기행의 체험이 여행이 이루어지는 시간과 장소와 불가분의 관계를 맺고 있음을 의미한다.

　전통적으로 여행의 체험을 기록한 글은 '기(記)'라는 제목을 달고 있는 경우가 많다. 중국 당나라 현장법사의 '대당서역기(大唐西域記)', 연암 박지원의 '열하일기(熱河日記)' 등은 '기' 또는 '일기'라는 명칭의 대표적인 기행문이다. 전통적인 글쓰기에서 여행 체험과 관련된 글은 서사를 위주로 하는 '기(記)'의 형식으로 기록되었으며, 오늘날과 같이 '기행문(紀行文)'이라는 문체가 존재한 것은 아니었다. '기행문'이라는 용어가 언제부터 사용되었는지를 확증할 수는 없으나, 1909년 9월 『소년』 제2권 제8호에 발표된 최남선의 '교남홍조(嶠南鴻爪)'에서는 "以下 記錄 하난 바는 往返 三十二日 동안 보고 드른 것을 소의 춤갓치 질질 흘녀 논 것이라 쓸ㅅ대 업시 冗長한 紀行文의 上乘일지니라."라고 하여, '기행문'이라는 용어를 사용하고 있음을 확인할 수 있다.

　이처럼 전근대적 문장 체제론에서는 등장하지 않던 '기행문'이 『소년』 발행 이후 본격화된 것은, 근대 이후 여행 체험을 바탕으로 한 글쓰기에서도 문장의 형식이나 내용 면에서 큰 변화가 일어났기 때문으로 보인다. 특히 '유기(遊記)', '견문기(見聞記)', '답사기(踏査記)', '시찰기(視

察記'등의 '기(記)'에서 '여정(旅程)'과 '감회(感懷)'를 중시하는 '기행(紀行)'의 글쓰기가 정착되어 가는 과정은 근대적 글쓰기가 형성되어 가는 과정과 비슷하다.

지난 3년간 근대적 의미의 기행 담론 형성 과정과 기행문의 발달 과정을 살피는 데 많은 노력을 기울였다. 특히 한국 근대 담론이 유력(游歷)과 정형(情形) 견문에서 비롯되고 있음은 수많은 자료를 통해 확인할 수 있다. 연구 제목을 붙일 때 '시대의 창'이라는 말을 쓰고자 했던 것은 기행문이나 기행 담론을 통해 그 시대를 읽어낼 수 있다는 믿음 때문이었다. 그럼에도 연구가 거듭될수록 자료에서 헤어나지 못하는 나를 발견할 수 있었다.

처음 계획할 때는 근현대 기행 담론을 제1기 근대의 기행 담론과 기행문 형성(개항부터 1900년대 초반까지), 제2기 관광 담론의 형성과 계몽적 기행 체험(1900년대 후반), 제3기 식민지적 계몽성과 재현 의식의 성장(1910년대), 제4기 기행 담론의 다변화와 국토 순례 기행(1920~1930년대), 제5기 국토 순례 기행의 쇠퇴와 식민 지배의 강화(1930~1945) 등으로 나누고, 각 시대별 기행문을 전수 조사하여 모두 입력하고자 하였다. 그러나 이러한 계획은 기행문의 양적인 면이나 선행 연구에서 정리한 자료 등을 고려할 때, 수정하는 것이 효과적이라는 판단을 하게 되었다. 이에 따라 본 연구를 진행해 가면서, 기행 담론에 대한 전수 조사의 성과를 요약하면서도 꼭 필요한 자료만을 정리하는 과제를 해결하지 않으면 안 된다는 생각을 하게 되었다.

연구 진행 과정에서 얻은 자료는 제1기 『한성주보』를 비롯한 학회보 및 신문 소재 5편, 제2기 『황성신문』, 『대한매일신보』, 기타 학회보(잡지) 소재 61편, 제3기 『매일신보』, 『청춘』 35편, 제4기~제5기 『개벽』, 『동광』, 『동아일보』, 『삼천리』 등의 286편으로 정리한 쪽수만도 A4 용지 1400장에 이르는 방대한 양이 되었다. 이처럼 양이 많은 까닭은 연재한 기행문이 많기 때문이다. 그렇기 때문에 일부 기행문은 연재물 전체를 입력하지 않고, 주요 내용만을 간추려 입력하는 방식을 취하기도 하였다. 특히 육당의 『심춘순례』, 『백두산근참기』나 안재홍의 『백두산등척기』 등은 국토 순례 기행문으로 널리 알려진 작품이나, 그 전문을 입력하는 작업은 이미 선행 연구에서 진행된 바 있으므로, 이 자료집을 편집할 때에는 고려하지 않았다. 이외에도 형태의 자료집 가운데는 최상익의 『조선유람록』(1917), 이순탁의 『세계 일주기』(1933) 등과 같은 기행문도 있으나, 자료 정리 과정에서 고려하지 않았는데, 그 이유는 기행문 자료의 양적 분포상 이들 단행본을 높이 평가할 기준을 찾기 어려웠기 때문이다. 또한 1920년대~1930년대 각종 신문과 잡지에 분포하는 기행 담론을 모두 정리하는 일은 양적인 면이나 연구 기간 및 출판계 사정 등을 고려할 때 순차적으로 진행해야 할 일이라고 판단하여, 이번 연구에서는 1880년대~1910년대에 해당하는 자료집과 1920년대 『개벽』, 『동광』, 『동아일보』 관련 자료만을 편집하여 출간하기로 하였다.

연구를 시작할 때 출판사와 두 권의 자료집과 1권의 연구서를 발행하기로 약속했었는데, 실제 정리한 것은 계획한 자료집의 두 배에 달한다. 최근 출판계 사정이 몹시 열악하여, 총 1400쪽에 이르는 책의 발행을 요구하는 것은 몹시 염치없는 일일 수밖에 없다. 연구서나 자료집이 팔리지 않는 시대가 되었음에도 지난 3년간의 약속을 지켜 자료집을 출간해 주기로 한 도서출판 경진 양정섭 대표님께 감사의 말씀을 올린다. 아울러 본 연구가 진행되도록 도움을 준 한국연구재단 저술 프로젝트 관계자, 연구 계획서를 심사하고 중간 보고서를 살펴주신 익명의 심사위원님들께도 감사의 말씀을 올린다.

2017년 11월
연구책임자 김경남

[일러두기]

이 자료집은 1880년대부터 1945년까지 기행 담론과 관련한 주요 자료를 엮은 것이다. 자료 선별 범위 및 정리 기준은 다음과 같다.

1. 대상 자료는 여행 관련 담론, 기행문, 여행 관련 규정 등을 포함하였다.
2. 기행문의 경우 신문·잡지에 연재된 것을 중심으로 하였으며, 연재물 가운데 단행본으로 출간되어 연구자들이 비교적 활발하게 연구한 기행문은 연재한 원문만을 일부 제시하였다. 특히 장편 연재물의 경우 연재 사실을 정리하고, 꼭 필요한 자료만 입력하는 방법을 택하였다.
3. 신문·잡지의 종류가 매우 다양하여, 이 자료집에서는 연구 가치가 높은 것만을 선별하였다.
4. 원문 입력은 띄어쓰기를 제외하면 가급적 원문에 가깝게 입력하고자 하였다.
5. 연재물의 경우 신문과 잡지의 호수가 달라지더라도 하나의 제목 아래 묶었으며, 제목 아래 날짜와 호수를 표시하였다.
6. 일부 자료는 해당 자료의 성격을 간략히 밝히고자 하였다.
7. 권1에서는 1880년대부터 1910년대까지의 자료를 대상으로 하였으며, 권2~권4에서는 1920~30년대의 자료를 대상으로 하였다.
8. 자료의 양이 많기 때문에 균형감을 고려하여 분책하기로 하였다.

머리말 ＿＿＿4

일러두기 ＿＿＿7

02. 『동광』(1920년대 후반기)

[01] 太虛(유상규), 放浪의 一片, 『동광』 제1호~제8호 (일본, 8회) ················ 11

[02] 김창세, 유로파 遊覽 感想, 『동광』 제2호~제6호 (5회) ························ 96

[03] 金允經, 培花를 떠나아 東京에 가아서, 『동광』 제2호~제7호 (4회) ······ 101

[04] 임영빈, 스켓취(渡美途中에서), 『동광』 제2호~제2권 4호 (9회) ············ 109

[06] 동광 제7호(1926.11), 짐자동차에 실려서(渡美 스켓취 7), 임영빈 ········ 123

[05] 유암(유청?), 北美에 苦學 五年間, 『동광』 제6호~제7호 (2회) ············· 136

[06] 在米洲 韓稚振, 내가 본 사람, 『동광』 제7호 ···································· 151

[07] 춘원, 禪婆, 『동광』 제7호 ·· 152

[08] 柳絮(유서), 燕京 郊外 雜觀: 東洋史上에 稀有한 南口戰蹟,
　　　『동광』 제2권 제3호 ··· 155

[09] 鎖夏 特輯, 凉味萬斛(양미만곡), 『동광』, 통권 16호 ····················· 161

[10] 鎖夏 特輯, 明陵遊感, 『동광』 제2권 제8호(통권 16호, 1927.08) ········· 175

[11] 鎖夏 特輯, 歸省雜感: 東京에서 京城에,
　　　『동광』 제2권 제8호(통권 16호, 1927.08) ································· 178

[12] 金東進, 外眼에 빛인 朝鮮: 千八百九十八年 露文豪 가린의 朝鮮 紀行,
　　　『동광』 제18호~제24호 (6회) ·· 185

[13] 都宥浩(도유호), 獨逸 生活 斷片, 猶太人論과 負傷日誌,
　　　『동광』 제23호~제27호 (4회) ·· 232

[14] 平壤 尹槿, 江西 藥水 探訪記, 『동광』 제25호(1931.09) ················· 269

[15] 이광수, 露領情景, 『동광』 제26호(1931.10) ································· 272

[16] 毛允淑, 間島에 客이 되어, 『동광』 1932년 5월호 ························· 275

[17] 수필 八月 斷想錄(3편), 『동광』 1932년 8월호 ···························· 280

[18] 李允宰, 羅津灣의 황금비, 『동광』 1932년 11월호 ························ 295

02.

『동광』(1920년대 후반기)

[01] 太虛(유상규), 放浪의 一片, 『동광』 제1호~제8호 (일본, 8회)

[02] 김창세, 유로파 遊覽 感想, 『동광』 제2호~제6호 (5회)

[03] 金允經, 培花를 떠나아 東京에 가아서, 『동광』 제2호~제7호 (4회)

[04] 임영빈, 스켓취(渡美途中에서), 『동광』 제2호~제2권 4호 (9회)

[05] 유암(유청?), 北美에 苦學 五年間, 『동광』 제6호~제7호 (2회)

[06] 在米洲 韓稚振, 내가 본 사람, 『동광』 제7호

[07] 춘원, 禪婆, 『동광』 제7호

[08] 柳絮(유서), 燕京 郊外 雜觀: 東洋史上에 稀有한 南口戰蹟, 『동광』 제2권 제3호

[09] 鎖夏 特輯, 凉味萬斛(양미만곡), 『동광』, 통권 16호

[10] 鎖夏 特輯, 明陵遊感, 『동광』 제2권 제8호(통권 16호, 1927.08)

[11] 鎖夏 特輯, 歸省雜感: 東京에서 京城에,
     『동광』 제2권 제8호(통권 16호, 1927.08)

[12] 金東進, 外眼에 빛인 朝鮮: 千八百九十八年 露文豪 가린의 朝鮮 紀行, 『동광』
     제18호~제24호 (6회)

[13] 都宥浩(도유호), 獨逸 生活 斷片, -猶太人論과 負傷日誌,
     『동광』 제23호~제27호 (4회)

[14] 平壤 尹槿, 江西 藥水 探訪記, 『동광』 제25호(1931.09)

[15] 이광수, 露領情景, 『동광』 제26호(1931.10)

[16] 毛允淑, 間島에 客이 되어, 『동광』 1932년 5월호

[17] 수필 八月 斷想錄(3편), 『동광』 1932년 8월호

[18] 李允宰, 羅津灣의 황금비, 『동광』 1932년 11월호

[01] 太虛(유상규), 放浪의 一片,
『동광』 제1호~제8호 (일본, 8회)

=特異한 決心을 가지고 上海를 써나 長崎 大阪으로 勞動生活을 體驗하던 作者의 回想記

〈태허 유상규〉

망우리공원 관리사무소 앞에 난 오르막길을 50m쯤 걸어가다 보면 순환로가 나오고 그 왼쪽으로 20여 분을 가면 동락천 약수터가 나온다. 약수터에서 물 한 잔 마시고 위를 올려다보면 오른쪽에 애국지사 유상규의 연보비가 서 있다.

"도산의 우정을 그대로 배운 사람이 있었으니 그것은 유상규였다. 유상규는 상해에서 도산을 위해 도산의 아들 모양으로 헌신적으로 힘을 썼다. 그는 귀국해 경성의학전문학교 강사로 외과에 있는 동안 사퇴 후의 모든 시간을 남을 돕기에 바쳤다."

이 글은 춘원 이광수가 쓴 '도산 안창호'에 나온 문장을 그대로 옮긴 것이다. 웬만한 애국지사라면 그의 글이 남아 있을 터. 그렇다면 왜 이 연보비에 후일 친일 문인으로 낙인찍힌 춘원의 글이 실렸을까. 유상규에 대한 기록을 그만큼 찾기 어려웠다는 얘기다.

서울시는 망우리묘지의 공원화 작업 때 흥사단에 의뢰해 고인의 글을 받으려 했으나 여의치 않자 어쩔 수 없이 춘원의 글을 올렸다 한다. 우리가 유상규라는 이름 석 자를 쉬 접하지 못하는 까닭이다.

필자는 고인의 장남 유옹섭(76)씨의 도움으로 그와 관련된 글을 두루 찾을 수 있었다. 사실 그는 생전에 많은 글을 발표했으나 본명

대신 아호를 필명으로 썼기에 후세인은 그 글의 저자가 고인인지 알 수 없었다. 말은 있었지만 말의 주인을 알 수 없었고, 주인은 있었지만 주인의 말은 사라진 셈. 필자가 찾아낸 '주인의 말'은 후술하기로 하고 일단 연보비의 뒷면을 소개하면 이렇다.

"1897 평북 강계군 강계읍 서부동에서 출생, 1919 대한민국 임시정부에서 조직한 임정 조사원 강계지역 책임자로 독립운동 자료조사 및 수집 등 활동, 1920 상해에서 임정요인 안창호 선생의 비서로 활동하며 흥사단 원동지부에 가입, 1925 도산 안창호 선생의 주창으로 조직된 '수양동우회'에 가입하여 활동, 1927 경성의학전문학교 졸업, 1931 수양동우회 강령 선전과 발전을 위해 '청년개척군' 조직을 협의하는 등 활동, 1990 건국훈장 애족장 추서."

연보비 옆길로 20m쯤 올라가면 고인의 묘가 나온다. 비석의 앞면에는 "愛國志士江陵劉公諱相奎(애국지사강릉유공휘상규)/ 配孺人淸州李氏(배유인청주이씨)"라고 적혀 있다. 여기서 '휘(諱)'는 고인의 이름을 의미하고 '유인(孺人)'은 양반이되 벼슬이 없던 사람의 아내에게 붙이는 호칭이다. 후에 다른 이의 묘를 소개할 때 다시 나오겠지만, 숙부인(淑夫人)은 3품 이상의 당상관, 단인(端人)은 정/종 8품 관리의 부인에게 주는 작위다. 비석의 뒷면에는 이렇게 씌어 있다.

"공은 1919년 3·1운동 후 경성의학전문학교를 중단하고 상해 임시정부 교통국 및 국무총리 도산 안창호 비서 근무. 1920년 흥사단 입단 활동함. 인재가 필요한 민족이니 고국에 돌아가 학업을 마치라는 도산의 권고로 1924년 귀국 (1925년) 복학하고·수양동맹회, 동우회에서 독립운동을 계속함. 1927년 경의전 수료 후 동외과 강사 근무중 졸. 당 40세임. 1990년 8월15일 건국훈장 애족장 추서."

1990년 고인이 뒤늦게 훈장을 받은 것은 장남 유웅섭씨의 증거자료 제출에 의해 마침내 정부가 그 공적을 인정하게 됐기 때문이다. 옛날 비석은 땅에 묻고 새로운 비석이 세워진 것도 훈장 수여 후의 일이다. <u>도산이 자신의 비서로 있던 유상규에게</u> 급거 귀국을 권고한 것은 그의 독립사상 때문이었다. 유상규는 3·1운동에 참가한 이력 때문에 경성의전에서의 학업을 중단하고 상해로 와 임시정부에서 일하고 있었다. 도산은 "우리가 나라를 잃은 것은 이완용 일개인 탓도 아니오, 일본 탓도 아니라 우리가 힘이 없어서였다. 그러하니 나라의 독립은 국민 개개인이 힘을 가질 때 비로소 얻을 수 있는 것이므로 점진적으로 힘을 키워나가는 방향으로 투쟁을 할" 것을 주장했다. 이에 급진파는 "당장 싸울 인력이 필요한데 무슨 말이냐"며 반대했으나, 도산은 "나라의 독립을 위해서는 우선 인재를 육성할 필요가 있다"고 강조했다. 도산의 제자 격인 춘원 이광수 또한 나이 27세로 상해에 있을 때 "독립국민의 자격자를 키우라"는 도산의 권고에 따라 귀국해 흥사단 활동과 저술을 통한 국민계몽에 나섰다. 춘원은 흥사단의 국내조직으로 수양동우회를 조직했고 도산의 장례를 주관했으며 광복 후에는 기념사업회의 권유로 '도산 안창호'를 집필했다. 춘원의 정신적 지주는 도산이었다.

<u>경성의전은 조선총독부 산하</u> 최고의 의학교로 서울대 의대의 전신이다. 유상규는 1916년 3월 경신중학을 11회로 졸업하고 그해 4월에 경성의전에 입학했고, 1919~1924년 휴학 후 1925년 복학해 1927년 3월에 졸업했다. 경성의전 출신 의사로서 백병원 설립자 백인제(1898~?·1921년 졸업, 6·25 때 납북)와 민중병원 설립자 유석창(1900~1972·1928년 졸업) 등이 유명하다. 유상규는 졸업 후 경성의전 부속병원 외과의사 및 학교의 강사로 박사학위를 준비하는 한편, 동아일보사 주최 강연회에 꾸준히 연사로 참석해 조선 민중의 의학

적 계몽활동에 열심이었고, 1930년에는 조선의사협회 창설도 주도했다(중외일보, 1930.2.22). 또한 동우회 잡지 '동광(東光)'은 물론, '신동아'에 많은 글을 실었다. 그러나 일제의 감시를 피해 본명을 밝히지 않고 '태허(太虛)'라는 호로 발표한 글이 많아, 실명으로 실은 의학 관련 기사 외에는 그의 글을 거의 찾을 수 없었다. 이광수는 글로써 민족계몽에 나섰고, 유상규는 의학으로써 민족의 건강을 위한 공중위생 계몽에 나섰다. 폭탄을 던지는 방식의 독립운동도 필요하지만 꾸준하고 점진적인 독립운동도 중요하다고 주장한 도산의 독립사상을 그대로 실천한 사람이 바로 유상규다. 그는 치료비를 받지 않는 왕진에도 열심이었고, 휴가 때도 친구의 병 간호를 할 만큼 마음이 따뜻한 사람이었다. 그러다 환자를 치료하던 중 단독(丹毒)에 감염돼 세상을 버렸다. 유상규는 죽을 때까지 도산의 뜻을 헌신적으로 실천에 옮겼다. 그의 장례는 마침 대전에서 출옥해 국내에 체재 중이던 도산이 주관했다. 당시 기록에 따르면 그의 장례식엔 불법집회로 의심받을 만큼 많은 친지와 동지가 모였으며 그의 은사 오사와 마사루 교수도 '슬픔에 떨리는 음성'으로 조사를 낭독했다 한다.

태허 유상규는 3남을 뒀으나 그가 죽은 후 장남 공섭은 여덟 살의 나이로 연이어 병사했다. 뒤이어 장남이 된 웅섭씨는 경기중학을 거쳐 6·25전쟁 때 공군에 입대, 1976년 공군 시설감(준장)으로 제대한 후 대림산업 부사장을 지냈으며 현재도 표준건축사사무소의 대표 건축사로 현업에 종사하고 있다. 필자가 운 좋게 웅섭씨를 찾아낸 것은 그가 고령임에도 업무상 컴퓨터에 능했기 때문이다. 필자는 그의 이름을 인터넷에서 쉽게 발견할 수 있었다. 차남 종섭씨는 세브란스 의대를 나와 연세대 의대 약리학 조교수를 지낸 후 도미(渡美)해 2002년에 타계했다. 태허가 세상을 떠난 후 부인은 30세 청상과부의 몸으로 삯바느질과 하숙을 치며 어렵게 두 아들을 키웠다. 웅섭씨는 네 살 때 도산과 흥사단원이 함께 찍은 사진 맨 앞줄에 서 있었고,

어머니와 함께 도산의 병 문안을 간 적이 있다. 아마 현존 인물 중 도산을 직접 눈으로 본 유일한 이가 그일 것이다. 옹섭씨가 '태허(太虛)'가 곧 아버지라는 사실을 알기까진 많은 우연이 함께 했다. 그는 고인의 유품을 뒤지던 중 작은 쪽지에서 '태허'라는 단어를 발견했지만 당시에는 그게 무슨 의미인지 알지 못했다. 시간이 흘러서야 그 쪽지가 집으로 찾아온 심훈(沈熏·1901~1936, '상록수'의 작가)이 부친 앞으로 남긴 것임을 알 수 있었다. 여러 문헌 속 '태허'라는 필명의 글이 모두 부친 유상규의 글이라는 게 확인되는 순간이었다. 이후 그는 독립기념관의 도움을 얻어 찾은 부친의 원고와 보관 중인 미발표 원고 일부를 묶어 전기 '애국지사 태허 유상규(홍사단)'를 최근 출간했다.

"정치인만이 위인은 아니다"

태허가 남긴 글 중에 눈에 띄는 글이 있다. 1925년 5월 '동광' 창간호부터 1926년 12월 8호에 걸쳐 연재한 '방랑의 일편, 특이한 결심을 가지고 상해를 떠나 나가사키, 오사카로 노동생활을 체험하던 작자의 회상기'라는 글이다. 이 연재물은 고인이 일본으로 건너가 막노동을 하며 겪은 일을 적은 수기 형식의 글로, 당시 일본에 간 조선 노동자들의 삶이 구체적으로 묘사되어 있다. 1931년 7월(23호)에 실린 '피로 그린 수기 젊은 의사와 삼투사', 1931년 12월과 1932년 1월(29, 30호)에 쓴 '의사평판기'는 당시 의학계를 엿볼 수 있는 소중한 자료. 필자는 그의 글을 찾는 과정에서 연보비에 새로 새겨 넣을 만한 문구를 찾아보았다. 정치가나 문필가가 아니라 행동의 지사였던 유상규의 글에는 치밀함은 있어도 정치성은 드러나 보이지 않았다.

"우리 조선 사람은 위인 혹은 세계적 위인이라면 곧 정치가를 연상한다. 더군다나 근일의 신사조로 인해서 위인과 영웅의 의미를 혼동해서 민중시대에 모순되는 것으로 여겨 위인을 부정하려는 경향까지도 보인다. 이렇게 문화적으로 뒤떨어진 사상환경 속에서 과학적 위인, 그야말로 인류 영겁에 행복을 주는 위인이 자라나긴 고사하고, 싹트기도 바라기 힘들다고 보는 것이 당연하지 않을까."

('의사평판기', 1931.12, '동광' 29호)

'의사평판기'의 서론 부분에 해당하는 이 글에서 필자는 정치가만이 위인이 아님을 설파한다. 각 분야에서 나름대로 최고의 실력을 연마해 그것이 자기실현에 그치지 않고 나라에 보탬이 되도록 하는 자는 모두 위인이라 할 수 있다는 주장이다. 국내 흥사단 조직인 동우회는 '수양단체를 가장한 독립운동' 혐의로 1937년 일제에 의해 검거됐는데, 이때 붙잡힌 도산은 서대문형무소에서 옥고를 치르다 병환을 얻어 경성제대부속병원에 입원했다가 1938년 3월10일 60세를 일기로 운명했다. 도산의 시신은 망우리공원 유상규의 묘지 바로 오른쪽 위에 묻혔다. 그러나 지금 망우리묘지를 찾아 유상규의 무덤 오른쪽 위로 올라가면 도산의 묘는 오간 데 없고 묘가 있던 자리임을 알리는 묘지석(墓址石)만 남아 있다. 앞면에 '도산 안창호 선생 묘지(墓址)', 뒷면에는 '1973년 11월10일에 이 지점에서 서울특별시 강남구 압구정동 도산공원 내로 이장'이라고 씌어 있다.

필자는 유상규 관련 자료를 찾다가 도산 안창호 선생이 망우리묘지에 묻힌 사연을 '삼천리'(1938. 5)에서 발견했다. 그대로 옮기면 이렇다.

뒤늦게 밝혀진 도산의 유언:

…육십 세를 일기로 봄바람 아직도 찬 3월10일에 서울제대 병원 일실에서 이리하야 도산은 이 세상을 하직했다. 여기에 부기할 것은 도산은 돌아가기 전 며칠 전에 이런 말씀을 하였다.

"나 죽거든 내 시체를 고향에 가저가지 말고."

"그러면 엇더케 할래요."

"달리 선산 가튼데도 쓸 생각을 말고."

"서울에다 무더 주오."

" … "

"공동묘지에다가…"

"유상규군이 눕어잇는 그겻 공동묘지에다가 무더주오."

伯氏와의 사이에 이런 대화가 있었다. 유상규란 경성의전 청년 교수로 상해 당시부터 도산의 가장 사랑하든 애제자인데, 그만 연전에 서울서 작고하였다. 그날 장례식은 춘원이 주재하였다.'

(1938.5.1. '삼천리' 제10권 제5호. '도산의 임종, 서울 공동묘지에 묻어달라는 일언(一言)이 세상에 끼친 유언' 중에서)

하지만 도산이 이런 유언을 했다는 사실을 기억하는 사람은 없었다. 1973년 정부는 서울 강남에 새로 닦은 대로에 도산의 이름을 붙이고, 도산공원도 만들어 도산의 묘를 망우리묘지에서 이장했다. 일부 기록을 보면 "도산이 망우리에 '가매장'됐다가 이제 편히 도산공원으로 이장하였다"라는 대목까지 보인다. 도산의 유언을 알지 못했던 사람들은 이장 당시 아마 '이제 민족의 지도자 도산 안창호를 격에 맞게 잘 모시게 됐다'고 생각했을 터였다. 유상규의 장남 옹섭씨는 후에 부친의 자료를 정리하던 중 이 사실을 접하고 깜짝 놀랐다고 한다. 도산의 이장이 추진될 당시만 해도 도산의 이런 유언을 아는 부친 유상규의 동지 세대가 생존하던 때인데 어떻게 그런 일이 있었는지, 또 그런 글이 씌어졌는지도 알 수 없었다. 어찌됐든 결과적으로 도산의 시신은 자신의 유언이나 희망과는 관계없이 다른 곳으로 이장된 셈이다. 도산과 태허가 혈연의 부자지간과 다름없었음을 알 수 있는 글이 또 하나 있다. 흥사단 동지 장리욱(1895~1983)이 지은

'도산의 인격과 생애'에는 다음과 같은 글이 나온다.

"고 유상규 의사는 도산을 스승으로만이 아니라 분명히 어버이로 모셨다. 도산 앞에서의 행동거지는 물론이지만 도산의 신상 모든 일에 대해서 갖는 유군의 그 세심한 정성은 훌륭한 '효자' 바로 그것이었다. 도산은 동지 유군이 당신을 향해서 갖는 그 정성어린 섬김에 대해서 가슴 깊이 고맙게 느끼고 있는 것은 물론이다. 어느 기회에 나는 도산을 모시고 대동강 하류 만경대에까지 나아갔던 일이 있다. 도산은 거기서 그렇게 멀지 않게 바라보이는 조그마한 과수 밭 하나를 손으로 가리켰다. 그리고 이것은 유상규 군이 당신을 향해 갖고 있는 그 고마운 마음을 두 집 자녀에게까지 전해주고 싶어서 마련한 것이라고 했다. 그래서 이 과수 밭은 유군의 맏아들(웅섭)과 도산의 둘째아들(필선·1912~2001)의 이름으로 보관하기로 되어 있었던 것이다."

태허 유상규의 장남 유웅섭씨. 도산 안창호에 대해 새로운 증언을 했다. 도산의 묘 이장 문제는 고인과 유족에게는 원통한 일이지만 되돌리기에는 행정절차상 불가능한 일이 되어버렸다. 이미 도산은 개인의 도산이 아니라 국민의 도산이기 때문이다. 그러나 문제는 망우공원의 안창호 묘지석이 전혀 관리되고 있지 않다는 사실이다. 도산의 묘지석은 사람들이 붐비는 능선 길 바로 아래에 위치해 있으면서도 수풀로 뒤덮여 전혀 모습을 드러내지 못했다. 그러다 몇 년 전부터 웅섭씨가 부친 유상규의 묘를 벌초할 때마다 함께 손질하면서 일반인의 눈에 띄기 시작했다. 웅섭씨가 경기중학 시절에 찍은 도산 묘 사진에서 당시 도산 묘의 원래 비석 모양을 볼 수 있는데, 이 비석은 아마 이장 때 땅에 묻혔을 것이다. 아무리 주인이 떠난 자리라지만 묘지터와 묘지석의 관리가 이렇게 허술할 수는 없다.

도산이 망우리에 묻힌 후 수주일간 양주경찰서는 묘지 입구에서 방문객을 일일이 심문했고, 그 후 1년간이나 묘지기에게 도산의 묘를 묻는 자의 주소와 이름을 적게 했다. 일제는 죽은 도산을 무서워했고, 도산을 찾는 국민의 마음을 두려워했다. 하지만 그 누구도 감시하지 않는 지금, 망우리묘지의 선현들을 찾는 국민은 거의 없다. 국민의 정신이 그만큼 빈약해진 것이거나, 나라가 무관심하니 국민도 모른체하는 것이리라. 혹자는 구태여 무덤까지 찾아갈 필요가 있느냐고 말할지 모른다. 그러나 아는 것만큼 보이고 느낀 만큼 발걸음이 닿게 마련이다.

죽은 자의 소원

필자는 수십 차례 망우리공원을 찾는 동안 일본인 아사카와의 묘 앞에 놓인 꽃다발이 시든 것을 본적이 없다. 그만큼 아사카와의 묘를 찾는 일본인의 발길이 끊이지 않는다는 의미다. 그렇다면 그 사람들은 무엇 하러 아무 볼 것도 없는 자국인의 묘를 찾아오는 것일까. 우리에게 망우리묘지는 그저 용마산 등산로나 자전거로 순환로일 뿐인데 말이다. 등산을 하다, 자전거를 타다 "어, 저분 무덤이 여기에 있었네" 하고 지나치는 게 우리네 자화상이다. 이런 현실이 변하지 않는다면 우리는 머지않아 다시 치욕의 역사를 되풀이할 수도 있다. 도산의 묘를 지키던 일제는 이미 알고 있었다. 묘를 찾는 사람들의 마음이 합해지면 무서운 힘으로 변할 수 있다는 것을. 그러나 지금의 망우리를 찾는 일본인은 다른 생각을 하고 있다. 한국인들은 때가 지나면 고인의 묘지(정신)에 관심이 없다고. 도산의 묘터(墓址)는 이렇게 그가 가장 사랑했던 한국민에게서 버림받고 있다.

도산은 그가 원해서 망우리묘지에 묻힌 후 30년 만에 자신의 의지와 상관없이 이장됐다. 그러나 그의 넋만은 강남으로 이장되지 않았다. 죽은 도산이 말을 할 수 있었다면? 이장을 거부했거나 친애하는 유상규도 함께 데려갔을 것이다.

하지만 후세인은? 도산대로를 장식할 도산의 유해가 중요했지, 도산의 말은 중요하지 않았다. 도산은 민중과 같이 공동묘지에 묻히기를 소원했다. 세상은 산 자들의 것, 고인의 말은 세인의 필요에 따라 인용되고 때로는 묵살된다. 도산이 떠난 자리에 홀로 남은 유상규의 묘비가 지금 이토록 쓸쓸해 보이는 것은 그 때문일까. 어버이처럼 사랑한 도산의 묘터가 저렇게 방치된 것을 바라보는 고인의 마음은 또 얼마나 애절할까. 옹섭씨는 지난해 국가로부터 아버지 유상규 선생을 국립묘지로 이장할 수 있다는 허락을 받았다. 건국훈장을 받은 애국지사가 국립묘지에 묻히는 것은 당연한 일. 공군 장성 출신인 옹섭씨도 국립묘지에 갈 자격이 있다. 부자가 국립묘지에 나란히 묻힐 수 있는 기회가 온 것이다. 부자가 함께 묻히니 좋고, 나라의 관리를 받게 되니 후손들도 여러모로 편할 것이다. 하지만 그는 부친의 묘를 당분간 망우리공원에 그대로 두기로 했다. 국립묘지로 가게 되면 자신과 후손들은 좋지만, 정신적 부자 사이였던 도산과 태허는 영원히 헤어지게 되기 때문이다. 그는 자신과 후손의 희망이나 편의보다는 도산에 대한 아버지의 마음을 헤아리고 있다. 비록 후손들이 유상규 선생의 묘를 국립묘지로 이관해도 뭐라 할 순 없지만, 도산의 유언을 알게 된 이상 도산과 태허의 넋까지 갈라놓을 수는 없는 일. 산 사람의 소원도 들어주는데 죽은 사람의 소원조차 무시하는 세태가 안타까울 뿐이다.

[출처] 김영식 수필가·번역가, 망우리 별곡, 『신동아』 581호.

〈동광〉 소재 태허 유상규의 글

1926.05	창간호	태허	방랑의 일편: 특이한 결심을 가지고 상해를 떠나 장기(나가사키) 대판(오사카)으로 노동생활을 체험하던 작자의 회상기	강남을 이별하고, 염가의 여관, 행장의 내력, 여관주의 첫 인사, 직업 소개소로, 향소 향수!, 아프로! 아프로!, 도처의 백의군, 문사에서 대판으로, 역전의 희비극, 부립소개소, 조선인협회로 (1924년의 일본 여행 기록)	기행	기행문
1926.06	제1권 제2호	태허	방랑의 일편 (전속)	명예욕의 표징, 곰팽이 낀 팡을 먹어, 공동숙박소, 숙박료 10전야, 소연한 실내공기, 니불의 쟁탈전, 삼등급의 조반, 메시야의 진미, 회장의 팔면상, 제2차도 실패, 마츰내 인부 지원	기행	기행문
1926.07	제1권 제3호 (7월호)	태허	방랑의 일편		기행	기행문
1926.08	제1권 제4호 (8월호)	태허	방랑의 일편 (전속)	순사 나리의 교훈, 숙지를 인제야 달해, 친구나 만낫듯, 권함을 바든 저녁상, 첫날에 이사짐, 총리대신격의 곰보, 정거장 이름을 니저, 공중 떠나오는 가마니, 산적을 연상시키는 일행, 그럼 술이나 만히 바다 오소	기행	기행문
1926.09	제1권 제5호 (9월호)	태허	방랑의 일편: 일원 십이전의 첫날 벌이로 시작하여 손을 찍기고 도망	더러운 이불 속에서 단잠, 야반의 기적 소리, 생각 나는 사람들, 새날을 마지하는 신부, 그릇에	기행	기행문

			하기까지	무둑한 밥, 땀갑 일원 십이전야, 제일 제이의 잡관, 하로 버는 목패 팔개, 사지를 꼼짝 할 수 업서, 날일과 도로오시의 구별, 손을 치어 손톱이 빠저		
1926.10	제1권 제6호 (10월호)	태허	방랑의 일편 (제5회)	먼저 호까지에 된 일, 덕삼이의 래력담(공사장 인부), 불상하니 써 준다, 떠난 집으로 다시 돌아와, 하하 종씨로 그만, 일신이 녹아드는 듯, 오야 가다의 사꾸라 몽둥이, 싸움 끄테 술추럼, 가자! 가자! 조선가!, 긔차 우의 녀학생, 하로 이틀이 한달 두달	기행	기행문
1926.11	제1권 제7호 (11월호)	태허	방랑의 일편(6), 대판의 공장 생활과 조선인 노동자의 참상, 아편 중독과 각종의 회합	공장 노동자가 되어, 이회장의 권을 들어,삼백오십호 조선 하숙, 조선 이민양면관, 말성꾼 모하 만든 회, 게다가 아편 중독까지, 누엇거나 안잣거나 벌거숭이, 아아 가을 귀뜨람이 소리	기행	기행문
1926.12	제1권 제8호 (12월호)	태허	방랑의 일편 [완결]		기행	기행문
1931.03	제3년 제19호 (임시호)	태허		중학교, 전문학교 시절 맹휴 경험-중학 시절 맹휴만 소개함	교육	답변
1931.06	제3년 제6호 (제22호)	태허	처녀 시대의 위생	난소의 배란 기능, 성징의 발달, 월경, (육체미, 동정, 월경)	위생	논문
1931.07	제3권	태	피로 그린 수기:	주의에 관심을 갖기 시	기	회고담

	제7호 (제23호)	허	젊은 의사와 삼투사	작할 대 만난 다섯 명의 친구(익명으로 표시)-1인은 목포에서 정신병, 1인은 해외로 다니다가 서대문형무소에 갇힘, Y군(사랑하는 딸의 죽임), H군(병록), S군	타	
1931.11	제3년 제11호 (제27호)	태허	병마의 낙원 조선	5월 하순 체코슬로빠키아의 칼쏜빠드 시 구라파 13개국으로부터 200여명의 사회주의자 의사가 모여 국제사회주의의사협회 조직-소아와 실업자의 위생 문제	위생	비평문
1932.01	제29호	태허	의사 평판기	개업의(홍석후, 박계양, 김용채, 심호섭, 정민택, 윤치형, 박창훈)	인물	비평문
1932.02	제30호	태허	의사 평판기 (기2)	오원석, 임명재군/ 정석태 군/ 김택원 군/정자영 군(여의)/ 이갑수 군(성대 의학부)/ 오경선 군(쎄브란스 의전)/ 이용설 군/ 구영숙 군/ 윤일선 군/ 유일준 군 백인제 군(경성의전)	인물	비평문

太虛, 放浪의 一片＝特異한 決心을 가지고 上海를 써나 長崎 大阪으로 勞動生活을 體驗하던 作者의 回想記

江南을 離別하고

江南을 써난지 二十八 時間만에 日本 天孫 降臨地인 九州의 長崎에 到着하기는 只今으로부터 二年 前 六月 二十三日 午後 二時頃어엇다.

汽笛 소리를 들으면서 나도 남들과 가티 行李를 들고 甲板 우로 올라가 亦是 남들의 하는 모양으로 右便 昇降口 여페 노핫다.

火輪船이 埠頭(부두)에 닷고 梯板(제판)이 노히자 數名의 警官이 올라오고 乘客들은 次例로 나리기를 始作하엿다. 乘客들의 面面에는 別로 기섀하는 빗도 別로 반겨하는 빗도 업시 電車에서 나린 사람들처럼 다만 제各其 갈 대를 向하며 或은 徒步로 或은 人力車로 或은 自働車로 다 흐터지고 아무턱업시 그들만 달아나가던 나만 홀로 쓸쓸해진 異域 埠頭에 갈 곳이 업시 되엇다.

廉價의 旅館

어릿어릿하다가는 조치 못한 일이 생길는지도 알 수 업서 거트로는 서슴지 안코 발 가는 대로 걸으면서도 속으로는 퍽 彷徨하엿다. 人力車를 탈 생각도 하여 보앗스나 만일 不幸히 高等한 旅館에나 가지어다 노흐면 하로도 묵지 못하여 두 손금만 남게 될 터이요, 그냥 것자 하니 짐이 漸漸 무겁어지는 것이 걱정이엇다.

이럭저럭 埠頭의 構內를 버서나서 큰 거리로 들어서는 좁은 도랑 하나를 건너서려 할 째에 마츰 마진 편에 'あしや'라고 쓴 크다란 看板이 눈에 씌엇다. 미테 작은 글시로 '御中食' 云云의 說明이 쓰이어 잇고

硝子窓(초자창) 안에는 여러 가지 반찬 材料가 벌리어 잇는 것으로 보아 틀림업는 飮食店임을 알엇다. 들어서면서 爲先 '가방'부터 한편 길치에 나려노코 食卓을 向하여 안잣다. 그 째에야 비로소 無事히 日本에 到着이 된 듯하엿다. 点心을 먹으러 들어오는 쯧을 말하엿다. 主人은 처음 보는 손님이요, 서투른 行動에 적지 안은 疑心을 가지는 모양이엇다.

처음으로 日本짱을 밟으면서 처음으로 들어가게 된 집이 밥집이엇고 처음으로 日本 잇는 日本 사람을 만나서 <u>처음으로 한 말이 밥에 關한</u> 말이엇다. '이제부터는 밥을 덧기 爲하여 奮鬪를 하여야겟다. 가난한 阿片 中毒者들의 "阿片! 阿片!" 하다가 쓸어지어 넘어가는 것이나 성성한 貧者들의 "밥! 밥!" 하다가 죽는 것이나 結局 마찬가지다.'고 생각하엿다.

點心 갑슬 세음하고 그 近處에서 第一 갑 싼 旅館이 어대냐고 물엇다. 主人은 길거리에 고고가는 行人들만 無心히 바라보면저, "자! 어댈가." 할 쑨. 그 겨테서 나를 바라보고 섯던 그의 마누라인 듯한 女子가 "梅屋 旅館일 것 梅屋" 하고는 廚房(주방) 門 어구에 서서 쏘한 나를 치어다 보고 섯는 炊夫(취부)인 듯한 사람을 바라보앗다. 炊夫인 듯한 사람 贊同의 쯧을 表하엿다. 二十錢어치 팔아주고 넘우 여러 가지를 要求하기는 未安하엿지만 初行이라 事情이 事情이엇스므로 人力車를 불러 길을 가리치어 달래서 梅屋으로 갓다.

行裝의 來歷＝＝＝김군, 이군, 유군은 누구일까?/황여사, 차여사는?

여러 번 짐소리를 하여서 하로나 이틀 後에 무엇하러 日本에 간 것을 알게 되면 짐 가지고 써난 것을 돌이여 異常하게 너릴지 몰라 짐이 생긴 까닭을 말할가 한다.

써나기 前 나의 準備라고는 旅費로 말하면 大阪까지 가는 連絡表를 산 外엔 餘裕가 업섯고 몸으로 말하면 그 째가 여름이엇지만 더러음 아니 탈 검은 옷 한 벌 걸칫을 쑨이요, 아무것도 아니 가지고 그냥 배에 오를 생각이엇섯다. 그러나 써나기 二三 時間 前해서 意外에 내가 써나가려는 것과 나의 行裝이 그러한 것을 알게 된 金君은 行李가 업스면 旅館에서 재우지 안는다는 理由와 쏘 그밧게 다른 理由로 '가방' 携帶의 必要를 力說하여 말지 아니하엿슬 쑨 아니라 몸소 行具 準備에 着手하엿다. 自己 宿所로 가서 寢衣를 가지어 온다. 李君은 海蔘威에서 가지어 오던 보료를 提供한다. 벼개를 넛는다, 工夫가는 모양 하노라고 몃 卷의 冊을 넛는다 해서 그리해서 생긴 것이 마치 '勞働者 세리오프'의 行李[1] 그것 가튼 그 가볍지 안은 짐이엇다. 짐과는 相關 업슨 말이지만 그 째에 柳君은 自己의 '가방'을 잡히어 오고 金君은 지갑을 털어서 나의 '폭케트'에 너허 주면서 "萬一 不如意하거든 本國으로 들어가든지 다시 돌아오라'고 하던 것이며, 나의 속적삼을 出發 時間 前으로만 드리느라고 車 밋 黃 두 女史의 受苦하던 것이 생각난다.

旅館主의 첫 人事=일본에 대한 필자의 관념(추앙)

旅館은 豫想하던 것보다 淨潔하엿다. 二層의 거리로 向한 한편 모통이 房에 자리를 定하고 沐浴을 갓다. 湯內에 모혀든 그들의 身體! 비록 長身은 矮小할지라도 그 健全한 대는 아니 놀래일 수 업섯다. 그러고 老衰國 中國人의 身體와 新進國 日本人의 身體와는 好對照라고 생각하엿다. 쑨 아니라 近者에도 누구의 '米國의 쌔터 냄새를 마트면 바보가 된다.'는 말을 듯고 나 혼자 속으로, '中國의 마늘 냄새를 마트면 늘어진다.'고 생각한 일이 잇섯거니와 누구나 中國 가셔 中國人의 어떠케 느린 것을 볼려면 먼저 무슨 池 무슨 池 하는 沐浴집에를 차자 가는 것이 捷徑일 것이요 그와 反對로 日本 가서 日本人의 얼마나 잰 것을 구경할려면 其亦 먼저 무슨 湯 무슨 湯 하는 沐浴집에를 차자가는 것이 捷徑이

1) 勞働者 세리오프의 行李: 세리오프의 여행 도구.

리라고 하엿다.

沐浴을 하고 돌아오니까 들어서기가 바쁘게 기다리곳 잇섯던 듯이, 主人 마누라 하는 말이, "건넌집 妓生들이 와서 당신이 어썬 량반이냐고 뭇더라."고. 건넌집은 朝鮮 料理라고 쓴 甲板을 부틴 우라나라 사람의 經營하는 料理店이엇다. 저녁밥을 가지고 올라온 主人 마누라 異常스런 語調로 "그 妓生들 中에 하나는 쇄 이쁜데 남들은 賣淫을 한다고 하지만 그럴 理는 업스리라고 생각하노라."는 둥, "그 料理집 主人이 매우 무던하다."는 둥 自己도 "前에 福建 新嘉坡 等地에 酌婦로 갓섯노라."는 둥 別別 이야기를 하여주나 <u>그런 말이 나의 性慾을 煽動해서 童貞에 反逆을 일으키게 하기에는 아무 힘이 업섯다.</u>

저녁 後 市街 구경 兼 일감 發見 兼 행길로 나갓다. 街路 一面에 쌀닌 주먹 가튼 조악돌의 어지럽음 그 우로 나막신을 끄을며 썰건 두 다리를 들어내어 노코 것든 사람들의 七顚八倒 불에 태을 넌 쪽으로 된 집집들의 시컴언 壁 구먹2)이 데군데군 쑬허진 窓戶… 눈에 보이는 어것(어느 것) 하나 殺風景으로 보이지 안는 것이 업섯다.

職業 紹介所로=탄광에 광부를 유인하는 장면

海岸으로 나서서 한 곳에 니르니까 크다란 글시로 '男女口入所'라고 쓰고 그 아래에 작은 글시고 紹介하는 職業의 種目을 列記한 看板 부틴 집이 잇섯다. 看板과 마찬가지로 男女를 勿論하고 勞働者로서 할 일은 무엇이나 紹介하는 집이엇다. 出入口에 걸친 째무든 布帳을 들치고 한 발을 들이어 노핫다. 그 째에 나타난 內部의 光景은 참말로 놀랄 만하엿다. 쌔어지고 씨글어지고 더럽어진 家具며 陋醜한 衣類가 四方에 흐트러지어 잇는 것이 殺人強盜나 들엇던 집 갓고 그러치 안으면 殺人強盜의 巢窟도 가타서 한 말을 마저 들이어 노흘 勇氣가 나지 안핫다.

---

2) 구먹: 구멍.

돌아서 나오려고 하다가 그러타 만일 나의 殊常한 行動이 나에게 不幸을 주는 口實을 짓게나 안 될가 두렵어 돌어서던 그대로 서어서 '곰방와'를 불럿다. 두서너 번 불러서야 안으로서 발소리가 들리고 女子 하나가 나타낫다. 그의 엉성한 머리쌔만 남은 蒼白色의 얼골 襤褸한 옷! 안즈면서 방바닥에 되는 대로 노혓던 담배ㅅ대를 잡아단기어 담배를 부티면서 나의 말에 對答이 "不景氣가 되어서 일자리라고 도모지 업고 배ㅅ간 일이 잇대야 할레 壹圓 十錢이나 바다 가지고는 그 날 밥갑도 못되는 터인즉 여긔서 얼마 멀지 안은 高島라는 섬에 가서 石炭 鑛夫 노릇을 하는 것이 조흘 터인데, 그리할 터이라면 渡船費며 그곳 가서 한 달 동안 먹을 것은 내 집에서 貸與할 터이니 어쩌냐?"고 그리고 쏘 하는 말이 "누구던지 한 번 約束을 하고 그 곳으로 간 후에는 적어도 석달 안으로는 그만 둘 수가 업다."고 나는 "다시 더 생각하여 보겟노라." 하고 얼픗 밧그러 나왔다.

그들도 그러한 魔女의 毒牙에 한번식 걸렷섯스리라고 생각하고 몸을 솟으라치엇다. 그 다음 그 다음 다음 집도 男女 口入所이엇고 쏘 그 담 담 집도 亦是 가튼 집이엇다. 그 집들은 모도 첫 집 모양으로 魔窟 갓고 그리로서 魔女들이 나를 잡으로 쒸치어 나오는 듯하여 걸음을 재우치어 梅屋으로 돌아갓다.

"……마시오 마시오 넘우도 그리 마시오…" 空然히 맘이 散亂하엿다. 건넌 料理店에 손님도 업는 듯한데 내가 그리로 向한 窓을 닷치고 電燈을 쓰자 그런 노래 소리가 들리어 오는 것은 무슨 意味나 잇는 듯하엿다. 이틀 동안이나 船中에서 먹지도 자지도 못하고 고생을 하여서 몸과 精神은 疲困할 대로 疲困한데 벼록조차 쌔물어서 잠을 일울 수가 업섯다.

鄕愁! 鄕愁!

다시 일어나서 불을 켜고 닷첫든 窓을 열어젯치엇다. 勿論 아직도

初애진이엇다. 흐리─ㅅ 한 하늘에서는 금시 비나 나릴 쯧하엿다. 압서 入口所에서 怯을 집어먹고 쒸쳐나오던 생각을 하고 웃엇섯다. 泰山을 씨고 北海를 뛸 것 가튼 구든 決心은 二層 洋屋 속에서 부드럽게 寢台에 網絲 蚊帳(문장)을 치고 그 안에 누엇을 적에나 생길 것이엇지 實際에 들어서는 一分의 價値도 업는 듯하엿다. 자리를 거더 한 편에 밀어 노코 使喚 아이를 시키어 朝鮮 料理집 主人을 불럿다. 얼마 後에 限 五十 歲 가량 되어 보이는 日服 입은 늙은이 한 분이 들어오면서 恭遜히 禮를 하고 三四次 勸해서야 方席을 밀어노코 맨 '다다미' 우에 쑬어 안자서는 "미처 차자뵙지 못하여서 大端히 안되엇다."고. 그의 말을 물으면 그는 "黃海道 사는 黃元甫로 아들놈이 돈을 가지고 와서 營業이라고 始作을 한 것인데 어써케나 되어 가는지 궁금도 하고 해서 쌀아 건너왓슬 쑨이오 몃 달이 되지 못할 쑨더러 日本말을 도모지 못하므로 이곳 形便은 全혀 모른다."는 것이엇다. 그러고 長崎 바닥에 同業이 七八處나 잇서도 서로 是非질이나 할 쑨이라는 것 外에 알고저 하던 바는 虛事로 돌아가고 말앗다.

長崎의 밤은 기펏다. 하늘과 쌍새는 싹씹으렷다. 고요해젓다. 맘도 씹으러지고 아무 希望도 아니 낫다. 이싸금 멀리서 들리다 살아지곤 하는 나막신 씨는 소리는 까닭업시 맘을 더 한층 괴롭게 하엿다. "江南으로! 江南으로!" 어써면 밝은 날은 다시 오던 길을 밝게 될는지 모르리라 모르리라 하면서 꿈 속으로 들어갓다.

아프로! 아프로!＝나가사키의 풍광, 역사 소감, 여성 노동자

이튼날은 前날 밤엔 想像치도 못하엿던 好日記엿다. 구름 한 點 업는 푸른 하늘이며 쟁글쟁글하는 해ㅅ벼테 '아프로! 아프로!' 나는 새 希望에 다시 살아낫다.

車時刻까지는 아직도 時間이 좀 남앗섯다. 그래서 市街와 港口의 全景을 굽어보려고 뒤ㅅ山으로 올라갓다. 日本 사람의 말을 들어보면 長

29

崎는 風光의 美와 氣候의 溫과 物價의 廉으로 外人에게 "世界의 樂土"라는 稱을 밧는 터이다. 하로밤 사이에 氣候가 溫한지 物價가 廉한지는 알 수 업는 일이엇지만 푸르고 잔잔한 바다를 안고 丘山의 三面을 두르고 잇는 것이라던지 灣口에 올속볼속 소사잇는 島嶼라던지를 보면 所謂 瓊浦(경포)의 風光만은 稱嘆(칭탄)하지 안을 수 업섯다. 何如間 長崎로 말하면 三百餘年 前에 所謂 南蠻船이 처음으로 投錨(투묘)한 港口로 德川 鎖國 以後에도 이곳만은 例外엿섯던 까닭에 外國 交通의 唯一한 門戶로 西洋의 文物 消息은 모도 이 곳을 經由하여 日本에 들어온 셈이라고 한다. 近日에 와서는 所謂 不逞分子에게 對해서도 歷史的 事實 비슷한 事實이 흔히 잇는 모양이라고 생각하엿다. 돌아나리어 오다가 山中腹에 工事中에 잇는 貯水池에서 흙을 파서 運搬하고 잇는 女性 勞働者들을 보고 놀래엇다.

中國에도 女子 勞働者가 만타. 農夫와 職工은 말하지 말고라도 船婦라던지 便器 掃除婦라던지. 그러나 내가 長崎에서 본 그네들 가티 그러케 당가래를 들고 흙을 파내며 擔架(담가)로 그것을 運搬하는 그러한 勞働을 하는 女子가 잇는 것은 보지 못하엿다.

到處의 白衣群=차 안의 조선인 남녀군, 시모노세키로 건너갈 조선인 불안한 심정

長崎를 뒤에 두고 車中의 客이 되엇다. 三等 車体에는 赤色線을 그엇다. 나는 처음으로 보는 것이엇다. 그리고 그 쓰테 三等이라고 丁寧히 서 잇다. 一等이나 二等을 타려는 乘客은 모름직이 이 赤色에 注意하여야 할 것이다. 車窓으로 바라뵈는 日本의 山에는 樹林이 茂盛하엿다. 손 째가 반질반질 도는 것 가탓다. 어썬 山은 거의 山頂까지 階段狀으로 돌담을 사고 논을 만들엇다. 쌍이 좁은 줄 알앗다.

이런 空想 저런 空想을 하고 잇는 동안에 車는 門司3)에 다핫다. 三十餘年 前까지는 蜒戶(전호) 五三 微微하게 煙氣를 퓌우고 잇던 寂寞한

한 개 漁村이엇스리라고는 想像도 할 수 업는 쐬 큰 都市다. 下關으로
건너갈 사람들은 待合室로 모이어들엇다. 어느 車室에 탓섯던지는 알
수 업스나 보지 못한 조선人 男女 五六名이 보퉁이들을 안고 한편 구석
에 몰리어서 잇섯다. 一行은 아닌 듯한데 아마 外樣만 보고 한데로 몰
린 모양이엇다. 보퉁이들은 퍽 큰데 놋치도 안코 뷘 자리가 만흔데 안
지도 안코 그냥 들은 채 서서 단 수세 사람만이 同時에 움즉이어도 開
札 時間이나 안 되엇나 하는 듯 나가려다가는 다른 만흔 사람들의 前대
로 잇는 것을 보고는 쏘한 不斷의 注意와 不安한 狀態로 섯던 자리에
서 잇섯다. 그 中에는 六旬이나 되어 보이는 老人 한 사람도 잇섯다.
맨 상투머리에 밀집갓을 썻고 큰 주머니 달린 허리씌가 불두덩까지 나
려가서 腹部가 大部分 들어낫고 벗은 발에는 '고무'신을 신엇슬망정 豊
大한 몸집과 휘날리는 白髮의 堂堂한 風神은 뭇사람의 注意를 쓸어엇다.
鬚髥(수염)이 三尺이라도 먹어야 량반이라는 말도 잇지만 어대 가서
무엇을 하다가 어대로 가는 길인지 알 수 업섯다.

門司에서 大阪으로＝도쿄행 열차 역의 모습

門司를 써난 連絡船은 한참만에 下關에 다핫다. 下關은 一名 馬關.
馬關이라면 누구나 距今 三十一年 前 四月 十七日 淸國의 李鴻章 日本
의 伊藤陸奧가 이곳에 모이어서 締結한 講和條約 卽 '一. 朝鮮의 獨立을
認할 事, 二 ……'云云의 '馬關條約'을 聯想하리라 한다.

겨우 六十年도 채 못되는 以前에 所謂 攘夷의 詔勅을 밧들어 이곳을
通行하는 外國 軍艦을 砲擊하고 英佛米蘭 四國의 聯合艦隊의 來攻을
當하던 日本의 發展도 놀래일 만하다 하겟다.

驛에서 東龍山 八幡宮엔 豊太閤이 所謂 朝鮮 征伐 時에 가지어 온
朝鮮 蘇鐵이 잇다 한다. 南方豊前과의 사이엔 豊太閤이 征韓의 際에 船

---

3) 모지(門司): 지명.

頭 明石[4] 與治兵衛[5]가 그 乘船을 언저 危害를 加하려다가 破殺되므로 하여 이름이 생긴 與治兵衛岩이 잇다. 東의 蘇鐵 南의 兵衛岩.

東京行 列車는 곳 써나듯 줄 안다. 나의 타고 잇는 車間 안에 裁縫機械로 만든 하얀 玉洋木 袴衣(고의) 적삼을 입은 二十 內外의 靑年 세 사람이 한편 쓰테 모여 안고 잇섯다. 가지 깍근 머리에는 갑싼 '캡'을 썻고 발에는 양말에 집석이를 신엇다. 아는 사람이 잇서 오라고 해서 가노라고, 車票를 뵈면서 거긔 쓰인 곳으로 가는데 '어대서 바꾸어 타느냐'고 나에게 물으나 나 쏘한 初行이어서 다른 사람에게 물엇다. 바꾸어 탈 곳을 지내엇다. 그러나 姬路驛에서 바꾸어 타도 가려고하는 鳥取로 갈 수 잇다고 해서 安心하엿다.

그들은 姬路驛에서 나렷다. 다른 乘客들도 만히 나리엇고 다들 나아가고 그들만 '플래트쯤'에 남아 잇서 어쩔 줄을 몰라 하엿다. 開札口 바로서 黑色 '유니쯤' 입은 驛員 한 사람이 그들을 向하고 왓다. 우리의 車는 써낫다.

驛前의 喜悲劇

이튿날 午前 十時頃에 車는 大阪 梅田驛에 다핫다. 쏘한 日氣가 淸明하엿다. 輕快한 氣分으로 驛前 廣場에를 나섯다. 뒤밋처 우리나라 사람 四五人이 惶惚히 쒸어 나온다. 或은 玉洋木 袴衣 적삼에 집석어 或은 갈포 袴衣 적삼과 '토리마' 周衣에 '고무'신 머리에는 모도 '캡'이런 차림차리의 靑年들이엇다. 그들의 입은 적삼이 얼마나 짧고 작앗슬 것과 袴衣의 얼마나 길고 컷슬 것과 두루마기의 그 긴 旅行 中에 얼마나 국키고 쪼그라젓슬 것은 想像에 맛기거니와 停車場 안과 밧글 안고 튀던 만흔 사람들의 視線은 이 不安과 恐怖에 눈을 휘두르며 헤매이는 '죠ー

---

4) 明石元二郎(1864年9月1日~1919年10月24日), 號柏蔭, 福岡藩出身, 日本陸軍大将, 台灣日治時期第7任總督, 唯一一位於任內逝世及葬於台灣的總督. 〈위키백과〉

5) 오사니이 요시베(與治兵衛): 일제강점기 학천보통학교 훈도.

32

센징'(朝鮮人) 우에로 모엿다. 이 모양을 본 人力車夫들은 무슨 먹을 일이나 생겻다는 듯이 뎀비어들어 그들의 팔을 붓들고 各其 제 車를 向하여 슬엇다. 意外의 變을 만난 靑年들은 웬 영문을 몰라 서로 치어다 보며 머무적거리기만 하엿다. 그 中의 한 사람이 호스주머니 속에 손을 너허 무엇을 부스럭거리더니 돌돌 말린 封套 한 장을 쓰어내어 걱구로 펴어들고 車夫들에게 보이며 거긔 쓰이어 잇는 住所로 간다는 쯧을 朝鮮말로 形容햇다. 車夫들도 눈치만은 채인 모양이나 그 글시를 알아보는 사람은 업는 듯해서 서로 각락 쌔앗아서 읽어 보려고도 애를 쓰고 어썬 車夫는 더퍼노코 타라고만 星火가티 재촉하엿다. 그럴 지음에 멀리서 이리로 向하고 쌜리 오는 사람 하나가 잇섯다. 머리에는 '캡' 몸에는 '앗즈시'라나 하는 무릅에 달락말락하는 日本 두루막을 걸첫고 양말은 內衣 우으로 무릅까지 치 신엇고 그러고 '후까고무' 구두를 신엇다. 가싸히 이르러 車夫들을 헤치고 들어서며 그 封套를 쌔앗아 한참이나 물끄럼이 보고 섯더니 대강 짐작하얏다는 듯이 點頭를 하고 一面 電車 停留場을 가리치며 어느 方面으로 오는 電車를 타고 어대 가서 나리서 어쩌케 어쩌케 가면 된다는 것을 說明하여 가면서 一面 靑年들의 손을 잇글엇다. 그는 조선사람이엇다. 입대지 날쒸던 車夫들은 承諾을 아니할 形勢 衝突이 생기엇다.

나는 더 보고 싶지 안어서 廣場을 이리저리 徘徊하엿다. 얼마 後에 그들은 電車를 탓다. "나는 어더케 하나?"

府立 紹介所

그러고 잇슬 재에 마츰 어쌔에 '大阪 案內'라고 쓴 씌를 걸치고 손에 한 뭉치 '大阪地圖'를 들고 徘徊하는 日本 사람 하나를 만낫다. 얼결에 職業 紹介所가 어대 잇는가고 물어 보앗다. 그것은 車中에서 新聞을 읽을 재 어썬 記事 中에서 그런 文句를 보앗던 것이 偶然히 머리 속에 남아 잇다가 나온 것이엇다. 그는 親切하게 廣場 한 편 구석에 잇는

'府立 梅田 職業 紹介所'란 懸板 걸린 집으로 引導하엿다. 그 안에는 壁으로 죽 돌아가면서 赤色 '잉크'로 겨테다 點 或 圈을 그린 各種의 勞働者 募集 廣告가부터 잇섯다. 麥酒 工場의 二百 몃 名, 堤防工事場의 百몃 名 募集이 最高요, 其外에도 몃 十名식 募集한다는 것이 그 우에 쓰이어 잇섯다. 그 안에는 나뿐 아니엇다. 나 모양으로 職業을 求하러 온 사람이 無慮 四十名은 되엇다. 거의 발을 옴기어 노흘 틈이 업섯다. 더러는 願書에 무엇을 쓰고 잇고, 더러는 손가락을 쌔물어 가면서 募集 廣告에서 募集 廣告로 視線을 옴기고 잇고, 쏘 더러는 用紙를 손에 든 채 悄沈(초침)해서 무엇을 생각하고 서서 잇섯다. 나도 案內人의 가르쳐 주는 대로 願書 한 장을 어더가지고 쓰려고 하는데 어썬 조선 사람 하나가 들어와서 잠간만 밧그로 나가자고 하엿다. <u>그 사람은 가지 數만 채울 洋服을 입엇고 어깨에는 赤色 바탕에 白色으로 '조선인협회 총본부 매전 안재게'라고 쓴 씌를 매엇다.</u> 그 덜렁거리는 짓이 아마 汽車 到着 時間에 늦게 나와서 아까 그 案內人에게 나의 말을 들엇던 모양. 하는 말이 "다른 일이 아니라 얼마 前에 朝鮮人協會가 생기어 가지고 日本人 職業 紹介所의 不公平한 處事와 조선 사람 勞働者의 不便한 點을 免케 하기 爲하여 조선 사람의 職業을 紹介하기로 하엿스나 交涉이 圓滿치 못하엿다." 그러고 쏘 무에라 무에라 어물어물하고는 "何如間 다시 들어가서 願書를 내이되 나는 보지 못하엿노라고 하라."는 것이엇다. "무슨 낫가리우고 아웅하는 짓인고."하면서 그러마 하고 다시 안으로 들어갓다. 願書의 長技, 年齡, 身分, 學歷, 原籍, 所要職業 等 空欄을 매워서 밧첫다. 現在에는 그냥 大阪이라 하고 所願에는 麥酒職工으로 하엿다. 그것을 바다드는 係員은 비웃는 얼골로, "그런 것도 못하는 꼴에 ……" 하면서 가서 기다리고 잇스라고. 나에게 對하는 態度가 매우 不恭順하엿다. 所謂 朝鮮人協會라는 것과 조치 못한 感情을 가지고 잇는 줄로는 推測할 수 잇섯지만 言語도 不通하고 日本 사람가티 허리를 굽실할 줄도 모로는 無識한 朝鮮사람 勞働者들은 中間 機關이라도 잇기 前엔 多大한 不便과 不利를 感할 것가티 생각되엇다.

朝鮮人 協會로

할 일 업시 다시 나아와 停車場으로 가서 '가방'을 차자가지고 梅田案內係의 가리치어 주는 대로 南區 板屋橋長堀 'ビルヂング(비루진구)' 內 朝鮮人協會 總本部로 차자갓다. 本部는 그 '빌징'의 우층 한 족으마한 房이엇다. 電話며 扇風機기 노혀 잇고 몃 種의 新聞이 걸리어 잇고 마루 바닥 우에는 '사이다'의 空瓶 氷水 담앗던 '컵' '우동'그릇 가튼 것들이 흐트러져 잇고 椅子 우에는 머리에 기름이 줄줄 흐르는 洋服 입은 紳士들이 輕薄한 웃음을 머금고 여긔저긔 벌리어 안잣다. 그 房 안에 내가 들어섯다. 내 손에 든 '가방' 그것이 비록 낡기는 하지만 그래도 純舶來品이요 風態는 비록 放浪者의 그것이지만 그래도 洋服에 眼鏡을 씬 것을 나로 하여곰 다시 有識하게 하리만치 나를 본 그들은 별안간 시침이들을 쎄이고 威儀를 가초러는 듯 하엿다. 그러고 저들의 가지고 잇는 最高의 權利를 行使함에 價値잇는 對象을 비로소 만나엿다는 듯이 半命令的으로 안기를 要求하며 紙筆과 椅子를 들고 가까히 모이어 들엇다.

結局 나의 事件은 人事部長이 處理하여야 할 性質의 事件이라 하여 다 물러나고 北京 等地에도 다닌 일이 잇섯노라는 人事部長과 니야기를 하게 되엇다. 그러나 또 結局 나의 事件은 '相談役'과의 相談을 거치어서 紹介部長에게로 가야 할 性質의 事件인 것이 判明되엇다. 그런데 일이 공교히 될 째라 그 相談役도 出席을 아니하엿고 그 紹介部長도 缺勤을 하여서 안자 기다리지 안으면 아니되게 되엇다.

(暗澹한 勞働同胞의 生活實況을 次號에)

▲ 동광 제2호(1926.06), 태허, 방랑의 일편

名譽慾의 表徵? 곰팡이 낀 팡을 먹어, 共同宿泊所, 宿泊料 十錢也, 騷然한 室內空氣, 니불의 爭奪戰, 三等級의 早飯, 메시야의 珍味, 會長의

八面相, 第二次도 失敗, 마츰내 人夫 志願

그러할 지음에 조곰 前에 梅田驛에서 본 듯도 한 新來의 求職 靑年 두 사람이 들어왓다. 帽子를 벗어 들엇스나 누구를 向하여 人事를 들여야 올흘지 어대 바로 섯서야 合當할는지를 몰라 쭈물댓다. 그러나 노픈 役員들은 門소리가 나므로 잠간 그리로 注意를 주엇을 쑨이요, 귀치 안타는 듯이 어썬 사람은 퓌우던 담배를 질근질근 쌔물다가 마루바닥에 툭 던지고 돌아안쯰, 어썬 사람은 新聞을 두적거리기, 어썬 사람은 卓上을 整頓하기, 어쩌헌 못 본척, 분주한 척하기로다. 不幸히 前者의 人事部長만은 門미테 안자 잇섯고 그의 卓子에는 얼골 가리울 新聞紙도 업섯고 두적거릴 쌜함도 업섯다. 엇절 수 업슴을 본 人事部長은 自己쓰—심으로는 아무리하여도 그 職分이 넘우도 相應치 못하다는 듯한 態度로 눈살을 찝프리고 두 靑年을 向하여 大聲一喝, "무엇하러 쏘 건너왓서?" 그쑨.

名譽慾의 表徵

室內에 其中 異彩를 發하고 잇는 것은 한편 壁에 거려잇는 '大阪朝鮮人協會總本部 役員名錄'이엇다. —〈會長·副會長·總務·內務部長·副內務部長·外務部長·副外務部長·財務部長·紹介部長·智育部長·事業部長·防犯部長·人事部長·書記·名譽會長〉이러케 열다섯. 〈名譽古文·顧問·顧問 相談役·築港案內係·梅田案內係·以下役員 省略〉勿論 役名 미테는 員名도 씨어 잇섯다. 이것이 우리나라 사람 特히 所謂 知識分에치나 가젓다는 사람들의 大槪가 가진 性質인 듯하니싸 새삼스럽게 奇異히 너길 것은 못되지만 크게 覺醒하여야 하겟다. 海外에 잇던 內地에 잇던 우리나라 사람은 무슨 일을 한다고 四五人만 모여 안즈면 볼서 타오르는 것은 名譽慾, 各其 自己의 名譽慾에 滿足을 줄 만한 職銜이 길 수에 오지 안으면 不平, 그 不平을 업시하려고 쓸 대도 업는 무슨 部 무슨 部를 設置

36

하야 其中에 쀠어나게 울록불록하는 사람들로 其部의 部長을 삼고 其次로 部員을 삼는다. "兒보다 배쏩이 크다"는 格으로 일은 적고 部는 만흐니 까 各部의 權利를 行使할 執務의 量이 均衡을 일케 된다. 짤아 흥정 적 은 部를 쇠긔하게 되고, 짤아 勢力 다툼이 생기고, 짤아 分裂이 생기고 짤아 破滅이 생기고 그로 仍해서 생기는 結果는 그것에 囑望과 期待를 두던 局外의 多數人의 落望, 反動, 自暴自棄 그리하여 全體로서의 破滅 그것이다. 크게 覺醒하여야겟다. 크게 覺醒하여 虛僞를 버리어야겟다. 일의 大小와 性質의 如何는 莫論하고.

곰팡이 씬 팡을 먹어

그럭저럭 째는 正午가 훨신 지냇다. 하도 支離하고 시장해서 門 박그로 나왓다. 한 곳에 이르러 암팡 十전어치를 삿다. 먹으려고 보니까 곰팽이가 섯다. 大阪市 하고도 한복판에서 況且 白晝에 곰팽이 씬 팡을 판다. 아무러나 路上에서 다 먹어버럿다. 中國에서 하던 버릇이엇다.

기다리고 기다렷던 相談役과 紹介部長이 오기는 고사하고 돌아와 본즉 書記인 듯한 사람 한아만 남아 잇고 '人事部長'조차 가버럿다. 何如턴 그날 저녁은 어데서나 자어야 할 터이엇스므로 그 書記인 듯한 사람에게 宿泊料가 가장 低廉한 곳 한 곳 指示하여 주시를 請하엿다. 그는 나의 正體를 몰라서 '하게' 하자기도 다르고 '합시오' 하자기도 다른 貌樣. 온군 말이 나오는가 하면 반말, 반말을 하는가 하면 온군말이 나왓다. 저야 尊待를 하건 下待를 하건 그것은 볼서 나에게는 無關이엇다 하나 곱살스러운 한 개 靑年이 내 아페서 아직 習慣을 일우지 못한 因襲의 階級的 觀念으로 해서 애를 태우고 잇는 것을 볼 째에 돌이혀 可矜ㅎㄴ 생각이 낫다.

첫 번에 찻지를 못하고 두 번만에야 苦行 難行을 하여서 차자간 곳이 곳 北區 西野田에 잇는 '朝鮮人 第一 共同 宿泊所'엿다.

共同宿泊所

　黃昏이 되매 外出하엿던 나보다 먼저 온 宿客들이 어슬렁어슬렁 모여들엇다. 大概 二十 內外의 靑年들이엿다. 其中의 '유까다'나 속적삼에 '사루마다'만 입은 사람들은 뭇지 안어도 遠近間 놀러나갓던 사람일지요 째가 무든 손수건으로 산 변도통을 房안으로 집어 던지고 문턱 우에 맥업시 털석 주저 안자 흙 무든 신발을 글르는 사람들은 일을 하고 도라오는 사람들일 것이다. 모다 얼굴은 눌하고 두 눈에는 비치 업섯다. 그들의 입은 옷은 程度의 差랄 쑌이지 모다 쌈과 몬지에 덥은 것이잇다.

宿泊料 十錢也

　어느덧은 房 안이 이야기로 써들석하게 되엇다 ─ 求景 갓던 사람들은 길을 일허 버렷던 이야기, 自轉車와 衝突되엿던 이야기, 電車에 치일번하든 이야기…… 일 갓던 사람들은 일이 고되더란 이야기, 조곰도 쉬이지 못하게 하더란 이야기.

　"여러분 영서합시오."하고 유까다 입은 紳士 한 분이 매우 종용하게 들어와서 恭遜하게 안자 가젓던 冊을 房바닥에 펼처 노코 오구주머니에서 圖章을 끄어내어 여긔저긔서 十錢식을 가지고 가서 各其 自己의 일홈을 불넛다. 그러면 그는 그 冊 가온대에 적힌 일홈들을 次例로 불러가면서 돈 내인 사람의 일홈 잇는 줄에 圖章을 찍엇다. 나와는 初面이라 人事를 한 後에 姓名을 적으면서 하로저녁 자는데 宿泊料로 十錢식을 낸다고 說明하엿다. 그러고 내이지 못하는 사람들을 向하야 責妄이엇다. 그는 宿泊所 所長이엇다.

　그가 나려가자 袴衣를 무릎까지 거더입은 四十 넘즉한 사람 한아이 올라왓다. 얽은 얼골에 한 눈은 멀엇다. 문턱에 걸어앉아 어썬 사람과는 '밝는 날가치 가보자'고 하고 어썬 사람과는 메칠만 더 기다리면 '일헐코 돈 만히 주는' 데가 잇섬즉하다고 하고 나중에 나다려는 '저 친고는 엇지하갯고?' 그는 宿泊所 主人이엇다.

騷然한 室內空氣

그이도 얼마 後에 나려갓다. 악가부터 이 實談은 弄談으로 弄談은
戲弄으로 變하야 붓드럼질이 어울어젓다. 그러나 그러케들 아모 他念
이 업시 써드는가고 보면 그것은 다만 一時的이오 熱이 식어 제 各其
흐터지면 그 웃든 얼골엔 一種 悽然한 비치 써오르고 쏨내던 四肢가
축 느러지며 하염업시 무엇을 근심하는 듯, 한 사람 두 사람 이릐되여
잇대지 騷然하든 室內의 空氣는 죽은 듯이 沈寂해지엇다. 아마 數千里
異邦에 와서 手中에 分金이 업고 아직도 누가 使用한다는 사람이 업는
우에 翌日도 쏘 몃 分 안되는 宿泊料로 해서 야식거을 꾸지람을 아까
모양으로 들어야 할 쓸아린 經驗이 조름오듯 오는 까닭이 안이엇슬가.
그것은 발서 四五日 七八日의 宿泊料를 내이지 못하여 所長의 責妄을
듯는 사람이 大部分인 것을 보아도 推測할 수 잇는 事實이엇다.

이불의 爭奪戰

其中에 第一 써들던 靑年 한아이 싱겁다는 듯 슬그머니 니러나서 잘
準備를 始作하엿다. 갑작스럽게 室內는 다시 活氣를 씌이거되엿다. 자
리싸홈이 이러난 까닭이엇다. 所謂 枕衾이란 것은 貰로 어더온 것이어
서 元來가 째끗치 못한 터에 限이 잇는 것을 오고가는 無數한 勞働者들
이 깔고 더퍼서 加一層 不潔하나 그러나 個中에는 比較的 体裁라던지
外觀이 좀 나흔 것이 잇서 그것이 爭奪의 焦點을 일우는 것이엇다.
그러케도 物質과 環境에 左右되기 쉬운 意志의 現象은 처음으로 보
는 經驗이엇다.
나는 한 편 구석에 자리를 잡게 되엿다. 勿論 新兵인 나에게 比較的이
나마 좀 덜 더럽고 좀 덜 해여진 이불이 왓슬 理는 萬無엿다. 그보다도

더 困難한 것은 그 第一 써들든 靑年이 니불 요 할 것 없이 잇는대로 다 가저다 쌀아나보다. 一尺이나 놉게 하고 내 겨테 누은 것이엇다. 그러나 더플 것도 업고 베일 것도 업서서 한잠도 일우지 못하고 밤새 썰은 上海 陽里의 첫잘밤을 回想하면 그래도 오히려 滿足한 생각이 안이 날 수 업섯다. 저들 資本家의 '搾取'될 勞働者가 걸니도록 변변치 못하나마 그러한 施設이라도 한 것을 當然한 일이라고 하면 그 째 우리의 所謂 愛國志士들의 自己네의 鼓勵로 해서 싸라가는 靑年들을 爲하야 손톱만치도 便益을 圖謀치 못하엿슴은 너무도 無責任한 일이라고 할 것이다.

三等級의 早飯

翌日은 二十六日. 날은 맑엇다. 二層 우에서 바라뵈는 市의 東北便엔 工業의 都市를 象徵하는 無數한 煙突이 林立하엿고 그리로서 피어 오르는 灰色 煙氣는 그 우에가 서리여 其全部가 마치 古代 羅馬의 宏壯한 建築物 가탓다. 一林立한 煙突은 기동들 갓고 서리운 煙氣는 집웅으로 보여서. 太陽은 임의 地平線上에 올나온 貌樣이나 아직도 그 집웅을 넘지 못하야 四圍는 쌕—하엿다.

職業을 엇는 날까지 날이 맑어 주어야 勇氣를 繼續할 것만 가탓다.

早飯 먹을 問題에 關하야 여러 派로 난호엿다. 메시야(食堂)로 가기로 하는 派. 사다 먹기로 하는 派. 그냥 宿泊所 食팡 主人집에서 먹기로 하는 派. 메시야로 가기로 하는 派가 第一 가네못지오 다음 派는 이를 터이면 中産階級이요 마즈막 派는 純無産群이엇다. 前日까지 메시야에 가서 사먹던 사람 가온대 돈이 모자라서 食팡 사다 먹기로 하는 派에 붓는 사람, 쏘는 돈이 다 써러져서 主人집 밥을 사 먹는 派에 붓는 사람이 생겻다. 食팡 派에서도 無産群으로 써러져 나려오는 사람이 잇섯다. 食價로 말하면 主人의 것이 第一 高等하지만 外上으로 먹을 수 잇는 까닭이엇다. 마치 小作人이 地主의 禾穀을 쑤어 먹는 셈으로.

메시야의 珍味

　나는 메시야로 가는 派에 부텃다. 京城에도 昨年부터 메시야(食堂 或은 簡易食堂과는 性質이 좀 다르나 메시야이면서 簡易食堂이라고 한 곳도 잇다)가 생겨서 누구나 한번 가 보면 알겟지만 밥을 사 먹기에 其便利한 것이 '床밥집'에 비길 것이 안이다. 밥에는 量의 多少를 싸라 '大盛' '中盛' 밋 '小盛'의 三種이 잇서서 各各 한 그릇에 九錢, 七錢 밋 三錢식이요, 반찬에는 '앗사리'라고 하는 한 접시에 二전하는 것으로부터 最高 普通 二十五전자리까지의 數種이 잇다. 밥은 請求하는 대로 주지만 반찬은 잇는 種類대로 유리장 안에 陳列해 노코 各各 定價를 써 노핫슴으로 맘대로 싀어내여 먹을 수가 잇게 되엿다. 다 먹고 나셔 食價를 무르면 '하이, 아링아도―고자이마스'하고 손님 아페 노혀 잇는 그릇의 形狀과 大小를 보고 計算하야 對答을 한다. 그것은 밥 그릇에 大中小가 잇는 것은 勿論 반찬 그릇도 그 안에 무엇을 담엇섯던지 價格을 싸라 그 그릇의 形狀이 一致하게 되엿다.

　上海셔 '하이카라 洋服'을 입고 여기로 여기면 호썩집 가튼 中國人의 시컴한 밥집(包飯집) 소으로 처음 차저 드러갈 적 가튼 창피스러온 생각은 안이 낫서도 압서 말한 바와 마찬가지로 죠골조골진 크다란 조선옷에 게다 속격삼에 속잠방이, 맛지도 안는 유까다 이런 一行의 뒤를 싸라 메시야의 색기밥(簾)을 들치고 드러갈 째 좀 別한 感想이 업지도 안엇다.

會長의 八面相

　메시야를 나와셔 다시 朝鮮人協會總本部로 갓다. 紹介部長도 相談役도 안이 온 모양이엇다. 其前날 말마대나 하여 보앗든 因緣으로 나치 좀 익어진 人事部長에게 또 한번 '職工도 말고 屋外 勞働할 곳을 한 곳 周旋하여 주기'를 付托해 보앗다. 그는 나의 말을 弄談으로 여기는 듯 '空然히 그런 말슴 말고 여긔 게십시오. 徐徐히 알어도 보겟지만 보아함애 勞働가튼 것은 함즉지 안은대……' 이것이 그의 對答이엇다.

그러자 會長이란 이가 드러왓다. '가이쪼, 곤닛지와' 하는 人事가 四處에서 이러낫다. 室內를 휙휙 도라보는 會長의 얼골에는 變化가 無窮하엿다. 新來의 客에게는 威嚴을 보일라 人事하는 各部長들에게는 一一히 웃는 얼골로 "야-곤닛지와"를 할라. 會長은 座定을 하엿다. 모든 役員들은 마치 공부하기 실혼 學生들의 공부 時間에 이야기를 해 버릇한 先生이 敎室에 나타날 째에 하는 모양으로 그의 一動一靜에 好感을 가진다는 表情만을 할려고들 하엿다. 그는 自己와 마조 안자 가장 부즈런한 듯이 무엇을 쓰고 잇는 總務를 노리어 보다가, "너 혼자 이러한 雰圍氣 中에서 興味를 가지지 안어서야 쓸 수가 잇겟느냐?" 하는 듯한 容姿와 語調로 "總務?" 하고 불럿다. 그 말에 치어드는 그의 얼골은 얼것다. "고노시나징(支那人), 氷水 한 턱 쓰시오!" 그 마을 듯는 諸部長은 "이제야 바야흐로 本舞臺에 드러섯다"는 듯이 만혼 期待와 安心하는 비츨 보엿다.

第二次도 失敗

그러나 氷水는 안이 나왓다. 좁은 室內는 찌는 듯이 더웟다. 나는 會長을 차저 人事를 들이고 간 緣由를 말하엿다. 연방 '아, 아아' 해 가면서 듯고 안잣던 그는 입을 열어 "아 그럿습니까. 그런데 잠간만 기다리시오. 어머 그맛것은 容易할 터이니까."고. '잠간만 기다리'란 말을 할 째 그의 눈은 異常스러웟다. 그래서 그 말은 '그러실 것 무엇잇슴니까?' 하는 意味로 들럿다.

이틀동안 그들의 나에게 對한 態度에 나는 알앗다.-'반반하게 생긴 놈은 먹고 살기 爲하여 勞働까지 할 것 업다.'고 하는 그들의 觀念을. 그러고 그러한 그들에게 그것을 請하면 請할쓰록 돌이혀 그들의 疑心을 살 쑨인 것을.

'於此彼 이 몸이 되어 써난 以上 쉬운 方法을 쇠하는 것은 卑怯한 짓이다.'

하직하고 나와서 電車를 집어 탓다. 野田阪神 電車 前 停留場에서 電車를 나려 市立 西野田 職業紹介所로 차자갓다. 그 곳 大阪에는 要所要所에 諸市立職業紹介所의 所在地를 쓴 看板이 서 잇고 길을 무르면 親切하게 가르쳐 줌으로 希望이 가득한 맘으로 愉快하게 차자갈 수가 잇섯다. 그 곳에도 前날 본 梅田의 거긔와 가티 勞働者며 職工 募集 廣告가부터 잇섯다. 첫 번으로 눈에 씌인 것이 '旋盤 職工' 募集 廣告엿다. 長崎서 石炭 鑛夫 노릇하라는 勸告를 들을 째는 쌕커 티 워싱톤의 少年時 生活이 생각되더니 이 廣告를 보고 내가 旋盤工이 되나 함의 쎄―벨의 生活이 생각낫다. 그러나 그것도 못 되어거니와 이것도 熟練工을 要求하는 것이엇기 짜문에 될 수 업섯다.

마츰내 人夫 志願

手續을 하는데 '人夫' 되기를 願한다고 하엿다. 願書를 바다 읽고 잇던 事務員은 슬그먼히 그것을 卓子 우헤 노흐면서 나를 有心히 쳐다보기를 始作하엿다. 그러고 웃으면서 한다는 말이 "하엿즉한가?…… 그게 흙을 파서 나르는 막사람들이나 하는 일인데……가겟다니까 써 주긴 하겟네만……어대 다시 생각해 보는 것이 어쎄." 무엇보다도 紹介하여 줄 수 잇다는 것이 반갑고 萬一 그것을 노치면 다시는 求하기가 힘들 듯하엿다. 그래서 "다 알아잇다."고 하엿다. '三島郡 飼村上島 飼川崎伊三郎 殿' 表面에는 이러케 쓰고 裏面에는 '天六下車北へ長柄橋ヲ渡リ堤防ヲ右へ一里半島飼工事場'이라고 쓴 封한 紹介書를 주엇다.

내리 쏘이는 陽炎은 말할 수 업시 쓰거웟다. 그러나 長柄橋 中허리로 쏠치고 지나가는 바람은 서늘하엿다. 欄干을 의지하고 點心으로 사 가지고 갓던 콩가루 무친 인절미(日本에도 잇다)를 먹으면서 멀리 淀川이 구불구불히 上流에서 山미테 살아진 곳을 바라보고 거긔와 여긔 사이

의 村落이 點綴한 울퉁불퉁한 原野 그 어느 곳에 工事場이 잇슬싸를 차자 보앗다. 二三臺의 짐 馬車는 요란스럽게 지나갓다. 車夫들도 용수를 썻고 車馬들도 용수를 썻다. 車輪 구는 곳에서 회오리바람이 일어 紅塵을 말아오리는 그 속에 쌔여 짐馬車들은 다리 저편에 그리로 自轉車 하나가 나타나 왈가닥거리며 내 아플 지나다리 이편에 살아지고 이름가티 긴 다리가 一時 쓸슬해젓다. 나는 더 가기도 실코 안 가야 갈 대도 업는 외로옴을 느꼇다. "あのいはじ父は 長柄の橋柱, 鳴かずば稚子も射られざらまし." 나의 이번 길에 무슨 不吉한 原果關係가 숨어 잇지나 안나 하면서 다리를 건너 右便에 堤防을 씨고 北으로 北으로 모르는 곳을 向하여 걸음을 옴겻다. (續)

▲ 동광 제3호(1926.07), 방랑의 일편, 태허

(영인본의 제3호 누락＝입력하지 못함)

▲ 동광 제4호(1926.08), 방랑의 일편, 태허

右便에 堤防을 세우고 十里 半은 훨신 올라갓것만 해는 누엿누엿 저가는데 工事場 가튼 것은 보이지를 안앗다. 그리로 通行하는 사람도 드물고 或時 만나 물어도 대답이 分明치 안앗다. 마침 길ㅅ가에서 徘徊하고 잇는 巡査 한 사람을 만낫다. 駐在所로 들어갓다. 쾌 심심하엿던 모양. 나의 뭇는 길은 아니 가르처 주고 쓸데업는 짠 말을 뭇기다. "거긔서 어 무엇이라쏘 하는가. 그 조선에서 第一 노픈 사람…" 總督 말인가 쏘 反問을 하니까, "그래 그래 姓名이 무엇이든가?" 알고 취맥으로 뭇는지 모로고 소일로 뭇는지 何如間 웃다가도 시침이 쎄고 싸귀 부치기가 일수인 巡査의 버릇이라 "○○ 閣下"라고 한즉 閣下란 말이 意外로 들렷는지 "아 亦是 閣下라쏘 부르는가!" 그럴 지음에 뒤ㅅ門이 半만치 열리고 웃는 얼골의 젊은 女子 하나가 나타낫다. 볼서부터 엿듯고

44

잇던 巡査의 마누라인 듯. 巡査의 脅威는 半이나 덜리는 것 가탓다. 이야기는 朝鮮 잇는 巡査의 일로서 生活費 問題에 이르게 되엿다. "닭알 한 꾸럼에 얼마나 하는가? … 아 그런가. 쌀은? 하하……" 마치 自己네의 얼마 적키어 잇지 안는 貯金通帳이 今時에 펄썩펄썩 뒤어 아츰마다 金알 낫는 오리로 化하는 것을 想像이나 하는 듯 巡査의 心外는 기쌔 눈들을 번썩어렷다.

순사 나리의 교훈

우리는 暫時間의 誤話에 親해젓다. 내가 날이 저물어져서 가야되겟다쇠 일어서매 쏙쏙히 몰라 못 가르켜줌이 遺憾이란 쯧을 表하면서 巡査는 "가서 보기는 하게. 그러나 이 더운 쌔 몸을 傷해서는 안 되네, 무엇보다도 몸이 第一 貴한 것이니까. 더군다나 父母도 업는 곳에 와서." 그이 妻는 "마!마!" 하기만 하면서 內外가 멀리 길ㅅ가까지 짤아 나왔다.

그들과 作別을 하고 얼마를 올라가 한 村落에 다달앗다. 길 건너 언덕 미테 묵은 장작댐이가 點點이 잇는 것, 그 近處에서 닭의 무리가 허부적거리고 돌아가는 것, 길 한복판에 개들이 길게 누어 기지게 하는 것…… 할 일 업는 우리의 村落이엇다. 悠悠히 흐르고 잇는 淀川의 水面에 반작어리는 銀波를 거두어 가지고 해는 갓다. 同行하던 親故나 써난 듯하엿다. 江面에 이는 물안개 山허리로 돌고 집집에서 피어오르던 저녁 煙氣 쏜-하게 들을 더펏다. 더 가고 십지 안엇다. 그런 쌔는 사람의 心理도 당나귀의 心理나 一般이다. 한 곳 工事場의 假家 가튼 곳에 이르러 그 안에서 밥짓고 잇는 少年에게 물어본즉 멀리 江邊에 老楊이 연기에 서리운 곳을 손질하며 더 가야 한다쇠.

宿志를 인제야 達해

집은 破落하엿다. 門짝은 모도 쎄어서 한 편 구석에 몰아 세윗다. 房
안을 通하여 뒤ㅅ門 박그로 논두렁 우에서 호박넝쿨이 버더 便所 지붕
으로 올라간 것이 뵈엿다. 방바닥에 두어 사람 누어 둥글고 살어 잇는
河具子가 갓득 담긴 인함박 하나를 사이에 노코 서너 사람이 마루에
걸처 안자 그것을 쌀아먹고 잇섯다. 모도 勞働者엿다. 손님 온 것을 通
知하는 사람이 잇섯다.

紹介狀을 주엇다. 그 째지 日本 사람일 줄만 알앗던 主人이 其實은
日本 이름 가진 朝鮮 사람이엇다. 쾌 愼重하게 쾌 까다롭게 굴면서 써
주던 紹介書, 무엇보다도 貴하게 간수해 하지고 간 紹介西를 그는 쓰더
보기는 고사하고 다만 機械的으로 바다 다 씨그러진 硯箱 우에 노흐면
서 慶尙道 사투리로 들어와 안즈란 말 한마디 하고는 안으로인지 들어
가 버렷다. 그러나 그 말 업시 업서지는 主人의 얼골에서 일꾼으로 밧
는다는 듯한 純朴한 表情을 볼 수 잇는 것만은 나의 맘의 不安을 一掃하
고 宿志를 達한 양 시픈 感을 주엇다.

친구나 만낫듯

그래도 적어도 먼저 通姓은 하고 遠路에 차자간 것이난 謝하고 同僚
들에게 人事나 시키고 그러나 웃동이나 벗고 좀 쉬라던지 主人으로선
하염즉한 일인데 그도저도 다 업섯다. 다른 勞働者들도 참새들이나 가
막까치들끼리의 모양으로 나에게 곳 無關心한 平虛한 態度를 보엿다.
말을 거는 사람도 업섯고 注目을 하는 사람도 업섯고 그런 境遇에 안씨
나 조흔 자리도 업섯다. 마치 어썬 서툴은 集會에나 參與하려 들어선
듯 或은 낫도 모르는 醉客들 틈에나 씨이게 된 듯 맘에는 조금도 周圍
와 滲竄(삼찬) 作用이 일어나지 안핫섯다. 그러틋 急작스럽게 環境이
바쑤인 쌔의 諸象의 無言, 凡常, 淡淡……은 實로 견대일 수 업게 속을

46

안타갑게 하는 것이엇다.

　그 째에 마침 안구석에 다 썰어저 나간 조그마한 面鏡을 아페 노코 혼자 돌아안자서 머리싹에 기름을 발라 가면서 매씨를 내이는 勞働者가 하나 잇는 것이 눈에 씌일 째 그 서툴은 모듬에서 意外에 親友나 만난 것도 갓고 그 酒酊쑨들 中에서 말쌍한 사람이나 만난 것도 가튼 것을 直感하엿다. 그 直感과 同時로 나의 맘은 그만 擴散되어 버렷다. 그 싸닭은 아직도 모로거니와 알려고도 하지 안핫다. 아마 처음으로 逢着된 그 씨그러저 가는 집 惡臭가 날 듯이 醜한 寢具, 一見에 乞丐(걸면)가튼 勞働者, 그들의 嶮惡(험악)한 外樣 無知스러운 말 粗暴한 行動 그러한 모든 光景이 어울어저서 一時에 어섬프럿하나 견댈 수 업시 글어쥐엇던 맘에 그 한 個 勞働者의 其中에서도 美를 두고 잇다는 것이 微妙하게 作用을 하엿음이엇던지?

　如何間 그러한 '모멘트'로 하여서 발서 오래 前부터 그러한 破落한 집속에서 한편 구석에 말 못하게 더럽은 이부자리를 두겨노코 살아온 듯하여젓다. 쌈과 째에 덦은 襤褸한 옷을 입은 색감안 勞働者들과도 언제인지부터 가티 지내온 듯하여젓다.

권함을 바든 저녁상

　房 燈불빗 가튼 電燈이 켜진 지 얼마 後에 박그로부터 '웃추어 웃추어'하면서 三四人의 勞働者가 맨발이 솔가워 어깨를 들석거리며 쮜어 들어 손에들 들엇던 곡광이며 당가래를 집어 던지기가 바쌔게 다른 사람들의 어쌔 넘어로 쪼한 河具子 쌀아 먹기에 精神이 업섯다. 귀돌아 저 저 치워라 으이하는 소리와 가티 김이 문문 나는 밥통이 나왓다. 連해 국소치 나아오고 양잭이며 食碗이며 匙箸(시저)가 나왓다. 그 中에 좀 늙은이 하나이 사람 數를 맞추어 가저오는 쪽쪽 바다서 방바닥 우에 버려노코는 돌러안즌 사람들을 左右로 조려 자리를 하나를 치워노면서 가티 안자 먹기를 勸하엿다.

이미 밥그릇을 들엇던 사람들도 憮色한 듯이 돌우 노코 다 가티 勸하
엿다. 그러면서도 "반찬이 변변치 못하나 만히 잡수시오."라는 말을 하
는 사람은 업섯다.

첫날에 이사짐

主人도 밥을 다 먹은 모양. 무슨 근심이나 잇는 듯한 態度로 두어번
門 아프로 거닐엇다. 아무리 보아도 場內의 空氣가 尋常치 안타고 생각
하고 잇슬 재 主人은 참다 못하는 듯이 座中을 向하여 "어찌할라나?"고
큰 소리로 催促을 하면서 누엇는 귀돌이를 號令하여 이르켯다. 意見은
두 派로 난우어젓섯다.

"집도 새로 만들엇고 다다미도 새것으로 깔아 놋고 ……" 이것은 얽
은 사람의 하는 말.

"그러태도 안갈낫치면 그만 돼……" 이것은 쑹쑹한 사람의 하는 말.

"可否間 速히 말들을 해야지?" 이 것은 성이 난 主人의 말. 畢竟은
主人과 밋 主人의 意見에 同意인 派의 意見대로 그 곳을 그날 밤으로
써나가게 되엇다.

나히 三十 넘즉한 鬚髥 업는 모도가가를 납족하게 생긴 狡猾하여 보
이는 얼골과 別名이 곰보인 곰보는 其中에 第一 어린 웡이(元伊)를 불
러 '가마니' 속에 諸般 밥 짓는 器具들을 집어넛케 하고 고작 나히 만하
보이고 쑹쑹한 黃 무엇이라나 하는 사람은 웡이보다 좀 큰 귀돌이를
시켜 衾枕들을 거두어 사게 하엿다. 反對하던 사람들도 보고만 잇슬
수가 업던지 일어나서 協力을 하엿다. 그런데 主人의 命令은 工事場과
의 會計가 아직 긋나지 아니하엿다는 理由로 自己만은 썰어지고 모도
는 곰보의 領率下에 써나라는 것이엇다. 그러나 當場으로 써나게 된
사람은 일곱쑨이엇다. 어찌된 셈이엇던지 먼저 가게 되는 七人이 主人
의 寢具와 작은 솟 한 개와 그릇 몃 개만을 남긴 外엣, 모든 家具를
運搬하게 되엇다. 귀돌이는 主人의 心腹한 모양. 둘러 메치면 깨어질

소치며 磁器들을 너흔 '가마니'는 귀돌이가 지게 되엇고 이부자리들은
다른 여섯 사람이 난후어 지게 되엿다. 먼저 그 눈치를 채인 사람들은
발서 가부여음직한 이불 或은 요를 골라서 各己 저 지고 갈 목스로 목
고 잇섯다.

나도 先發隊에 들기는 하엿스나 신이나지를 안어 어물거렷던 갑으로
結局 나에겐 니불 두 채가 목으로 왓다. 第一 키가 크고 든든해 보이는
상노는 第一 적지보퉁이를 만들어 지고 싸대엇다. 내게 그러케 이불이
두 채식이나 오게 된 것으로 말하면 그들의 人心이 사나와서 그리된
것이 아니라 제각금 다투어 싸노코 나니 남은 것이 그 두 개 이불이엇
고 남은 갈 사람이 나쑨이엿엇다. 나의 아무 실허하는 빗이 업시 모아
싸고 잇는 것을 볼 쌔 그들 中에 몃은 돌이어 不安그러워 어썰 줄을
몰라 하면서도 勇氣를 내어 말은 못하엿다.

총리대신격의 곰보

곰조는 總理大臣格이엇다. 主人의 여러 가지 吩咐下에 車設며 翌日
먹을 糧食살 돈 等을 마타 가지고 單身에 집행이 하나만 슬면서 압장을
섯다. 색기 오락지를 어더다가 간신히 짐ㅅ발을 만들어지다 쌀아섯다.
노픈 하늘에 白雲이 疊疊히 더퍼서 어나 째의 달인지 비치 朦朧한 어스
럼 달밤이엇다. 논두렁 밧두렁 할 것 업시 한참은 업는 길을 것다가
얼마 後에 큰 길 복판에 내다랏다. 큰 길을 차자나서신 하엿스나 그림
자도 비최지 안는 月光이라 조금만이라도 썰어지면 우리의 一行은 보
이지를 안케 되엇다. 바닥이 日本 바닥이요, 初行인데 大體 어대를 向하
고 가는지를 모르는 나는 아니 썰어지기에 全力을 다하엿다. 行人 업는
밤들에 우리의 말로 짓거리고 우리 말을 들으면서 길을 것거니 쏘는
他國의 夜行이 처음이 아니엇거니 무슨 異邦인 感이 잇스런만 써나지
안는 '여긔가 日本'이거니 하는 생각엔 풀숩에서 우는 버레 소리며 멀
리서 들려오는 개 짓는 소리조차 다른 듯하엿고 어섬프렷한 달비츨 通

하여 뵈는 四圍의 光景은 故國과 다름 업것만 뵈는 限界를 둘르고 잇는
더 뵈지 안는 곳은 다를 것 가탓다. 그 가운데에 그러틋 어깨가 다리우
는 짐을 지고 허둥지둥 것고 잇던 째의 心思야말로 形言할 수가 업섯다.

정거장 이름을 니저

두서나 차례 쉬고 돌ㅅ다리 하나를 건너 石油ㅅ불 감을거리는 燈籠
아풀 지나 조그만한 松林ㅅ속을 벗어나니 無數한 電燈이 반짝거리고
잇는 동리가 멀니 눈 아페 展開되엇다. 이미 오래ㅅ동안을 아무 말 업
시 압뒤 사람들의 발자귀 소리와 숨쉬는 소리만 들으며 참고 것던 우리
의 一行은 제각기 반겨워 써들어 대엇다. 다시 架橋 하나를 건너고 언
억 하나를 나려서매 次次 行人도 頻數해지고 商店도 드믄드믄 나섯다.
店頭에 안잣는 商人들의 얼골을 쏠흐는 듯한 눈ㅅ살과 거리에서 작난
하는 兒童들의 '히야까시'를 바다가면서 茨木이란 村 停車場에 이른 째
는 밤 十時頃이엇다.

적삼 소매로 쌈을 싯고 삿개를 벗어 부채질을 해 가면서 숨을 드리는
사이에 쌈 한 방을 아니 흘린 곰보는 무엇을 몰라서 화가 난 얼골을
지어가지고 여긔 기웃 저긔 기웃 씰씰 매는 모양. 議論이 紛紛하더니
乃終에는 나에게로 몰려왓다. 다른 일이 아니라 이제 가려꼬 하는 곳이
停車場 이름이 '다가……' 무엇이엇는데 그만 이저버리엇다는 것이엇
다. 나로 말하면 新附民이라 가는 理由도 모르고 가야 할 必要도 느끼지
못하매 곰보가티 애를 태일 緣故는 업섯지만 가기는 가는 中임으로 爛
商한 結果 곰보의 짓거린 말에서 우리의 탈 車가 올라가는 車라는 것과
車賃이 拾 몃 錢이란 것을 알게 되엇다. 大阪서 京都로 가는 車를 올라
가는 車라꼬 한다. 그래 午后 十時 前後에 가장 가깝게 茨木을 써나
京都로 가는 車時間을 차자 보앗다. 남은 時間이 얼마 업섯다. 票 파는
사람도 어이업는 모양이나 올라가는 車 나랄 대는 "다가……" 무엇 車
賃은 얼마라는 말로 冊을 두적거리더니 '다가쓰끼'가 아닌가고 물엇다.

卒然 곰보 喜色이 滿面해서 주먹으로 票 파는 구멍 아페 불숙 나온 널 板子를 치며 "마잣소. 마잣소."를 連發. 이리하여 車票를 사서 一邊 난 우어 가지며 一邊 門 박게 부리윗던 짐들을 써드리는 판에 우리의 꼴을 注目하고 잇던 票찍는 사람이 달려와서 "그런 짐은 크고 쏘는 …… 어 써한 車人間에 가지고 들어갈 수 업스니 手荷物로 부티라 速히" 하고 車票를 쎄앗아 가지고 가더니 짐 票를 써 가지고 와서 쏘 하는 말이 "좀 아니되엇지만 들고 들어가자."고. 그 것은 우리의 짐이 넘우 더럽어 서 車室에 가지고 들어갈 수도 업고 손을 대어 運搬할 수 업다는 것이 엇다. 貧寒하여서 더럽건만 더럽음의 恥辱, 無識하여서 順從하건만 順從함의 苦勞!

空中 써나오는 가마니

두 말 못하고 다시들 지고 들어갓다. 汽車가 와 다핫다. 慌忙스럽게 우리ㅅ손으로 짐을 荷物車에 잇고 한편 쪽으로 달아가서 慌忙스럽게 客車ㅅ間에 쮜어 들엇다. 後에 알고보니까 그것이 三等室은 아니엇다. 그럼 室內의 華美한 것은 말할 것도 업섯다. 바닥에 룽수鐵을 두고 絨 (융)으로 더픈 긴 椅子를 兩側에 지태 노핫다. 그 우에 三四人의 乘客이 누어 잇섯다. 귀돌이와 윙이의 기써서 쮜엇다 나리것다 하면서 그 북신 북신한 맛을 貪하던 꼴을 只今도 눈에 해연하다. 마루바닥에 흐트러져 잇는 新聞 한 張을 집어들고 精神업시 읽고 잇는 동안에 汽車가 머젓다. '나다가쓰끼'(高槻)驛이엇다. 그러나 車ㅅ間에는 아무도 업섯다. 나리 면서 살피니 同行들은 다른 車ㅅ間에서 나아온다. <u>비롯오 먼저 탓던 손 님들은 우리에게 쫏겨 달아낫고 우리의 一行은 車掌에게 몰려낫고 그러고 나만은 입은 衣服이 아직 더럽지 안핫던 탓과 읽던 新聞이 日文이엇던 탓 과 그것과 아울러 注意치 못햇던 탓으로 홀로 남기게 되엇던 것인 줄 알앗 다.</u> 귀돌이가 무에라소 '좃도 좃도' 하면서 써들어 대엇으나 日本人의 驛夫가 朝鮮말을 알아들을 수 잇슬 理가 萬無하엿다. '가마니'는 荷物車

속에 空中으로 써 나와 '풀내트홈'의 '세멘트' 바닥에 事情업시 썰어지면서 그 안에서 器皿들 깨어지는 소리가 요란스러윗다. 驛夫의 손을 미처 붓잡지 못하엿던 것이 귀돌의 잘못이엇지? 귀돌이는 그것을 짊어지면서 寂寞하게 웃엇다.

山賊을 聯想시키는 一行

곰보를 先頭로 停車場 박그로 나아왓다. 우리를 싯고 간 汽車가 지나가기를 기다려 '후미기리'(踏切)를 건너서자 곰보는 발을 멈추고 무엇을 窮量하더니 다녀 오도록 기다리기를 付托하고는 총총히 村落 속으로 살아지고 말엇다. 우리들 中에는 하희가 장차 어찌 될런지를 짐작이라도 하는 사람이 업는 모양이엇다. 마침 겨테 잇는 돌각담 우에 짐들을 진 채로 주저안잣다. 나막신 끌으는 소리와 郵便物車 굴으는 소리에 暫時는 사안듯하던 村 停車場도 다시금 종용해지고 '플레트홈'에 걸려 잇는 몃 個의 電燈만이 껌껌한 빗속에서 흔들거렷다. 얼마뒤에 곰보는 다시 나타낫다. 또 더 가게 되지나 안흘가 하매 긔가 막혓다. 곰보집행이로 쌍을 벅벅 그으면서 "거긔"가 어대인지 "거긔"도 잘 데가 업다소 하엿다. 두숭숭해젓다. 곰보 무슨 생각을 또 하엿던지 "그릴 것 업다."란 말을 뒤에 남기고 다시 가더니 洋燭 한 匣을 들고와서 人家 잇는 곳은 등지고 아무석도 뵈지 안는 곳을 向하여 압서 걸엇다. 쌀아 얼마를 간즉 水田 가운데 집 한 채가 其然未然하게 보엿다. 그것은 世上에서 말하는 所謂 飯場(반장)이니 假部屋(가부옥)이니 豚厩(돈사)니 地獄이니 하는 우리의 本營이다. 그 板墻(판장)으로 어리 가리 둘러막고 함석으로 더퍼 만들은 집. 그러한 아닌 째 그런 곳 그런 집 아페서 우리 가튼 차림으로 暗中摸索을 하는 光景을 누구나 본다면 山賊의 무리들 아니 聯想할 수 업슬 것이다.

그럼 술이나 만히 바다 오소.

한 面에서 門을 차잣다. 그 여페 크게 '山林組 出張所'라 쓰인 看板이 걸려 잇섯다. 곰보는 燭에 불을 부텨 들고 쏘한 先頭에 서서 넬쪽 門을 밀재치고 그 집안에 들어갓다. 鳥飼에서 써나자고 할 째에는 熱心으로 "집도 새로 만들엇고 다다미도 새것으로 쌀아놋고……"하던 곰보도 속인 것이 良心이 적이 안되엇던 모양. 다른 燭 하나에 불을 대어 門ㅅ 지방에 세워노코 "넬 나된다. 걱정 말라. 술 술……" 술을 사온다고 먼저 서들어서 不平의 구멍을 틀어 막앗다. "그럼 술이나 만히 바다 오소." 異口同聲이엇다.

그 瞬間에 掠奪戰이 시작되엇다. 다른 掠奪戰이 아니라 '가마니' 掠奪戰이엇다. 대패도 노치 안혼 거츨은 넬쪽으로 된 마루 바닥에 쓰던 가마니가 다다미 대신 二三박게 쌀려 잇지 안혼 것을 본 그들은 곳 쌀개쌈을 開始한 것이엇다.

어찌하여 갓던지 萬里異域, 죽은 듯한 夜半 진털밧 가온대 홀로 서 잇는 板墻집 속 한 個 燭火가 힘업시 비최고 잇는 어득침침한 대에서 蓬蓬한 頭髮을 이고 破衣를 걸친 屈强한 사람들이 눈들을 번쩍어리며 벼ㅅ집 가마니 한 쩨기를 두 쯰테서 붓잡고 眞心으로 全力을 다하여 쌔앗을 양으로 버히고 잡아다니는 狀態는 어쩌타고 말할 수 업는 참말 悲壯한 事實이엇다.

▲ 동광 제5호(1926.09), 태허, 방랑의 일편

*다가츠키(高槻)에서의 노동 경험

一圓 二十錢의 첫날 벌이로 시작하여 손을 찍기고 도망하기까지

그러틋 悲壯한 光景을 뒤에다 남기고 술 사러 가는 곰보의 同行으로

내가 쌀아서게 되엇다. 술ㅅ집도 모로거니와 밤도 이미 이슥한 모양이어서 한참동안 캄캄한 거리로 헤매이기만 하다가 마침 아직도 거둬치지 안흔 '우동'집을 만나서 들어갓다. 그 집에도 술은 잇것만 '우동'갑시 술갑보다 적은 줄을 알게 된 곰보는 '우동' 열 네 그릇을 注文하엿다. 其中에서 네 그릇은 둘이서 먹고 열 그릇을 가지고 돌아갓다. 그리하엿것만 不平이라고는 "어쎄 술이 업던 게오?" 하는 말과 그 말을 하는 동안뿐이요, "가만 잇거라 밝거던 사다 먹지." 하는 곰보의 말이 썰어지기가 바쌕게 모도 먹기를 시작하엿다.

더러운 이불 속에서 단잠

처음부터 나에게 好意를 보이던 莫童이는 나의 자리까지 쌀아노코 기다렷다. 그런데 우리 中에는 곰보가 쏘 하나 잇서서 莫童이와 잠자리 다톰을 하고 잇섯다. 그러나 나의 主張대로 내가 만 가장 자리에 눕고 내 겨테 莫童이를 눕게 하고 그 곰보는 쏘차버렷다. 莫童이는 나보다 나이 어린 晉州 靑年이엇다. 비록 衣服은 입은 채이나 참아 누을 勇氣는 나지 안핫다. 그러타고 조롬은 푹푹 쏘다지는데 아니 잘 수도 업고 누어 자자 하니 莫童이의 好意를 물리칠 수는 업고 쏘는 물리칠 수 잇다니 싼 道理가 업섯다. 할 일업시 그 요 우에 들어 안잣다 누엇다. 먼저는 발 뒤ㅅ치와 팔 구비와 볼기싹의 若干 部分으로 全身을 支撑하고 누어 보앗스나 그러케 오래 全身에 힘을 주고 잇슬 수는 업섯다. 견대일 수 업서 등백이에서부터 자리에 대이기를 시작하엿다. 감고 잇던 눈이 다시 한번 힘잇게 감기엇다. 얼마 오라지 안핫다.

四處에서 事情업시 엄습하여 도는 冷氣는 쏘한 나로 하여곰 그 이불—다 해여저 썹질은 거의 업서지고 시컴언 솜이 덩지덩지 들어난 내음새 나는 더럽고 눅눅한 겨울 소 엉댕이 가튼 이불을 더듬어 찻게 하엿다. 볼서 잠이 든듯한 莫童이가 쌜세라 가만가만히 한편 끄틀 단기어서 살작 배만 가리웟다. 배만 가리우고는 견대일 수가 업섯다. 한 다리식

한 다리식 두 다리를 다 가리윗다. 두 팔은 不平이다. 두 팔마저 너헛다. 그 속으로 그러나 쑴작 안하고 누어 잇슬 수는 또 업는 노릇이엇다. 그래서 位置를 變할 새의 입대지 닷지 안핫던 곳이 닷는 대는 진즈리가 낫다. 그럭저럭 애를 태고 苦難을 격고 決心을 하여서 乃終에는 無關心한 地境에 이르럿다. 이불과 요에서 써 올라 척척하던 배와 등에 매첫던 濕氣도 體溫으로 해서 다 마르고 싸스한 맛이 낫다. 싸스하니 머리조차 平安한 것을 머리는 空然히 固執을 부렷섯다.

夜半의 汽笛 소리

殘燭마자 스러진 假屋內는 죽은 듯이 잠잠하엿다. 썰어져 잇는 荒凉한 벌판 진털 밧 속 그러한 집 안에서 거적이 우에 누더기로 자기를 하고 生面不知의 無知莫知한 '노가다'들과 더불어 누엇슬 재엔 참말로 울기라도 할 듯한 悲哀의 感情이 복밧쳐 올라처다. 더욱이 거긔가 停車場에서 그리 멀지 안혼 곳이어서 汽笛 소리가 울려올 적에는 七情의 發源地가 옹도리채 쌔지는 듯하엿다. 아무리 試驗的으로 맛을 본다 하여도 神經이 健全한 사람이면 苦味로의 不快를 느씨는 것은 當然한 일이다.

그러한 中에서도 한 便으로는 好奇心에 가만히 겨테 누어 자는 莫童이의 呼吸 호기 다른 한 사람의 코고는 소리, 누가 돌아눕는 소리, 그 째에 나는 마루바닥의 쎄걱거리는 소리, 東에서 울다 멋고 西에서 나다 그치고, 北에서 이러케 돌아가면서 우는 개고리 소리, 귀ㅅ가로 앵ー하고 지나가는 모구 소리, 이러한 모든 소리에 귀를 기울엿다. 눕기만 하면 범이 물어가도 모르게 잘 듯하던 조름도 어대로 간지 다 업서지고 돌이어 精神은 灑落(쇄락)해젓다. 精神이 들면 들쓰록 作用은 記憶의 나라로 달아낫다.

생각나는 사람들=빈흥리의 집, 이군, 유군?

彬興里 집의 主人公은 멀리 北으로 써나갓섯다. 잘 먹으나 못 먹으나 그래도 그이가 잇슬 적엔 맘만은 튼튼하엿섯다. 그러나 그이는 가섯겟다. 否連에 몰려 멀리 海蔘威서 터덕터덕 차자왓던 李君은 고불통대에 담배를 피워 물고 天井만 바라보며 안잣는 것이 일이엇것다. 共産黨의 主要 人物로 蘇頂嶺서 某國人에게 被殺된 自己 父親의 悲報를 接한 後로 一層 더 沈鬱하여진 柳君은 요새는 職業까지 힐코 公園에조차 가지 안흐며 冊張을 뒤지거나 日記를 쓰는 것이 일이엇섯다. 우스層에는 車君 黃氏 車娘 金娘이 잇섯다. 車君은 아츰에 나아가 밤들게 돌아왓다. 한결가티 公務에 힘을 썻다. 黃氏는 "先生님이 가시니쎄 네 밥허기두 실수다 에. 오늘은 쏘 뭘 해 먹노 되는대로 해 먹습시다용?" 왜는 대로 밥을 짓건 粥을 쑤건 그래도 黃氏가 부엌에서 무엇을 덜거덕거리는 소리가 날 쌔에는 너나 할 것 업시 信賴하는 安心이 생기곤 하엿것다. 金娘은 大邱서 마즌 그 餘毒으로 寢臺에 누어 呻吟. 車娘은 그이의 米洲로 써날 準備와 病 救護에 … 써나던 날 밤 新聞路(신천로)를 차잣슬 적에 마주막으로 본 내가 '플라토닉'하게 敬愛하는 李娘. 病中에 잇던 林娘. 中國人 賀娘…… 그날 S 牧師의 집을 차자갓다. 그의 집으로 보면서도 웬일인지 모르게 지냇첫다. 쌔에 맞침 門밧게서 거닐던 그를 맛낫다. 그는 "東京 가거던 그 곳 靑年會館에 가ー서 O 牧師를 차자 뵙고 내 問安도 하ー고 쏘 그리고 우리 아(兒)가 米洲를 向해서 스뭇 사흗날 써난다고 쏙 좀 말슴해 주…" 내가 日本으로 가노라는 말에 그는 무슨 까닭으로 엿던지 누가 東京 留學을 보내어 가는 것 가티 直感하엿던 듯. 何如間 O 牧師가 어쩌한 사람이길레?…… 中學生 쩍에 故鄕에 다녀 오면 집 생각이 나서 쇄 애닯어 본 젓도 잇섯다. 그러나 이 쌔까지 그러케 熾烈하게 間斷업시 지지골골이 거의 病的이랄만치 견대일 수 업시 過去ー最近한 過去가 그리워 본 적은 업섯다. 그러케 數만흔 回憶(회억)과 想像, 想像과 回憶이 서로 쇠리를 맞물고 술래잡이를 첫다. 기쌧다 슬펏다

는 그 우를 비외츤 '일류미네ー쉰'이엇다. 굿만 생각을 잇게 되엿다. 생각은 쪽쪽이가 나게 되엿다. ……

새 날을 마지하는 新婦

板墻의 쌈쌈이로 흘러들어오는 아츰 해볏ー感氣에 發汗劑를 먹고 쌈이나 흠씬 흘린 듯 입대지 몸에 틈틈 삿삿 속속드리 끼어잇던 징그러운 쌔꼽쟁이가 쌈과 가티 다 쌔져 달아나고 말숙한 고기덩어리만 남은 듯 것든하고 시원하고 부드러웟다. 짜씃하여진 이불은 내 몸에 친친 감겻다. 누구의 얼굴을 바라보나 아무럿치도 안흔 듯하엿다. <u>板墻의 쌈쌈이로 金色 화쌀가티 쏘아 들어오는 아츰 해스발은 새 날을 마지한 '新婦'에게 새 靈을 부어 주엇다.</u>

이럴쩬댄 아마 사람이 '地獄'으로 들어갈 쌔에야말로 本然한 人間性에 還元될 터이요, 그와 反對로 天堂으로 올라갈 쌔엔 非人間性은 其極致에 達할 것이다. 그리하여 天堂은 驕慢 밋 그와 類似한 非人間的 性質을 가진 人間으로 차질 터이요, 그와 反對로 地獄은 謙遜 밋 그와 彷彿한 人間的 性質을 가진 人間으로 차질 것이다. 마치 이 世上에서 天堂生活하는 사람들의 性質과 地獄生活하는 사람들의 性質이 그런 모양으로. 그리고 '첫재 復活'에 '千年동안' '王노릇'은 天堂으로 直行한 그들이 할 터이나, 地獄으로 直行한 그남아지 죽은 자는 千年 차기를 기다리어 永遠히 王노릇할 것이다.

그릇에 무둑한 밥

"앗다 그 날 참 조ー스타. 한태 굴렛으면 쏳째나 쐴쌍 시프다!" 이불을 개킬여던 상노 이불 귀를 뷔어 잡은 채 두 팔을 空中에 번적 둘고 하폄을 길게 쏩으면서 하는 말. 큰 곰보(라는 것보다) 늙은 곰보 윙이

(元伊)를 재촉하여 바귀퉁에 밥 소틀 걸게 하고 自己는 마을로 가더니 고등魚 生鮮이며 파 간醬 等屬을 사서 들고 왓다. 밥은 되엇다. 잔득 고두로 남긴 밥통과 고기 토막이 데글데글하는 국 소틀 가온대에 노코 둘러안잣다. 그것을 보매 數年來 끼니 째면 밥의 量과 사람의 數爻의 比較에 銳敏한 生活을 하던 나에게는 그 몃 가지 안 될찌라도 豊盛豊盛한 맛 오늘 다 먹어 업서질찌라도 來日에 念慮업는 態度, 分重이라도 달놔야 하고 寸裏(?)라도 재어야 하고 合量이라도 되어야 하는 拘束되고 煩雜스러운 社會를 벗어나 아낌이 업스되 餘裕綽綽(여유작작)한 싼 社會에 가진 것을 느꼇다. 그러매로 獨別나게 밥을 만히 푼대사 눈 흘길 勞心해야 할 사람 업섯고, 큰 토막은 두 토막식 작은 토막은 세 토막식이란 貌樣으로 所謂 公平히 分配를 하려고 이 토막 저 토막 건젓다 노핫다 하는 受苦를 해야 할 必要도 업섯다. 그러나 그것은 決코 먹을 것이 흔하다던지 그들의 感覺이 鈍한 탓만이 아니요 謙德이 勝한 것을 보앗다. 特別히 귀돌이와 웡이는 "먹어라 으이 먹어라 으이" 하는 勸告를 바드면서도 "念慮 맙소. 念慮 맙소."할 샌이요, 대구리나 꽁지 가튼 것만 건져다 먹다가 남들이 밥 술갈을 노혼 담에야 맘 노코 먹기를 비롯하엿다. 그 날은 '오야가다'(什長) 달로(姜達浩)가 鳥飼에서 늦게 왓기 째문에 쏭째나 씩쌍 십던 '구루마'(도로)도 못 굴렷다.

쌈갑 一圓 二十錢

"六月 二十九日 曇 後 雨. Work! '구루마' 八次. 二次トンボリ 쌈(汗). 壹圓 二十錢." 이것이 그 째 나의 平凡에 적힌 그 날의 日記가. 일이라는 것은 十町 가량이나 써나 잇는 곳에서 흙을 파서 '도로'라고 하는 '구루마'에 담아 線路 우로 굴러다가 停車場 近處 우물어진 곳에 쏘다 메우고 두드러지게 하는 所謂 '도로오시'라는 것이엇다. 莫童이와 함께 구루마 한 채를 골라 잡앗다. 그러나 잘 구는 '구루마'는 볼서 '나까무라'(中村)네 일쑨들이 다 골라잡고 잘 안 구는 것만 남앗다고 우리집 일쑨들은 모도 不平이엇다. '하쇼'(木箱)를 나려노코 그 우에 車板을 뒤집어 올려노코 닥고 기름을 쳐서 다시 線路 우에 드리세우고 '하쇼'를 올려 노코 당가래 두 개를 담아 가지고 한편에서 한 손은 허리에 다른 한손은 '하쇼'의 귀퉁에 대이고 그리고 흙 파는 곳을 向하여 밀엇다. '와라지'신은 발을 아프로 옴기며 '구루마' 굴으는 소리를 들으며 車體의 顫動(전동)을 쭉 부르거던 팔에 感할 째 아 勞働!

잔득 담아 실쇼 써낫다. 첫 절은 밧은 내럼바지⁶⁾엿다. 莫童이의 指揮대로 莫童이처럼 뒤에 올라탓다. 莫童이는 나더러 안즈라고 소리소리 지르며 두 손으로 하쇼의 두 귀퉁이를 뷔어잡고 나는 듯이 몸을 한 便으로 획 비틀며 납작들어 업대이자 肉重한 구루마는 쏜살가티 한길 노피도 못되는 '튼네루'를 쌔져 쑤부러져 내다랏다. 나는 두 손에 물을 한줌식 쥐고 앗득해 안잣섯다.

第一 第二의 難關

이 '튼네루'라고 부르는 것은 長霖(장림)통에 나물이 흘러보는 작은 개천자리 우로 鐵路가 지나간 다리 밋 '도로'가 겨우 通過할 만한 구멍이다. 加速度로 닷는 '도로'(구루마) 우에서 그 구멍에 當到하기 前에 精神을 챙기지 못하엿다는 鐵道 다리에 목이 걸리던지 車體와 堤緣 사이에 몸이 씨이던지 하거나 操繰(조조)에 쌋닥 失手를 하면 쑤부러지는 곳에서 脫線 轉覆이 되며 뒤밋쳐 나려오는 '도로'와 衝突이 되거나 하여 慘劇이 일어나는 危險한 第一 難關이엇다. 그 危險은 하나 精神이 펄덕 드는 第一 難關으로 벗어나서 速度가 써지기를 始作하는 것에서부터는 全力을 다하여 밀다가 올라타야 하는 한 곳 올림바지가 잇섯다. 그것은 힘드는 第二 難關이엇다.

첫재 '구루마'에는 別로 힘드는 것 갓지 안핫다. 그러나 次次 番數가

---

6) 내럼바지: 내리막 길. 내리받이. 북한에서는 '내림받이'로 표기.

만하 갈쓰록 氣力은 줄어들기 시작하엿다.

여섯 번 째와 일곱 번 째에는 거퍼 脫線 轉覆을 하고야 말앗다. 한번 그리되면 努力이 몃 갑절 더 들게 될 쑨더러 뒤에서 실쓰 오는 사람 아페서 부리우고 오는 사람들의 怨聲, 甚한 者는 叱咤(질타) 慢罵(만매) 를 듯게 되는 것이 질색이다. 莫童이는 그것을 나의 탓이라고 하엿다. 그러나 莫童이도 맘을 가젓는지라 솜가티 부드러워지고 불가티 쌜개진 나를 보고는 더 不平을 말하려고 하지 안핫다. 여들번 째 '구루마'와 第二 難關에서 다툴 새는 나는 熱病을 알핫다. <u>나는 二十餘年을 먹고 놀아서 힘을 虛費하지 안핫것만 二十餘年을 먹고 일해서 힘을 虛費한 莫 童의 힘을 當할 수 업섯다.</u>

쌈! 쌈을 푹 흘렷다. 더 나올 쌈이 업스리라고 생각될 째는 口渴이 甚하여서 견댈 수가 업섯다. 木葉을 싸서 곡갈을 만들어 돌틈으로 새여 나오는 물을 바다 쌈 밋천을 대어가면서 비가 와서 그만 두게 될 째까 지 여들번 '굴리고' '돔보후닷즈'(轉覆二次). 쏙댁이다 부플어 오르도록 訓長의 楚撻을 마자 가면서 '韋編三絶'하도록은 못 읽엇서도 그래도 조 이 冊이 해여지도록은 읽엇던 "鋤荷(서하)에 日當昨(일당오)허니 汗滴 下禾土(한적하화토)라"는 글 句의 참말 意味를 二十年 後 그날에야 비 로오 쌔달앗다.

하로 버는 木牌 八個

'구루마'를 들어 線路 박게 어퍼노코 당가래를 메이고 假屋으로 돌아 갓다. 흙을 부리울 적마다 日本人 監督에게서 바닷던 木牌 八個를 '오야 가다'에게 주엇다. 本來 한 '구루마'에 三十三錢식인데 박휘에 치는 기 름갑스로 '오야가다'에게 三錢식을 쎄우고 都合 二圓 四十錢을 莫童이 와 半分하게 되니까 致簿冊에 씨여 잇는 내 名義下에 入으로 壹圓 二十 錢! "眞實로 眞實로 勞働者의 돌벌이란 힘드는 것이다. '간조'(會計)가 보름에 一次式일 쑨더러 이미 四日間 먹은 食價가 발서 二圓 八十錢이나 되엇슴으로 現金 구경은 勿論 못하엿다. 莫童이도 그랫고 晴天이 매우 든 梅雨期가 되어서 하로 번대야 이틀 食價도 못됨으로 모도 그랫다. 그러나 그 날에 停車場 近處의 低地는 前날보다 훨신 두드러져 올라온 것을 바라볼 수 잇섯다.

함석 지붕에 떨어지는 비ㅅ방울의 우드락 뚝싹하는 '風樂' 속에 피쌈으로 산 '晩餐'을 먹엇다. 엄청나게 만히 먹엇다. 먹고나매 全身이 확근확근 달면서도 板張 틈으로 들어오는 濕氣 실은 저녁 찬 바람에 소름이 쏙쏙 씨치며 四肢가 조변을 못하게 쑤시기를 시작하엿다. 몸사리엇다. 아 누덕 이불─ 저리로 지나가는 거지의 보ㅅ달이를 견딀어보아라. 그는 반듯이 怒할 것이다. 의지업는 大地 우에 寒頓을 하여야 하는 <u>그에게 閔某 尹某 李某의 富가 무슨 相關? 나는 누덕 이불로 턱 밋까지 쏙 싸고 그만 熱에 씌워서 精神을 일헛다.</u>

사지를 꼼짝할 수 업서

내가 울엇다고 하면 讀者 中에는 웃을 이도 만흘 줄 안다. "저녁이 되며 아츰이 되니 둘째 날"은 왓다. "일어나거라 으이 귀돌아!" 귀돌이를 깨우는 고함 소리에 눈을 썻다. 일어나려고 하엿다. 그러나 틀렷다. 몸을 조금도 움즉일 수가 업섯다. 태투에서부터 응문이 긋까지 全 脊椎(척추)가 꽉꽉해젓다. 팔과 다리는 쌧쌧해젓다. 모든 關節은 强直되엇다. 하로밤 사이에 산 木乃伊(목내이)[7]가 되고 말앗다. 뿐 아니라 조금이라도 動해볼랴면 어대를 動할래던지 아플나지 안는 곳이 업섯다. ─ 팔이나 들릴까 하고 억지로 들어 볼라면 팔이 動하기도 前에 볼서 어깨부터 아팟다. 손을 글어쥘라고 하여 보앗다. 손ㅅ가락 마디가 터질 듯이 들고 손ㅅ掌心이 비국하기도 하고 쑤시기도 하엿다. 다리는 놀려 보려고도 할 수가 업섯다. 어찌 안탓갑던지 그만 울어버렷다. 눈물이 나와서 그랫

---

7) 목내이: 사전 미등재어.

던지 心臟의 活動으로 해서 그랫던지 쏘는 日常的 努力 以上의 努力을 해서 그랫던지 어찌하엿던지 乃終에는 乳兒 모양으로 '뒤일' 수 잇게 되엇고 한참 업대엇다가 亦是 어린 아이 모양으로 무르플 꾸을고 몸을 쑥-쓸어다가 일어나 안세 되엇다. 그러고도 오히려 일어서서 자리를 개켜야 하엿고 도랑에 쩌씁 서서 세수를 하여야 하엿고 밥을 먹어야 하엿고 '오야가다'가 特別히 생각을 함이엇던지 내의 길수에 온 '날일'을 하여야 하엿다. 언제던지 그 째의 그 안타깝고 아프던 생각이 나게 되면 왼몸이 자릿자릿해져서 가만히 안자 잇슬 수가 업시 된다. 몃 千萬年을 "終身토록 수고하여야 흙으로 돌아갈 째까지 먹을 것을 어드:어온 '자손'의 한아인 나로도 그리하엿슬 첸 '밧갈'고 난 둘째 날 아츰 '이쁘'와 '아담'의 苦痛은 如干치 안핫슬 것이요, 적어도 '造物主'의 寬厚치 못한 그 無情한 새 生活 制度에는 不平이 업지도 안핫슬 것이다.

날일과 도로오시의 구별

六月 卅日 曇后 雨. 날일 前 六時로 后 六時까지. 一圓 六十. 通譯. "이것이 그 날의 日記. '날일'이라는 것은 '도로오시' 外의 雜役인데 '도로'로 말하면 工事 請負業者가 假令 조선사람 勞働者는 每日 最高 얼마면 使用할 수 잇다는 것과 普通 勞働者로서 最善을 다하면 하로에 몃 '구루마'나 구을릴 수 잇다는 것을 짐작하여 가지고 '구루마' 數로 돈을 쪼개어서 한 '구루마'에 얼마식 주겟다고 人夫 請負業者와 相約이 되면 人夫 請負業者(흔히는 '오야가다')는 거긔셔 所謂 '아다마도리씽'(頭取金)이란 口文을 秘密히 除하고 人夫와 한 '구루마'의 품갑슬 相約하는 卽, '出來高' 賃銀 制度 다시 말하면 톱질꾼의 '줄싹'과 가튼 것이지만. 性質이 그럿치 못한 일은 조선사람 勞働者들의 부르는 '날일'이라는 것이다. 그런데 우리들이 모도 그 '날일' 어더 하기를 願하기는 이곳 '도로'는 距離가 놀날만하게 멀고 危殆한 곳이 잇고 올림바지가 大部分인 대에 비가 자조 와서 일을 번지게 되거나 한다 하여도 흙이 물을 먹어

62

서 무거워지고 線路가 비를 마자서 미츠러지는 까닭에 돈벌이 할 날이 적고 힘은 더 들이고도 밥갑도 못 엇지만 '날일'은 그와 달라서 일을 하다가도 비가 와서 못하게 된 쌔 그 쌔가 午前이면 半日치 午后면 온 군 날치를 밧게 될 쑨 아니라 틈틈이 監督의 눈을 속여 가면서 쉬어도 제갑슬 다 바들 수 잇는 헐그러온 일인 까닭이다.

손을 치어 손톱이 쌔저

그러한 '날일'이 나에게로 왓다. 아마 나의 엉긔엉긔 게는 꼴이 '오야가다'의 눈에 씌엇던 모양. 그 鐵ㅅ갓을 메어 나루며 枕木을 지어 옴기는 일이 비록 수월치는 안핫지만 '구루마'를 구을리기보다는 容易하엿다. 그날 만일 쏘다시 '구루마'를 구을리게 되엇던덜 線路上에서 무슨 醜態를 들어내엇슬른지 모를 것이다.

이튼날은 비. 다음 날은 半日間에 '날일'이 싯낫고 그 다음날은 비. "七月 四日 晴." 다섯 번재 '구루마'가 急轉直下 '튼네루'로 들어가는 瞬間에 拇指가 치엇다. 閻羅國 使者한테 뒤통수를 집피는 듯 '死線을 넘……'는 듯하엿다. 하마트면…… 일하기를 그만두고 假屋으로 돌아갓다. 내의 생각만 가핫스면 이어 마을로 가서 沃度水 가튼 것이라도 사서 발랏겟지만 高槻로 간 첫날부터 작은 곰보의 忠告가 잇서서 '오야가다'가 膏藥 사다 부텨 주기만 기다렷다. 작은 곰보의 忠告람은 처음에 나더러 돈이 잇느냐 뭇기에 무슨 意味인지 몰라서 업노라고 한즉 決코 돈 잇는 氣色을 보이지 말고 '와라지'도 '오야가다'더러 사 달라고 해서 할 수 잇는 대로 한푼이라도 '오야가다'의 돈을 지고 잇다가 여차직하면 쌔야 한다는 것이엇다. 조르고 졸라서 사흘만에 膏藥을 어더 부틸 째는 볼서 느것다. 손톱에 썰어젓다. 그 손톱은 確實히 高槻驛 線路 밋 내 쌈에 배인 흙 속에 뭇처 잇슬 것이다.

이튼날도 비. "七月 六日 晴." 아픈 손을 둘러 메이고 다리에 腫處가 나서 일 못 나가게 된 金德三이와 假屋 마루 바닥에서 둥글어 가면서 이런 이야기 저런 이약이 하는 中에 議論이 마자서 '합비'(勞働者들의 입는 힌 글ㅅ자 쓴 푸른 저고리)를 썰쳐 입고 슬그머니 鳥飼村을 向하여 高槻驛을 써낫다. (續)

▲ 동광 제6호(1926.10), 태허, 방랑의 일편 (제5회)

流浪·慘酷·悲哀·羞恥忿怒·反抗, 가자! 가자! 조선 가………, 하로·이틀─한달·두달─한해·잇해

> 먼저ㅅ호ㅆ지에 된 일
>
> 남다른 성심을 가지고 상해를 써난 주인공은 장긔, 문사를 거치어 대판에 왔다. 그의 가는 길은 업직 소개소요 목적은 로동자가 되는 것이엇다. 양복 입고 한 손 가진 그는 로동자리를 구하기가 매우 곤난하엿다. 공동 숙박소의 십전짜리 방과 이불 쟁탈 싸움이며 '메시야'의 진미등을 가추 격근 후 인부 시원이 겨우 채용되어 류리하는 흰옷 보통 무리에 석기어 곰보 총리대산의 인도로 '다가스끼'로 갓다. 거긔서 첫날 벌이가 일원 이십전─그러나 멧날 업서 손ㅅ가락을 찌기고 일 동무 김덕삼의 발론으로 벌이가 잘된다는 조사영을 향하여 길을 떠낫다. ……

줄러 가노라고 山등색이 좁은 길로 들어섯다. 욱어진 綠陰의 입입이 포들포들 썰어 히물거리는 해ㅅ볏 미테 번쩍어리며 薰薰한 바람이 가슴에 품기어 '합바' 자락을 펄펄 들날리엇다. 숩 속에서 마음 노코 노래하는 매암이들의 소리며 가지 우에서 마음 노코 지저귀는 멧새들의 소리를 들으며 매쑥이들의 마음 노코 쒸엄박질하는 길을 걸을 쌔 애를 바득바득 써야 가낫으로 썰어지던 밭의 조이─ㅅ장보다도 가볍게 성큼

성큼 들리던 맛은 더할 수 업시 愉快한 것이다.

덕삼이의 래력담

德三이―本來 어느 외싼 山짝에 잇는 水力電氣工事場에서 窟 파는
일을 하고 잇슬 째에 그곳 '오야가다'더러 弄談 삼아 조선 잇는 自己
족하를 養子로 주마 하엿더니 그 놈이 부득부득 졸라오다가 乃終에는
當場 안 다리어다 노흐면 죽이겟다고 날쮜어서 畢竟은 그놈에게서 차
즐 돈 四十餘圓을 그냥 내어버리고 乘夜逃走를 하여 大阪을 거치어 鳥
飼로 왓던 것이다. ―설흔 대여섯된 키는 적으나 몸은 통통한 개다가
압니가 두 개식이나 쌔진 모양, 새는 말씨 부드러운 音聲ㅎ가지 씨어서
미듬 性이 잇서 보이고 親한 맛이 들어 보이는 아주 조흔 사람이엇다.
우리가 高槻를 써나서 몰래 鳥飼村으로 다시 向하게 된 것도 根本 原因
은 이 德三이의 사람 조흔대 잇섯다. 德三이의 말을 들으면 鳥飼에서
前날 써날 째에 그곳 工事場의 日本人 監督이 말하기를 어대를 갓다가
던지 일이 더 힘들거던 언제던지 다시 가면 써 주마 하엿다고. 그런데
高槻 工事場으로 말하면 運搬하는 距離가 더 멀 쑨 아니라 올림바지가
더 만코 '하쇼'(木箱)가 더 크어서 힘은 더 들이고도 벌이는 鳥飼만 못
하다는 것이엇다. 그래서 슬쩍 가서 監督에게 말을 하여 보아서 나까지
써 준다면 그냥 거긔서 일을 하고 잇자는 것이엇다.

"일을 하게되어? '오야가다'가 되어 假屋을 짓고 勞働者를 募集하여?
漆板을 하나 만들어 걸고 바람과 비오는 날에 우리의 글이며 日本말이며
筭術 等을 가르키어? 쏙쏙한 놈들을 골라서 다른 여러 곳의 '오야가다'를
만들어? 그것들을 모도 한 개 統一된 機關에 屬하게 하여?……" 이런 空想
을 되풀이하면서 이도 저도 아니되면 村(日本의)에 가서 일쑨이 되어 農事
를 짓거나 養蠶을 하겟다는 德三이의 말에 對答을 하여가면서 全日 德三
이가 일하던 工事場에 이르럿다.

불쌍하니 써 준다

풀 바테 죽 돌아 안자 점심들을 먹고 잇던 日本人 勞働者들은 (全部가 日本人) 德三이를 보더니 반가운 듯이 人事를 하엿다. 德三이도 日本말은 못하나 亦是 반가을 듯이 가까히 가서 손이라 팔을 어루만지며 人事하는 진양을 하면서 監督인 듯한 사람의 겨트로 가 쭈그리고 안자 茶顧 올려 노흔 우등불에 담배를 부티는 동안 四方에서 제각금 '독구사미'를 차자서 조선말로 男女의 生殖器 이름을 불러본다. 德三이는 日本말로 ──히 그러케 하엿다. 빙글빙글 웃어가면서 점심을 먹고 난 監督은 그제야 德三이를 向하여 "일이 헐하더냐? 힘들더냐?" 물엇다. 德三이는 무슨 말인지를 몰라 함으로 내가 대신 대답을 하고 잇쌀아 간 쯧이며 할 수 잇는 대로 써 주기를 바란다는 쯧을 말하엿다. 그는 담배를 부티어 물면서, "어찌하여 그대네 사람들은 그러케 勇氣가 적은가?"라는 둥 '오야가다'라는 姜가가 여긔 잇슬 적에 每名의 품갑에서 '아다마도리깅'으로 每日 三十錢식을 졸는 것은 넘우나 甚한 짓이엇다는 둥 이야기 쓰테 여럿이면 안 되겟스나 德三이는 元是 맘이 착하고 일에 忠實하엿슬 쌘 싸라 불상스러움으로 우리 둘을 써 줄 터이라고 하면서 自己네 집에 가티 더리고 잇섯스면 조흘 터이로되 自己의 마누라가 조선 사람들은 드럽다고 쓰림으로 遺憾이나마 할 수 업슨즉 다른 대 가서 房만 어더 노흐면 臨時로 炊具며 얼마동안 먹을 쌀은 쥐어줄 터이라고 하엿다.

써난 집으로 다시 돌아와

마을이 工事場에서 五里가량이나 썰어지어 잇섯다. 德三이네의 단골이던 假家ㅅ집 老婆한테도 사정을 하여 보고 빌어만 하다는 집마다 차자 가서도 사정을 하여 보앗스나 房을 빌리어 주는 사람이 업섯다. 해는 저 가는데 寒頓은 할 수 업고 하여서 갓던 길을 다시 걸엇다. 日本人

의 <u>勞働者이지만 우리와 갓지 안흠을 알앗다</u>. 그곳서 본 것만으로 말하여도—그들의 敏捷하고도 씩씩한 動作과 우리의 굼뜨고 맥풀린 動作, 그들의 戰場에 나아간 軍士들 가티 차린 裝束과 우리의 자다가 불구경 가티 차린 裝束, 그들의 '벤쏘'의 小量과 우리의 점심의 大量. 比較도 되지 안핫다. 더군다나 낫 노코 ㄱ 字도 모르니 다른 말이야 하여 무엇.

우리의 假屋에 돌아간 째는 그날 밤 十時頃이엇다. 색캄안 木枕 우에 엇비스럼히 세워서 감을 대며 날라드는 벌래들의 타는 대로 부직직거리는 燭ㅅ불 하나를 가온대 하고 모이어 안자 諺文 致簿冊과 毛筆을 들고 잇는 良玉이와 그 겨테서 성냥개비로 가치 算을 버리고 잇는 '오야가다' 달로의 입술을 번갈아 치어다 보기에 精神들이 업섯다. 우리가 들어서매 쌈작들 놀라 반기면서 작은 곰보도 나간 지가 하로가 넘어 疑心이 잔득 생기엇던 次에 우리가 아무 말 업시 나와서 저녁 째가 지나 밤 열 時가 되도록 아니 돌아갓슴으로 逃亡간 줄로 알앗섯노라고. 그도 그랫슬 것이 나의 會計가 열흘 동안에 四圓 角數를 벌엇는데 食價 七圓에서 除하고 보면 아직도 負債가 二圓餘이엇스니 밤이 깁도록 우리의 鳥飼 다니어 간 것이 쑤근거리는 材料가 되엇다.

이튼 날로 晴天이엇다. 일ㅅ터를 向하여 어쌔에 당가래를 메고 부들부들 썰면서 이른 아츰 안개가 자옥한 이슬 바트로 나아갓다.

하하 종씨로그만

"아이 웨 가만이 잇소. 좀 밀으시오!"

긔을 나(午) 七月의 물으늭은 해ㅅ벼츤 私情업시 나리어 쏘이엇다. 똑 가티 난우어 먹는 일이라 쌈이야 하르건 숨이야 차건 맥시야 나건 죽을 악을 써 가면서 가튼 힘을 들이노라고 하엿스나 無效엿다. 상로가 그런 역정을 내이기까지에 몃 번을 성화가 나서 '구루마'를 혹 밀칠 적이면 나는 거의 아프로 썩굴어질 듯이 허둥지둥하엿다. 그럴 적마다 內心에 未安하기 싹이 업섯다. 더욱이 상로로 말하면 '警察署長'이란

67

別號를 가진이만치 일의 是非와 曲直은 且置하고 주먹닥달부터 내이고야 보는 性質과 强力을 가진 사람임으로 그런 말이 나올 째에 同時에 적지 안흔 脅威를 感하엿다. 그러케 짜증을 대어도 '구루마'가 올라가긴 고사하고 뒤물러 걸음만 치엇다. 상로 憤이 머리씃까지 치밀린 모양. 휙 돌아서면서 '하쇼'에다 등을 대이고 버치고 서서 守勢를 取하려고 하엿다. 나도 그 모양으로 하엿다. 우리의 뒤에도 土砂를 滿載한 數多한 구루마가 그 뒤에 부터서 고개를 푹 숙으리고 '하나아아 두으으을'의 步調로 발을 쩨이는 사람들과 가티 무즈ㅡㅅ히 굴어오고 잇섯다. "대관절 姓이 뭐요? 姓이나 알고 지납시다." 하도 긔가 막히던지 상로가 나의 姓을 물엇다. "本은 …… 하하 宗氏로고만! 갑시다!" 상로는 내가 아니 밀어도 조타는 듯이 和氣滿滿한 얼굴을 하여 가지고 복판에 들어 서서 붓적붓적 내어밀면서 "가자 가자 조선가 몃 三年 지나면 조선 갈쇠!! 어이ㅅ차 어이ㅅ차" 이러케 해서 그날 점심째까지의 마주막 '구루마'는 第二 難關을 벗어낫다.

일신이 녹아드는 듯

甚히 疲困하고 시장하엿던 쯔테 확근거리는 함석 지붕 아래에서 점심을 量씻 먹고들 나면 一身이 녹아드는 듯해서 그만 자리에 쓸어지어 코들을 골게 된다. 그러나 그 無我境으로 들어가는 맛을 맛보기는 '오야가다'의 卷煙 한 대 피울 동안 박게 아니되엇다. 달로와 곰보는 언제던지 잠이 第一 기피드는 귀돌이를 먼저 쌔운다. 쌔우되 흔들어 쌔우지를 안코 소리치어 쌔운다. 그래서 귀돌이만 쌔게 되면 그 남아는 쌔우지 안하도 저절로 쌔게 된다. 그 동안에 아마 귀돌이가티 튼튼하고 愚順한 사람은 코를 十數次 골앗슬른지 모르나 가가티 넘우 지나치게 지치어서 疲困에 팽경날이 선 사람은 夏雲가튼 꿈조각이 들락말락하는 잠 우로 두서너번 지나는 듯 마는 듯한 째이엇다. 만일에 여름날 수무나무 그늘 미테 쏭지로 파리를 날리어 가면서 색임질을 하고 누엇는

소가 잇서 우리 所謂 勞働者들의 그런 쏠악산이를 본다면?

　바로 그날 점심 前이엇다. '구루마'를 제키어 노코 흠앙(溝壑)에 들어가서 물을 마시고 나가니까 나스살이나 먹은 中村네의 일꾼 四五人이 곰방대에 담배들을 피워물고 헐하고 잇섯다. 말을 하여 보앗다. 그러나 그럴상 시퍼 하면서도 勞働者가 된 것도 八字요, 數千里 他國으로 가게 된 것도 八字요, 不良한 '오야가다'를 만나게 된 것도 八字요, 날이 굿치어서 벌이가 안 되는 것도 八字요……그리고 無能한 自己 하나를 그 不良한 '오야가다'와 比較하여 가지고 언제던지 服從하여야 할 무서운 것으로만 알고 또 그리하여야만 그 변변치 못한 벌이나마 어더 할 수 잇슬 스루로만 알지 貧寒한 것이 八字가 아닌 싸닭은 莫論하고 自己네는 여럿이오 '오야가다'는 혼자인 것을 알지 못할 쑨더러 나의 말대로만 하면 밥갑도 每日 三十錢 가량 박게 아니 들 터이요, '아다마도리킹'도 아니 쎄울 것이라고 하나, 그 不良한 '오야가다' 中村(조선사람)의 頑惡(완악)스러운 行動이 聯想되어 그러는지 모도 즐기어 應하려고 하지 안핫다. <u>何如間 그러틋 나이가 먹도록 牛馬 以上의 勞役을 하면서 豚犬 以下의 生活을 하여 오건만 現代 社會組織을 咀呪하는 思想이란 싹도 안난 듯.</u>

　언제나 저들의 머리 속에 '웨'" '어찌하여?'라는 疑問이 생기어지며 그 疑問의 對答을 八字라 아니하게 될까?

'오야가다'의 사꾸라 몽동이

　그날 午后에는 한 사람이 여섯 '구루마'식만 굴리면 一圓式을 주겟다호 하면서 가시나무와 넝쿨이 엉키어 더핀 언덕 하나를 업새여 버리라고 中村의 일꾼과 한 곳에 부티워 노케 되엇다. 험상굿게 생기고 무상하기가 싹이 업는 中村이가 監督이엇다. 中國 南方에들 가면 무소(犀)로 밧가는 것을 본다. 農夫는 굵은 몽동이러 거이 終日 그의 궁둥이를 두다리며 딸아 다닌다. 北方에를 가면 다만 기다란 채쭉을 空中에 낙구채기만 하면서 그를 어렵지 안케 몰아간다. 우리들은? 中村이라 아무러치도 안코 집도 잇는 '사꾸라' 몽동이를 보기만 하고도 가장 順實한 듯이 순물 口逆질을 하여 가면서 일을 하엿다. 무소보다는 말이, 말보다는 사람이 더 怜悧한 것이 이러하다. 그러나 무소보다는 말이, 말보다는 사람이 더 卑劣한 것도 이러하다. 참말 더럽은 現象이엇다. 나무 썰기 한 개만 파서 쓸어너코 그 우에 흙을 몃 삼테 어리가리 더프면 얼른 한 '하쇼'식 되어 오라지 안하 모도 約束한 여섯 '구루마'란 數에 차게 되엇다. 그러나 언덕은 半도 업서지지 안흔 것을 본 中村이는 "이놈에 자식들 다섯 구루마식만 더 해라!" 그러치 안흐면 이미 일한 것도 쓸 데 업다고 싹싹 섯다. 돈을 못 바들가 보아서, 보다도 그 命令 거슬이기가 어려워 발서 數를 채운 사람들 오 아직 數를 채운 듯이 일을 繼續하엿다. 나와 나의 동무도 할 일 업서 두 '구루마'를 더 굴엇스나 언덕은 업서지지 안코 脫力은 되고 하여서 몃 사람들의 쉬를 쌀아 슬그면히 집어던지고 假屋으로 돌아도고 말앗다.

싸움 쯔테 술 추럼

몃 時間 後의 일이다. 술이 얼근히 醉한 北村(中村의 妻男)이란 '오야가다' 비틀거리며 들어오고 그 뒤를 쌀아 中村이와 川崎(達浩)가 들어온다. 北村이 號令 湖嶺해서 뒤ㅅ假屋의 '오야가다' 徐서방을 불르러 보낸다. 三十이 될락말락한 徐서방 穀氣가 등등한 內部의 光景을 살피엇던지 한 折半(절반) 죽어 들어온다. 아나나 다를까 안씨가 바쓰게 北村이 달리어들어 '이놈의 자식……' 주먹을 들어 面板을 내리어친다. "이놈으 자식 내 집 일쑨을 네 집에 가저다 두어? 이 놈으 자식" 쏘친다. 몃번 갈기도록 내버리고 보고만 잇던 中村떼가 强制的으로 挽留를 시키어 노코는 "이놈에 자식……"하고 쏘 徐서방을 짜린다. 北村이가 친다. 中村이가 짜린다. 中村이와 北村이가 모두 매를 내리운다. 敢히 말릴 사람이 업섯다. 우리들 勞働者는 더군다나 그런 일에는 털끗만치도 干涉할 수 업는 地位엿다. 中村의 손아구에 들어노는 達浩도 아무 말이 업시 서서 보기만 한다. 그 所聞이 갓던지 늙은 女人 하나가

헐덕이며 쇠어들어 北村이를 그러안고 自己의 아들이 잘못하엿스니 살리어 달라고 哀乞伏乞하여서야 매질이 긋낫다.

　徐서방은 눈물을 거둔 後 百拜謝罪를 하며 그 것이 決코 北村이의 일꾼을 쇠어 간 것이 아니라 그 일꾼은 元來부터 顔面이 잇던 터로 집으로 돌아갈 터인데 北村네의 食價를 다 물고나니 手中이 비게 되어서 몃칠만 밥을 먹이어 달라한 까닭에 그런 줄만 너기고 許諾하엿던 것이라고 辯明을 한다. 容恕한다는 意味로 北村이 사람을 시키어 술 사러 보낸다. 徐서방 惶悚해서 제가 내어야 올켓는데 現金도 업고 낫 아는 日本人 商店도 업다고 하면서 씰씰 맨다. 그러타면 걱정할 것 업다고 北村이가 제의 圖章을 주어 보내더니 北村의 것보다 갑적이나 큰 술 甁이 들어온다. 막애를 쏩앗던 北村의 술은 다시 막아 돌리어노코 徐서방의 술을 터친다. 和解를 한다고 첫 잔에는 食鹽을 타서 證人으로 德三이 黃서방까지 한 목음식 마신다. 우리는 마치 書堂에서 訓長이 술 추렴할 쌔의 學童들 모양으로 靜肅하게 안자서 보고만 잇섯다. <u>우리 中에는 勞動者도 意思를 가지엇다는 것을 조곰도 念頭에 두지 안코 소나 말이나 도야지나 강아지인 듯이 네 것 내 것 하면서 싸리고 마즈며 사우다가 제 것이라고 차잣노라고 지랄 發狂을 하는 쏠을 憤해 하는 者는 업는 듯.</u>

　徐 서방은 燈을 들고 兄님이 된 北村을 모시고 北村의 집으로 갓다.

가자! 가자! 조선 가!!

　몃칠 前부터 입고 왓던 周衣를 팔지 못하여 애를 쓰던 莫童이는 오노라 가노란 말 업시 나간 채 그만 돌아오지 안코 말앗다.

　자고나니 비. 비가 오는 날에는 '구루마'를 굴리지 못하게 된다. 밥갑슨 저도 쉬는 맛은 조핫다. 널쏙 門을 열어 재치고 바라보면 비ㅅ발이 들이운 저편에 멀리 停車場이며 오고가는 車가 보이엇다. "제길할 놈의 소 무슨 八字가 사나와 여긔까지 죽으러 오나!" "죽을창 해선 한번 타나 보지." 저에게도 心情이 잇서 江山이 서툴러 보이던지 입들을 쏙

담물고 吟味나 하는 듯이 눈을 두리번거리면서 실리어 가는 조선 소들을 볼 쌔에 우리 中에선 이러케 주고 밧기, "제길 저놈의 車 한번 탓스면!" —"가자 가자 조선 가!"를 중의 '남무아미타불' 쭝얼거리듯 심심만 하면 소리하는 상로의 오락가락하는 汽車가 보일 적이면 빈집 업시 하는 말. 한 便에는 '四七九三六 갑오!' 담배 내기 투전을 벌리기, '마꾸라도 만만 하더라' 이러케 귀돌이는 自己의 무릅을 어루만지어 가면서 지나간 쑴 가튼 刹那의 分外의 享樂을 追憶하는 感想談의 實例로 잘못 들어갓던 車室에 노히엇던 그 絨毛로 쌔운 長倚子의 兩씃 마무리를 들어 하는 말. 이야말로 極히 貧寒하여 말할 수 업시 低級의 生活을 하는 사람에게 는 그의 온갓 所謂 失手는 그로 하여금 보다 나은 生活을 맛보게 하는 手段도 될 것이다.

긔차 우의 녀학생=교토행 열차의 여학생 모습임

　그로부터 兩日間엔 비는 마잣지만 재수가 조핫던지 石炭 씩걱이 담 아내는 '날일'을 하게 되엇다. 아츰이면 連山모양으로 汽車가 버리고 간 石炭 씩걱이가 線路를 沿하여 傾斜진 곳에 무덕무덕 싸힌다. 그것을 헐어내어서 우물어진 곳을 메우는 同時에 다음 아츰 싸힐 자리를 마련 하는 일이엇다.

　아츰과 저녁 京都로 올라가고 京都서 나리어오는 車 안에는 通學하 는 男女學生으로 그득그득 찬다. 그런 車가 쎄거―ㅇ 하면서 바로 우리 가 일하고 잇는 겨테 닷고 窓을 열어 들치는 소리와 그 안에서 그들의 지저귀는 소리가 귀에 들릴 쌔에는 무슨 똑똑한 생각이 나는 것이 아니 엇지만 가슴이 울렁거리엇다. 或時 門밧게 나와 섯는 女學生들의 힌 발샥리며 쌜거스럼한 발목이며 紫色 藍色의 '하까마' 자락이 보일 쌔에 는 아무럼 그들의 보기에야 아무 廉恥도 업슬 一個 勞働者엿겟지만 나 에게는 나의 주제 사나운 外樣, 더욱이 石炭 씩걱이가 무더서 색캄애진 얼골을 한 몸둥이가 그들의 눈 아페 잇는 것이 더 할 수 업는 恥辱이엇다. 恥辱을 感할 그 새 무슨 空想이야 아니 쩌돌앗스랴. —쑴에 볼까 보아 무서울이만치 不潔하고 상쓰러운 勞働者의 무리가 路上에서 지나가는 貴婦人을 놀리어 먹으려다가 코를 쩨우고 만다. 웨 마느냐. 그 기름 발라 쏘진 머리칼이 散散이 흐틀어지도록 그 粉발라 히어진 얼굴이 흙매질이 되도록, 그 살핏하여 살이 비쵀는 치마와 적삼이 갈갈이 씨저지도록 웨 못하고? 그래 너만은 네 안해를 그러케 못차려야 올흐냐? —'타마'油를 발라 車輪이 푹푹 박이는 길 우로 한 勞働者가 '구루마'에 짐을 잔쑥 실어가지고 아기작거린다.

눈이 부시게 번적어리는 自動車가 아페 싹 막아서서 붕붕거리며 避하기를 재촉한다. 웨 避하노라고 애를 부득부득 쓰느냐. 그 안에 傲慢스럽게 안자 잇는 紳士인채 自働車를 집어 저 이룩이룩하는 太陽을 向하여 마주치어 微塵이 되라고 던지지를 못하고? 그래 너만은 그러다 죽어야 올흐냐?…… 그만두자. 무슨 空想이야 안 낫스랴.

하로 이틀이 한 달 두 달

그 사나을 監督의 監視下에서 어둡도록 일을 하다가 논 도랑 물에 세수하고 발 씻고 假屋으로 돌아가면 먹다 남은 크다란 밥 桶과 그 녀페 저ㅅ갈로 다리를 노흔 써늘한 왜간장 파ㅅ(蔥)국 한 그릇이 나를 기다리고 잇슬 쑨. 燭ㅅ불을 빌어다 먹고나선 其中에서도 좀 낫다는 건 나 만혼 재세하는 黃서방 골라잡고 警察署長 상로 골라잡고 우들대이기 잘하는 귀돌이 골라잡고 남아는 먼저 온 놈 골라잡고 第一 너즐하여 거두는 임자 업시 板墻 틈으로 쌱리어 들어오는 비를 마자 축진섭진해진 이불을 글어 덥고 그래도 세상업시 자기엿다. 무엇 곱거나 밉거나 마누라 가튼 것이라도 잇서서 반찬이야 잇던 업던 床을 보아 新聞紙 조박으로라도 가기워 노코 국그릇은 火爐 우에, 밥 그릇은 火爐 여페 대어노코 기다리는 것도 아니엇고, 다 먹고 나서 한 대 피울 동안 자리를 보아 노코 눕기를 재촉하는 것도 아니엇다.

하로 이틀? 한달 두달? 一年 이태 벌의 쎄나 개미 무리가티 <u>우리 人類</u>
<u>도 各個의 幸福과 共通되는 全體의 利益을 爲하여 全部가 勞働을 하는</u>
<u>것이 아니오,</u> 남의 利益을 爲하여 저들만이 一生을 그런 生活을 할 그들의
코 고는 쏠은 참아 볼 수 업는 것이엇다. 그 後에 大阪서 어느날 아츰
工場으로 가는 길에서 建築工事 '뎃다이'(手傳)를 하고 잇는 良玉이와
귀돌이를 만나 <u>德三이의 安否</u>를 물엇더니 '구루마'에 쌀리어 죽엇다고.

그러나 저러나 이틀 동안 石炭 씩걱이 글어내는 일로 四圓을 벌게
되어서 그날까지 먹은 밥 갑슬 다 물고 돌이어 멧 十錢 들어세게 되엇
다. 발서부터 쯧하고 잇섯던 大阪 다니어 올 일이 實現될 쌔는 왓다.
行李가 질리어 간다는 평계로 '오야가다'의 諒解를 어더가지고 理髮하
러 나갈여고 할 쌔에 '오야가다'의 마누라, 비누만 사 두고 가면 덥은
옷을 쌜앗다 주마고. 이것은 前例가 업는 일이엇다.

理髮하고 돌아와 옷 가라입고 停車場을 向하여 쩌나던 쌔는 어득어
득할 쌔엿다. 假屋 속에서 누구인지 "오늘은 쏭쌔나 쉬는구나!."(續)

▲ 동광 제7호(1926.11), 태허, 방랑의 일편(육)

> 6편에서는 필자가 계몽 운동가로서, 노동자를 구원하기 위해 여러 가지 행동을 취하
> 엿으나 실패하고, 오사카 노동자가 된 이유를 적고 있음. '쫏긴 자들의 말로 – 일본
> 도처에서 볼 수 잇는 모르히네 중독자 – '라는 사진과 '건축토목공사장 노력수급조직
> 표'가 실려 있다.

大阪의 工場 生活과 朝鮮人 勞働者의 慘狀

阿片 中毒과 各種의 會合

그로부터 일해 되던 날 쉬임 업시 비나리는 아침 사흘전 約束대로
工場으로 갓다. 社則을 嚴守할 것과, 職務에 勤勉할 것과 故意 又는 過

失에 依한 器物 毀傷에 對한 辨償을 할 것과 給料는 주는 대로 바들 것과, 언제나 解雇되어도 말 말 것과, 그만두게 될 째에는 二週日 前에 豫告할 것 等 意味의 誓約書에 願書와 履歷書를 添付하여 바치고 案内하는 사람을 짤아 醫務室로 가서 體格 檢查를, 能率課로 가서 握力과 算術과 單語 試驗을 마치고 '一件書類'와 함께 이리 돌고 저리 돌아 機械 소리가 擾亂스럽게 새어나오는 집 우칭으로 돌리윗다. '좌풀린' 수염에 醫師 두루막 입은 監督이란 사람에게 紹介가 되자 그의 處分대로 일하고 잇는 한 사람에게 맛기윗다.

工場 勞働者가 되어

發動機가 돌아간다. 皮帶가 도아간다. 齒輪이 돌아간다. 쌀가웃식 되는 아름드리 돌 기둥이 씨아가락 모양으로 엇물고 돌아간다. 담긴 '구루마' 뷔인 '구루마'가 奔走하게 오고간다. 動하는 物件은 各各 제 생긴 대로 가진 소리를 다 내인다. 動치 안는 것이 업다. 유리 窓도 들거덩거리고 '쎄멘트' 다진 마루 바닥도 쿵쿵거린다. 몸은 邪鬼 실린 신장대 썰ㄹ 듯썰리는데 가슴은 울렁거리고 모리는 횟쎙하여 精神을 차릴 수 업섯다. 나를 마튼 사람에게서 당가래를 바다들고 그의 하는 대로 木箱에 수북이 담긴 무슨 부스러기를 하던 손씨라 푹 써서 돌아가는 機械 속에 던저 너헛다. 이리하여 나는 그날부터 '中山太陽堂工場'의 石鹼(석 감) 工務室 第七十三號 職工이 되엇다.

本是 大阪을 잠싼 다니러 갓던 쯧은 高槻에서 일하고 잇는 勞働者들의 處地가 넘우도 억울하여 무슨 조흔 道理나 잇지 안흔가 하고 相議코저 함이엇다. 그래서 所謂 朝鮮人協會長 李君을 차잣다. 李君은 나의 하는 말을 들어가면서 地名이며 人名이며 數字 가튼 것을 조이조박에 鉛筆로 적는다. 글자 하나가 銅錢 닙마큰식 크어서 몃 字 쓰지도 안어 前面이 차진다. 後面도 차진다. 쌈에다 쓴다. 쏘 그 쌈에다 쓴다. 邊으로 돌아가면서 쓴다. 덧쓴다. 각금 다른 사람들의 말참간을 한다. 담뱃재를 썬다.

나는 말하기를 그만두엇다.

李會長의 勸을 들어

　오래간만에 新聞이나 좀 읽으려고 하엿스나 視線이 固定되지 안핫다. 이러나서 나오려고 할 째에 李會長은 깜짝 놀라는 듯이 一邊 書記를 命하여 二圓식 밧는다던 銀으로 만든 協會 '맑크'를 無料로 가저다가 親히 나의 가슴에 달아주며 부대 우리 '朝鮮同胞'를 爲하여 손을 마주 잡고 일해보자는 둥, 내가 大阪에만 잇는다면 무슨 일에던지 周旋하겟다는 둥, 여러 가지로 말을 하면서 挽留를 하엿다.

　돌이키어 보면 德三이와 가티 鳥飼村으로 가면서 利로 그들을 쯰을 어 적어도 그 貪虐이 無盡한 '오야가다'의 손만에서라도 벗어나게 하여 볼까 하던 생각도 水泡엿고, 獨力으로 自覺을 일으키기는 不可望이요, 最後로 勢力이나 빌어보자던 것도 空想이 되고 말앗다. 勿論 그째 내가 주제넘께 무슨 勞動運動이나 하려던 主義엿드면 쏘 달리 무엇이나 하여 보려고 하엿겟지만 其實은 그러치 안핫고 '이왕이면' 하엿던 까닭에 일이 그리되고 보매 터득터득 차자가서 다시 그 苦役을 할 생각을 하니 맘이 썰찌하기도 하엿고 쏘는 그만하엿스면 이제는 工場 勞働者가 되어보는 것도 조흘성 시퍼서 李君에게 付托을 하게 되엇던 것이엇다.

　工場은 멀리 南쪽에 잇섯스나 여러 가지 生疎한 點도 만핫고 쏜 안이라 外上 밥을 먹을 수 잇섯슴으로 처음 들엇던 '朝鮮人 第一 共同 宿泊所'에 그냥 잇기로 하엿다. 高槻로서 到着하던 날 밤은 疲困도 하엿섯지만 참 조핫다. 말하자면 거긔에 잇는 이부자리가 보다 더 더러워지엇겟고 좀 더 해여지엇을 터이엇지만 어찌 그리 보드랍고 포근포근하고 쌕 삿해 뵈던지. 게다가 미테는 '다다미'가 쌀리어 잇고 우에는 電燈이 케어 잇고 四方에는 유리 영창이 달리어 잇고 가티 잘 사람들은 比較的 히금멀쑥하고 액구눈에 곰보인 主人 裵氏며 고수머리인 所長 孫君은 倍舊 親切하게 구을고. 그래서 그날 밤 적은 日記에 "오늘 밤 高槻에서 오매 宮殿갓다. 좀 좁으냐."라고 한 句節이 잇다.

三百五十戶 朝鮮下宿

그것도 하로 저녁 숨이엇고 나날이 좁아지기를 시작하엿다. 그해 그 달에만 조선서 大阪으로 直來한 조선 동포 特히 勞働同胞가 男女 一千八百 餘名이어서 三百五十餘戶나 되는 朝鮮人 下宿業者들의 집이 大滿員을 일우어 一疊當 二·一七人이엇다 하고, 朝鮮人協會로 밀우어 보면 "朝鮮人 同胞의 福利를 增進시키며 相互扶助 救濟로 目的"하는 等 各色 宏大한 理想을 標榜하고 組織되엇던 七十餘 團體(?) 中에 그 쌔에 남아잇던 勞働同盟會, 同志會, 勞進會, 相愛會 等 二十餘會도 무던이 융성융성 하엿슬 것이다.

하로는 점심을 먹고 안잣노라니까 어썬 자부리가 왜자자한 북상투 머리에 감투 갓 바처 쓰고 돌돌 말린 두루막 입고 손에 곰방대 든 양반 한 분이 얼굴을 숙 드리밀고 座中을 훼─돌아보더니 "여개 우리아 안 왓소?" 室內의 사람들은 모도 抱腹絶倒할 지경이엇다. 그런데 우리 中에 잇던 平壤 靑年 하나이 슬그머니 나가더니 그날부터 어썬 印刷工場에 가서 見習하게 되엇던 崔 무엇이라나 하는 少年을 다리어왓다. 主人을 請하여 食價를 셈하고 "아직 車 탈 時間이 멀엇스니 점심이나 먹여가지고 써나라." 勸하엿스나 對答도, 人事도 업시 돌아가지고 갓다. 쏘 하로는 아부지되는 사람이 아들을 잡으러 大阪으로 오던 車中에서 소매치기에게 車票든 돈지갑채 일허버리고 警察署의 保護로 故鄕으로 돌아가서 그런 事情의 편지와 旅費를 보내어 왓다고 福島 警察署(大阪의) 署員이 나와 부뜰어 갓다. 父子 相携하고 돈벌이 왓다가 밥갑만 지고 잇슬 수 업서 아닌 밤중에 도망갓다. 別別이 우섭고도 긔막히는 일이 非一非再엿고.

길거리에 나가면 무슨 세간이 그리 만혼지 잔뜩 질머진 사나이와 이엇고 업엇고 시쌜건 허리와 두 젓이 들어난 여편네에게 그들은 말을 못 알아들어서 어리둥절하고 섯건만 所謂 '新附同胞'를 指導할 好機會나 만난 듯이 두 번 세 번 親切 叮嚀하게 길을 가리키어 주고 잇는 光景을 種種 볼 수 잇섯다.

朝鮮 移民 兩面觀＝조선인 노동자의 정치, 경제상의 의미에 대한 필자의 생각

조선인협회에를 가 보면 금방 車에서 나리엇다는 사람, 일자리 생겻나고 날마다 오는 사람, 돈 쌔앗기엇다는 新來者, 쌔아삿다는 협잡쑨으로 그득이 찬다. 會長이니 總務니 書記니 할 것 업시 모도 들어부터 試演하는 喜劇俳優 모양으로 써쑥써쑥 서투른 責望들을 패푸리한다. 한 사람에게 一時에 두 세 곳으로서 命令이 나리기도 한다. "始末書를 써라!" "남은 돈은 여긔 막기엇다가 벌이해서 旅費가 차거던 票 사가지고 가거라!" "너는 거긔 서 잇다가 밤 車로 돌아가거라." "아, 모시모시, 하하하, 이─야 도─모 하하하 도─모 아렁아도 고사이마시다." 電話다. 糞尿 人夫 二十名 注文이란다.

大體 조선사람을 아노라는 日本사람이 그 새 <u>政治上으로</u> 日本가는 一般 조선사람을 쓰는 <u>經濟上으로</u> 조선인 勞働者들이 어쎠케 보앗느냐 하면 前者의 意味로서는 말하되 "最近 日本에서 水平運動이 일어나 社會의 耳目을 쯔으는 際에 一層 融化가 困難한 能力을 적은 조선의 下層 勞働者 多數가 急激히 來住하여 不健全 思想 醸成의 中心部가 되어가지고 조선 獨立運動과 相結하여 帝國의 調和·融化·融合的 發展을 破壞하는 原因이 되는 것이다." 하고 後者의 意味로서는 말하되 "조선인 勞働者는 自己의 勞務에 責任을 갓지 안는다. 勿論 興味 가튼 것은 가질 理가 업다. 딸아서 活氣가 업다. 特히 好惡乖逆 다만 利로써 相爭하는 常習에 이르러는 거의 人格을 認定할 수 업다. 게다가 廉恥心이 缺乏하여 不勞而所得으로서 賢明한 行爲라고 하며 물건은 훔치는 데 大胆(대단) 至極한 것은 말할 수 업다. 그러나 汚賤한 勞働일턴지 水中作業도 案外

에 괴로워 안하고 하는 것은 賃銀의 低廉함과 알울러 長處이다."고. 이러하다. 이러하여서 그들의 策動과 後援下에 만치만 遝至(답지)한다는 注文이란 衛生人夫가 아니면 '노가다; 싸위이엇나보다.

말썽쑨 모하 만든 會=1926년 일본에 건너간 조선인 노동자는 연간 28만명에 이른다고 함

그러나 조선인 勞働者라고 모도 그런 일만 하게 되는 것이 아니지만 元來 分業이 發達된 工業임으로 一部의 不熟을 避할 싼더러 日本人의 失業勞働者만도 不知其數엿고 쏘 아무리 汚賤헌 勞働, 水中作業이라한덜 그것도 限定이 잇는 까닭에 임이 一年間에 二十八萬이라는 만은 勞働者가 건너갓고 大阪에만 하여도 그 새에 "오늘은 百名 왓다." "二百名 왓다." 하던 터이엇슴으로 무슨 일에나 大阪 바닥에서 '노가다' 막벌이쑨은 거이 全部가 朝鮮사람이면서도 下宿에 그득그득 차게 누어서 들구는 사람도 그네들이요, 街上에 連絡不絶히 어슬렁거리는 사람도 그네들인 狀態엿다.

그 만흔 사람들이 下宿業者들에게 二重三重으로 쌀리우고 잇는 것은 말도 할 것 업섯고 차라리 그 所謂 '日鮮融化'의 精神에라도 徹底붓하엿으면 적이 나은 點도 잇스런만 그러치도 저러치도 못한 말성쑨들을 모아 만들어 노흔 會들이라 그 會들로 層生疊生하는 廢害는 이루 말할 수 업서 돈벌이랍시고 하는 勞働者들도 '일흔 독귀나 어른 독귀나'하는 形便이엇다.

게다가 阿片中毒까지

限量이 업거니와 統히 말하면 大阪 잇는 그들의 全部로서의 動態는 마치 회호리바람에 말리어 올라가는 진쯀과 가타엿다. 얼마나 올라가 얼마나 써돌다가 어대가 써러저서 어써케 될는지를 自己네들도 모른

다. 無識해서도 모를씨나 眩氣가 나서도 모를 것이다. 그러하다가라도 돈은 못 벌어도 몸들이나 성해서 도라간다면 그에서 더 不幸中 다행은 업스련만 내가 일하던 工場이 잇는 水崎町 近處만 하여도 '모루히네' 中毒者가 골목골목에서 呻吟하고 잇는 꼴을 참아 볼 수가 업섯다.

그러나 모루히네를 아니 맛기로니 그보다 나은 生活을 하고 잇는 者가 大阪 잇는 우리의 勞働者 中에 몃 사람이나 잇을까? 할 일 업는 노릇이다. 제 아무런 愛國的 雄辯家, 愛國的 歷史家가 가서 이를터이면 "야, 이놈아 이게 무슨 짓이냐! 이 大阪이 넷적 難波. 우리 祖上 王仁과 阿直岐가 千字文과 論語를 가르치려고 처음 上陸한 곳이 이 大阪이 아니냐! 그러한 곳에 와서 祖上이 부끄럽게 쏭을 친다. 길을 닥는다 하다가 이러케까지 된단 말이 웬 말이냐! 우리의 祖上을 생각해서라도 좀 自尊心을 내어라!" 라고 가진 愛國的 術語를 온갖 歷史的 榮譽를 다 들어 부르지진단덜 무슨 所用이 잇슬낌? 그저 "幻想의 쏨은 깨어지고 理想의 등불도 스러진 쫏기우는 者의 쓸아림을 가슴에 딩기고 定處업시 流離의 旅路에 彷徨할 박게 업시된 農村을 버린 勞働者" 그것일 쑨이다.

누엇거나 안잣거나 벌거숭이＝지식인의 모습(맬더스의 인구론)/12첩방의 모습

形形色色의 光景을 목도하고 形形色色의 생각을 써돌추어 보앗기로 나 잇는 宿泊所는 커질 理 업섯고 늘던 손이 줄을 까닭 업기도 맛찬가지어서 千客萬來의 形勢는 如前하게 繼續되엇슬 쑨 아니라 모귀라는 것은 '말사쓰'의 人口增殖 法典에 짤아 日復日 늘어나갓다. 그래서 잘 째가 되면 그 만혼 사람이 모도 蚊帳 속으로 기어들엇다. 蚊帳은 터진다. 적삼 고름을 쓰더서 가루 아궁지 동여매이듯 터진 대를 주루처 매인다. 겨텟 사람들의 치근치근한 팔다리가 얼골에 가슴에 배에 다리에 내려노하도 올라온다. 어쩌케 애를 써서 눈을 좀 부첫다 깨어보면 蚊帳은 배만 더펏슬 쑨. 나지면 工場에를 간다, 도모지 견딜 수가 업섯다.

그럭저럭 月餘를 지나 八月 前夜에 비를 마자가면서 工場 가까이 잇는 今宮 共同宿泊所로 옴겻다. '松'號室 '九'番이 나의 차지엇다. 이마를 마조대어 두 줄로 쌀아노혼 十二疊房에 한자리는 신밥이를 만들어서 도모지 十一人分으로 나까지 하여서 滿員이엇다. 그런데 壯觀인 것은 各 番號에 두 개식 박힌 못마다에 걸려 잇는 各自의 獨特한 所有品들과 나와 밋 내것 '七'·'八'番에 잇는 두 조선 사람을 除한 外에는 누엇거나 안젓거나 담배를 피우거나 이야기를 하거나 모도 쌜거숭인 것이엇다. 그날 밤엔 하도 비가 퍼부어서 그랫던지 別로히 짓거리는 사람도 업섯고 쏘는 아홉 時만 지나면 자던지 안자던지 靜肅을 지키는 規則임으로 밝는 날 地震이 잇슬 것도 모로고 모도 근근하여젓다. (그러나 大阪은 大端치 안핫다.)

아아 가을 귀쓰람이 소리

'九月 十九日 밤. 귀쓰람이 한 놈이 東窓 박 어대선지 운다. 그 마대만 울고는 그칠 것 가튼, 마치 보스락비 나리는 날 쓰믄쓰믄 썰어지는 낙시물 가튼, 그러나 그 自體는 영근 그러한 소리가 가을 서느러온 긔운과 가티 들들온다. (…중략…) 한 소리에서 다음 소리 기다리기가 안탁갑다. 그러나 듯고는 아니 기달릴 수 업다. 그 감을감을 하는 소리를 쌀아 내 精神은 저 깜쌕깜쌕하는 별나라로 가는 듯하다.'

이 모양으로 아침이면 '메씨야'로 가서 조반 사 먹고 '벤도'에 맨밥을 사 남긴 반찬 담아가지고 工場으로 갓다가 저물어 돌아오는 길에 저녁 사 먹고 잇는 浴湯에 몸 씻고 風俗대로 쌜거벗고 누어서 들窓 박그로 노픈 하늘을 바라보는 동안 어느덧 귀쓰람이의 소리를 타고 별나라으로 올러가 이 별 저 별 西北으로 밟아 故鄕을 둘는 山 노픈 쏙대기에 나려서 집으로 차차 들어가다가, "고르르라 모ー" "소르르라 안다(貴君)" 머리를 마주 대이고 누은 渡邊 영감의 낫닉은 語聲에 섬쓰럭하게 웃기와 한달에 두 번 노는 日曜日이면 中之島 圖書館으로 가서 冊 펴노코 조을다가 서오하가 나서 中之島 公園으로. 거긔서 大學生들의 短艇 競走하는 양이며, 젊은 內外들의 雙雙이 散步하는 꼴들을 보아가면서 午后 네 時 되기를 기다려(午后 四時로 午前 八時之間 外에는 宿泊所 안에 못 잇는 規則) 共同宿泊所로 돌아가는 것이 生活의 全部엿고 이러케 二十日間을 보내는 中이엇다.

▲ 동광 제8호(1926.12), 태허, 방랑의 일편(完結)

그 今宮 宿泊所에서 나와 겨테 자리를 잡고 잇던 두 사람은 벌서 前부터 건너와서 大阪府의 衛生 掃除夫 노릇을 하고 잇는 忠南 靑陽 사는 四十에 가까운 곱세등이 蔡景默(채경묵) 君과 二十이 될락말락하는 그의 동생 良默 君이엇다. 그네의 計劃에 贊同을 하여서 市外 東成郡 어썬 貧民窟 우ㅅ층 三疊房 한 간을 어더가지고 自炊를 시작하엿다. 房을 어더 노코 써난 지가 月餘가 되엇서도 둘 곳이 업서서 못 가지고 나왓던 行李를 차즈러 朝鮮人 共同宿泊所로 갓다. 그러나 집은 뎅그러케 뷔고 찌어진 窓紙만이 풀럭거리고 잇섯다. '신노(神戶)가서 車안에서 내려가지고 제ㅡㄹ 놉닭한 굴독만 차자 가지고 아무한테나 무를나치면 대번 알거심니다.' 건느집에 잇던 한 勞働者가 가르치는 말이엇다.

行李를 차저 들고 神戶서 돌아왓다. 그것이 가죽 가방인데 蔡君 兄弟는 한번 놀라는 모양. 그 가방 속에서 冊들이 쓰러나오는 데에 또 한번 놀라는 모양. 그러면서도 동생 良默 君은 冊을 보더니 미칠 듯이 반기어 두적거리엇다. 그러나 自己가 보아 알 것이 하나도 업슴을 發見하고 그러고 그 中에 失望中에 또 한 번 놀라는 모양이엇다. 그날 저녁부터 <u>良默君은 내에게 나의 次例에 自己가 밥을 지을 대신에 算術과 일본말 가르치어 주기를 願함</u>으로 그리하기로 하엿다.

비누 工場에 괴로운 作業

工場! 무서운 곳이다. 또는 무서운 것이다. 이제라도 東大門 근처로 지나다가 電氣會社 안으로서 들리어 나오는 發電器 도는 소리를 들을 째는 내 몸이 나 모르게 씌을리어 들어가서 그 急히 돌아가는 긔게의 시종을 하게 되지나 안을가 해서 저절로 몸이 구더지는 적이 만타. 일곱 時 半 始業의 '쎌'이 운다. '스위치'(開閉器)를 연다. '모타'가 한 바퀴 두 바퀴 돌기를 시작한다. 모든 긔게가 움즉거린다. 어느듯 '모타'와 모든 긔게는 全速力을 내어 돌아간다. 크다란 소테서 비누의 原料라 부글부글 슬는다. '가다'(型)로 흘러 들어가 구더지고 나아와 쌀아지고 轆機 (녹기: 도르래)로 들어가 또 다시 씻기어 '오시다시'(推出)로 들어가 굴다라케 쎄어지면서 토막토막 잘라저 石鹼型에 판박히어 비누가 되어 썰어진다. 그러나 그것이 저절로 되어 나오는 것은 아니엇다. 긔게 마다에 職工이라는 사람들이 부터 잇지 안흐면 아니된다. 한번 '모타'가 돌기를 시작하면 그 이름 조혼 사람인 職工들은 卽刻으로 機械 乃至 '道具'에부터 다ㅡ는 半自動的 물건이 되어버리고 만다. 즉 '生活器具' 가 되어버리고 만다. 거긔에는 한 職工의 動作만에도 自由를 許하지 안는다. 쑨 아니라 움즉이기를 비롯하여 그것이 씃날 째까지의 움직이는 동안은 所謂 '科學的 管理法'이라는 惡辣한 方策이 支配를 하고 잇서 午後 다섯 時의 終業 '쎌'이 울릴 째는 벌서 最後의 精力마자 쌀리우고 精神과 肉體가 아울러 極度로 疲困한 째이엇다.

잡기·술추념·다툼질

寄宿舍에 잇슬 째에 점심 鍾ㅡ밥으로에 解散鍾이 울리면 아플 다투어 食堂으로 달아나던 짓이며 進行하던 電車가 停電으로 하여 설 째의 車掌이나 運轉手의 다만 몃 秒 동안이라도 안자 보려고 썰썰 매는 모양을 머리ㅅ속에 그리면서 '밥', '잠'. '밥', '잠'. 외인 발이 나갈 째 '밥'.

바른발이 나갈 째 '잠'. 밥잠 밥 잠만이 唯一한 希望으로 허둥지둥 거리 工場에서 도라오면 어찌하랴? 깨닷지는 못하나 한 문제라도 가르키어 주고야 그 치운데 쌀시처 밥짓는 良默君을 바라보지. 其中에도 長興 사는 曹連洪, 康津 사는 郭태진, 사연이 어찌 그리도 만흔지 봉투가 불룩하지 안흐면 滿足해 안는 편지를 어찌도 그리 자주 하는지 밤마다 써 달라 하니 바든 편지를 眼表로 찾는 그들의 請求라 거절할 수는 업고. 마즌 房 일곱 食口가 사는 梅子네의 꼭 새벽이면 시작되든 週期的 內外 싸움 그칠 可望은 업고. 웃 層 다섯 個房에 꽉 들어찬 우리나라 勞働者들의 잡기 쯰테 술추념, 추념 쯰테 다툼질 저녁에 모이어들기가 바쓰고 해서 어쩔 수 업시 고달픈 몸에 쏘다지는 잠을 주체할라기에 上氣가 더럭더럭 되고 煩熱이 확근확근 낫다.

職工은 奴隷의 산 模型

요행이 일쯕 누웁게 되면 무얼 하나. "무어이 어써키만대 문을 열어? 감긔 들리오."하고 나의 말대로 들 窓을 半쯤 열어 노흐려는 동생을 꾸짓는 景默君이 잇서 勞働의 性質上 그들의 衣服에서 나는 惡臭와 밥을 房안에서 짓는 까닭으로 室內에 가득 찬 숫 냄새와 煙氣에 거이 窒息을 할 지경이오, 이불 하나를 셋이 덥고 잇섯슴으로 몸 가리울라기에 단잠을 일울 수가 업슴에야.

밥은? 나의 自炊하는 動機는 좀 나은 반찬에 밥이나 배불리 먹어보자는 것이엇스나 蔡君네는 그런 것이 아니요, 그째까지의 써 온 最低費用보다도 덜 쓸 수 잇겟다는 것이엇다. 그래서 스 째의 치부책을 두지어보면 九·十月 두 달 六十餘日 間에 肉屬이라고는 소고기라고 純힘쑬에 고래고기 석긴 것 六十五錢어치와 고등어 九十七錢어치 사다 먹은 것 밧게 업섯고 보리쌀 사온 것이 입쌀 사온 것보다 더 만핫고, 每日 아츰 工場으로 가는 길에 밥을 더 사먹고 하엿다. 그러나 날이 치워지고 겨울 속옷을 사 입을 수 잇슬 째는 蔡君네의 主義가 올흔 것을 째달앗다.

父母의 德으로 일할만치 자라여 貧寒의 德으로 職工이 되어지면 고만이겟다. 가진 힘 다 쌔앗기고 그 갑스로 밧는 품삭 다 먹어야 이튼날 쌔앗길 힘이 생기나마나 한다. 만일 안해가 잇서 그 품삭으로 안해까지 먹이려다는 새씨가 자라서 職工이 되기 前에 氣盡코 力盡해저서 工場에서 좃기어나게 될 처지니 할 수 업시 그 안해로 하여곰 職工이 되게 하거나 무슨 일이나 시키지 안흐면 아니될 形便이 될 것이다. <u>오늘날의 職工은 奴隷의 산 模型이다. 職工은 奴隷의 代名詞이다. 職工은 마소만도 못한 奴隷다</u>. 마소로 말하면 이른 아침부터 느진 저녁까지 限力껏 부리우기는 職工이나 마찬가지이지만 입을 근심, 먹을 정사, 잘 넘려며 새씨를 나하 길울 걱정이 一生에 업겟스니 말이다.

慰安會로 開放된 別莊

어썬 날 工場主 中山이 六甲山 中腹에 소사잇는 自己의 別莊에 職工慰安會인가 무엇인가를 열고 五百이나 되는 男女 職工을 모도 請한 일이 잇섯다. 그 曠澗한 庭園, 그 宏大한 洋屋, 그 奢侈가 넘치는 듯한 家具, 그리고 그 華美를 極한 듯한 室內의 裝飾! 쑤역쑤역 모이어드는 그들 그 집이 저들을 爲하여 開放된 것을 알 쌔 그들은 三三五五 쎄를 지어 꿈나라에나 간 듯이 恍惚해서 미칠 듯이 몰아치엇섯다.

女工들의 그 紋理가 번적번적하는 문설주에 가만히 손을 대이어 보는 눈, 이상야릇하게 된 卓子 우에 노힌 들어도 못 보던 骨董品들을 조심스럽게 어르만지어 보는 눈, 길이 넘는 얼른얼른하는 거울에 몰레 몸을 비쵀어 보는 눈……. 男工들의 그 복신복신하는 椅子에 번가라 안저보는 분, 望臺에 노힌 臥床에 아플 다투어 누어보는 눈……그리고 그들의 들어오고 나아가며, 올라가고 나리어가며 마주칠 쌔의 서로 바라보는 눈들에는 一種의 기쎈 빗, 조심하는 빗, 부러워하는 비치 써돌앗다.

主人과 職工의 懸隔한 사이

그러나 얼마 못 되어 뜰로 나와 '아이쓰크림'·과자·덩이밥 等屬을 어더먹고 헤어저 돌아들 오는 째 窓들이 하나식 둘식 닷기는 別莊을 치어다 보고 또 다시 치어다 보는 그들의 눈들은 約束이나 하엿던 듯이 失望의 비츨 쯰엇다. '不逞日人'인 淸水君과 가티 自働車 탈 삭스로 五十錢식을 바다녀코 그냥 걸어서 海邊에 이르러 얼마동안 거닐엇다. 마치 길에서 우연히 만낫던 어썬 女子의 아름다운 인상이 아직도 머리ㅅ속에서 살아지기 前에 돈 만흔 富者의 所有인 것을 알 째에 생길 수 잇섬즉한 그러한 不快한 感情이 맘 한편 구석에 써돌고 잇섯다.

하나는 工場場 主人이요 하나는 職工. 主人은 그 工의의 홀로 하나인 主人이요, 그 工場만의 主人이요, 職工도 그들만의 그 工場의 職工이요, 그 工場만의 職工이다. 그러한데 主人만은 그러하고 職工들은 이러하다? 이러케 懸隔한데야 지들과 主人과의 利害가 一致되지 안는 줄―主人이 絶對로 만히 먹는 줄―저들은 그저 일만 해주는 줄을 意識하지 못할 勞働者가 어대 잇으랴.

萬歲도 부르기 실혀

東京에 震災가 잇슨지 얼마 뒤에 全職工을 불러세우고 主人이 가장 嚴肅하고 恐縮한 態度로 壇下에 서서 "帝都의 慘禍"를 말하고, '經濟恐慌期'에 싸진 것을 말하고 斷然이 職工의 數를 줄일 것이나 職工들의 處地에 同情하여 作業 時間만 短縮시키겟다는 말을 하고 最後로 '이러한 千古 未曾有의 非常한 째를 當하여 하로라도 速히 復興을 도모하는 것은 國民의 神聖한 義務인바 諸君은 一分一秒를 헛되이 알지 말고 作業에 一團 精力을 다하여 今番에 損失된 莫大한 國富의 萬一이라도 補充하는 것으로써 國民된 義務를 다하라.' 말을 마치자 壇上에 올라 두 손을 노피 들며 "今上……下 萬歲!" "大……國 萬歲!" 各三唱을 하엿다. 職

工들도 그가티 하엿다. 오직 나와 淸水君만은 손도 아니 들엇고 입도 아니 벌리엇다. '萬歲'가 부르기 실허서 그리하엿다는 것보다도 그러한 非常한 時期에 處하여서도 오히려 自己의 私腹을 채우기 위하여 民衆의 愛國心을 大膽스럽게 惡用하기를 이저버리지 안는 그 主人놈의 버릇이 可憎스러온 싸닭이엇다.

意味深長한 過去의 追憶

第三轆機에부터 잇서 쪽 가튼 일을 날마다 하고 또 하니 늘어가는 것은 空想쑨이엇다. 空想이라는 것보다도 當場의 狀態를 編入한 高槻서부터 返復하던 過去 追憶이 繼續이엇다. — 그래도 나 딴은 抱負랍시고 抱負를 가지고 그곳을 가면 나를 나혼 어머니나 만날 듯이 滬江(호강)으로 갓섯다. 틀림이 업섯다. 其後로는 一生 그를 섬기는 거이 나의 抱負이엇든 듯하엿다. 그러나 다섯째 해 되는 해에 그는 飄然히 그곳을 떠낫다. '火車站'에서 밤길을 돌릴 째에는 눈아피 캄캄하엿섯다. 그것이 마즈막이엇고 또는 다엿다. — 勞働生活이 하고 십다. 이것은 '變裝記者의 探訪'格으로가 아니다. 眞心으로 하고 시퍼 하건만 몸은 이처럼 나날이 衰弱하여가고 疲困은 갈쓰록 덥치어서 그날그날의 新聞을 펼 생각조차 업다. 이런 生活로서는 아피 보이지를 아니한다. 생각도 發展이 아니된다. — 本國으로 가고도 십다. 그러나 뷘손 들고 갈 面目도 업고 事勢도 못 된다. 집에 편지할 맘도 아니난다. 이번도 이것으로 마즈막이요, 또 다라면 그 째는 어써케 하나!

T 先生에게 처음 兼 마즈막 편지를 써서 부티엇다. 吾然君에겐 대개 이러한 쯧으로 편지하엿다. — "西伯利亞 넓은 들을 먹지도 말고 마지지도 말고 람루한 헌겁조박으로 압반이나 가리우고 머리는 풀어 헤치고 발을 버슨 채 氣껏 자꾸자꾸 돌아치다가 한복판에 털석 넘어지어 온갖 動物—기는 짐승 나는 세에게 막우 쯧기우되 最後의 一塊肉, 最後의 一片骨이 猛獸의 여금니에 씹히울 째까지 아픔을 感覺햇스면……"

云云의……

마침내 '墮落'하기를― 나에게 復讐하기를 決心하고 술 마시기를 시작하엿다. 그러나 意識的 墮落은 눈물겨운 일이엇다. 더 괴로웟다. 그만두엇다.

아아! 本國! 새 조선

얼마 後에 先生한데서 林秀亭이란 이름으로 편지가 왓다. ―"나 잇는 대로 오라. 려비는 請하는 대로 곳 보낼 터이다."라는 意味의 구절도 잇섯다. 내 맘은 더할 수 업시 기쌔젓다. 十二月 十三日 上海를 쩌나 海蔘威를 다니어 조선으로 돌아온 柳君한데서는 "(…전략…) 될 수 잇으면 이리로 오시오. 와서 무엇이던지 시작합시다. …… 仔細한 이야기는 못합니다. 오기를 바랍니다. 外國에만 잇서 가지고야 어찌합니까?"라는 편지가 왓다. 쏘한 반가워하지 안흘 수 업섯다.

그러나 신발은 다 해어젓다. 衣服은 아직도 여름옷이엇다. 그래서 한 달만 더 일하기로 하엿다.

翌年 一月 十五日 밤. 計算을 하여 보앗다. 그동안 勞働해서 번 돈이 都合 二百六十원 七十一錢 五厘. 그 자리에서 도로 비앗고 手中에 남은 것이 겨우 二十九원 三十四錢 五厘. 工場에서 二十원 꾸엇다. 十六日 아침에 日本을 쩌날 準備는 다 되엇다.

"아아 本國! 새 조선 그 後에 조선은 퍽 變하엿단다."

닛기지도 안는 그날 저녁 일곱 時 十五分 '進め社'에 만나기로 한 사람이 잇서서 "저녁밥 되기를 기다려 먹고 갈까? 다내어와서 먹을까?"고 망숭거릴 지음에 '쓰유소'(露子)가 쒸어올라와 잠고대하는 사람 모양으로 아래 손님이 왓다는 말을 채 마치기 前에 뒤미처 보지 안턴 日本 사람 둘이 달리어 들엇다.

무거운 짐을 지고

泰山을 넘을 째나
疲困한 눈을 감고
왜앙에 머물 째나
구유고리 손아구에
얽매인 곱비의 길이 밧게 업다
自由가

그러나 소야 말아
누라서 人生을
自由라더냐 이런 人生을?
너이의 不自由임을
水槽에 들엇기에라면
나의 自由임은
滄海에 썻기에다
東南西北 萬萬里를
맘대로 간다마는
가도 가도 滄海밧게
쏘한 滄海! (슷)

그로부터 오려던 本國으론 못 오게 되고 <u>留置場</u>에 가치어 잇게 되엇섯
다. 그러나 八個月間의 勞働生活만은 이로써 슷을 막기로 한다. '콩이드
레' 박는 듯한 感이 업지도 안핫스나 해가 지어가니 해가 지기 前에
거덕 치우고 밝는 해를 맛자 함이다. 슷슷내 일어줌을 못내 감사한다.

▲ 동광 제27호(1931.11), 病魔의 樂園·朝鮮, 태허

*이 시기 조선의 실상, 위생 상태 등을 필자의 체험을 바탕으로 서술한 글임.
기행문으로 보기는 어렵지만, 태허의 삶과 글쓰기의 특징을 이해하는 자료의
하나임.

五月 下旬. 체크슬로빠키아의 칼쓴빠드 市에 구라파 十三個國으로부터 二百여명의
社會主義者 醫師協會가 모히어 國際社會主義醫師協會를 組織하얏다. 會議席上에
서 獨逸代表 엥겔벨트끄라쯔 氏는 現下의 世界的 不況이 公衆醫生에 어떠케 惡影響
을 미치는 것과 小兒 特히 失業者의 子女의 健康이 近來에 現著히 惡化된 것과
青年 失業者 사이에 神經衰弱者와 犯罪者가 激增된 것을 指摘하얏다. (日本之醫界
第二十一卷 第二十九號)

太虛

5월 하순 체크슬로빠키아의 칼쓴빠드시에 구라파 13개국으로로부터 2
백여명의 사회주의자 의사가 모히어 국제사회주의 의사협회를 조직하
얏다. 회의석상에서 독일대표 엥겔벨트 끄라프씨는 현하의 세계적 불
황이 公衆醫生에 어떠케 악영향을 미치는 것과 小兒 특히 실업자의 자
녀의 건강이 근래에 현저히 악화된 것과 청년 실업자 사이에 신경쇠약
자와 범죄자가 격증된 것을 지적하얏다. (日本之醫界 제251卷 제29호)

환자가 드나드노라고 문이 열릴적마다 키가 「9척」이나 될 외양이 농
부 비슷한 사람 하나이 안을 들이밀어 보면서 머뭇 머뭇한다. 얼마후에
문이 잠깐 열리어 잇게되고 방안이 좀 조용해진 때를 타서 그는 손에
처매고 잇든 것을 끌으면서 내 앞으로 달려들어 손까락을 쑥 내밀며
「이거 낫겟습니까?」
그 손끝에는 새깜한 조선 고약이 묻어잇고 그틈으로 밑에 빨간 살이

뵌다.

「……」

「이 고약 부처도 낫겟읍니까?」

「낫겟소!」

참아 「診察券 사야 되오!」 소리는 할 수가 없다.

「웨 풀어버리우 보기나 하고 다시 처매지 않고!」 비단 찢는 소리다.

「그렁안하고 될넵디까.」

「아 왜 이리세오?」 비명에 가까운 웨침이다.

일하든 손을 멈추고 소리나는 쪽을 바라보니 한 손엔 고약칠한 솜뭉치를 「핀세트」에 께집어들고 다른 한 손으로 환자의 억개를 붓잡고 격분과 우서움이 석긴 도리어 민망한 표정을 한 젊은 「선생」과 그 앞에 두 손을 반작 들어 고약 발려 들어오는 손을 냅다 막으면서 얼골이 해쑥해진 女患者가 맛보기를 하고 앉아잇다. 그 까닭을 들으매 前日 진찰을 받고 약만 발으면 낫는다기로 사다가 오늘 아침 막발으고 왓는데 떼어버리고 병원 것을 발으면 공연한 돈을 또 내어야 하지 안느냐 하는 것이다.

같은 날. 이것도 고약 사건이다. 남자 환자 한 사람이 손에다 무엇을 싸서 들고 하특 나를 찾아온다.

「선생님 이거 어제 뒤 볼때 떨어젓습니다.」

「그래서요?」

「오늘 다시 부치면 돈을 좀 들내게 안될까요? 헤헤」

앞서 여자 환자 같이 고집은 부리지 않으나 상당한 이유는 잇다. 즉 하로에 한 번식 갈아 부치기로 하엿는데 그것이 어제 저녁에 떨어젓으니 그때부터 지금까지의 효력은 남어 잇을 터이요. 그것을 병원것이라 치드라도 남은 효력 밖에 없는 것을 부친다면 돈을 들 받어야 옳지 않겟느냐 하는 것이다.

모 병원 작년 한 해 동안에 진찰 받은 환자가 일본 사람이 42,800여명이오 조선 사람이 42,100여명 즉 일본 사람 100에 조선 사람 98, 9명의 비례 박게 안되지만 그 중에서 입원한 사람은 일본 사람이 15,500여 명이오 조선 사람이 11,100여명 즉 일본 사람 100에 대해서 72, 3인의 비례밖에 안된다.

이것은 조선 사람의 탈이 일본 사람의 그것보다 輕해서 그러냐하면 그러치않다. 편의상 나의 잇는 외과에 진찰 받으려 오는 환자 일본 사람 및 조선 사람 각 100명의 병이 나서 병원까지 오는 동안의 날 수를 계산해 보면 일본 사람은 한 사람이 평균 56일만에 왔는데 조선 사람은 평균 222일만에 온 것으로 보아도 알 것이다. 입원하면 돈이 더 드는 것은 누구나 다 아는 일이다.

수학, 통계. 하나만 더 들기로 하자. 뿌타페스트에서 게레지씨의 만 들은 통계의 「생활정도와 사망률」이란 것을 보면 다섯살 까지에 죽는 사람이 부자는 300명에 대해서 한 사람이오 貧者는 단 100명에 대해서 88명이오 다섯살 이상에 죽는 사람이 부자는 500명에 대해서 8명인데 貧者는 단 100명에 83명이다.

「죽으면 죽엇지 「해부」(解剖)8)는 못해오.」

다 죽어가는 어린애를 도로 안고 나갈려고 한다.

「여보세오 거기 놓고 내 말 좀 들우! 그 애가 당신의 아들인 모양이 니. 아들은 당신의 아들이라해도 병은 당신의 병이 아닌게 아니오. 내 가 너무하는 말 같지만 저 애 얼골을 다시 보고 당신의 얼골을 저 거울 에 비쳐보면 알이다. 그 동안에 누가 더 괴로웟나 그 모양으로 저 애가 만일 불행해지면 당신은 몇 칠이고 몇 달이고 원 몇 해고 몇 줄기 눈물 과 몇 마대 한 숨이면 그만이겟구려! 아모리 어린애의 생명일지라도 당신을 그리 여위게도 못하는 그러한 걱정, 눈물, 한숨과 바꾸기는 너 무나 어굴해 뵈는걸요」

---

8) 해부라는 것은 수술이란 말.

「아규 별 말슴 다 하시네. 세상 없어도 해부는 못해오. 아규 가엾어라」

「가엾기는 당신이 더 가엾소. 그 애를 그러케 만들은 것이 당신의 갑싼 慈愛心인 줄을 모르니!」 곁에 서 잇은 助手의 말.

같은 사실이나 잊을 수 없는 인상을 준 일이 4 5년 전에 잇엇다.

정형외과 中村科長이 전에 없이 눈을 딱 바릅뜨고 나를 부른다. 그야말로 「怒氣衝天」의 형세다.

「君! 君! 이것은 君의 책임일세! 아니 君등 조선 사람 의사의 책임일세! 책임이야.」

손 씻든 「뿌러쉬」를 집어던지고 걸상에 가 철석 주저안는다. 볼서붙어 손을 소독하고 소독한 수술옷을 입고 기다리고 잇든 조수들은 빙글빙글 웃으면서 어청 어청 수술에서 나오고 역시 그 모양으로 하고 소독해 논 긔계대 옆에서 다리가 앞으도록 서 잇든 간호부는 뽀로통해서 긔계를 보도 헐어내린다.

과장의 노한 까닭은 이제 몇 분만 잇으면 수술을 시작하게 될 터인대 이때지 가만히 잇든 환자의 어머니가 돌연히 「쟬다면 못하겟다.」고 도리어 이 편을 원망이나 하는듯이 가벌이고 말엇다. 그런데 그네는 조선 사람이엇다. 노한 것도 무리는 아니엇다.

「왜 10여일 식이나 그양 내버려두엇소? 부러젓습니다!」

「정말이애요? 안 부러젓어는데!」

「누가 그래오?」

「으술(한방의)도 그래구 동내 어른들두 그래구...」

「부러젓소 회붕대 감어야겟소!」

「회붕대 감은 걸 집에서 글럿세오.」

「왜 글러요?」

「안부러진 걸 공연히 감어서 어린애 고생만 시킨다고들.

「어째서 안불어젓대오?」

「부러젓으면 발꼬락을 꼼작 못할텐데 발꼬락을 놀리니까 그래오.」

「여보세오 내 손 좀 보세오! 이 손목이 부러진 것 이상으로 건드렁거리지 안어오? 그런데 이 손까락 꼽을거리는 것 좀 보세오!」

어린애가 자전거에 치웟다. 운전수는 곳 가까온 병원으로 다리고 가서 의사에게 보인 결과 다리 부러진 것이 판명되어 회붕대를 감어 집으로 보냇다. 동내 사람들이 모혀들엇다. 발까락 꼽을 거릴수 잇는 것을 보앗다. 그것은 안부러진 증거라고 하엿다. 그러고 어린애가 앞아하는 것은 회붕대를 감은 탓이니 속히 글어버려야 한다고 동내 늙은이들이 들어 붙어서 글어버렷다. 그러나 날이 갈사록 다리는 쓰지도 못하고 앞음은 점점 더하는 모양이엇다.

이층에서 회진(廻診)을 하다가 우연히 아래칭을 내려다보앗다. 거기에는 「깍쟁」이가 「살무사」를 끄어내들고 들창 안엣 사람과 홍정을 하고 잇다. 들창 안엣 사람이 누구인지 곳 알 수 잇다. 그는 결핵성 치질과 관절염을 겸하여 오래동안 신고하고 잇은 李君의 어머니다.

바로 전날 입이 아프도록 들려주엇다. ─「날마다 햇볓을 쬐어 주세오. 우섭은 말 같지만 세상에 제일 흔한 것이 사람에겐 제일 요긴한 것입니다. 물이 그러고 공기가 그러코 「땅이 그러고 나무가 그러고…그래도 못알어 듣겟거든 내 말 대로만 하세오!」라고. 그에게 이러케 밖에 말할 수가 없었다. 나의 말을 듣고 잇는 그의 얼골에는 도리어 절망의 빛이 떠돌앗다. 아마 「이제는 약도 수술도 다 소용이 없다.」는 의미로 해석을 한 모양이엇다.

하로는 한방의(漢方醫)의 집에 한방의의 왕진을 갓다. 그는 한방의 중의 우수한 사람이다.

그는 수건으로 머리를 찔끈 동이고 아랫목에 누어서 신음을 한다. 그의 머리맡에는 오미자(五味子)물 한 그릇이 놓여잇다.

「나는 장질부사야 들어볼 것도 없어! 숭악한 놈의데 다 갓다가…」

과연 신열이 나고, 두통, 요통, 사지통에 복통이 나고, 번갈이 나고…그는 앓기 사흘 전에 어떤 부자집 출가전 딸이 알른다고 하여 왕진을 갓섯다. 문을 열어 제칠때 눈에 띄는 환자의 병은 두말없는 장질부사엿다. 속이 꺼림한 것을 부득이 그러나 조심해서 진맥만 하고 도라왔다. 그날 저녁 붙어 그도 지금의 장질부사에 걸이엇다. 그것은 두말없이 그 처녀에게서 옮은 것이라는 것이다.

아모리 「스피드」 시대로서니 잠복긔(潛伏期) 2, 3주일이든 놈이 단 하로로 단축이 되엇다면 실로 의학게의 크게 놀낼만한 일이다.

「順化院에 한방의를 둔 것은 시대에 역행하는 것이요 민중을 미혹케 하는 것이 아니오?」

어느날 어떤 곳에서 京城府 衛生當局者 및 한방의 간부들과 더부러 저녁을 먹으면서 설왕설내 말이 위생방면에 밎이게 된 일이 잇엇다.

「당연한 비난이요. 그런 비란은 각오햇섯다. 그러나 전염병 발생률이 인구에 비해서 일본 사람의 10분지 1밖에 안되는 것은 발생보고가 안 되는 까닭이오. 또 그 까닭은 한방의의 치료를 많이 받는데 잇다고 생 각한 따문이엿다. 나는 의학은 모로는 사람이라 무슨 의학적 근거를 가지고 한 것은 안입니다. 다만 한방의 제씨에게 발생보고 해 주기를 바랄뿐입니다.」 당국자의 말. 「발생보고를 하엿다가는 약장을 들부시 읍니다.」 한방의 간부대표의 대답.

「나는 의사가 안되어 잘 모로니 말이지 日本內地의 각 도시에 비해서 경성의 사망률이 훨신 높은것은 웬일 일가오?」

나에게 대한 당국자의 질문.

「元山 어떤 해변에다 어떤 서양 사람이 재미잇게 살어볼 양으로 별장 을 지어놓고 들고 본즉 바람이 부나 안부나 주야를 불분하고 침입하는 구린냄새에 견델수가 없어 할 일 없이 별장 생활에는 필요치도 안은 땅을 가당치도 않은 고가로 사드랍니다. 팔리기 전까지 그 땅은 농사꾼의 것이어서 별장 생활에 가장 좋은때이면 거름을 주고 하엿답니다. 아마 하도 「사망률」이 줄지 않으면 北部에도 위생시설을 하게 되겟지오.」

그럴듯한 학식을 받은 일도 없고 경험도 없고 경력도 밟지 않고 돌연 히 공집기에 맞아난 사람이 帝都 (東京) 사백만민에 대한 사실상의 위생의 최고 권한자요 裁決者의 의자에 앉게된다.

法理에 통하고 규측에 길들어 하로밤 사이에 위생백반의 규정을 독파하고 머리가 좋은대로 척척 사무적 행정으로 紙上 活字上의 개량진보를 하는 고로 성적은 보고서에 썩 양호해지고 「取締」는 위반건수로 보아 더욱 철저해질 것은 기다릴 것도 없는 일이오. 그리해서 都民의 保健에는 사실상 하등의 향상도 없고 위생은 단지 관청사무로 일관하는 것은 당연한 일일밖에 없다.

원래 경시청에는 검사와 시험을 하는 사람과 설비는 잇지만 시설이며 장려를 하는 예산도 긔분도 없다. 법령을 발표하며 위반을 검거하는 손은 가지고 잇지만 개량을 조성하며 자각적으로 개인및 공중위생의 진보발달을 촉진시키기에는 너무도 威力?이 지내친다. 법으로 만들인 단체, 劍으로 모흔 청중은 「唯命唯從」케 하기에는 충분할른지 모로지만 과연 맘 속으로 위생 사상이 향상되어 국민보건의 발달이 되어질 수 잇을가?」

(此「奇怪한 日本衛生制度」, 醫海時報1920)

그야 병원에조차 오지 못하는 사람, 툭하면 무당 판수의 집으로 가는 사람이 조선에 오히려 더 많은 형편이오 染病이 돌면 관 짜는 것만도 「善政」이라고 한 時代도 잇엇지만 貧困, 과학에 신뢰못하는 위생사상 卽 無知와 및 「기괴한 위생제도」 이 세가지는 어쩔수 없이 조선으로 하여금 病魔의 낙원이 되게한다. (完)

[02] 김창세, 유로파 遊覽 感想, 『동광』 제2호~제6호 (5회)

▲ 제2호(1926.06), 유로파 유람 감상 其一

생각과는 짠판인 영국의 사람과 말

=순자·상인·색이·간호부·런던·디파철도·상점·야외=

사월 삼십일 오전 열시에 뉴욕을 떠나셔 오월 구일에 영국 싸우잠튼에 도착하여 곳 스탄보로 의료원 원장의 인도로 그 의료원에 투숙하면서 런건과 그 근방에 잇는 경치를 구경하엿습니다. 그 즁에도 나의 목적이 공중 위생에 관한 것을 시찰하기 위함인 고로 여러 곳에 잇는 공중 위생소를 돌아보는데 그 력사로 말하면 미국보다 오래지마는 내용 설비는 훨신 떨어진 것을 보앗습니다.

▲ 동광 제4호(1927.08), 파리와 뻬르사이으 -쯔란스 구경-, 유로바 遊覽 感想記 其二

프란스로 건너가서 만난 진객(珍客)은 파리대학에 재학중인 황진남군과 미국「델라웨아」주 장관의 아들「밀러」대좌엿습니다. 그리고「쫀스 협킨스」에서 동학이던「비로」의사를 만나 가티「베르사이으」구경을 하엿습니다.

젊은 남자는 업고 늙은 사람만 남아

파리시가에서 먼저 눈에 띄우는 것은 거리가 화려하고도 미국가티 큰 집 적은 집이 석겨 잇지 아니하고 평균하여 보기 조흔 것임니다. 거리에 나단니는 사람을 보면 남자는 적고 녀자가 만습니다. 사실로 수물 다섯 내지 설흔 다섯살 되는 남자는 다 전쟁에 죽엇거나 현재 병영에 드러가 잇는 중이요 일요일에 공원에 가 보아도 어린 아니와 로인들만 잇습니다. 가끔 젊은 사람을 맛나면 그것은「프란스」사람이 아니요 외국 사람(유대, 폴란드)이외다. 지나간 유로파 대전쟁에 죽은 사람이 140만명이요 부상한 사람이 60만 병신된 사람이 80만이라고「비로」의사가 나에게 말하엿습니다. 이 상처를 회복하려면 여간 몃해 동안에는 아니 될 것이외다.

녀자들은 이제 말한 것 가티 만키도 하고 또 듯던 바와 가티 사치하기도 하나 얼골로나 체격으로나 눈에 띄우는 인물이 별로 업슴니다.

품위는 잇서도 활긔업는 대학생

파리대학에 집이 오랜 집이요 내부도 규모가 쨰우고 력사가 잇서 근거가 탁 잡힌 것을 첫번 보는 사람으로도 생각하게 하며 교수들도 졀믄이는 드믈고 모도 수염이 흰 늙은이들로 반듯이 례복을 입고 다니며 학생들도 졈잔은 태도가 만흔 것이 품위는 잇서 보이나 미국 학생가티 활발한 긔상은 젹습데다.

파스터르 학원을 차젓슴니다. 이것은 미문학의 개척자의 한 사람으로 프란스 술공업과 비단업의 은인이 되는 파스터르의 실험실로 그를 긔념하기 위하여 세운 것임니다. 그 안에는 아직까지도 파스터르가 생물이 자연히 발생되지 안는 것을 증명하기 위하여 물을 병에 봉하여 둔 것이 남아 잇슴니다. 학원의 설비도 매우 완전하게 되엇슴니다.

혁명때에 유명하던 노틀담 사원을 거처서 판테온을 봄니다. 이것은 루이 15세가 지추를 노흔 집으로 프란스의 명망잇는 사람들의 무덤이 그 안에 잇슴니다. 노피가 91미돌이나 되는 집으로 돌만 가지고 회로 바르지 안코 지은 것이 특색이요 둥그런 탑의 무게만 하여도 1천만 「킬로그람」이 된다 함니다. 무덤들 중에 흥미를 끄는 것은 1914년에 전쟁 긔분에 흥분된 군중에게 죽은 사회주의자 「지인 죠레쓰」의 무덤을 이리로 옴겨온 것이외다. 현재 무덤 수효가 쉰섯인데 뭇힌 사람은 쉰넷임니다. 생리학자 베텔로는 그의 안해와 한 무덤에 가티 뭇힌 까닭이외다. 또 벽에는 그림들이 잇는데 「제네비브」가 파리 시가를 나려다 보는 그림가튼 것은 볼 만 함니다.

(…중략…)

▲ 동광 제5호(1926.09), 김창세, 유로파 유람긔(三)

브러쎌스와 하-그 = 도시는 쌔끗하고 사람은 친절하다

'쎌씨엄' 셔울 '브러쎌스'는 시가의 생긴 모양이나 사람과 말이 파리와 별로 다름이 업서 말과 가티 작은 파리더이다. (…중략…)

개수레의 풍금
홀란드 셔울
친절한 사람들
황무지가 업다
만국 평화 회관

(다음은 덴마크와 제로마니)

> *동광 제5호(1926.09), 金唱濟, 트로이에서, 춘원에게 보내는 편지: 컬럼비아 대학 티처스 컬리지에 입학하겠다고 함

▲ 동광 제6호(1926.10), 金昌世, 歐羅巴 遊覽記 中에서

덴막을 지나 덕국으로

덴막을 향하는 길에 덕국의 '함붉'을 지나게 되엇습니다. 이 곳은 유롭 대륙의 가장 큰 항구니 영국의 런던 다음 가는 곳입니다. (…중략…)

유롭 제일의 병원 침대가 사천 개

점심을 싸 주는 인심은 조선과 가티 후해
덕국서는 덕국말, 영어는 일이 업소
전승한 프랑스보다 각 방면이 다 우승해

▲ 동광 제2권 제4호(통권 12호, 1927.04), 金昌世, 科學과 宗教

*필자가 미국 유학 후 유럽을 거쳐 귀국한 뒤의 소감을 적은 글

과학적으로써 알고 종교적으로 행하라

내가 처음 東洋을 써나아서 美國에 들어설 때에 나는 前에 보지 못한 새 世上에 온 듯한 놀람을 느끼었음니다. 그리고 五年間 그 나라에 있다가 大西洋을 건느어 유로파를 돌아 本國에 돌아오아 오래 그리던 祖國의 땅을 밟을 때에 나는 또 오래 보지 못한 새 世上에 돌아온 듯한 놀람을 깨달았음니다.

그러하나 美國에 들어설 때에 놀랍음은 愉快와 喜樂의 놀랍음이었고, 本國에 들어올 때에 놀랍음은 그와 반대로 不快와 悲哀의 놀랍음이었음니다. 아마 이것은 나만 아니라 西洋에 건느어오는 이가 다같이 느끼는 바일 줄 앎니다.

우리의 눈에 西洋이 理想鄕 같이 天國 가티 보이는 것이 무슨 까닭인가. 우리 本國이 咀呪함은 때라 같이 苦海와 같이 보이는 것이 무슨 까닭인가. 갈 때와 올 때에 나를 놀라게 한 것이 무슨 까닭인가. 대관절 西洋과 우리나라를 그다지도 懸殊하게 正反對의 兩極으로 보이게 할 것이 무슨 까닭인가―이것을 생각하는 것은 甚히 重要한 問題라고 봄니다.

여긔 對하여 여러 가지 對答을 想像할 수가 있음니다. ---

[03] 金允經, 培花를 떠나아 東京에 가아서,
『동광』 제2호~제7호 (4회)

작　자: 김윤경
기행지: 일본 도쿄
형　식: 편지글 형식
내　용:

▲ 제2호(1926.06)

朱君!

　　일전에 군의 글을 받았소이다. 春園에게 군이 3월 29일에 상경하신다 함을 듯고도 예정한 일이라 그대로 고별도 못하고 온 것은 지금까지 맘에 걸리어 있음니다. 그러한데 무슨 취미있는 기사를 부탁하시었지요. 신환경에 조화되지 못함도 있거니와 신입생이라는 학생생활을 하게 되매 한가히 앉아 붓을 잡기가 용이하지 아니합니다. 그리하여 나는 무엇이라 할 찌 몰을 이것으로 군에 대한 책임도 벗고 또 한편으로는 일일히 통신할 수는 없고 하고는 싶은 여러 벗과 친척에게 공동으로 들이는 소식의 편을 삼고저 합니다. 학생의 신분으로서 번다한 사교가처럼 통신으로 일삼는다는 것은 주제넘기도 하려니와 나같은 鈍物로서는 낙제 국맛도 보기 쉽고 나같은 貧書生으로는 빛몽둥이 맛도 보기 쉽겠음이외다.

培花의 여러 선생님들!

3월 29일 오전 10시는 여러 가지 의미로 보아 나의 잊지 못할 시간이외다. 빗으려 하여도 잊어지지 아니함니다. 여러분이 고맙게 주신 기념품에도 쓰이어 잊는 바와 같이 苦를 함께 하고 樂을 함께 하던 여러분과 손을 난우게 됨도 그때요 극히 사랑하는 부모와 우리 학생과 기타 허다한 정우를 끊고 떠나게 됨도 그때요 井底蛙같은 나로서 東京—憧憬—動驚의 땅을 향하여 京城을—아니 모향을 떠나게 됨도 그때요 따뜻한 곳을 떠나아 쓸쓸한 곳(지리적 기후로는 반대라 할찌나 나의 정신적 기후로는)을 향하게 됨도 그때요 나의 생전에 지각을 가지고 눈물을 흘린 것으로는 세 번째(첫번은 M항에서 P군을 東京으로 보낼 때요 둘째 번은 培花에서 난문제를 봉착하여 해결이 순리 정의대로 되지 아니할 때들이었음)되던 것도 그때인 까닭이외다. 온돌 생활을 하다가 냉랭한(실외에 산보가면 땀이 나지마는 실내에서는)『疊』자리 우에 홀로 앉았을 때면 여러분들과 적어도 매월 1차 이상 개최하던 『務食會』의 진진하던 흥미가 心頭에 명료히 幻映됨니다. 혹은 천천이 불어오는 淸風과 잔잔한 한강 우에 자유로 배를 띠우고 『뽀트』 경주도 하며 銀鱗玉尺도 낚아내던 광경이라던지 혹은 議政府 栗林 중에서 밤송이를 떨기도 하며 줍기도 하너라고 가시에 얻어 맞아 피가 맺힘도 불구하고 많이 줍기 내기하여 땀을 흘리면서 城中大街로 메고 들어오던 拾栗대회의 광경들이 역력히 상기될 때에는 『내 무엇하려고 그 재미있던 생활을 버리고 이 쓸쓸한 생활을 하는고』하고 후회하는 생각도 남니다.

나의 극히 사랑하는 培花 학생들!

1년, 2년, 3년 혹은 4년 동안을 날마다 案頭에서 대하다가 혹은 23일의 졸업식을 최후로 하고 각각 목적지로, 혹은 고향으로 헤어진 때문에 다시 만나지도 못하고 섭섭히 작별되기도 하였고 혹은 京城역에서 어린 학생 여러분의 순결한 애정의 격동으로 애낌없이 쏟아주는 눈물의 전송을 받기도 하며 이제는 물설고 뫼설고 인정풍속이 설은 수륙 1414哩(京釜 육로 280.6哩 釜山 下關 해로 430.6哩 下關 東京 육로 702.8哩 약 4700여리)를 隔在하게 되니 그 어찌 인정의 動함이 없으리까. 무엇을 잃은 듯 서운하기도 하고 배가 고푼 듯 허출하기도 하고 근심이 있는 듯 답답하기도 하고 미칠 듯 뛰어 가고 싶기도 하고 실성한 듯 얼없기도 하여짐니다. 그리할 때마다 여러분이 송별의 기념으로 박아준 각 반 혹은 전체의 여러 사진을 들추어 봄니다. 또한 여러분이 준 귀한 기념품을 봄니다. 그리하여 하로도 삼시로 음식 먹을 적마다 화려한 수침의 금낭에서 銀匙箸를 끄내어 들 적마다, 또는 한 시도 쉬지 아니하고 똑딱거리는 시계를 볼 적마다 또는 유학갈 때 쓰라고 준『추렁크』를 볼 적마다 나는 여러분의 華顏을 상상하게 됨니다. 딸아 그것에 포함된 깊은 의미를 생각하고는 과분한 감격과 무겁은 책임의 짐을 느끼게 됨니다. 밥 잘 먹고 건강하라는 것과 게르지 말고 부지런하라는 것과 東京에 가아서 더 높은 학식을 얻어 오라는 것이 그것이외다. 그러하나 渡東한 이래로 엽서 한 장을 날린 것 외에는 소식도 잘 전하지 못하였을 뿐 아니라 여러분에게서 눈물을 흘니지 아니하고는 말지 아니하게 舊情을 야기하여주는 고맙은 글에도 회답을 좇아 아니하였소이다. 아마『어떠면 그렇게도 무정하셔요?』함이 여러분의 두뇌에 連流한 想懷던가 생각남니다. 그러하나 나는 이러한 느낌을 반듯이 여러분에게 주리라고까지 생각하면서 회답을 좇아 못하는 그 想懷야 어떠하다 하리까. 일전에도 어린 머리에 느끼어진 바를 그대로 그리어 보낸 글에

　　『작년에 오앗던 봄은 올에도 어김 없이 오앗음니다. 그러하나 작년 봄에는 선생님이 우리에게 모든 규칙을 설명하시고 교훈을 해석하시어 동서불변의 우리를 친절하게 지도하시더니 올에는 수천리에 隔在하게 되었음니다. 월요일 아침이면 선생님이 늘 말씀하시던 바『먼저 완전한 인격자가 되어라』고 하신 것은 도모지 잊어지지 아니하는 동시에 선생님이 반에 들어오시는 듯 함니다. 그리하여 선생님이 박아 주신 작문집

1편은 영구히 기념품으로 보존되어 있는 동시에 그 문장과 그 내용인 교훈은 언제던지 선생님을 대한 듯이 옆에서 말씀하시는 듯이 가르치어 줍니다. 밤이면 꿈에 선생께 교수를 받다가 깨어나면 아무리 찾아도 아니 게심을 발견하고 눈물을 흘린 적이 한두 번이 아니었습니다. 저녁 먹은 뒤 운동장에 산보할 때에 여전히 선생님의 예ㅅ집이 눈앞에 보입니다. 그 집도 예ㅅ주인을 그리우어 하는 듯 합니다...』고 한 것을 읽고는 나는 비감을 억제할 수 없소이다. 그리하여 울었소이다. 나는 여러분에게 아무 것도 끼친 것이 없소이다. 마는 여러분이 잘 기억하는 나의 항상 하던 그 말은 다 각각 머리에 남아 있월¼리라고 믿습니다. 변변하지 못하나마 그것은 여러분에게 준 나의 유일한 선물이라고 생각합니다. 바라건대 나를 생각하는 이만치, 또는 나를 사랑하는 이만치 그 정신을 잊지 말아 주시고 또 행하여 주기 바라는 바외다.

부모님!

고별 차로 이 자식은 보던 사무를 중지하고까지 歸覲하고 옴에도 불구하고 백리의 길을 멀다 아니하시고 남대문 역두에까지 또 오시어 주심은 넘우도 극진하신 애정을 감읍하였습니다. 눈물 먹음은 어머니의 눈자위와 반백의 머리와 줄음살 잡힌 이마의 아버지 얼골은 기적과 함께 차ㅅ바퀴가 설설 굴기 시작할 때에 뒤로 살아지던 인상이 도모지 살아지지 아니함니다. 나는 남에게 아무 것도 자랑할 것이 없습니다. 그러하나 나는 누구에게던지 용기있게 자랑할 것은 오직 한 가지외다. 이는 다른 아무 것도 아니외다. 오직 부모님이외다. 웨 그러하냐하면 어머니는 국문을 겨우 뜯어 봄에 불과하시고 아버지는 오직 한문과 필재로만 저에게 선생되실 뿐이요 오히려 다른 학문으로는 저만도 못하신 까닭이외다. 또는 부모님이 특히 건강이나 재산을 가지시어서 그러함도 아니외다. 웨 그러하냐하면 건강으로는 쇠약하심을 오히려 느끼게 하고 재산은 그저 주림을 면함에 불과하는 까닭이외다. 오직 저의 자랑하는 점은 어머니의 『愛의 화신』(저는 늘 그리 부릅니다)임과 아버지의 굳은 의지와 끈기 있는 노력(인접 읍 사람들이 이 자식을 대할 적마다 『무섭은 의지와 무섭은 노력가』라고 기리는 바와 같이)이야말로 그것이외다. 그리하여 어머니가 집안 사람에게나 동리 사람에게나 화평의 권위가 되어주신 그 큰 감화가 저로 하여금 환경의 사람과 분쟁하기 싫어하는 버릇을 가르치어 주신 것은 가리지 못할 사실이외다. 오히려 이것이 怯懦에 기울어지게 함이 있는가 합니다. 또한 아버지는 옳은 일이라고 깨달은 일이면 어떠한 장해가 있다 할찌라도, 어떠한 핍박(가령 온 동리인이 다 背道하였으되 오직 혼자 여태까지 시종이 여일 하게 지키어 오시는 독실한 기독교 신앙같은)이 온다 할지라도 굳게 지키는 그 의지의 힘, 그 근면, 儉朴, 인내, 노력의 諸德을 나는 다른 이에게서 일즉 발견하지 못하였다고 단언하는 바외다. 그리하여 만일 저에게 그러한 덕의 빛이라도 보인다면 이는 아버지의 감화라 하려니와 不然하다하면 이는 저의 불초한 까닭이외다. 그리하여 본국에서도 근 20년이나 定省을 闕하고 지나던 것이 황송히 느끼어지던 것인데 이제는 더군다나 외지까지 오므로 부모님의 우수를 더하게 함은 무엇이라 할 수 없는 불효의 짓이라고 느끼어집니다. 그러하나 한 3년만 용서하시기 바라며 건강을 빌기 말지 아니하는 바외다.

春園선생!

출발할 때에 저의 지망하고 오는 바를 듯고 『30여세에 다시 노학생 노릇을 하려는 이 기회가 김선생에게는 아마 최종의 배울 기회가 아니겠음니까. 그러하면 어느 대학으로 들어가는 것이 가하지 아니하겠어요』하시던 말씀은 여태까지 弟의 머리 속에 큰 힘을 가지고 잠복하여 있었음니다. 그리하여 내외에서 많은 친우가 편익을 보아주면서 요구하는 바와 대치가 되게 되었음니다. 즉 모순된 제도가 요구하는 바에 응하여 지식의 향상보다도 무슨 형식의 간판을 얻기 바라는 것과 선생의 권고대로 고등학술의 길로 가는 것이 대치의 문제였음니다. 그러한데 의무심, 책임감은 前記 兩 문제 중 형식을 제1로 하고 실질을 제2로 하였음니다. 그리하여 10수년 전 배우던 수학들과 일본 지리 역사들까지 읽으면서 간 12일까지 노력하여 오았음니다. 그러한데 이때에 東京 있는 친구들 중에도 여러 번 春園 선생과 같은 권고를 주었음니다. 그리하여 머리 속에 고민으로 생각하다가 그에 제1과 제2를 전도하여 버리고 14일에 모 대학에 이름을 두게 되였음니다. 이에 대하여 한편으로는 먼저 생각대로 되기를 위하여 애쓰시고 주선도 하여주시던 본국의 金군, B양, 宋군과 東京高師의 崔군, 朱군, 金군, 기타 諸兄에게 많은 감사와 미안을 느끼는 바외다. 그러하나 무슨 방법으로던지 弟에게 이처럼 촉망하여 주신 후의야 명심하고 실현하겠다고 自期하는 바외다.

▲ 동광 제3호(1926.07), 김윤경, 동경에서

(이 호수는 영인본에서 누락되어 입력하지 못했음)

▲ 동광 제6호(1926.10), 笑門에 萬福來, '東京 消夏漫筆' 中에서, 한결

(기행문은 아님)

▲ 동광 제7호(1926.11), 武藏野(나가노)의 나무를 보고, 留東雜記에서, 한결

朱君!

武藏野의 숲풀이 다 人造林이라 합니다. 中世까지 東洋文化가 西洋文化보다 노파서 그리로 유출한 것이 만핫스나 近世에는 「西勢東漸」이란 명목하에 서양문화를 역유입하게 됨 가티 우리 조선문화도 중세 이전은 물론하고 최근까지라도 日本에 유출함이 왕성하엿섯스나 이제는 일본문화을 역유입하지 아니하면 아니되게 되엇습니다. 학술은 익히지도 아니하고 咀嚼도 아니하고 통으로 삼킨 때문에 이제 소화불량증까지 걸리게 된 듯 합니다. 마는 자연물을 애호하는 습관은 유입하지 아니한 듯 합니다. 그 중에도 식물원예를 애호 양육하는 습관은 여러가지 유익점으로 보아 시급히 그 습관을 키우어 가지어야겟다고 느끼어짐니다. 우리네는 도로변, 인가주위, 田地주위에 식목하기는 姑舍하고 자연생의 것이라도 말장 베어 버림니다. 田地 가생이에는 그늘이 穀物을 방해한다는 것이 핑게요 인가 주위에는 나무가 고목이 되어 귀신이 접하여 불길하다는 미신이 잇슴이외다. 나는 어리어서 아름답은 나무와 果木을 집 가생이로 돌리 심어노코 아침저녁으로 물을 주고 나지면 강한 태양의 벼틀 가리우어 간신히 살리어 자라게 한 일이 잇섯습니다. 그러하나 祖父님은 「집안에는 나무 심으면 언짠탄다」 하시고 그 이쁜 나무들을 불쌍하게도 다 뽑아버림을 보앗습니다. 그때는 어찌 섭섭하엿섯는지 모릅니다. 그러하나 그 교훈이 기피 인상되어 다시는 나무를 심기를 아주 단념하게 되엇습니다. 그러하나 그 교훈은 정반대로 그릇된 것이어서 「산소를 호흡하여야 사는 사람은 산소를 만들어 주는 나무가 업스면 죽는단다.」 하는 바른 교훈을 주지 못하엿습니다. 그러하나 이제는 소학생이라도 나무의 유익주는 것은 다 알게 되엇습니다.

　나무는 (ㄱ) 산소를 吐하고 동물이 吐하는 탄소「깨스」를 吸取하여 신선한 공기를 주는 일이라던지 (ㄴ) 직접 食物을 공급하는 일이라던지 (ㄷ) 연료를 공급하는 일이라던지 (ㄹ) 의복이나 製紙原料들로 필요한 纖維를 공급하는 일이라던지 (ㅁ) 토양의 肥沃을 돕는 일이라던지 (ㅂ) 水分을 공급하여 旱災를 막으며 동시에 홍수의 沙汰를 막는다던지 (ㅅ) 건물기구의 재료가 된다던지 (ㅇ) 滿山遍野하여 씩씩한 기상과 숭엄한 신비와 花葉의 색채미를 주는 것이라던지 일일히 섬길수 업는 유익점을 讀本이나 理料에서 배우게 됨니다.

그러하나 그러한 상식을 어든 사람은 이제 전국을 통하여 몃 천만의 것이로되 그 상식이 응용의 행위로 나타난 것은 보기 어렵은 것 가틈니다. 이것이 또한 그 습관을 엇지 못한 까닭이라 하겟습니다. 그러한데 나는 東京 온 지 12개월에 불과하되 첫째로 下關서부터 바든 인상은 그네들의 植木과 화초에 대한 관습이외다. 어느 집에던지 植木(특히 만흔 것은 杉)의 울타리가 둘리고 그 안에는 그름 속에 솟은 거대한 나무가 빽빽히 둘리어 서고 그 사이로 철을 딸아 피는 각색화초, 벗꼿, 梅花, 桃花, 躑躅, 芍藥, 柘榴, 梧桐꼿 기타 이름 모를 동서양 일년초의 꼿들의 오색이 찬란하게 사귀어 잇슴니다. 집가생이로 둑을 돌리싸코 그 거죽에는 잔듸를 청청하게 입히고 그 우에는 杉(스기) 나무를 직선형으로 돌리심고 剪刀로 나무 끄틀 다 직선으로 베어 준 것은 착말 형언할 수 업시 아름답슴니다. 그리고 어떠한 집은 특히 넓은 지면을 잡아가지고 거대한 나무가 욱어진 수플 일우게 한 뒤 그 속에다가 집을 무더노흔 고로 밝게서는 한 수프로만 보게 됨니다. 마는 그 욱어진 수프로 墜道(턴넬)을 일운 길을 딸아 들어가면 그 속에서 人家를 발견하게 됨니다. 여긔 저긔 산재한 숨속에는 대개 그러케 사람의 집이 무치엇거나 혹은 樓閣이나 草家의 집웅이 輕風에 흔들리는 나무가지의 틈으로 은은히 出沒됨니다. 이러한 美—참 아름답음—에는 仙境인가하는 느낌을 아니 일으킬 수가 엄게 됨니다. 이것은 결코 漢詩的 虛張이나 과찬의 말은 도모지 아니외다. 본 그대로 느낀 그대로 솔직하게 고백하는 것 뿐 이외다. 나는 마치 新年回禮客처럼 매일 夕陽이면 동무와 어깨를 겻거이 單身隻影으로 이 숨 저 숨을 방문함니다. 그것들은 마치 주인이 방문객에게 조흔 음식이나 茶菓를 대접하는 모양으로 숭고한 眞, 美, 善을 배부르도록 먹이어 줍니다. 虛僞奸詐, 欺瞞, 不平, 不自由, 苦悶, 猜忌, 爭鬪, 殺代의 惡毒이 充溢하는 부자연—非眞, 非美, 非善—속에서 울다가라도 이 방문만 한바탕 하면 超人間化가 된 듯한 崇高, 淨潔, 純化의 別境에 이르게 됨니다. 이가티 邪惡한 인간을 聖化하기에 위대한 힘을 가진 점으로 보아서라도 자연물을 애호하는 恩想 特히 식물 화초를 애

호하고 培養하는 사상을 가르치고 습관화하게 함이 필요하다고 느끼어
집니다.

이곳 사람은 일반이 식목의 습관을 가지엇기 때문에 시내의 좁은 터
의 손바닥만한 정원에라도 식목을 합니다. 立牧大學에서는 1년에 정원
식목으로 4천원을 쓴다고 합니다. 備品의 부족은 끼치어 이와가튼 거대
한 정원 예산을 세우는 것이외다. 요사이(5월말로 6월 상순까지)도 날
마다 적은 규모의 尺餘되는 나무로부터 큰 것으로는 數丈의 나무를 날
마다 심습니다. 우리가 그네에게 꼭 배우어야될 습관은 이것이라고 느
끼어집니다. 그리하여 우리의 정원과 노변과 산야로 하야금 擇天하는
巨木의 빽빽한 숲(森林)으로 더피게 하고 십습니다.

[04] 임영빈, 스켓취(渡美途中에서), 『동광』 제2호~제2권 4호 (9회)

작 자: 임영빈(任英彬)
기행지: 도미 과정(미국으로 가는 과정)
형 식:
내 용:

▲ 동광 제2호(1926.06)

나는 이 스켓취를 案內記나 報告書로 적는 것이 안이다. 이것은 내가
米國에 가려고 써난 째부터 몟해 뒤던지 돌아올 째까지 내 Feeling을
Shock한 길고 짧고 조코 언잔코 재미잇고 심심한 모든 늣김을 적으랴
고 하는 것이다.

나의 筆力이 그러케 能히 健强을 保全하야 꾸준히 내델는지 擔保하기가 어려우며, 내 筆力을 擔保한다션치더라도 이 글을 실을 雜誌가 그러케 能히 健强을 保全하야 줄는지 疑問이다. 雜誌 自體는 能히 健强을 保全할 픰이 잇슬는지 몰으지만은 瘠薄한 土地에 생긴 것이라 그 健强이 害를 밧지 안이할지 念慮가 되지 안는 것이 안이다.

우리는 始作과 마찬가지로 終末을 告하는 것을 하게 되는 것은 原力도 싸닭은 까닭이지만은 養分을 取할 土地가 瘠薄한 것이 더 큰 까닭이 안인가 한다.

그러치만은 언제 어찌될지 몰으지만은 그 째까지는 精誠을 다하야 해 볼 것이다. 精誠으로 하다가 안되면 그 째에는 그리 마음에 미타함은 적을 것이다. 精誠이다.

써남 경성역 기차-부산-일본＝풍습과 삶의 모습을 그려냄

써난다는 말이 잇서서 써난다는 事實이 생겻느냐? 써난다는 事實이 잇서서 써난다는 말이 생겻느냐? 아마도 事實이 먼저 잇섯슬 것이고, 그 事實을 代表하노라고 말이 생겻슬 것이다. 말이야 엇더튼지 事實은 늘 嚴然하야 쇡이지(속이지) 못할 것이다.

만일 엇지되여서 지금 우리가 제일 조케 녁이는 맛는다는 말로 이 써난다는 사실을 대표하게 하고, 지금 우리가 제일 실케 여기는 떠난다는 말로 저 만난다는 사실을 대표하게 하엿더면 도리혀 실케 녁이던 떠난다는 말을 듯고 조하하엿슬 것이요 조케 녁이던 만난다는 말을 듯고 실혀하엿슬 것이다. 그러니 말 때문에 무엇이 되는 것이 안이고, 사실 때문에 무엇이 되는 것이다. 맘 압헤서는 극히 교활, 간사, 허망한 사람이라도 사실 압헤서는 제가 꼼작할 수 업시 머리를 숙이고 誠勤, 정직, 진실하지 안을 수가 업슬 것이다. 사실! 그것은 늘 엄연하야 속일 수 업는 것이다.

나는 떠난다는 사실을 속이려고 하야보앗다. 회피하려고하야 보앗다. 그러나 그 사실은 조곰도 가차가 업시 내게 당도하고 말엇다. 고만 회피 不得하게 되고 말엇다.

웨 이 사실이 생겻느냐? 워 이러케 속일 수도 업고 회피할 수도 업는 떠난다는 사실이 생겻느냐? 웨 사람들은 늘 한데 모혀서 단란히 살 수가 업고 늘 이 떠난다는 사실에 위협을 바다야 하겠느냐? 떠나는 사람들은 늘 말이 사업을 하여야겟네, 공부를 하여야겟네, 활동을 하여야겟네 하니 웨 떠나지 안코는 사업을 못하고, 공부를 못하고, 활동을 못하느냐?

이것이 결함만은 지금 사회에서니까 그러냐! 바벨탑 뒤에 사람의 자식들에게 온 무서운 운명이냐? 늘 떠나고 맛나는 일로 교착한 세상에서는 合則離를 불가변의 진리로 알게 되엿다. 정말 그럴 것이냐?

나는 이 사실에 네 번 당하여 보앗다. 이 네 번은 내가 이때까지 살아가면서 당하야본 수가 안이요, 내가 미국를 간다는 路程에서 당하야본 수다. 첫재는 서울서 親戚故舊를 떠나노라고 당하엿고, 둘재는 부산서 고국 강산을 떠나노라고 당하엿고 셋재는 神戶서 일본의 산천을 떠나노라고 당하엿고 넷재는 갓흔 일본의 땅이지만은 橫濱서 東洋을 떠나노라고 당한 것이다.

3월 8일 아츰이다. 京城 驛頭에는 이 떠난다는 사실에 직면한 사람들이 십여 명 잇섯다. 그들은 이 사실의 험한 얼골을 마주보면서 이상한 정을 맛보고 잇섯다. 이상한 情이다. 섭섭도 하고 앗갑기도 하고 또 무에라 말로 표할 수도 업는 情이 다 석긴 까닭에 이상한 情이라고 하엿다.

電鈴이 남아지 소리를 가늘고 희미하게 긋자 기관이 기운 세계 연기를 토하고 굴르기를 시작할 때에는 이 떠난다는 사실이 오직 그들과 직면만 하고 잇슬 뿐이 안이라 그들의 마음에 화살을 노핫다. 情이 그리 깁지 못하던 사람이라도 그 화살에 맛는 순간에는 찌르르하는 늣김을 늣겻슬 것이다. 늣기지 안코는 못 백엿슬 것이다.

떠낫다! 나는 車室에 들어 안젓다. 그들의 마즈막 흔드던 흰 수건빗치 눈에 흰하고 그리고는 모든 그들의 얼골이 또렷이 나타난다. 그들의 쓴 모자와 입은 옷과 신은 신이 나타나 보인다. 그들의 몸짓 그들의 목소리도 나타나 보인다. 또 그리고 그들과 놀던 때에 일이 한아한아 그릴 듯이 나타난다. 情이 그리 깁지 못하던 사람들도 퍽 그리워진다. 혹 내가 좀 쌀쌀하게 굴던 사람에게는 후회하는 마음도 난다. 혹 내가 잘못한 사람에게는 안타까운 생각도 난다. 이 떠나는 사실의 화살을 맛고야 사람 그리운 정이 나온다. 이 떠나는 사실의 화살을 맛고야 사귄다는 일과 誼조타는 말의 참맛을 알겟다. 이 떠나는 사실의 화살을 맛고야 뮈운 사람 실은 사람이 업서지는 것을 깨닷겟다. 아아, 떠남은 아까와도 떠남으로 아까운 줄을 비로소 배호겟다. 떠날 때처럼 아까운 줄을 절실히 늣긴다하면 가치 잇슬 적에 결코 시시비비로 감정을 害하지 안엇슬 것이다. 떠남! 너는 別물건이다! 네가 인생에게 한을 주는이만침 인생의 深刻味도 주노나! 아아, 떠남아!

기차는 닷는다. 사람은 올으고 나린다. 그러나 내 그리운 집안 어른, 놀던 벗은 한아토 업다. 그들은 이 적은 마음의 상상의 세계 안에만 잇다. 그 세계에서만 그들과 나와 얼크러저 잇다. 기차는 새 땅을 향하고 달음을 친다. 그러나 이 맘은 반반에 난호여 잇다. 한 반은 서울에, 한 반은 압 가는 새 땅에.

점으러 온다. 조선의 산천에, 조선의 마을에. 벌거버슨 산, 참혹한 형편의 집, 기름ㅅ긔 업는 사람, 그래도 그립기만 하다. 그리고 저므는 빗헤 감초여가는 그것들이 왜 그런지 슯흐게 보이고 애닯아 보인다. 나는 이 모든 조선 것을 떠난다할 때에는 쓸어저가는 옴막사리 한 채도 그리웁게 보인다. 평상시에는 나도 조선 사람이면서 조선 사람을 멸시하는 말을 곳잘 쓰고, 조선 사람의 소망 업는 것을 곳잘 한탄하엿다. 그러나 저 점으는 빗속에 슬으르 맥업시 감초이는 강산을 횟긋 떠나게 되고 보면 모든 것이 그리운 것 안인 것이 업고, 모든 것이 나를 온윽하게 하야 주지 안는 것이 업다. 그리고 이 처녀와 갓혼 땅, 이 날아보지 못한 새와 갓흔 땅, 소망을 붓치면 얼마나 소망이 만흐랴?

아아 내 선조의 뭇친 땅, 내 반오십을 부쳐 잇던 땅, 이것이 저므는 빗속에 감초어가고 떠나게 되고 말 것이다. 冬枯의 寂靜한 산과 들이 더욱 이 마음에 묵직한 늣김을 준다.

부산서 연락선을 탓다. 이것으로 고국의 땅을 멧해던지 밟아보지 못할 막을 여는 것이다. 그리고 쓰던 달던 그래도 내 몸을 잘 담아 주는 이 땅을 떠나서 아무리 남들이 천당갓다고 하는 나라로 가나 설고 것칠어 이 몸을 붓들어가기에 얼마나 힘들고 그 외로움이 얼마나 심하랴?

그런데 그리운 저 땅은 어둠에 파무처 잘 볼 수가 업고나! 진한 검은 칠을 듬북 무친 뿌러쉬로 함부루 북북 칠해논 것 가튼데 전등ㅅ불만이 마치 무슨 점을 찍어논 듯이 빗나고 잇슬 뿐이다. 보고 십다. 아아, 저 검은 칠 속에 흰 옷 입은 나의 그리운 동포들이 저녁도 먹고, 일도 하고, 이약이도 할 것이다. 그것을 한 번 마즈막으로 자세히 보고 십다! 그리고 그들에게 내가 올 때에는 지금 떠나는데 밧는 상심함을 실컷 위로하야줄 만큼 열려저 달라고 부탁도 하고 십다.

연락선에는 우리 노동자들이 만히 탓다. 그들이 반갑기는 하나 쪼끼어 가는 그들의 모양이 암만해도 불상하게 보이고 슬프게 보인다. 記姓名도 할 줄 몰으고 이역에 떠밀려 가는 것이다. 그들은 할 수 업시 그리운 고향 산천을 떠나 남들도 살 수 업서 떠난 그 자리를 채우러 간다. 그들도 떠난다는 사실의 위협을 바닷슬 것이다. 그리고 돈 千이나 벌어 가지고 오겟다는 결심을 그 위협을 바들 적에 굿게 하엿슬 것이다. 아아 불상한 무리들이여!

일본의 강산을 두 번재 보게 되엿다. 4년 전에 큰 뜻을 품고 첫 번으로 보앗고, 이번에도 나딴은 큰 뜻을 품고 두 번재 본다. 대수풀 蜜柑樹 暖國의 풍정을 말해준다. 어제 종일 冬枯의 寂靜에 피로하던 눈은 봄빗츨 띈 草綠原에 신선함을 느낀다. 어제 종일 불규칙한 논과 거리와 마을을 보던 불쾌가 綺麗하고 井井한 논과 거리와 마을을 보는 쾌미로 변하엿다. 그러나 어제의 피로는 처녀지에서 일어난 것이요, 어제의 불쾌는 미숙자에서 일어난 것이다. 그것도 장차 열리고 크고 익고 하면 누구에게나 부끄러울 것이 안이다. 아아, 열리거라! 크거라! 익어라! 꾸준히 힘있게.

귀찬은 여러 가지 수속을 끗내고 東洋汽船주식회사로의 최종 渡米 항행을 하는 大洋丸 큰 배에 몸을 던지기는 1926년 3월 17일 오전 10시경이엇다. 혼란하고 騷擾한 부두에는 나를 보내는 神戶게신 2,3형님이 서서 붉고 풀으고 희고 누른 리븐이 날리는 그 속에서 나와 바군 리본을 역시 날리며 잇다. 차차 출범 시각이 가까오니까 배 안은 종용하야지고 갑판과 부두만 떠들석해진다. 리본 수는 점점 더 는다. 떠남을 아껴서들 끈으로라도 서로 連한 것을 끈허지지 안토록 하랴고 애를 쓰는 그 정이 두긋겨진다. 바람은 그런 정을 몰으는 듯이 함부루 불어서 그 애닲은 끈을 쪽쪽 끈허 놋는다.

배는 기적을 불고 기관이 돌기 시작하더니 물이 불큰불큰 용소슴을 하면서 선체는 움즉여 슬슬 부두를 떠나기 시작한다. 배가 멀어가자 그 애닲은 리본은 다 끈허지고 끈허진 두 쪽 끈이 바람에 풀으고 놀으고 희고 붉게 애처롭게도 날린다. 그때는 모다 그것을 버렷다. 그랫더니 바다에 또 풀으고 눌으고 희고 붉은 끈이 둥실둥실 떠서 물결을 딸아서 이리 밀리고 저리 밀리면서 잇다. 사람들은 모자며 수건을 흔들면서 더욱 떠남을 앗겨한다. 부두가 꾀 멀어저 서 잇는 사람이 누군지 분간을 하지 못하게 되는데에도 서로들 수건이며 모자를 흔들고 잇다.

나는 오직 한 사람으로 이 배에 손님이 되여서 다정한 2,3형님의 훗훗한 殘送을 바닷다. 나도 동행을 만들자고 金군을 이 배에 가자고 충동하여 神戶까지 와서는 나 홈자 가게 되는 정 업는 일을 하게 되엿다. 金군은 신체검사에 패스가 못되여서 다음 배로 밀리워진 까닭이다.

만일 그 神戶게신 2, 3형님인들 배웅하야 주지 안으섯던덜 남들이 떠들어 애처러운 離恨을 알월적에 나 홈자 오둑하니 한 구석에 박혀서 설음 업시 저 강산을 작별하엿슬 것이다. 따뚝따꿈한 말들을 하고 딸꿈딸꿈하는 거름들을 것는 그들 틈에 홀로 조선 말과 조선 거름을 것는 내가 그 2, 3형님의 따뜻한 배웅이 업섯더면 얼마나 고독하엿스랴?

나는 그 형님들과 마조퀸 리본이 끈허저 날릴 때에 서울서보다도 부산서보다도 마음이 더 찌르르함을 느꼇다. 그리고 두 눈은 확하면서 나오는 눈물을 참노라고 그 형님들의 얼골을 피하엿섯다. 배는 멀리 떠나 나오고 강산이 다 감웃감웃 보이기만 한다.

－아아, 마츰내 배는 탓고나!

하고 悄然히 나는 3등 선실로 나려 갓다. 그때부터 이 입으로 조선말은 한 마듸 못하게 되엿다. 다 일본인들이다. 그들은 일본보다도 돈 모는데 미국이 낫다고 하야 돈모러 가는 사람들이다. 연락선에서는 조선서 살 수 업서서 일본이 낫다고 오는 사람들과 동행이 되엿섯는데, 이번에는 일본서 돈 몰 수가 업서서 미국이 낫다고 가는 사람들과 동행이 되엿다. 그러면 어느 놈이 더 잘 살게 될 놈일고? 미국서들은 또 일본이나 조선이 돈 모는데 낫다고 꾸역꾸역 오니 이 裏 판세를 어떠케 해야 바루 안단 말이냐? 梁襄王이 물은 말 天下는 烏乎定고한 말을 孟子는 비우섯지만은 언제던지 그 말은 물어볼 만한 말이 안이냐? 아아, 利에 발끈 뒤집힌 이 세상! 利만 잇스면 어듸던지 가는 이 판세! 싸흠이나 사화가 다 利뿐으로. 아아 天下는 烏乎定고?

橫濱에 정박하엿다. 나는 동경에 아는 사람을 맛날가 하고 갓더니 4년 전과는 딴판이라 依稀한 것이 길찻기에 힘이 든다. 그래서 나는 한참 못난이 짓을 하다가 암만해도 못 찻겟서서 도루 橫濱으로 와 배에서 잣다. 잇흔날은 橫濱만 구경하고 말엇다. 무서운 지진과 화재의 남어지 瘡痍는 곳곳이 멈을러서 옛날의 꿈을 보여준다.

배는 20일 정오 눈보래 치는 때에 橫濱을 떠낫다. 이것으로 나는 네 번재 당하는 떠나는 사실이니 곳 東洋을 떠나는 것이다.

이 떠남으로 지도로만 보던 태평양을 실지로 밟고 보게 되엿다. 그리고 東洋의 모든 풍속, 습관과 배치되는 나라의 객 노릇을 하러 가는 몸이 확실히 되고만 것이다. 동양인은 말이 달으고 의복이 달으다 하지만은 그래도 서로들 박구어 노흘 수 잇는 공통성을 가젓다. 그들은 서로들 시기하고 다토지만은 동양인으로는 인정이 가튼 것이다. 나는 떠난다. 이런 동양을!

떠나고 보니 그리운 것을, 잇슬 때에 부질업시, 이러니 저러니 다톰햇지? 맛나면 얼마나 맛나고, 떠나면 얼마나 떠나리. 그동안이 바쁘다 해서 윗족 뱃족하니 아마도 야튼 것은 사람 맘에 웃수업나 하노라!

가슴에 한 업는 회포 품고, 깜아케 깁흔 태평양을 건너니 마음도 넓을시고 몸도 커지노나! 압길이 엇더냐? 저 물결 보게나!

이러케 배에 몸을 실으니 자연 여기까지 니르노라고 3년을 애쓰던 광경이 눈에 서언하게 나타난다.

3년이라는 세월을 일심정력을 들이여 미국갈 공부만 하엿다면 지금 내 길이 그리 이상한 길이라고 못할 것이다. 서양인의 개인 서기로 일홈을 뭇고 자취를 끈코 오직 그 서양인에게 당신이 나를 죽이지만 안코 부릴대로 부리고 미국만 보내주구려 하는 맘으로 3년을 지내어 이 길에 올랏다면 누구나 당연 이상에 당연으로 알 것이 아니냐?

나는 親友를 몰으고 집안을 몰으고 나까지 몰으고 3년 동안 박봉을 바드면서 여비 준비하든 꼴이 가엽게도 장하게도 보인다. 그 결과로 미국을 간다만은 이와 갓흔 인색한 사람을 만들어 노코만 것이다.

나는 서울 바닥을 헤매면서 한 푼이라도 더 모호자—하고 애쓰는 예전 내 꼴이 다시금 보인다.

나는 배를 탓다. 破船만 아니하면 나는 별 수 업시 미국을 가게 되엇다. 아아 이러고 보니 3년의 고행은 성공이 되엿다. 깃브냐? 슯흐냐?

3년은 성공이 못될가봐 겁이 나더니 지금은 엇지나 될가?하야 두려웁다. 3년 동안 겁나든 것은 풀기 쉬운 겁이엿지만은 지금의 두려움은 언제나 풀 것이냐? 사람의 일생은 무서운 모험이라 하면 나는 그 무서운 모험 중에도 제일 심한 모험을 하러 떠나는 것이다. 엇지 될고?

배는 작고 태평양물을 헷치고 나아간다. 엔진 소리는 유심히 들린다. 그리고 나홈자 비를 마즈면서 3등 갑판에 서 잇다. 큰 물결 적은 물결 배ㅅ전을 따리는 소리를 꿈이런 듯 들으면서.

아아 이게 꿈이냐? 나는 꿈꾸는 듯 만하다. 1926. 3. 22

▲ 동광 제3호(1926.07)

(누락＝입력 못함)

▲ 동광 제4호(1926.08)

*스케치 형태의 기행문으로 내용을 입력하지 않음

허리를 펼 수 업서
고치장이 업섯던들
조선 사람은 단 세 사람
航海－스켓취 3

▲ 동광 제5호(1926.09), 호놀룰루의 하로(渡美 스케취)

우리 배는 오늘 － 三月 二十八日－호놀룰루에 到着하게 되엇습니다. 豫定대로 하면 來日－二十九日에 到着할 것인대 그동안 바람이 조하서 하로 일쯕 到着하게 되엇습니다. 그 째문에 호놀룰루에 하로 더 碇泊하게 되엇습니다. 이러케 된 것은 우리 무를 그리워하던 사람들에게 쐐 조흔 消息이엇습니다.

그리윗던 上陸

우리 배에는 호놀룰루에 上陸하고 말 사람이 만핫습니다. 그들은 어제 저녁부터 上陸準備도 하고 그 동안이라도 情들엿던 배친구를 떠나기 어려워 술을 먹고 노래를 하며 아끼노라고 밤중이 넘도록 떠들어대는 것을 오늘도 새로 3時부터 야단을 칩니다. 그 통에 우리『아메리카』까지 갈 사람들도 뒤숭숭해서 잠을 못 잣습니다.

아츰 밥은 새로 4時 半에 먹엇습니다. 밥이 그러케 잘 먹혀지지 안아서 한 공기만 먹고 말앗습니다. 그런데 나는 구경이나 하려고 暫間 上陸을 할터인데도 맘이 들떠서 것잡을 수가 업섯습니다. - 정작「쌘프란씨스코」나 갓다가는 염통이 터지겟고나!

하고 내 어린애다히 뛰는 맘을 혼자 비우섯습니다.

배는 호놀룰루灣 안에 들어섯습니다. 移民官이 와서 檢閱을 한다고 우리는 전부 八字에 업는 一等『떽크』에 올라갓습니다.

이때까지 먹장갈아 부은 듯한 바다를 지나왓는데 여긔는 草綠비칩니다. 적은 결 하나 내는 바다는 草綠빗 유리마루나 깐듯 하외다. 왼쪽으로「오와후」「호놀룰루」市가 잇는 섬.「하와이」하면 大小 몃 섬의 總稱임니다. 섬이 南國의 風景을 깩끗이 띄우고 아츰 안개에 어리어 잇습니다. 그런데 뾰죽뾰죽한 집들이 잇는「호놀룰루」市는 米國에 첫 門을 말함니다.

돈 어드러 나오는 土人들

배는 섯습니다. 얼마 만에 방정마즌『쁘트』소리가 나더니 移民官이 왓습니다. 檢閱이 끗나자 배는 다시「엔진」을 돌림니다. 港口 가까히 올 때에는 바다가 야타「푸로펠라」바람에 흐랑물이 물큰물큰 솟김니다. 그리고 바다는 기름투성이가 되어 버림니다. 埠頭에 가까히 올 때에 우리는 海水浴服을 입은 사람들이 죽서 잇는 것을 보앗습니다. 우리 가운대 한 분이

－여기서 海水浴을 하네!

하고 말을 하니까 한 사람이 우스면서

－무어? 海水浴? 그런 소리 말라! 저건「하와이」土人들이 배에서 돈 던지는 것을 어드려고 서 잇는 것이라네. 함으로 그 말이 마치자 일등

118

甲板에서 누가 돈을 던진 모양임니다. 그러니까 그들은 물로 튀어 들어가 근두처 물 속에 빠저 돈을 건저 가지고 나와 무슨 소리인지 질르며 그 돈을 뵈이고 입에다가 뭄니다. 그것이 재미가 잇서서 돈들을 작고 던짐니다. 그런데 갑작이 난데업는 사람 하나가 半空에서 철석하고 떨어짐니다. 그것은 어느 틈에 그들이 一等 甲板에 올라가서 뛰어 나린 것임니다.

우리 배는 第七 埠頭라는 곳에 다핫슴니다. 무틀 그리워하고 배에 고생하던 우리들은 다투어 上陸하엿슴니다. 우리 세 사람은 「하와이」에 우리 團體의 어른이신 崔昌德氏의 마중을 입어 自働車를 타고 會舘에 갓슴니다.

會舘 밋층에 開城 松高織 販賣所가 잇는 것을 보고 나는 퍽 반가웟슴니다. 그것이 내 母校의 事業에 하나로 녀기서 보는 것은 母校를 대하는 듯한 반가움이 잇섯슴니다.

서투른 自由

會舘에 들어가자 눌림과 얽매임만 밧던 내 感覺에 이상히 비최는 것이 한 두 가지가 아니엇나이다. 이것이 自由의 나라에 寄生하는 모든 것이 말끔 누리는 것인가 할 때에는 嘉尙하여 보이기도 하고 구슬프게 보이기도 하나이다.

내 입으로 15년 전에 한번 불러보던 이름, 한번 보던 물건을 부르고 보앗슴니다. 그런데 그러케 하기가 어찌나 서투른지 어붓자식이 어붓아범을 부르는 것 가탓슴니다! 실상 말하면 이러케 서투른 것은 本아버지고 저 익숙한 것은 어붓아범인데, 하도 오래 어붓아범의 사나운 미테서 긔를 못 펴고 자라서 本아버지를 보고도 이리 서투르게 되엇슴니다!.

우리는 自動車를 몰아 「호놀룰루」市街 구경을 하엿슴니다. 누가 거리에 무엇이 만터냐 하거던 自動車가 만타하고 길은 어떠터냐 하거던 기름절구엇다고 하십시오! 기름절군 판한 길에 自動車 탈 맛도 남니다.

朝鮮서 自動車 타다가 웅덩이 깨질번 하던 나로는 무던히 호강을 하는 셈이외다. 몬지도 업고 결림새도 업고 조흘 대로 조핫습니다.

「하와이」에 유명한 「왜키키」公園을 一周하엿습니다. 이름 몰을 熱帶性植物이 밋밋이 자라나 길 左右에 서서 自然의 『알치』(arch)를 일우엇습니다. 그리고 야들으르한 풀은 一面에 쪽 깔리고 그야말로 한 首 햇스면 조켓습니다.

故國 소식을 行하고

朴老人의 작은 農場에 가서 염소 젓과 無花果 열매와 『파파야』를 먹엇습니다. 그는 慶尙道 양반인데 開發會社 통에 들어와서 여긔 살며 지금은 한 밋천을 잡앗다고 합니다. 따님은 여긔 公立學校 先生이요 아드님은 米國 本土에 들어가서 工夫중이랍니다. 주름살 잡힌 얼굴에 반가움을 띄우고서 故國 소식을 물으니 나는 말하기를 당신의 生活 형편을 千分하면 그만하리다 하엿습니다. 참아 그에게 그 슬픈 소식을 다 전할 수가 업섯나이다.

저녁은 閔燦鎬 牧師 댁에서 먹고 禮拜堂에서 열리는 歡迎會에 갓섯습니다.

우리 셋 가운대 洪君은 여긔와 그 전부터 因綠이 잇서서 말하면 歡迎會는 그를 위하여 연 것이고 우리는 원님덕에 나발 분 세음이외다. 그러나 이 갑작 모임에도 만혼 분이 오신 것을 보고 本國에서 오는 벗을 만히 그리워하는 줄을 알앗습니다. 우리의 말할 차례가 될 때에 洪君은 故國에 쓸아린 사정을 이야기하엿습니다. 듯는 이들은 눈살을 찡기고 한숨을 쉽데다. 나더러도 말하라 하지 마는 수트로 덕에 나발만 불고 시퍼 고만 두엇습니다.

이러케 「하와이」에 하로는 지나가고 다시 이튼날에는 배에 몸을 던져 航海를 하엿습니다.

4월 초 닷새외다. 이건 정 사람 죽이던 날이외다. 우리 배 大洋丸이 아츰 일쯕이 씨스코港 어구에 다핫슴니다. 우리들은 이민국으로 가게 되느니 아니되느니 하고 분분히 떠들고 잇는데 열시나 지나서 移民官 이 와서 검사를 시작함니다.

우리들은 큰 기츰을 하면서 일등 휴게실에 죽 안자 移民官의 조사르 밧슴니다. 우리들은 모도다 이민국으로 가면 어찌하나 하는 두려움을 품고 안자 잇는데 첫번 바른 사람이 「패스」가 되어 「또 봅시다」를 불르 고 가는 것을 보고는 모도 가슴을 문질럿슴니다.

그런데 「패스」가 못되는 사람은 좀 아니되엇스나 이민국 신세를 지 지 아하니면 아니되겟다고 함니다. 그 때는 「패스」만 되거라 하고 축수 를 하고 잇섯슴니다.

배가 여긔 다키 전 하루 전에 우리 조선 사람들은 씨스코 국민회총무 白일규씨에게 전보를 하엿슴니다. 그래서 배가 다코 남들이 오를 때에 혹 그가 아니왓나 하고 두리번 댓지요. 그 때 마츰 꼭 조선 사람 가튼 분 한 분이 검사하는 房에 게심니다. 그러나 우리는 감히 말을 못부티 엇지요. 사람이란 얇은 모톰이란 膜을 매치기까지는 咫尺에 잇다아도 그냥 헤지는 수가 잇슴니다. 나는 그가 우리를 조선사람인줄 알게 할만 한 기회를 만들려고 생각하다가 서울 미국영사관에서 준 봉투를 그가 볼만한 곳에 내노핫슴니다. 거긔는 서울 「쵸슨」이라는 것이 영어로 쓰 이어 잇지요. 그때야 그는 그것을 보고 내게 영어로 말을 건늠니다. 그 래서 나는 조타구나하고 조선말로 이야기를 하엿슴니다.

검사관이 점심을 먹는다고 좀 쉬다가 이번에는 그들 덕에 일등식당 구경을 하게 되엇슴니다. 거긔서 검사를 하는 까닭이외다.

우리 차례가 되엇슬 적에 우리 세 사람은 모조리 이민국 행차를 불가 불하게 되엇슴니다. 미국 학교에 허가증이 모도 시기 지난 것임으로 학교에 물어본 뒤에야 상륙 시키겟담니다. 그 전에는 이민국 손님이 되랍니다. 白씨는 학교에 전보를 하마하고 나갓슴니다.

그날은 느저서 그 털묵숭이 담요에서 또 자게 되엇슴니다. 이튼날은 비가 철철 쏘다지는 데 稅關吏에게 행장 검사를 맛고 나루배를 탓슴니다. 우리 일행은 日人까지 모도 12인이외다.

에익, 사람 나라에 와서 사람이 좀 들어가기로서니 이리 까다럽게 굴게 무어람. 또 그리고 땅은 하느님의 땅, 사람은 하느님의 아들 그럼 형제가 제 아버지의 땅에 좀 왓다고 요라케 못견디게 굴게야 무슨 심사랄까? 도모지 쓸데 업시덜 금들을 그어노코는 이 지랄이것다.

속이 바작바작 죄는데 이름 조흔 天使島 왓슴니다. 거긔 移民局이 잇지오! 天使가 그 뿐새의 짓을 하면 나는 담박 玉皇에 혁명 선언서을 보내겟슴니다.

부두에 나리어서 보니 移民局 것치레는 듯던 바와 다릅니다. 듯기에는 監獄署 갓다고 그랫는데 그러케 보이지 안슴니다. 곳도 보이고 집들이 깨끗헤 보이는 것이 그리 흉협지는 안슴니다. 문을 지나 鐵鋼 친숙에 우리 일행은 들어 안잣슴니다. 그것만이 조곰 불쾌하엿슴니다. 누가 큰 죄나 진듯이 단단히 얽은 鐵鋼속에 다가 너헛슴니다. 그레도 깨끗하기는 이를대가 업슴니다.

점심은 배를 두드려 가면서 먹게 줌니다. 「커피」는 한 사발식 먹고도 더 먹엇슴니다.

침실에는 침상과 요를 주는데 거긔는 쇠문을 닷고 순사가 서 잇는 것이 감옥의 기분이 잇고 감사나운 먼저와 잇는 이민들을 볼때 더우 지터감니다.

나는 배ㅅ심 조케 한 사날 잇슬 셈을 대고, 우선 困하니 한 잠 자리라 하고 누엇는데 내 번호 22-28을 부름니다. 그리고는 짐을 꾸리어 가지고 나가람니다. 그것이 거짓말이냐? 농이냐? 꿈이냐? 하면서도 바삐바삐 꿀이어 가지고 나왓슴니다. 동행 우리 셋 중에 미안하게도 한 분은 떨어지엇슴니다. 그러나 나는 어찌 조턴지 인사도 변변히 못하고 부두에 나와 서서 다른 분을 보고 이러케 말하엿슴니다.

—이럴 지경이면 여긔 핫던것이 하관게치 안쿠려! 공부하러 온 비자에는 이런 것도 暫間다니 어 가는 니것은 조흔 공부지오.

[06] 동광 제7호(1926.11), 집자동차에 실려서(渡美 스켓취 7), 임영빈

移民局에서 시언스럽게 노혀서 씨스코 부두에 다시 와 나렷습니다. 이것이 米國땅이라 하면 落字업시 오기는 왓습니다. 大體 이 날이 무슨 날인지 내게 꽤 吉星이 비췬 모양이외다. 하도 조코 시언하기에 날과 때나 알아두려고 하여서 물어 보니까, 날은 4월 6일이고 때는 오후 네시 40분.

이것은 나 혼자나 알아둘 이야기지만은 이런 이야기가 특별히 남을 재미잇게 하니까 좀 하려고 합니다.

天使島連絡船에서 우리는 나려서 씨스코에 못척익으 사람 모양으로 서슴지 안코 남들 나가는대로 딸아나갓습니다. 그래도 어느 구석엔지 서투른 표가 잇던가 봅니다. 그러케 걸어 가는데 웬 키 훨신 큰 모자 쓴 작자가 나를 붓들고 자긔가 「코리안」을 잘 안다고 하면서 자기차를 타라고 청합니다. 우리는 거트로는 익숙한체 하엿서도 속은 멀끔해서 차의 도움이나 바다야 우리 갈 대를 가야겟는데 그 자의 말이 「코리안」을 잘 안다는데 매우 귀가 솔깃해서 그리자고 곳 許諾은 하엿습니다. 매우 「코리안」이라는 말에 귀가 반짝하엿던 모양이외다. 그도 그럴 것이외다. 이 서투른 天地에서 「코리안」이라는 말이라도 해 주는 사람이 잇스니 그 얼마나 반가우리까?

그 작자가 우리를 끌고 稅關박글 나서더니 자긔 同官인 모양인듯 다른 작자에게 「째부랭째부랭」 말하고 車에다 우리를 실습니다.

車? 무슨 車겟습니까? Taxi? Yellow Cab? 혹은 市廳에서 보낸 車?

어느 단체에서 보낸 車? 웬걸 우리 팔자에 그럴수가 잇슴니까? 그러면 무슨 車냐? 애, 이것이 창피하다면 창피한 이야기올슴니다.

그 車가 짐車엿슴니다. 짐車중에도 다 헐어빠진 짐車엿슴니다. 運轉手 안노라고 만든 자리에 뿌듯하게 우리를 안치어노코 고동을 틀더니 내뺌니다. 우리를 더리고 온 작자는 발판에 서서 어대로 가느냐고 뭇슴니다. 그래서 「말캣, 스투리트」 國民會로 간다고 하엿지요.

나는 이러케 생각하엿슴니다. 아마 米國서는 짐車, 客車를 뒤석거 쓰나보다. 올커니 米國이 Democracy라더니 짐이나 客도 가티 보나보다. 하고.

그러나 속은 놈은 나지요. 비웃거나 말거나. 이러케 속기로 말하면 어대던지 맛찬가지겟지요. 이작자들이 이리 저리 車를 굴리더니 한 時쯤이나 지나서 國民會貰ㅅ집 아페 갓다 나려놋슴니다. 그 작자들은 술이 떡취해서... 이 말도 秘密한 말이니 애예 입박게 내지 마시요... 냄새 때문에 혼낫슴니다.

열다섯層을 昇降機로 올라가니 거기 열여섯째 房이 國民會 事務室이외다. 아무러턴 놉직하니 구경은 잘하겟슴니다. 나는 속으로

…짐車에 손님이 겻방살이하는 國民會를 차자왓고나! 깨 할만한걸! 하고 생각하면서, 짐車 단 것이 우리 格에 마진 일이라고 하엿슴니다. 글세 이 판에 무슨 주제에 호강하고 다니겟슴니까? 그런데 짐車를 타는 것은 돈 적게 쓰자는 것일찌나 우리의 짐車탄 것은 그런 것이 아니고 속은 것으니까 속이 아프단 말슴이지요. 이 작자들이 무척 찌임니다. 나중 알고 보니까 넉넉 25분이면 올 데를 놈팽이덜이 그 지랄을 하고서 잡어떠러 듭니다 그려! 만일 白선생이 아니엇더면 별수 업시 떼울번 하엿지요, 업어다 논 삭시요, 시골 닭 官廳에 온 格이니까 무슨 도리가 잇겟슴니까? 짐車타고 客車갑 냇다! 지금 생각해도 부끄럽고 억울해서 못견디겟서요. 白선생에게도 이 이야기는 아니 햇던 것이랍니다.

걸음걸이

  어리어서 내가 다니던 학교에서 누가 학생을 勸勉할 때에 이런 말을 하엿습니다. 美國 사람들은 길에 다닐 때에 느렁느렁 것는 사람이 하나도 업다고 한면서 朝鮮 사람이 8자 걸음으로 절름 것는 것을 신이 나서 흉보던 것이 이때까지 기억에 남아 잇슴니다. 그때에 나는 美國에 거리에는 모도 미테 벌쵄놈 가티 것는 사람들만 엇스리라 하고 그것을 그리면서 웃어본 일이 잇슴니다. 이번에는 하 괜찬은 운명을 만나 米國에를 왓스니 어대 좀 實地로 보자 하고 매우 유심히 길 것는 사람을 보앗슴니다. 빠르기는 꽤 빠름니다. 그러나 벌쵄놈 갓지는 안코 사돈의 8촌 藥지어 가는 사람만 할까요. 우리는 긔승을 내어서 서양 코주부 찜쩌 먹게 빨리 걸엇슴니다. 그랫더니 그 작자들이 너붓히 우리뒤에 떨어지는데 꽤 조턴 걸이요.
  무얼 朝鮮사람도 바뿐 일이 잇고, 外界가 어쩔 수 업스면 빨리 것겟지요. 그러치만 좀 느린 버릇이 잇서서 어떤 때는 꽤 연구하기로 하여요.
  거리는 꽤 繁華함니다. 가운대 車道로는 車만 다니고, 엽 人道로는 사람만 다님니다. 이것이 서울과 퍽 다름니다.
  이 말켓 스튜릿이 키스코 鍾路인데 할만침 번화함니다. 人道에는 길이 아니뵈(******1줄 판독 불능) 이 말이 꽤 誇張한 말이니, 割引해서 보시되 半割은 말고 한 2, 3할만 하고 보시면 그만 하시리다.

自働車

  聲華는 익히 들어 알아 잇슴니다 하고 첫 인사를 올리엇슴니다. 그래서 그런지 별 신통한 느낌이 아니 남니다. 내 신경이 무듸어서 그러타고 하면 내 탓이지만 담더러 물어보아도 그러니까 이상한 일이외다.

本國서 밤낮 美國 자동차만 타는 이야기를 말로도 듯고 글로도 읽어서 그런지 尋常합니다. 本國서 그런 이야기를 들을 때에는 길에 자동차가 쭉 깔리어서 길 건느기가 꽤 어려우럿다 하고 생각하엿습니다. 참으로 만키는 뭇척 만흡니다. 길건늘 때에도 짬을 잘 보아서 건너야지 그러치 안흐면 꽤 혼남니다.

얼마나 만혼가 하고 세어 보앗습니다. 나 留하는 렉쓰 호텔 窓에서 세어보앗습니다. 거긔는 서울로 치면 興化門 압가틀까요한 곳인데 10분 동안에 스물 여섯이 지나갓습니다. 하필 고때 그러케 지나갓는지는 몰라도 꽤 만흡니다.

그런데 자동차가 제일 만히 왕래하는 때는 아침 뒤와 저녁 전이 되다. 그것은 事務員들이 자동차로 出勤, 退勤을 하는 까닭이외다. 자동차가 혼한 것을 말하는 것이라면 말하는 것이 올습니다.

호텔

Rex Hotel 에 들엇습니다. 호텔이라니까 꽤 豪强하는 줄 아시리다. 그야 豪强도 되긴 되지만 美國에서는 末流 豪强이리다.

本國서 호텔하면 一宿 10여원하는 곳만으로 생각이 듭니다. 웨 그런고 하니 호텔이라는 말이 부튼 곳은 다 그런 곳이 만흐니까 그럿습니다. 朝鮮호텔, 京城호텔, 金剛호텔들이 다 그러치 안슴니까? 弅으로도 호텔에서 하로밤 잣더니 꽤 조턴걸이라고 합니다.

호텔에 들엇지만, 나는 방갑만 하로 1弗 50仙식 내고 잇섯습니다. 음식은 다른 곳에 가서 사먹고요. 이것이 퍽 좃습데다. 나는 서울서 방만 어더 가지고 음식은 음식점에서 사먹는 생활을 해보려다가 넘우 不便해서 고만둔 일이 잇습니다. 그러나 여긔는 편할대로 편하게 되어 잇서서 퍽 조하요.

金門公園

비는 웨그리 오는지! 그리 자다 퍼붓것다요! 어리엇스면 발버둥질을 치고 때를 쓰고 씹도록 옵니다 그려!

비는 와도 볼 것은 보아야겟다 하고 電車를 잡아 탓습니다. 路程記는 잇지만 金門公園이 어느 구석에 박히엇는지 알 뻥뻥이 수가 잇서야지요.

그래도 車가 다려다 주겟지 하고 내대고 안잣습니다. 꽤 오래 가더니 金門公園 아피 척 되엇습니다. 비는 채쯕 가티 오것다요. 아무러턴 내리어노코 볼 일이니까 그 아끼는 옷을 비를 맛히면서 나리엇습니다.

비 오고 길 돌으로고 망단해서 어성버성하는데 택시가 와서 타잔켓느냐고 합니다. 장사군이란 요런 때 눈치가 빠른 모양이외다. 우리는 타고 그자가 휘모는 대로 구경을 하엿습니다. 그자가 무에라 무에라 설명은 하는가 하다마는 절벽이라 알 수 잇나요.

박물관이 유명타기에 나종에 그것을 들어가 보앗습니다. 모르는 놈에게는 유명한 것이 업습니다. 모르는 놈에게는 저이 집 아랫목 이불 속이 더 유명할 것입니다.

嘆의 소리도 내기야 내지요. 그러나 모릅니다. 어떤 것은 보고 부질 업시 내 空想을 달리고 잇섯습니다. 어떤 것은 보고 울커니 이게 이러코나 하고 끄덕이엇습니다. 어떠던 큰 집이외다. 막 달리면서 보앗는데도 아마 세시반은 착실히 되엇겟습니다. 참되히 보러들면 하로로도 부족할 것입니다.

돈은 들이고도 金門公園 구경은 아주 젬병이 되엇습니다. 비가 戲妨을 노는데야 하는 수가 업섯습니다. 사람을 흙으로 만들엇다는 聖經 말슴을 밋고보니까 비 마즈면 풀어질 念慮가 생기어서 그럿습니다 그려!

金門公園을 뛰어 나오도록 그리지 못하는 것은 그릴 그 사람의 맘에 벌서 그 公間이 뛰어 나오도록 잇지 안흐니까 그랫습니다

▲ 동광 제2권 제3호(1927.03) 통권 11호, 美國의 汽車旅行

朝鮮서와 다른 美國의 汽車

車는 쌔끗하고 넓적한 것이 매우 조타. 쌔르기도 하거니와 車 타는 맛이 朝鮮서와는 다르다. 먼저 담배ㅅ煙氣를 아니 마시게 되는 것이 썩 조타. 喫煙室이 짜로 잇서셔 담배 먹고 시픈 사람은 그리 가서 먹으니까 客車 안에는 담배ㅅ내가 날 턱이 도모지 업다.

車가 부푸지 안어서 좃타. 깍정이들은 돈 맛이 야금야금하야서 둘만 안즐 자리에 셋 넷식 안치고 정원 107인이니 얼마나 판박아 놋코도 얼마던지 태워서 가튼 돈 내고도 끗까지 서가는 사람에 차안에는 들어와도 못보고 가는 사람에 잇게 만들어 노치, 그러치 만혼대서 누가 그따위 버르장머리를 내노켓느냐? 거긔서는 손님이 손님이 아니라 도야지요, 여긔서는 손님이 싸장 손님 노릇을 하는 것이다. 사람이 만흐면 차를 더 달볍하거니와 정원 이외에 막 몰아넛치는 안는다.

車에는 Chair와 Pulman이 잇는데 Pulman에는 Taurist와 Pulor가 잇다. 「채아」는 삼등쯤 되고 「팔러」는 일등쯤 되나보다. 나는 「투리스트」도 타 보고 「채아」도 타 보앗는데 다 그 맛이 거긔와는 딴판이다.

그런데 「투리스트」는 나제는 객차로 쓰고 밤에는 침대차가 된다. 침대는 아래위 두층인데 웃층은 달아매는 선반이요 아레층은 마주된 「채아」를 펴면 침대, 접으면 「채아」가 되게 되엇다. 밤에 침대를 다 만들고 暗綠色 布帳을 치면 그 안에서는 아무짓을 하여도 모르겟다.

「체아」는 단거리여행자에게 편하겟다. 자리를 둘 외에는 더 안찌 못하게 되엇고 등기대는 데를 젓켯다 세웟다할 수 잇서서 허리 펴고 잠도 잘 수 잇고 편안히 안젓슬 수도 잇다. 좀더 잘하면 침대 불업지 안게 할 수도 잇다.

쌘이에게 打駁(타박) 사교의 실패

쌘이는 검둥이인데 녀석이 꽤 덜렁쇠다. 나더러 놀음할 줄 아느냐 하고 뭇기에 나는 모른다 하고 대답하엿더니 뎃빠름 "No good"하고 타박한다. 어찌 생각하면 그것이 "No good"이 되겟다. 사내자식으로 생겨나서 지랄 외에는 다 배우라는 말도 잇지마는 사교계에 애교자 노릇을 하려면 그것을 몰라가지고서는 어떤 때 반편 노릇을 할터이니 그야말로 "No good"이 아니냐? 이것이 어느 그릇된 생각에서 나온 것인지는 몰라도 참하고 實다웁고 잡계는 꿈도 안꾸고 하는 사람이 사교계에서는 판판 실패를 당하고 오쟁이를 씨고 잡바질 것이다. 사람이 이것저것 다 알 수는 업서도 免無識하여 두는 것이 낫분 일은 아니겟다. 사교계라는 말은 이러한 뜻으로 볼 것이다. 소위 華奢한 자들이 言必稱하는 그 뜻으로

나는 그가 담박 "No good"이라고 타박하는 그 솔직함을 조하하엿다. 실로 솔직 그대로엿다. 놀음을 아는 것을 돌이어 "No good"할 터인데 모르는 것을 "NOgood"이라고 하니 얼마나 솔직하냐.

시키쟌은 일에 삭슬 웨 주어

미국서는 Tip을 준다고 하는 말은 듯고 와서는 한마투 公事를 하여 아니 줄대 주고 줄대 잘못 주고 하엿다. 모르쇠가 제일이라는 말이 올타. 반지 빠르게 아는 것이 제 아범 捕廳에나 보내지 무슨 실속 잇더냐? 車의 「뽀이」는 「팁」만 해도 상당한 수입이 되겟다. 툭하면 25錢, 좀 나면 50錢. 안 주는 사람은 업다. 나는 씨스코에서 두어걸음 나아가면 차탈 것을 얼결에 그런 줄은 모르고 검둥이 「레드캡」을 시키고 25錢을 주엇더니 고맙다고 하고 나아갓다. 사흘이나 신세지던 검둥이 車 「뽀이」에게 25錢을 주엇더니 그 힌 자위 만흔 눈으로 한번 더 본다. 켄사스 씨틔에서 「레드캡」을 안내자로 삼아 대합실에까지 왓는데 그자가 돈을

바라는 것 가타서 25錢 주엇더니 고맙다고 하고 갓다.

車탈 때에 또 나자가 와서 「가방」을 들어다 車에 너허 준다. 나는 속으로 『이 자가 돈 먹더니 이러케 해 주노나』하고 걸상에 안저 잇는데 그 자가 나가지 안코 서 잇다. 낌새가 벌써 돈 달라는 속이기에 "Thonk you!"만 하고 시침이를 땃더니, 그 자가 암심 먹은 눈으로 흘기어 본다. 나는 『네가 암만 그리렴! 누가 갓다 달라는 것을 갓다 주엇나?』하고 코웃음 치고 안저 잇섯다.

그래쎈트 뚜이에 와서는 암만 생각하여도 「레드캪」 시키엇다가는 또 50錢 쯤은 뗄 판이기에 그만해도 꾀가 나서 자작 가방을 들고 서투른 英語로 물안 나 탈 車를 차저 탓다.

美國 鐵路는 私營이기 때문에 각각 線路가 달라 나는 내쉬빌까지 오는데 세 會社의 것을 타고 네 번 갈아 탓다. 하도 여러 번 가라 타니까 귀찬아서 죽을번 하엿다. 생 날판인 데다가 말도 서투르니까 나 갈아 탈 停車場을 알아 내기가 여간 힘이 들지 안햇다.

시골 停車場 따위는 집 한 채 업시 빈터에 線路만 몃 더 노핫다. 線路가 몃 더 잇는 까닭에 停車場인 줄로 날댁이인 나는 알앗다.

車도 빠르지만 美國도 꽤 커

씨스코에서는 구진 비 슬금슬금 길손의 맘 축이고 새 입 욱어진 나무 봄비치 지더니 하로 쯤 지나서는 나리는 눈 희끗희끗 땅 우에 싸히고, 말은 풀 벗은 가지 居喪을 입엇다. 車도 O으거니와 米國도 꽤 크다.

해가 땅에서 떠나 땅으로 진다는 말을 遼東 들에서만 하는 줄 알앗더니 여긔도 그러타. 엇지나 넓은지 그 넓은 벌판을 어느 慾心쟁이가 긔껏 鐵綱으로 둘러 막엇는데도 또 그것보다 더 만케 남앗다. 톨스토이의 사람은 땅을 얼마나 願하느냐? 하는 니야기가 생각난다. 그러케 막아 제 所有라는 것만 標하고 아무것도 아니하여 雜草만 철 딸아 자라고 마르게 하엿다. 어떤 곳에는 放牧을 하기도 한다. 가 모을 벌은 안개 속에 살아지고 굴레 업는 말떼들은 시원하고 閑暇하게 이리 가 뜻적뜻 적 저리가 뜻적뜻적 그것을 보는 나도 마음을 멋대로 달리어내 將來의 집에 이모에 이만 저만 저모에 어새재새. 그러나 문득 흔들리는 車ㅅ몸 에 깨달으니 못난 고기덩이 속에 불상한 나 물끄름이 보는 말 한 머리 으흐응 울음 우니 아마도 自由가 제게만 잇는 듯 시퍼 이러쿵 하더라.

시골 길 치고는「하이카라」다. 서울서도 기름 적군 길은 京城 郵便局 압 朝鮮호텔 압 박게 업는데 여긔는 시골 新作路를 기름으로 번들으르 하게 절구엇다. 모말가튼 집이 벌 가운대 洞內를 짜고 잇는데 그리로 뚤힌 기름 절군 길 우로 달리는 自動車, 암만해도 詩致가 잇는 듯.

쏠트 레읔은 넓기가 한 500里는 훨신 넘을 것 갓다. 그러기에 그 빠른 車도 支離하도록 건너 갓지. 4,5시간은 걸린 듯 하다. 내가 그 때 時計가 업서서 시간을 알아 두지 못하엿는데 이 다음에 그 시간을 알 때까지 그것이 恣한대로 잇슬 모양이다.

沿路에 대하여 더 쓰고 십지마는 더 쓸 것이 업다. 벌판 뿐이다. 이것 이면 고만인데 무엇 더 쓰랴.

퍽도 조심스런 食堂車에서

씨스코에서 飮食店하시는 開城禹라는 이가 고맙게도 갑어치 以上의 「샌드위치」를 하여 주서서 사흘은 잘 지내엇다. 그 뒤에는 굼다시피 하다가 하도 허긔가 지니까 食堂車로 갓다.

飮食店에 다니어 버릇을 아니하고 워낙 사람이 얼떠서 들어가기가 퍽 섬억섬억하다. 척 문을 열고 들어서니까 모두 어리어리한데 검둥이 Waiter가 저 쪽에서 손을 번쩍 든다. 나는 그것이 무슨 짓인지 모르고 오직 빈 자리에 가서 안젓다. 그 검둥이가 오더니 무에라 한다. 두 번째 에야 무슨 소리인지 알아 듯고 帽子를 벗엇다. 꽤 허둥댓기에 帽子 벗 을 것도 이것지.

飮食表를 가지어 온다. 내가 洋食을 아는 것이라고는 담뿍 「삐프스틱」, 「쁘레드」, 「커피」 세 가지 뿐이다. 나는 그 세 가지에 점을 찍어 「뽀이」를 주엇다.

내가 本國서 골샌님 노릇 하노라고 「카페」에도 아니 가 보고 지내던 동네다. 그 세 가지도 어느 친구 덕분에 꼭 한 번 「카페」에 가서 먹어보고 안 것이다.

나는 행여나 실수할까 겁을 더럭더럭 내어 흘근흘근 남의 눈치를 보면서 먹엇다. 물은 먹고 시픈데 本國서 누구에게 들으니까 물 먹을 때 꿀덕 소리를 내면 아니 된다 하여서 꿀덕 소리를 아니 내려다가 못 먹엇다. 나중에 접시에 물은 떠오는데 마시라는 것인지 양치하라는 것인지 도모지 알 수가 업다. 그 때에 어름어름 얼른 會計를 치르고 누가 등 뒤에서 비웃는 것처럼 빨리 나왓다. 내 자리에 안저 보니 땀이 쪽 흘럿다. 꽤 혼낫던 모양이다. 그런데 그 접시에 물은 나종 알고 보니 손 씻는 물이라고.

밥갑슨 얼마? 單 그 세 가지에 1弗 15仙이다. 배는 如前히 고픈데 돈은 그만큼 썻다. 가슴이 뿌지지한 것이 여간 앵하지 안타. 本國 돈으로 치면 2圓 30錢이다. 나는 굶어가면 갓지 다시는 食堂車에 아니 간다고 盟誓를 하엿다.

물 한 잔 먹기에 한 시간 虛費

굶어서 그런지 이 停車場에 나리니까 배고픈 줄은 과히 모르겟스나 목이 말라 견딜 수가 업다. 타는 듯이 말른데 입술이 다 터지는 것 갓다. 그 큰 待合所에서 두리번 두리번 물 먹을 대를 찻는데 이 켠 여페 잇다. 나는 그리로 가서 보니까 물막애와 그 여페 琉璃管이 잇고 그 管 안에 「안」이 실려 잇다. 어떠케 하여 그 「컵」을 끄낼 지 날판이다. 그래서 나는 남이 와서 하는 것은 보고 그대로 할 작정으로 멀직이서 기다리고서 잇섯다. 바로 그 여페서 기다리기는 남의 눈에 부엇해서 그 물막애와는 아무 相關이 업는 듯이 채리노라고 멀적이서 기다리엇다.

기다리엇다. 기다리기를 진이 나도록 기다리엇다. 그 때는 목마른 사람이 그다지도 업던지 기다리고 기다리어 한 시간이 되엇는데도 아무도 아니 온다.

게집애들은 깔깔대며 지나다니고 사내녀석들은 응얼대고 안젓지만 물먹으러 오는 놈은 하나도 업다. 마침내 한 시요 10분이 지나서 어느 뚱뚱보 한 사람이 왓다. 나눈 반가히 그의 하는 꼴을 뚤허지게 보고 잇섯다. 그는 1錢 한 푼을 끄내어 琉璃管 미테 잇는 구먹에 너코 손잡이를 두른다. 그러니까 「컾」 한 개가 쭈루루 나온다. 그는 그것으로 맛닌 듯이 먹고 가 버린다. 나는 그 즉시 그대로 하고 십지만 또 마음에 남들이 걸리어서 좀 잇다가 가서 그대로 하여 물을 먹엇다. 米國서는 물먹기에도 한 시 15분씩 걸린다 하고 文明을 누릴 줄 모르는 놈에게는 文明이 돌이어 結縛이다 하엿다.

▲ 동광 제2권 제4호(1927.04), 임영빈, 美國 와서 본 朝鮮

東光씨!

달달이 보내시는 잡지는 즐겁음 반갑음 기쁨으로 받아 만저거림니다. 읽고 싶지마는 참아 읽지 못하는 못하고 만저거림니다. 웨 그런고 하니 내 양심이 말하기를 "너는 영어에 쩔매면서 영어책을 한 권이라도 더 볼 생각은 아니하고 딴 것을 보러들느냐?" 합니다. 이것이 아마 Inferior Complex인가 봅니다.

참말이지 지금 형편은 말이 아니외다. 모든 것이 혼돈천지외다. 영어에 한다리, 조선말에 한다리, 그리고는 빙빙 매암 돕니다. 무엇을 생각할 때에는 영어 조선말이 함께 내달아서 매우 군졸합니다. 이 평면을 저는 Chaiatic state of language라고 하였음니다.

이제야 잘 앎 것은 漢文 많이 배우신 어른들이 漢文을 많이 쓰려고 하는 성벽이 두텁은 것이외다. 저도 쥐ㅅ고리만콤 아는 영어에 툭하면 영어만 나아오지요. 이 글에도 영어가 벌서 몇 마디 있읍니다. 가만히 그 원인을 살피어 보니까 그 말이 아니면 내 감정을 그대로 그릴 수 없는데 우리말에 담으면 값이 떨어지는 듯 느끼는 까닭이외다. 여긔에는 다소 논난이 있겠지마는 얼는 생각하면 그렇단 말이외다.

제가 여긔서 영어 외에 한두가지 조선 사람이기 때문에 받는 곤란을 적어볼까 합니다.

첫째. <u>훈련부족. 글을 하나 쓰더라도 헐은 수작만 쓰고 의견을 발표하여도 추상적으로만</u> 하던 것이 대낭패를 줍니다. 도모지 科學的 흔련이 없어서 쩔맵니다. 한줄 글을 쓰려도 몇가지 책에 전고를 하고야 쓰는 이 틈에서 풍문으로 어림치고 들은 것도 가장 아는 듯키 쓰던 솜씨를 가지고는 어림도 없읍니다. 제가 교회 역사를 배우는대 그 논문 쓸 때에 이것이 무섭은 방해를 줍니다. 조선서는 사실 긔억이면 고만인 듯 알다가 여긔와서 科學的 判斷을 하는 논문을 쓰려니까 힘이 듦단 말이지요. 이 의미에 있어서 東萊博議 생각이 자꾸 나고, 司馬遷의 史記 생각이 자꾸 남니다.

<u>산옹9)의 '부허에서 착실로'라는 글이 큰 교훈을</u> 줍니다.

이번 동광에서는 최남선 씨의 '巨石文化'가 이런 科學的이라는 대서 재미가 있읍니다. 얼굴이 벍애지는 글을 보았읍니다. 모험 사업으로 ○○ ○○ 비평을 쓴 글이외다. 그런 부끄럼은 일이 어대 있읍니까? 만일 그 글이 영어로 되었더면 곳 찢어버리었겠읍니다. 다행히 조선말이기에 내가 날을 들고 그런 글 실린 책을 가지고 다니지요. 재료 없는 글은 그짓말이니까 그런 글이 과학적이 될 수 없지 안읍니까?

참 과학적이라는 말에 및일 지경인데 본래 비과학적 나라에서 비과학적으로 자라나 놓아서 이런 고통이 다시 없읍니다. 부탁합니다. 부대

---

9) 산옹: 도산 안창호.

교육하는 본더러 생도를 인도할 때에 과학적으로 하고 훈련을 과학적으로 하라고요.

둘째. 양반. 조선 상놈은 여긔 양반이고 여긔 쌍놈은 조선 양반이외다. 조선서는 책이나 읽고 조용히 방ㅅ구석에나 있으면서 보드럽게 지내어야 양반 행세가 되는데 여긔서는 떠들기도 잘하고 놀기도 잘하고 구경도 잘 댕기어야 양반 행세가 됩니다. 저는 조선서도 얌전이 중에 얌전이 노릇을 하던 자라 이판에 오아서 자연 도태가 됩니다. 흔남니다. 감옥 생활이외다.

셋째. 조선. 어느 분에도 편지하였지마는 조선처럼 성명 없는 나라는 이 세상엔 없을까 합니다. 툭하면 '차이느ㅡ스'냐 '쩌패늬스'냐 하고 뭇지 '코리안'이냐고 뭇는 사람은 없습니다. 어떤 때는 생각하면 한심하외다. 그런 판국 안에서도 서로들 잘낫다고 다투는가 하면 우섭기도 하고 애타기도 합니다. 조선이 무엇인지 모르는데 잘 아는 이들이 선교사로 나아가서 조선을 멸시하는 것이 사람편 짝으로 보면 그도 그럴 것이외다. 당초에 여긔서는 조선에도 사람이 살나 할 만침 되었으니까 더 말할 수 없지요.

넷째 외국인 대접. 외국인 대접을 잘 하십시오. 그것이 Humanism의 제일 큰 싹인 까닭이외다. 할 수 있으면 면회도 각금 열어 그들을 위로하십시오. 이것이 그들이 이국 정조를 위로도 하는 것이고 또 조선을 세계에 알리는 대도 큰 거리가 됩니다. 한갓 그들이 조선을 알려고 아니한다고 욕만 할 것이 아니고 우리가 나아가서 우의적으로 그들에게 알려줄 것입니다. 좀 더 친구가 되소서.

중국서는 선교사를 그리 내쫓것만 중국서 온 선교사는 중국을 욕하는 이가 없이 돌이어 당연하다고 하는데 우리게서 온 선교사는 이런 말 저런 말이 없습니다. 이것이 우리네 사람이 남과 잘 사괴지 못하는 까닭인가 합니다. 속이러 들지 말고 원대한 장내 것을 속이러 들소서.

고만 둡니다. 그러하나 동광 씨에게 할 말은 많습니다. 시간이 없어서 못합니다. 내내 건경하시고 달달이 씨의 대표가 오시기를 눈감으며 기다리는 사정을 알아주시기를 빕니다.

一九二七. 二月. 五日.

[05] 유암(유청?), 北美에 苦學 五年間, 『동광』 제6호~제7호 (2회)

▲ 동광 제6호, 流晴(?)

*제7호에는 流暗 = 어느 쪽이 맞는지?

一. 첫길에 '스쿨보이'

북미에 오아서 고학생 살림을 시작하기는 지금으로 5년 전이다. 桑港에 하륙한 지 1주만에 다소 아는 영어를 믿고 桑港에 있는 선배들의 경험담을 「가이드」로 삼아 첫 길에 이른 바 School-boy노릇을 갓다.

낯선 「타운」에 길붙어 알 수 없으니 不得己 친절한 黃君의 인도를 의뢰하지 않을 수 없다. 黃君을 앞세우고 신문광고를 보고 전화로 불은 주인의 주소를 찾아 Door-bell을 눌으니 반백이 가깝은 마누라가 문을 연다. 온 뜻을 말하니 이상한 얼굴로 아래우를 훌터 보더니 "Come in!" 한다. 앉으란 말도 없으니 이 시각붙어는 남의 하인의 처지에 저긔 보드럽은 「쏘파 췌어」가 벌이어 있으나 무례히 막 앉을 수 없다.

『너 영어 할 줄 아니?』 -첫 질문.

『조곰 압니다.』

『이전에 일하여 본 적 있니?』

『네 있음니다. 가다가 모르는 것 있으면 가르치어 주시면 다 하지요.』

『그런데 工錢은 얼마임니까?』

『먹고 자고 매주에 5불.』

『매일 일하는 시간은 얼마나 됩니까?』

『매일 하는 일? 아츰에 여섯시에 일어나서 학교에 가기 전에 이 방(객실을 가리치며) 몬지 떨고 화독에서 재 담아내고 조반상 채리고 밥도 하고 상 심부림하고 그러 누라면 여들 시가 넘을 터이니 너 밥먹고 점심 싸아 가지고는 학교에 갈 수 있다.』

너 채소 다듬을 줄 아니

『저녁에는 몇 시 붙어 일 시작합니까.』

『저녁에는 네 시 반에나 다섯 시에는 집에 꼭 돌아오아야 된다. 저녁에 집에 오아서는 우리 점심 먹은 그릇 부쉬고「띤너」차부 시작한다. 너 채소 다듬을 줄 아니? 감저도 깎고 Tomatoes도 벳기고 Beets도 다듬고 다듬어서는 삶아야지 ! 어떻게 삶을 줄아니? 모르면 "I'll show you!"』

『그러면 일이 밤에 몇 시에 끝납니까.』

『저녁을 일곱시에 먹으니까 여들시 반 쯤이면 다 畢하게 되겠지.

『이것은 매 요일에 하는 일이고 특별히 매 토요일에는 왼 종일 일하여야 한다. 방들 소제하고 저 방들 말이다. Mr. A, 내 남편 자는 방, Mr. B, 내 아들 방, Miss C, 내 딸 자는 방, 응접실, 식당, 부억, 廊下, 층층대, 변소, 지하실, 그 다음은 유리창닦고 은그릇닦고 놋그릇 닦고 Vacuum(전기소제)할 줄 알지? 모르면 "I'll show you!" 몬지 없이 깨끗하게 치우어야한다.』

칼은 웬 칼이 그리만하.

이어 舍舘에 돌아오아 White coat와 Apron 사고 세수諸具와 편지종이 等屬을 대강 꾸리어 가지고 상전의 집을 찾아가서 이력저럭 하누라니 어느덧 Dinner 시간 참 답답도 하다.! 菜蔬 다듬을 줄을 알 까닭이 없다. Gas range에 불 켤 줄을 알 리가 없다. 밥상을 차리어야 할 터인데 상人보는 어떻게 펴어야 예법에 어김이 없는지! 큰 수깔 작은 수깔도 하도 많으니 어느 수깔을 어떻게 놓아야 할른지! 뾰족한 칼 작으마한 칼 칼도 하도 많으니 어느 칼을 어떻게 놓아야 할른지! 그릇은 웨 이렇게 가지각색으로 많은고! 「컵」은 웨 이렇게 여러 모양인고! 가슴속에 걱정만 가득하여 주인 마누라의 가르치어 주는 말은 하나도 귀에 들리지 아니한다.

밥을 먹다가는 각금 종을 누른다. 잇대이 들어가면 무엇 가지어 오고 무엇 가지어 오라고 한다. 매우 호강이다.

정신없이 우두커니 부엌 한 구석에 앉앗누라니 마누라가 밥을 다 자시고 나오아서 저녁 어떻게 되었는가 묻는다. 남의 하인이나 믿기는 그래도 밥은 같이 한 상에 앉아 먹게 하려니 하엿더니 참 예상 밖기다. 흐! 부엌에서 주어 먹으라는 말이다.! 경우를 보니 그렇다. 할 수 있나! 배고푸니 어대서나 먹어야 살지!

주인들의 먹다남은 것을 저녁이라고 먹는 체하고 상 치우고 그릇 부쉬고 나니 아홉시가 넘었다. 캄캄한 지하실로 더듬어 찾아 내리어 가아 「뻘」에 쓸어지니 별안간 눈물이 그렁그렁한다. 세상이 다 귀치 않아 보인다!

선배들의 경험에 의하면 Shool-boy의 일하는 시간이 매일 4, 5시에 불과하다 하나 이 집은 6, 7시가 넘는다. 약 1개월 반이 좀 넘자 설상가상으로 瘇處가 목에 난다. 이른바 項瘇이다. 시내 무료병원에 수차 치료를 받았으나 별로 차도가 없다 목에다 붕대를 싸아매고는 남의 집에서 일할 수가 없다. 더욱 몹시도 아푸다! 수중에 한 푼 없으나 일을 그만둘 밖에는 없다. 위선 살고 보아야 겠다. 오후에 도서관에서 돌아 가아서 주인 마누라에게 사정을 말하니 그것 아니되엇다는 말도 가이없다는 말도 없이 工錢을 회계하여 준다. 나아가고 싶으면 마음대로 나가라는 말이다! 짐 싸아들고 문 밖을 나아서니 내일은 또 어찌되었던지 살 것 같다! 별 수는 없으나 벌서 떠나지 아니한 恨이 난다.

地下室 한 구석이 寢室

『저 있을 방 좀 구경할 수 있음니까.』

『할 수 있구말구. 방 참 훌륭하지! 이리 나리어 오너라.』

어떤 房이나 가지고 이 마누라가 이렇게 야단을 하는구 하고 뒤딸아가니 지하실로 끌고 나리어 간다. 벌서 틀리엇다. 전등을 켜어 놓으니 밝기는 밝다. 지하층 한 구석에 벽 뚫어 유리창 달아 놓고 机작 뜯어 「테입」을 맨들어 놓고 Grest great grandmother쩍에 쓰던 「삘」들이어 놓고 개 뜯어 먹다 남은 Rug 한 조각 펴어 놓았으니 이만하면 참 훌륭한 방이다! 마누라가 연방 그 잘난 「삘」을 눌엇다 놓았다 하며 『이 삘 참 좋지! 이 것 몇해 전에 「캔사스」 시에서 내온 것인데 참 매우 편안하단다.』

上典의 말슴이니 구태여 일언 일구를 거역할 필요는 없다. "Very nice! Certainly, it's very nice,"

桑港 선배들의 가르치심에 의하면 미국 오아서 처음에는 몇번 쫓기어 나오아야 일도 배우고 경력도 생긴다고 한다. 종살이하는 虛地에 이 집 저 집 문 뛰둘기도 창피하니 아무 것이나 하여보자. 위선 쫓기어 나올 심 잡고 저녁붙어 일 시작할 것을 주인에게 약속하고 문 밖에 나아서니 얼굴에 찬 땀이 흐른다. 같이 가았던 黃군이 길 가에서 뒤짐지고 왔다 갓다 하면서 나오기를 기다린다. 고맙은 이다.

남의 종살이는 오늘이 생전 처음이다. 생각하면 긔도 막히고 우섭기도 하다. 하나 못나게 한 숨 쉬고 신세타령 할 이때가 아니다. 어서 아무 짓을 하여서라도 돈 벌어 가지고 학교에 가아야 한다. 그렇다.! 어서 돈 벌어 가지고 공부하여야 한다.!

二. 大學 硏究室에서 農場으로

고학생의 주제에 배스심 좋게 캘리포니아 대학 연구과(Graduate

School)에 한 반년 다니고 나니 약 4백 여불의 부채가 생긴다. 節用에 節用을 더하였으나 반년 謝金 壹100弗 房貰(下等숙소) 7拾弗 회비 每朔 평균 參15弗 합 壹175弗 書籍費 50弗 洗濯費 25弗 기타 잡비를 다 합하니 반년 경비 6백 불이 퍽 넘는다. 입학하기 전에 수중에 전 百이나 있엇으나 다 달아나고 부채까지 이렇게 지게 되었다.

원래 예산인 즉 半日쯤 노동하여 숙식비를 벌어 쓰어 가면서 학업을 계속하여 볼까 하였으나 진즉 입학하고 본즉 어학의 곤란과 생소한 신환경에 순응하기에 많은 신경을 쓰게 되는 고로 新渡의 학생인 나로는 (渡美한지 4개월 만 임으로) 도저히 공부와 노동 두 가지를 아울러 할 수 없슴을 발견하였다. 하나 이미 月謝도 다 내어놓고 책도 다 사다놓았은 즉 중도에 퇴학할 수도 없다. 그러면 돈 없는 내가 어찌할꼬?

객지에 나서 곤경을 당할 때에 얼른 발 가는 곳은 친우밖에는 없다. 이때에 특히 많은 후원을 아끼지 아니한 申 宋 金 鄭 諸友의 호의를 나는 및을 수가 없다. 특히 金군의 은혜는 무한하다. 그는 薄俸을 받아다가는 당시 Penniless인 나의 회비와 房貰을 대어 주다 싶이 하였다.

부채가 四百餘弗

이리하여 이럭저럭 한 학기를 필하고 나니 부채가 4백여불이나 된다. 이를 어찌하면 還報할꼬? 또는 부채를 속히 還償할 뿐 아니라 어찌하면 다소 돈 푼이나 남기어 가지고 최소한도로 사금과 방세 줄 것이나 마련하여 가지고 다시 학창으로 돌아가게 될꼬? 그렇다! 다른 길이 없다. 노동하는 밖에 다른 길이 없다! 남의 종노릇이라도 또 하고 농장에 나가아서 땅이라도 파아야하겠다. 공부가 그렇게도 하고 싶으니 무엇을 가리랴! 무엇을 고려하랴!

사정이 이와같이 되어 1923년 1월 11일 밤에 나는 할 수 없이 「다뉴바」라는 농촌으로 향하여 떠낫다. 이로붙어 수주 전 該地로 좇아온 한 동포의 말을 들은즉 시내보다 농장이 돈벌이가 낫고 더구나 촌에서는 돈 쓸 곳이 없으니 자연 저축이 더 된다는 유리한 권고를 들은 것이한 가지 이유 또 다른 한 가지 이유는 桑港 시내에는 내가 대학 연구과생임을 아는 이도 적지 아니하여 이 집 저 집 남의 집 하인 노릇 다니기는 넘우도 창피하니 차라리 아무도 모르는 촌에 가아서 있는 편이 낫겠다는 생각으로 나는 桑港서 수백리 相距나 되는 「다뉴바」를 향하여 떠나왔다.

萬里 異域의 어린이들

농장에 간다고 헌 「캪」 헌 신발에 초초하게 차리고 정차장 한 구석에 숭구리고 앉아 먼 장래를 생각하면서 차를 가다리누라니 申군이 터펄터펄 나온다. 나오아서는 혼자 아무 친구도 없는 농장으로 가는 나를 여러 가지로 위로하여 사아 가지고 온 귤을 주고 간다.

차가 열두시가 거진 되어서 떠난다. 窮 학생이라 Chair car를 타았으니 잠이 오아도 잘 잘 수 없거니와 더욱 흥분되어 눈을 붙일 수 없다.

차는 암흑을 뚫고 자꾸 간다. 어대를 가는지 모르겠다! 이 생각 저 생각 뒤숭숭하여 「췌어」에 이리 기대엇다 저리 기대었다 하던 지음에 이럭저럭 아츰이 되어 차가 목적지에 머믄다. 미리 수첩에 적어 두엇던 Boss의 집을 찾아 가니 의외에 許군이 오아 있다. 참 얼마나 반갑은지 모르겠다.

이 곳은 말하면 조선촌이다. 조선인 잡화상점 겸 Pool房도 있고 조선 노동자도 6,70명 된다. 더구나 그 중에 부인 갖후고 사는 이도 10여인 된다. 조선 교회도 있다. 할래는 일요되어 교회에 들니리 귀엽은 조선 아이돌이 17,8명이나 모이었다. 오래간만에 이 땅에서 이처럼 다수의 우리 아이님들을 대하니 반갑기도 하거니와 별안간 가련한 생각이 난다. 만리 이역에 집 없고 일 없어 오늘은 동으로 내일은 서으로 표류하는 부모를 믿고 딸아다니는 저 아이들이 가이없다!

조선인 노동소 주인이 客主를 겸하였다. 그리고 조선 밥을 먹어야 밥 먹은 것 같다는 여론을 딿은 모양 음식도 점심을 제하고는 순 조선식이다. 밥하고 국이다. 거처하는 방도 말하면 조선식이다. 들은즉 이집은 우리 노동자 중에 다행히 手巧한 이가 있어 조선식 Idea를 가지고 洋風을 좀 숭내 내어 지은 집이라 하니 더구나 노동자들을 거처하게 하기 위하여 지은 집이라 하니 그 꼴을 다 말할 것 없다. 겨우 風雨나 막을만 하다. 그래도 서양이라 마루도 놓고 나무 조각을 집어다가 침대 모양도 맨들어 놓았다. 每房에 3, 4인식 유숙하게 되었다.

포도 한 포기 잘 기르고 一仙

첫날 해는 이럭저럭 다 가았다. 침구를 가지지 못하여 두 金군의게서 담요를 몇 조박 얻어 덮기는 하였으나 치워 잘 수 없다. 새벽 다섯시에 종소리가 들린다. 조반 종이라 한다. 일쯕이 일어나야만 주인의 자동차에 남들과 같이 일 얻어 갈 수 있다고 한다.

여러분 미국서 포도 많이 난다는 말 들었지오. 이 곳은 미국에서도 제일로 포도 많이 나는 곳이외다. 제 철되면 참 포도 때문에 발 옴겨놀 자리가 없습니다. 딿아서 이곳서 하는 일은 4節 포도 농사외다. 겨울과 봄에는 포도 가지 잘르아 주기에 여름에는 포도밭에 김매고 물 주기에 가을에는 포도따고 말리우기에 참 눈 뜰 겨를이 없습니다.

우리 일꾼 5, 6인이 탄 「포드」(자동차)가 큰 길로 한 10여 「마일」 나가더니 어떤 포도 밭 가에 머물ㄴ다. 밭 가에 西人의 農幕이 있다. 우리 중 Foreman 되는 이가 밭 주인더러 Broken English로 메라 메라 일하러 온 뜻을 고한다. 工錢은 이미 노동소 주인이 작정한대로 포도 한 포기 잘라 주면 약 壹仙이다.

포도 농사가 생전 처음이라 Pruning할 줄을 알르 까닭이 없다. 더구나 포도가 한 두 가지 뿐이 아니다. 6, 7종이나 되는대 가지 잘르아 주는 법이 다 다르다. 다행히 친절한 박씨 형제를 만나 많은 교수를 받았으나 눈에는 익어도 손에는 설다. 남들은 6백 7백 8백 포기를 자르는데 나는 하로 종일 만 10시간을 잠시도 쉬지않고 자르누라고 하였어도 3 백개를 넘길 수가 없다. 겨우 3불 벌이다. 3불에서 내왕 자동차비 매일 15仙 숙식비 85仙 기타 약간의 잡용을 제하니 매일 1불 5拾仙을 저축하기 어렵다. 더구나 비 오아서 일 못하고 일 없어서 일 못하고 일요 되어 일 못하고 보니 매삭 4拾불을 남기기 어렵다. 그러면 어찌할꼬!

이 밭 저 밭 한 1주간 딸아 다니니 터진 손 쏘는 다리 형언할 수 없다. 사람꼴이 아니다! 마츰 비가 오기 시작한다. 비 오니 쉬기는 좋다마는 비 오는 날은 돈 벌지 못하고 숙식비만 더하니 학교에 갈날은 점점 더 멀어진다. 불가불 방책을 또 다시 정할 수밖에 없다.

이 때 다행히 이곳서 150拾「마일」相距되는「딜네이노」라는 촌에서 아는 이의 긔별이 온다. 거기는 일도 구하기 용이하고 더욱 비도 별로 아니오는 곳 되어 매일 계속하여 일할 수 있다 한다. 이럭저럭 10여일 되어 날익은「다뉴바」이 곳에 있는 사량하는 벗 許 金 제군을 떠나지 아니할 수 없다. 가는 곳이 어대인지 모르나 또 어대나 가아보자! 어대 운이 열리나 보자!

三. 호미를 메고 이 村 저 村에

아츰 되어 다른 이들은 다 일터로 분주히 나아간다. 노동소 주인 張씨의 부인이 차중에서 먹으라고 하면서 신문지에 싸아주는 삶은 게란 두 알과「쌘드위취」두 조각을 고맙게 받아 헌 가방 한 구석에 질러 들고 나는「딜네이노」로 가는 차에 올르았다.

11시 반에 차가 또 어떤 조고마한 정차장에 머물ㄴ다. 아까 차장의 말을 생각하니 여기서 환차를 하여야 할 모양이다. 차에 내리어 다른 차 오는 시간을 물어보니 거진 세 시간이나 기다리어야 하겠다.

할 일 없어 정차장 밖을 나서니 큰 길가에 조고마한 幕이 1, 2개 있다. 점심이라 大書한 집이 눈에 띄운다. 무엇 좀 사아 먹을까 말까 하다가 가방만 주인에게 맡기고 아무 생각없이 다시 길가에 나아섯다. 눈 앞은

광야다. 넓은 들 큰 길가에 거칠 것이 없다. 피곤하니 어대가아 잠이나 좀 자다 가자! 이렇게 혼자 말하면서 人家를 避하여 한참 걸어 나아가니 다행히 개천이 있다. 개천가에 나는 늄었다. 몹시도 피곤하다! 아무도 아는 이 없는 이름도 모르는 이 빈 들에 팔을 베고 눕어 날아가는 구름을 치어다보니 별별 생각이 다 난다. 나 이렇게 유랑하는 것을 집에서 알면 얼마나 걱정할꼬! 이 후로 나의 운명이 어떠게 될꼬? 身數가 어느때나 좀 개통될꼬 별별 감상이 다 일어난다.

시계를 내어 보니 어느덧 차시간이다. 빨리 달음박질하여 정차장에 밎으니 차가 금방 떠나려 한다. 해가 거진 서산에 떨어지게 되어 「딜네이노」에 도착한다. 아는 이에게 미리 기별하였으나 정차장에 아무도 나온 이 없다. 3, 4시간을 이 곳 저 곳 탐문하여도 목적하고 간 농막을 찾을 수가 없다. 캄캄한 밤에 할 수 없어 1弗 50仙을 주고 여관에 들었다. 내일은 일쯕 일어아나 郵便局이나 商業會議所에 가아서 알아볼 밖에 없다. 그래도 못 찾으면 통신 번지르 편지를 하고 기다릴 밖에 없다. 「뻴」에 눕어 이런 생각 저런 생각을 하다가 어느덧 깊은 잠이 들었다

새 일자리를 찾아서

翌日 早朝에 방문을 무섭게 두다리는 이가 있다. 놀래어 깨어보니 李군이 오다. 나의 사랑하는 李군이 오았다. 군의 말을 들은즉 어제 저녁에 정차장에 맞오 나오았으나 아마 시간의 相値로 만나지 못한 모양이고 또한 촌이라 여관이 하나뿐인 고로 오면 의례히 이 집에 들것을 알고 찾아 오아서 문까지 두다리었으나 아무 대답이 없기에 아마 곤하여 벌서 잠이 들ㄴ 줄 알고 그저 돌아갓다고 한다. 참 고맙기 그지없다. 즉시 가방을 들고 李군이 가지고 온 자동차로 농막으로 가니 崔 金 許 諸友가 반가히 나아오아 맞는다.

이 농막은 李 崔 외 몇 조선 사람의 소유다. 40「에이커」이니 얼마되지는 아니하나 우리에게는 귀한 소유다. 이 집은 친구의 집이니 말할

수 없이 편하다. 아츰에는 李군이 일쯕 일어나 밥 지어 주고 (이 밥 먹기 참 여간 거북하지 아니하였다.) 崔군이 車 대우에서 (들은 즉 이 崔군은 작년에 이 차를 몰고 그 농막 앞 철도를 건느다가 불행히 가치와 충돌하여 많은 한을 품고 세상을 떠낫다 한다!) 일터로 다리어다 주니 말하면 이 같은 호사는 없다. 이이들 덕에 나는 할래 15弗 벌어 본 적도 있다. 이는 무론 僥倖이나 이 일을 周旋하여 준 이는 이이들이다.

마침 근경 10여「마일」되는 곳에 약 一朔간 계속할 일자리가 생긴다. 金, 許, 나 3인이 동반하여 가기로 하고 통지하니 농장주인이 다리려 오았다. 주인이 가지고 온 큰「스튜드베이커」(車名)에 약간한 行具를 치고 한 15「마일」가니 차가 큰 집 뜰에 머믈ㄴ다. 여긔가 일할 곳이라 한다. 잘 자리는 어대ㄴ고? 아마 하층 어떤 방을 하나 주겠지. 이렇게 우리는 추측하였다. 하나 이는 당치않은 추측이었다. 상전께서 차를「그라쥐」(Garage)에 가지어다 넣고 나오더니 해 지기 전에 잘 자리를 예비하라 하면서 마당가에 되는대로 던지어 있는 천막—쥐똥, 닭의 똥이 지적지적한 천막 뭉텅이를 가르친다. 이애 우리는 놀라지 아니할 수 없었다. 흐! 이 2월도 아직 채 가지 아니한 이 때에 寒地에「텐트」를 치고 자란 말인가! 참 사람 대접이 아닌걸! 金은 한 숨을 푹 쉰다. 『또 어대 下回를 보자! 작은 놈들아!』許가 휘파람을 분다.

눈물 겨운 긔도와 찬미

農庄 집이라 닭도 치고 소도 먹인다. 막 칠 자리는 닭의 장 옆 먹을 물은 닭 먹이는 수도통에서 풍편에 돌아오는 냄새는 닭의 똥, 쇠똥 내 이만하면 집 자리는 참 명당이다! 셋이 년방 휘파람을 하여 가며 별로 서로 말도 하지 아니하고 한참 어믈어믈하니 펀펀하던 마당 가에「텐트」두 개가 솟는다.「텐트」하나는 Bed-room으로 다른 하나는 Kitchen and dining room으로 쓰기로 議定하고 짐을 대강 풀었다.

어느덧 해도 지고 시장도 하니 또 무엇이나 끓이어 먹어야 살겠다.

밥은 잘하는 金과 許가 맡고 나는 아무 것도 할 줄 몰라 장작이 때리나 장작이 도감이다.

「텐트」 속에 석유등을 켜어놓고 헌 궤짝 돌리어 놓아 만들ㄴ 밥상가에 셋이 마주 앉았다. 상 우에는 李군의 집에서 얻어온 「빵」 조각과 새 主人에게서 얻은 우유가 놓이었다. 許助事(己未년에 본국서 이 일을 봄)가 食 기도를 올린다.

『감사하신 주! 우리를 고생 가온대서도 늘 위로하시며 어렵은 경우를 당할 때에 더욱 용기를 주소서! 주여! 하실 수 있거던 이 괴롭은 날들을 길게 마시옵고 우리의 앞 길을 열어 우리가 목적하는 바를 성취하게 도아 주시옵소서! 어서 속히 배우고 돌아 가아서 가련한 형제들을 위하여 일할 기회를 주시옵소서!』

주린 사람들이라 마른 「빵」 조각도 얼른 다 없어진다. 밥이라도 먹었으니 인저는 어서 자고 내일 아츰에는 일쯕 일어나아야겠다. 먹은 그릇을 대강 치어 놓고 셋이 함께 침실로 정한 「텐트」로 들어가아 자리우에 업대어 앞날 이야기를 한다. 신세 타령을 한다. 『야들아! 찬미나 한 장 하자!』 목소리 곱은 金이 선동을 한다. 무엇을 할꼬?

멀리 멀리 가았더니
처량하고 외롭아
정처없이 다니니
주여 인도합소서

한 절도 채 끝나지 못하여 許助事가 쿨적쿨적한다. 『망한 놈우 새끼 못되게 울기는 웨 우노!』 金이 책망을 한다. 별안간 「텐트」속은 조용하여 지었다. 許助事의 코ㅅ물 싯는 소리 밖에는 없다. 나는 아무 말도 아니하고 얼굴을 팔 우에 묻엇다. 「텐트」 안에 불 없으니 더욱 다행이다. 나는 흐르는 눈물을 금할 수 없었다.

캘리포니아의 기후가 온화하다 하나 2월도 다 가지 아니한 이 때 寒

地에 幕을 치었으니 치움을 견디기 어렵다. 하로 종일 피곤하게 일하고 먹지도 잘 못하고 차고 찬 나무판우에 눕으니 참 사람 못살겠다. 하나 이것도 다 참고 가야겠다.

호미를 메고 이 촌 저 촌에 품팔이를 하누라니 어느덧 5월이 된다. 1월 11일 桑港을 떠난 후 어느덧 만 넉달이 갓다. 이동안 나는 일생 처음으로 고생이라는 고생을 맛보앗다. 이 넉달동안 나는 할레도 평안한 잠을 자아 본 적이 없다. 아! 손까락도 그렇게 쏘는 것을 나는 一生에 처음 당하여 보앗다! 아! 허리도 그렇게도 저린 것을 나는 一生에 처음 겪어 보앗다! 이렇게 고생한 덕에 150弗 모이었다. 이 것 가지었으면 위선 급한 부채를 갚겠으니 기쁘기는 하다마는 또 언제나 돈 百元이나 모이어 다시 학교에 가게 될꼬! 아무려나 『어대 下回를 보자!』

四. '웨이터' 노릇하며 碩士位

1923년 5월에 나는 「딜네이노」 농촌을 떠나아 「로스앤젤니쓰」 시로 향하엿다. 이 때는 농촌에서 벌이가 잘 되지 아니하고 더욱 몸도 넘우 피곤하여 고역에 견딜 수 없는 고로 不得己 시내로 들어 가았다. 市에 가니 의외에 公務에 붓잡히게 되어 7, 8개월 동안 이력저력 세월을 보내다가 아무려도 속히 환교하여야 할 형편임으로 다시 Butler 노릇으로 시작하엿다. 「버틀러」라는 것은 남종의 一名인데 하는 일은 방 몬지 털고 상 심부림 하고 전화받고 손님 응접하는 등이다. 월급은 먹고 자고 每朔 85弗이다. 다행히 한가한 일자리를 만나아 낮에는 일하고 저녁에는 도서관에 다닐 수 있다. 돈 없어 학교에 갈 수는 없으니 이 같이 일하는 짬을 타서라도 독서를 계속할 밖에 없다. 만 1년을 이 고역을 치르고 나니 부채 좀 갚고도 은행에 전 百이나 있다. 이것 가지었으면 路費와 月謝金은 되니 除百하고 학교에 가는 것 밖에는 없다. 이렇케 결심하고 1925년 1월 28일에 나는 「쉬카고 M」 대학을 향하여 떠나았다. 고대하고 고대하던 학창으로 돌아가는 길이니 얼마나 기쁘었을 것은 다 여러분의 상상에 맡길 밖에 없다.

「쉬카고」에 도착하니 친애하는 벗 廉, 申 兩군이 나 위하여 입학 입사에 관한 제반 수속을 다 하여 두었다. 고맙기 그지없다. 이어 Graduate School 과장을 尋訪하고 학위에 관한 상세를 물은 즉 일본에서 상당한 대학을 졸업하였고 또한 캘리포니아 대학에서 이미 반년을 연구과에 다니었은즉 금후 壹年이면 Master of Arts를 얻을 수 있다 한다. 무론 다 자기의 재능 여하에 달리었다고 부언한다.

생각할쓰록 앞길이 막막

이 학교에서 석사위 주는 규정은 이러하다. 이 학교는 국내 제 일류 중의 1이요. 인접한 쉬카고 대학과 경쟁 중임으로 제반 규정이 비교적 苛酷하다. 외국학생이라고 특별한 대우를 하지 아니한다. 그런 고로 동양서 대학을 졸업한 자는 그 학교의 정도를 딸아 예하면 早稻田대학과 같이 이 곳에서 B급(미국 대학은 A. B. C등의 級이 있음)으로 간주하는 학교 졸업생으로 이 M대학(A급 대학)에서 석사위를 얻으려면 처음 반년 혹 壹年이상을 대학 4년급에 들어 부족한 학력을 보충한 후 登第가 되어야 비롯오 석사후보자의 허락을 받게된다.

석사 후보자가 된 후에도 고학생으로는 特才를 除하고는 일개 년 (곳 2학기)에 畢하기 심히 어렵다. 西人도 대기는 3학기에 畢함에 상례다. 과장의 설명을 듯건대 약 1년 간이면 畢하리라 하나 이는 내가 고학생임을 모르고 하는 말이다. 아무려나 한가지 다행한 것은 이전 「캘리포니아」에 있을 때에 준비한 석사논문이 요행으로 主任 교수의 인준을 받아 많은 시간을 경제하게 된 것이다.

인저 문제는 月謝金은 가지고 온 것으로 내인다 하더라도 적지 아니한 방비, 식비 기타 잡비다. 제반용비 일체를 한 편으로 공부하며 한편으로 벌어 쓰어야 할 형편이니 생각하면 가슴이 막막하다. 하나 할 수 있는 대까지 하여볼 밖에 없다. 또 다닐 수 있는 날까지 다니다 볼

밖에는 없다!

이 단념을 가지고 1년 간 M대학에 다닐 때에 나는 실로 속도 꾀 썩이엇다. 교실에서 나아 오아서는 일터로, 일터에서는 교실로 이렇게 매일 6시, 7시, 10시간 식 노동하기를 거의 할례도 쉬지 아니하였다. 이 일년 동안 나는 잠도 넉넉히 자지 못하였다. 매일 일이 저녁 아홉시 혹은 열 시에야 겨우 끝나고 익일 아츰에는 다섯 시에는 어김없이 일어 나아야되니 공부는 언제하고 잠은 언제자랴!

▲ 영광의 날

M대학 壹年 間 入費가 謝金 186弗, 房費 100弗, 食費 500弗, 서적비 150弗, 卒業費 약 90弗, 기타 피복 세탁비 등을 총계하면 1500弗이 가깝다. 고학생으로 이 일년 간 경비를 벌어대기 참 여간 힘이 들지 아니하다. 이 적지 아니한 경비를 벌어대기 위하여 나는 「웨이터」 노릇을 하였다. 船夫도 되었다. 남의 밥도 지어 주고 暖爐직이 노릇도 하였다. 남의 집 유리창도 닦고 짠디도 깍고 눈고 쓸었다. 하나 고대하던 영광의 그 날은 오았다!

졸업 논문이 교수회의에서 통과되고 세 가지 특별 시험에 登第되고 최후로 5大박사의 臨席 下에 구술시험을 畢한 후 교육과장 J씨의 입에서 Master of Arts의 位를 許한다는 선고를 받을 때 나는 넘우 기뻐어 어찌할 줄을 몰르았다. 더구나 졸업장에는 優等이라 쓰었다. 오년간 분투가 虛地에 돌아가지 아니함을 나는 알앗다. 나는 이 5년동안 하늘에게 받은 많은 은혜를 감사하지 않을 수가 없다. - 1926, 7, 23

▲ 동광 제7호(1926.11), 美國 女子 高等教育, 女子의 向上 卽 國民 의 向上, 컬럼비아 大學 流暗

(제6호의 流暗과 동일 인물로 추정)

기행문은 아니나 미국 콜럼비아 대학 견문기임

내용 입력 생략

「참고: 견문기 끝 부분」 고등교육을 받는 여자는 안에 있어서 제가에 善할 것은 毋論, 밖에 있을 때에는 독립자영의 능력을 갖추어야 한다. 고등교육을 받은 여자는 남다르게 有爲하고 남다르게 활달하고 남다르 게 명석하여 참으로 세상의 보배가 되며 인류문명의 향상진보에 인류 의 일원으로 부담한 책임 의무를 이행하는 자가 되어야 한다.

고등교육을 받은 여자는 그 받은 바를 세상에 줄 의무가 있다. 그는 고등학부에서 理想하던 바를 세상에 실현하기 위하여 노력하지 아니하 면 아니된다. 그는 자기가 평소에 崇仰하던 인물이 스스로 되어야 한다. 그는 어대까지던지 진리를 탐구하여 그는 어대까지던지 옳은 것을 力 行하며 그는 무엇보다도 美를 美로 玩賞할 줄을 알아야 한다. 무엇보다 도 위선 인격의 모범이 되지 아니하면 아니된다.

여자는 자기 자신의 운명의 주인일뿐 아니라 동족의 운명의 주인임 을 망각하여서는 아니된다. 그 一身의 평생뿐 아니라 그의 증손 현손의 평생이 내 1개인 처신 여하에 달린 것을 깊이 기억하여야 한다. 어대를 가나 그는 일류의 일원된 분분 또한 여자된 본분을 망각하여서는 아니 된다. 국가 사회의 흥망 성쇠—이는 남자에게도 달리었거니와 여자에 게도 큰 관계가 있는 것을 항상 기억하여야 한다. 미국 여자는 이 사상 이 환경에서 나서 이 사상 이 환경에서 자란다. 이 사상 이 환경에서 자란 미려하고 자유스럽고 强壯한 女軍들은 해마다 대학의 門으로 나 온다. 천만으로 나온다. 저들은 사회의 「리-더」(Leader)요 안해요 어머 니다. 대학의 문을 나와서는 저들은 도시로 가고 농촌으로 가고 가정으로 가고 사회로 가고 교실로 가고 교회로 간다. 가서는 일한다. 일하고 또 일한다.

이라하는 동안 大美國의 光榮은 날로 세계에 빛난다. 이리하는 동안 大美國의 명성은 날로 세계에 震動한다.

[06] 在米洲 韓稚振, 내가 본 사람, 『동광』 제7호

▲ 제7호(1926.11), 내가 본 사람, 한치진

*기행문은 아님: 철학적 논설
*내용 입력 생략

사람이란 무엇일까. 이 질문은 아주 쉽게 보면 쉬울 것이로되 아주 어렵게 보면 이에서 더 곤란하고 복잡한 문제는 없을 것이다. 나는 이 문제를 그렇게 쉽게 보지않고 또한 그렇게 어렵게도 보지 안는다. 사람마다 원하면 해결할 수 있는 것이다. 물론 사람마다 다같이 이 문제의 해결을 가질 것이라고도 할 수 있다. 사람마다 각각 별이한이 만침 각인의 인생관도 별이할 것은 사실이다. 이 문제의 진정한 해결은 실로 여긔에 있다 한다. 다시 말하면 사람마다 각이함과 같이 그 가지는 생각딸아서 생활도 다르다는 것을 자각함에서 적어도 본 문제 해결의 절반은 되었다 할 것이다. 이런코로 어떠한 일개 필자가 나서 전 인생관을 논하여 자기의 것만 정정명명하다고 주장한다 하면 이에서 더 큰 망상자가 어대 또 있겠느냐. 이럼으로 본문의 기록할 내용을 절대로운 큰 것이라고 나는 주장하고저 한다. 동시에 남의 사상의 根地를 잘 알 아듯지도 못하고 반박이나 일삼으려는 심사도 나는 원하지 아니하는 바다. 적어도 무슨 예상적 편견이나 이익을 제외하고 다만 진리 그것을 탐구할려는 정신으로써 이 글을 쓰는 것이다.

(…하략…)

[07] 춘원, 禪婆, 『동광』 제7호

▲ 제7호, 춘원, 선파

나는 병든 몸을 쉬이러 釋王寺에를 갓다. 아직 단풍은 이르고 松茸가 한창인 추석때다. 「약물이 여믈었다」고 하나 손님은 없었다.

내가 류숙하던 려관 주인은 륙십이나 된 로파다. 퍽 친절하기로 이름 난 로파라는데 일생에 꽤 여러가지 경난을 하였다고하며 팔년전에 삼 십이 넘은 아들 잃고 죽어버리려고 하였었다고 한다.

그 로파가 밤에 내 방에를 차자와서 여러가지로 신세타령을 한 끝에 자긔가 장남한 아들을 잃어버리고 딸아죽으려 하다가 안 죽은 이야기 를 하였다. 그 이야기는 대강 이러하다.

남편도 없고 재산도 없고 오직 아들 하나만 믿고 살던 몸이 아들을 잃어버리니 세상이 모도 비인듯하여 살ㄹ 생각은 털끝만콤도 없고 죽 을 생각만 있었다. 그래서 죽으랴고 약을 들고 생각하여 보니 아들이 지고 죽은 빗이 있는 것을 생각하였다.

『이 생에서 진 빗을 못 갚으면 저 생에서 열갑절해 갚아야 한다는데, 나마자 죽어버리면 뉘 있어 제 빗을 갚아주리』하는 생각이 나서 손에 들었던 약잔을 내어던지고 살기로 결심을 하였다. 그로붙어 일단 정신 이, 『어서 빗을 갚아버리고 죽어야겠는데』
하는 것이었다.

그리고 얼마를 살아가는데 하로는
『대체 사람이란 무엇인고? 살ㄴ다는 것은 무엇이며 죽는 다는 것은 무엇인고? 대체 이런 생각을 하고 앉앗는 요것은 무엇인고?』하는 생각이 불현듯 낫다.

그로붙어 날마다 밤마다 行住坐臥에 이 생각을 하게 되었다. 각금 이 생각을 하다가는 시간 가는 것도 잊어버리고 저도 잊어 버린 일이 있었다.

그러다가 하로는 雲峴宮 뒤를 넘어가면서 여전히 그런 생각을 하다가 갑작이 앞이 환하여짐을 깨닷고 자긔는 길에 쓸어지었다.

『오 모든 것이 맘이로고나! 오직 맘 하나로다! 괴롭다 하는 것도 이 맘이요. 질겁다 하는 것도 이 맘이요. 죽는다 살ㄴ다 하는 것도 이맘이요. 질겁다 하는 것도 이맘이요. 죽는다 하는 것도 필경은 이 맘 하나로고나! 극락과 지옥이 어대 따로 있는 것이 아니라 필경은 이 맘ㅅ자리 하나로고나!』

하는 것이 깨달아 지었다. 그리고는 맘에는 넘치는 듯 하는 기쁨이 찻다.

그 길로 관현을 넘어가노라니 ○○○대감 아들이 인력거를 몰아 넘어오는데,

『탄 놈은 소 같고 끄는 놈은 곰 같고나』

하는 생각이 낫다. 「이 맘ㅅ자리 하나로고나!」 하는 것이 깨달아 지었다. 그리고는 맘에는 넘치는 듯하는 기쁨이 찻다.

그 길로 관현을 넘어가노라니 ○○○대감 아들이 인력거를 몰아 넘어오는데.

『탄 놈은 소 같고 끄는 놈은 곰 같고나』

하는 생각이 낫다. 이 맘ㅅ자리를 못 깨달고 혹은 돈을 딸아 혹은 이름을 딸아 장안대도상으로 오았다 가았다하고 물고 할퀴고 울고 지꺼리고하는 사람들이 모도 웃읍고 가엾게만 보이었다.

『옳지 서가여래께서도 중생을 이렇게 보시었으니간 그 영광스럽은 님금의 자리도 헌신ㅅ작 같이 집어내어던지고 이 가련한 중생을 제도하시려는 대자비심을 발하시었거니― 서가무니부처님의 맘도 맘이요. 내 맘도 맘이니 나도 부처님과 같이 될 수가 있고나. 옳지 일체중생이 皆有佛性이란 것이 이를 두고 이른 말이로구면』

153

하였다.

　로파는 이렇게 말하고 빙긋이 웃으며,

　『참 좋지오. 그까진 왕의 자리에 어떻게 비겨요? 나 같은 것이야 아직 大道見性 자리에 가지도 못하였지마는 맘이 늘 편안하고 질겁단 말이야. 맘이 편안하니깐 心廣禮胖이라고 몸도 이렇게 나요. 아들 죽이어 버리고 꼬창이 같이 마르었던 몸이 차차 이렇게 살이 찌고 또 무르팍같이 몽탕 빠지었던 머리가 다시 이렇게 나리거등, 건들거리던 니ㅅ발도 이렇게 다시 단단해지고 ― 참 좋단 말이야요』
하고 자기의 윤택하고 피둥피둥한 몸과 새로 나리는 까만 머리를 만지어 보인다.

　『그러니깐 맘이 제일이야요. 일체 선악이 唯心所生이 아닙니까. 선생님도 지금 그렇게 병으로 신고를 하시지 말고 이 맘ㅅ자리만 턱 찾으시면 心和氣和로 저절로 백병이 소멸하는 것이지오. 맘ㅅ자리가 턱 정하면 일천 번개와 일천 벽력이 머리우에 재오치더라도 눈도 깜작 아니하거든 그까진 병이 다 무엇이야요 ― 안그래요?』하고 잠깐 나를 바라보다가,

　『몬 죄악의 뿌리가 무엇인데요? 貪, 嗔, 痴 셋이거든 재물욕심, 이름 욕심, 일욕심 그게 다 탐이란 말이야요. 사람이란 아주 욕심이 없어서도 못쓰지마는 그저 슬슬, 되는대로 게울리만 말면 되는 것이지, 급작히, 많이 허겁지겁으로 내 것을 만들겠다고 버둥거리어도 되는 것이 아니오 설혹 내 것이 된다고 하면 그까진 것이 다 무엇이야요. 돈 이백 만량이면 그것을 가지고 가며, 만승천자기로 죽어지면 마찬가지 썩어지는 것 아니야요. 이름이 아무리 높기로 三千 六千 세계에 들리나요. 그런 것을 어리석은 중생이 개미떼 모양으로 제 것을 만들겠다고 머리악을 쓰다가 그것으로 죄가 되고 병이 되어 애쓰어 제것이라고 만들어 놓은 것도 다 내어버리고 터덜거리고 가버리는 구려 ― 안그래요? 嗔心이나 痴心도 결국 탐심에서 나는 것 아니야요? 성내고 미워하고 원망하고.』

이 로파는 팔년째 참선을 한다고 한다.

『이런 말도 다 아니하는 말이야요, 션생님 같으신 이게 니하지-한다고 저마다 알아나 듯나요? 이 맘ㅅ자리는 누가 주는 것도 아니오 오직 제가 찾고 저만 아는 것이지오. 전생에도 善根을 쌓고 금생에도 선을 힘쓰는 사람이라야 찾는 것이야요 - 안 그래요?』

나는 이 로파에게서 깊은 교훈을 받았다. 내가 釋王寺에 간 것이나 이 로파가 네게 이러한 말을 하게 된 것이나 내가 이 말을 듯고 감격한 것이나 모도 인연일는지 모른다

[08] 柳絮(유서), 燕京 郊外 雜觀: 東洋史上에 稀有한 南口戰蹟, 『동광』 제2권 제3호

▲ 제2권 제3호(1927.03), 유서, 연경 교외잡관

*도산 안창호(산옹)를 따라 북경에 가서 남구 전적을 돌아봄

陽曆으로 11月 下旬 어떤 날 나는 山翁을 딸아 土地 形便 視察을 爲主하고 兼하여 南口 戰蹟 구경을 하기로 하고 北京城外로 떠낫다. 첫날의 行程은 北京城에서 西으로 25里 假量 나아가서 다시 城의 北으로 돌아오기를 豫定하엿다. 西直門에서 우리는 人力車를 타고 萬壽山으로 가는 자동차 길을 향하여 15里쯤 나왔다. 이곳은 海甸이라는 곳이다. 여긔는 얼마 전까지 살림하고 잇는 同胞 4,5집이 살아왔다. 지금은 한 집 박게 업다. 이 한 집은 여긔서 農事하는 집이다. 農事하는 이에게 말을 들으면 海甸에 조흔 땅 1畝에(166坪)는 中國 大洋 30元 假量(지금 市街에 의하여 金貨로 36元 假量)을 주면 살ㅅ수: 잇다고 한다. 그러나 바로 海甸 부근에는 작년에 燕京大學이 新校舍로 海甸에 遷移하게 되매 海甸의 地價는 그로 인하여 노파지엇다고 한다. 우리는 海甸이라는 小

市街地를 經過하여 당나귀를 어더 타고 8里를 西으로 더 나아가 萬壽山 녑 玉泉山 샘으로부터 내리어 오는 淸河 물줄기를 딸아 가면서 맑은 물이 내리어 오는 시내ㅅ가에 經營하는 居生地를 어더 보자는 것이다. 다시 人力車를 타고 海甸서 西北으로 10里 박 萬壽山 뒤 紅山口라는 곳에 天主敎 修道院을 구경하게 되엇다. 山翁은 몃 해 전에 이곳에 구경을 왓섯스나 나는 이번이 처음이다. 몃 날 전에 일쯕이 山翁이 또 다시 修道院 구경을 왓섯스나 이번 전쟁 時에 奉天軍의 露國 白黨 軍人이 該院에 침입하여 搗亂을 한 고로 문직이는 閑人의 遊覽을 不許함으로 돌아가고 말앗다. 山翁은 修道院 山坡 우에 果樹와 葡萄 栽培의 成績이 如何함을 알기 위하여 期於코 구경을 하려고 北京 城內에서 天主敎 神父의 소개를 어더가지고 왓다. 그리하여 오늘은 공걸음이 되지 안핫다. 山頂에는 夏期에 各處 神父들이 避暑하러 오는 修道院 집 2층 100여 間의 大舍가 잇고 山下에는 今年부터 시작한 天主敎 師範學校가 잇다. 校舍는 역시 2층으로 100여 間이나 되는대 아직 峻工은 되지 못하엿다. 학생은 아직 40명 假量이라고 한다. 이 修道院의 基址는 산 우아레 다 처서 周圍 4里나 될 듯 하다. 먼저 산 우으로 올라가서 蓄水池와 葡萄田을 구경하엿다. 산 우에 만든 蓄水池는 아마 葡萄를 가조 심을 적에 물을 주노라고 만든 모양이다. 산 아레 校舍로 내려와서 修道院을 관리하는 佛蘭西 사람 主敎를 만나서 얼마동안 談話가 잇섯다. 主敎는 中國에 온지 40年이나 되는 그 中國에서 늙은 노인인데 漢語는 물론 中國人과 가티 잘 한다. 山翁은 主敎를 몃 해 전에 구경왓슬 적에 만나 본고로 서로 面目이 잇다. 山翁은 흙이 아주 엷게 부터잇는 바위산에 바위돌을 파고 흙을 모아 노코 그 우에 葡萄를 심은 것이 잘 될까 의문이 되어 主敎에게 물엇다. 그의 말은 葡萄는 땅이 乾燥할쓰록 잘 된다 한다. 그러나 처음 葡萄를 심을 적에는 물을 주어 葡萄를 살게 만든 후 그 후에는 도모지 물을 주지 안해야 된다고 한다. 그리하여 山翁은 또 물엇다. 『米國 칼리포니아에서는 葡萄 農作할 적에는 물을 灌漑하는데 이 곳은 어찌하여 도모지 물을 주지 안는가?』하니 主敎의 대답은 『佛

國서는 葡萄 農作에 물 주는 법은 업다고 한다. 그리고 불과 100畝(1660坪)도 못 되는 葡萄밭에서 今年에는 열항아리의 葡萄酒를 만들엇다고 한다. 이 修道院은 本是 경치가 그리 조혼 곳은 아니다. 그러나 산을 끼고 人工을 만히 그 우에 加하여 그래도 볼만하다. 산 우에 올라서니 아프로 멀리 北京城이 아득하게 뵈이며 여프로 萬壽山이 안고 뒤에는 昌平縣들이 뇌어 前後의 大野가 벌어지엇다. 그리고 昌平들 끄트로는 또 泰山峻嶺이 橫臥하엿다. 當日로 北京에 다시 돌아왓다.

이튼 날은 南口 視察을 하려고 다시 西直門으로 향하여 나아갓다. 西直門 車站(停車場)에 도착하니 9시가 지낫다. 9시에 떠난다는 汽車는 近 10시가 되어도 소식이 업다. 전쟁으로 인하여 조혼 機關車는 다 軍用車에 쓰고 낡은 것을 客車에 쓰는 연고다. 열시가 훨신 지난 다음에야 車는 도착하엿다. 大洋 1元 5角을 주고 南口로 가는 차표 두 장을 삿다. 이것도 전쟁 前에는 한 장에 6角이던 것이 이번 큰 전쟁 後에 南口까지 가는대로 1角 5分이나 올랏다. 南口는 北京서 90里 박 다섯 번째 停車場인데 京綏線에서는 큰 車站으로 치는 곳이다. 山翁은 몃 해 전에 京綏線을 타고 南口를 지나간 일이 잇섯다 하나 나는 이번이 처음이다. 南口까지 보통 때에는 한 시간 좀 남짓하면 간다. 그러나 지금은 두 시가 넘어야 도착한다. 車는 떠낫다. 淸華學校가 잇는 淸華를 지나고 또 淸河를 지나면 沙河 車站이다. 沙河는 奉天軍이 南口를 攻擊할 적에 後防 戰線을 삼은 고로 奉天軍의 戰壕가 아직도 羅列하여 잇다. 지금도 奉天軍이 이곳에 駐在하는데 營副라는 벼슬로 잇는 李某 朝鮮 同胞가 잠시로 와 잇다는 말을 들엇다. 이곳서 12里를 東으로 가면 九龍口라 이르는 곳이 잇다. 그 곳엔 조혼 샘(泉)이 벌판에 동도롯하게 솟은 적은 산으로부터 솟아 나온다. 그리하여 4,50年 前에 어떤 중이 그 곳에다가 절을 지엇는데 아직도 절이 그대로 잇다. 九龍口의 샘물은 水量이 커서 그것을 이용하면 벌판의 바틀 논으로도 만들 쑤 잇을 것 갓다. 그 곳의 土價는 1畝에 2,30元 假量이다 한다. 우리는 멋날 전에 한 번 그곳을 갓던 일이 잇다. 車는 昌平縣이라는 곳을 지나 近 12시 반에야 南口

車站에 도착하엿다. 車站은 南口城의 正面으로 뇌여 잇고 後面에는 疊疊 泰山 峻嶺이 가로 뇌여 南口라는 山口로 박게는 北으로 들어 갈 쑤가 업게 되엇다. 그리하여 車도 南口로 들어간다. 軍事上 中國의 險要地를 論하면 自古로부터 山海關 雁門關 武勝關 居庸關 등을 친다. 그런데 南口는 즉 居庸關의 아페 뇌엇다. 北京을 退出한 西北軍(馮玉祥軍)은 西北을 지키기 위하여 南口를 死守하지 안흘 쑤 업섯다.

停車場에 내리어서 巡査에게 戰蹟의 위치를 물어 안 후에 바로 車站 여페 잇는 南口 飯店 東에 가장 重要한 防線인 南口 正面의 戰壕를 구경하게 되엇다. 여긔는 최후 防線인 모양이다. 그러나 1防線 內에도 前中後의 3道戰壕를 每 15步쯤 間隔을 두고 팟다. 最終線 뒤에는 군인의 留宿處를 半地下室로 만들어 노코 그 아페는 指揮官의 督戰處인지 戰壕 뒤로 1間式 두문두문 오목하게 파 노핫다. 南口는 돌이 흔한 곳이라 또는 비가 와도 문어지지 안케 하기 위하여 戰壕를 모도 돌로 싸핫는데 그 기피는 1丈 半이나 되고 어떤 곳은 近 2丈도 된다. 地勢를 딸아 長短은 不同한데 긴 것은 몃 里式 되는 것도 잇다. 戰壕 內에는 모도 軍用전화를 걸어 노코 전화로 指揮하엿다고 한다. 只今은 戰壕만 남고 모든 設備는 奉軍이 占領하자 다 折去하여 간 고로 다만 그 設備의 大略을 파괴된 물건 부스러기가 허타지어 잇는 것을 보고 짐작할 뿐이다. 그리고 戰壕 아페는 電氣洶을 늘어 노핫섯다. 중요한 戰壕와 留病處는 모도 「씨멘트」로 거틀 발랏섯다. 그리고 戰壕의 所用되는 基東 가튼 것은 모도 鐵路軌를 썻는데 지금은 다 鐵道局에서 파가서 볼 쑤가 업다. 奉軍이 이러케 堅固한 防線 아프로 總攻擊을 내릴 때는 國民軍 1명이 奉軍 32명까지 抵禦하엿다는 말이 잇다. 그러면 奉軍의 死傷數가 얼마나 하엿던 것을 짐작 할 쑤가 잇다. 南口 車站서 8里를 東으로 가면 虎峪村이라는 곳이 잇다. 그 꼿은 山翁이 일쪽이 토지를 視察하던 중 경치가 매우 秀麗하고 맑은 물이 흘러 가장 맘을 둔 곳이다. 그리하여 이번 걸음도 실상은 戰地 視察이 목적이 아니고 虎峪村을 한 번 더 살피어 보자는 것이다. 그리하여 말을 옹기어 虎峪村으로 향하엿다. 車站에서

該村을 가는 이 地帶는 또한 전쟁이 其 중 激烈하게 되엇던 곳이다. 우리는 여긔를 지내면서 戰壕에 아직도 남아 잇는 불 달아서 놋는 舊式 大砲 두 개를 보앗다. 이것은 國民軍이 버리고 간 것이겟다. 本을 國民軍 측에서는 軍械가 缺乏이엿던 것은 사실이다. 推測하면 이 따위 大砲나마 示威格으로 썻던 것이 사실이엇겟다. 나는 길 여페는 여러 가지 모양으로 深長한 戰壕를 車站 여페 것과 가티 堅固하게 잇다. 우리는 그 여플 지나면 武器 파러 다니는 아이에게서 露國式 步兵銃 刺刀를 동전 몃 닙을 주고 삿다. 아마 이것도 國民軍의 것이엇겟다. 또 어떠한 戰壕를 가 보니 그 안엔 찌저진 聖經(新約全書)이 잇고 또 수 업는 彈丸 각지가 널리어 엇다. 이것은 틀림업시 讚頌歌를 軍歌로 부르며 兵營 안에서도 禮拜를 보는 基督軍이라 稱號를 듯는 西北軍의 棄物이 분명하다.

傳言을 들으면 이번 南口 防備에 國民軍(西北軍)이 戰壕 등 設備에 쓴 돈이 이백 오십만元이나 된다고 한다. 戰後에 北京 外交團이 戰蹟을 視察한 후 南口의 防禦는 歐羅巴 大戰의 防禦線보담도 지지 안는다고 칭찬하고 國民軍의 偉大工程에 嘆服하엿다고 한다. 4개월 동안이나 奉聯軍과 國民軍은 南口에서 相持하여 왓느냐 國民軍의 戰壕가 하도 堅固함으로 인하여 無數한 奉軍의 死傷을 내이고 國民軍 측에서는 戰壕 內에서 防禦만 한 고로 그리 심하게는 죽지 안핫다 한다. 精確한 死傷人數는 雙方이 다 숨김으로 알 쑤가 업고 奉聯軍 측에서는 거진 3師團이나 죽은 모양이다. 南口의 防禦線의 堅固는 中國의 自古 以來 전쟁의 가장 위대한 工程으로 볼 쑤가 잇다. 日人의 말을 의하면 日露戰役 時에 露國人의 旅順 防線도 南口만침은 堅固하지 못하엿다고 한다. 또 傳言을 들으면 南口 戰線을 奉軍의 함으로 파괴하다 못하여 전쟁은 점점 奉軍에 不利하여 감으로 某國은 그 背後에서 精利로운 大砲를 만히 공급하여 주어서 畢竟에 國民軍이 退하지 안흘 쑤 업는 砲彈의 威脅을 바닷다고 한다. 奉軍은 처음에 과거의 전쟁과 가티 步兵을 先鋒으로 하고 其後에 砲兵이 擁護하고 나아가는 方略을 쓰다가 戰壕 內에서 發

射하는 機關銃丸에 올 數업시 죽음으로 할 쑤 업시 砲兵이 先鋒으로 遠距離에서 大砲로 戰壕를 파괴하면서 步兵은 뒤에 잇다가 아프로 突衝하엿다고 한다. 우리는 어느덧 虎峪村에 도착하엿다.

虎峪村은 전쟁의 要塞뿐만 아니라 매우 아름다운 景槪를 가진 곳이다. 村 뒤는 虎峪이라는 골작이로부터 맑은 시내가 흘러 내리어 오며 虎峪의 山頂은 바위가 異常이게 屹立하여 뒤으로 景致를 매우 도아준다. 虎峪村은 산을 등지고 시내를 끼고 안잣다. 아페는 左右로 2개 小山이 의여 잇어 그 두 산 사이로 아페 들은 환하게 내다 뵈인다. 村의 前面과 左右에는 감나무로 果園을 일우엇다. 村의 戶數는 180戶나 된다. 토지는 比較的 다른 곳보다 매우 薄한 모양이다. 그 곳에 잇는 어떠한 地主와 地價를 풀어보매 30畝(4,980坪) 周圍되는 果園에 300株 감나무를 포함하고 其外의 70畝(11,620坪)의 薄한 땅까지 합하여 平均 1畝에 35元式 달라고 한다. 그러나 이 곳 地價에 의하여 公正한 금새를 내린다면 감나무가 잇으니까 20元 假量은 갈 것이다. 地主의 말에 의하면 300株 감나무에서 작년에 거둔 감이 27,000斤이라고 云云한다. 그러나 감이라는 것은 中國에 넘우 흔하여 賤히 여긴다. 그리하여 주먹 만콤한 큰 감 한 개에 이 곳에서는 동전 두 닙 박게 아니한다. 두 닙이라야 大洋으로 算하면 半分强이다. 한 근에 1分式 치고 都賣하면 37,000斤이라야 불과 270元 박게 안 된다. 그리하여 300株 감나무라야 그리 갑가는 것은 못 된다.

虎峪村엔 虎峪村으로부터 내리어 오는 시내 물이 村 東便으로 흘러가며 또 샘물은 동리 가운대로 내리어 간다. 아마 이 물이 업섯다면 薄하고 노픈 地帶에 동리가 생겻을 것이 의문이겟다. 동리 가운대는 절깐 한 개가 잇고 동리 뒤에도 적으마한 산봉오리 우에 사람이 居處 못할 만한 작은 절이 잇다. 이 절들은 다 동리에서 세운 것이다.

이 村은 이번 戰爭에 其 중 단련을 바든 곳이다. 금년에는 전쟁 때문에 도모지 農作을 못하고 땅을 거저 묵이엇다. 于珍이가 領率한 奉軍은 이 村을 빼앗으려고 全力을 다하여 이 村의 防線을 攻擊하엿다. 그리하여 無辜한 농민도 流彈에 만히 죽엇다.- 이 곳 농민들의 말을 들으면 國民軍은 이 곳 잇다가 退할 적에 백성의 호미자루 한 개 가지어 간 바이 업스나 奉軍은 이 곳을 占領할 때에 말, 당나귀, 農具 등을 말끔 強奪하여 가고 심지어 婦女까지 強姦하엿다고 한다. 本是 略奪 強姦은 退敗하는 軍士의 不法行動이다. 그러나 奉軍은 돌이어 凱旋한 남아에 더하엿다. 그리하여 一般 백성의 心理를 살피어 보면 國民軍 측으로 아주 傾向하는 것이 환히 뵈인다.

어떠한 時期에 어떠한 전쟁이든지 민중에게 實際로 이익을 주어 본 적은 적다. 더구나 中國의 內戰은 불상한 민중의 운명을 재촉한다. 이 얼마나 慘酷한 일이냐? 어찌 軍閥이 민중을 구하여 주려니 미드랴마는 그래도 아직은 다만 西北을 향하여 그들의 勝利를 빌 뿐이다.

[09] 鎖夏 特輯, 凉味萬斛(양미만곡), 『동광』, 통권 16호

*崔南善, 天下絶景 萬物草: 금강산 기행

寒溪霞

溫井里에서 西으로 溫井嶺까지 觀音, 五峯의 양 連峯간에 뚫어진 30리 長谷을 근래 寒霞溪란 이름으로 부르니 좌측의 관음은 雄博超絶을 極하고 우방의 五峯은 嫩麗奇潤을 발뵈인 중에 비스듬하게 낮아가는 바닥으로 溫井川의 淸溪가 昭曠深淡하게 흘러 나리어서 노는 이로 하여곰 金剛山의 웅대하고 間曠한 일면을 흠씻 맛보게 하는 곳입니다.

마을이 끝나는 곳에서 霞橋라고 이름한 一長橋로써 溫井川의 하류를 건느면 水晶峯 밑으로 하여 민틋하게 올라가는 길이 비롯됩니다. 高城이 짝으로붙어 淮陽 저 짝을 통하는 대로라 길이 넓고 편하여 행역의 수고가 도무지 없고 또 해물 싫고 들어가는 자, 峽山 싫고 나오는 자, 상인, 여객, 牛馱 車卜이 絡繹 不絶하여 오래간만에 선경으로붙어 人寰에 돌아온 듯한 생각을 가지게 합니다. 갈 감게를 무릅까지 하고 채쪽을 어깨에 메인 車馬夫가 木蓮香을 몰려오는 溫井嶺을 내다보면서 「적벽강 나린 물이」와 「三日浦 밝은 달에」를 코ㅅ소리 범으려서 부르는 것을 들을 때에는 못 들을 줄 녀기었던 애인의 聲咳를 뜻밖에 접한 듯도 하여 그립던 인간미가 거의 사람을 취하게 한다.

그러나 눈을 들어 살피어 보면 전후 좌우의 광경이 의연히 超凡 出常하고 卓奇 절묘한 조화의 비원입니다. 의연히 人寰 그대로 선경입니다. 백옥을 쪼은 듯한 奇峰과 碧琉璃를 푼 듯한 淸波는 다른 대와 같다면 같으되 전자는 중첩한 채 후자는 奇激한 채 平直ㅎ고 悠長하여 山氣 그대로 野趣를 띠우었음이 이때까지 보지 못하던 새 국면입니다. 乘直的의 본질을 지닌 채 수평선의 新味를 겸한 것이 寒霞溪 골작이의 특색입니다.

일언으로 蔽하면 두메의 金剛山을 들로 구경하게 한 대가 寒霞溪입니다. 서어서 구경하고 덩기 잡으면서 구경하던 金剛山을 앉아서 구경하고 들어 누어서라도 구경하게 한 곳입니다. 무엇이던지 하나도 빼이지 아니리라고 작정하신 조화는 이러한 새 배포로써 긔어히 金剛山을 완성하시려 하신 것입니다. 두루마리 같이 돌돌 말고 빗접같이 착착 접었던 金剛山을 장판지 같이 피어서 보는 寒霞溪에서 寬紓 평화한 새 金剛山 하나를 발견하게 됩니다.

이때까지 圍集的, 威迫的의 美 만에 헐떡이다가 이 발산적 撫摩的의 새 맛에 겨우 숨 돌우기를 비롯하여 觀音峯 뒤 쯤 되는 곳에 꽤 웅장한 폭포를 남으로 보면서 10리에 「三巨里」와 20리의 「츰덥히」(葛田)를 다 달으면 속이 아주 시원해서 光風霽月이니 天空海闊이니 하는 심경을 잘 짐작할 뜻 하여집니다. 가다가 溪邊石頭에 궁둥이를 부치어 보는 쪽쪽 가슴이 홀연하여 반생의 체기가 새로 새로 살아짐을 깨닷게 합니다. 「츰덥히」 주막 건너에 桃花 兩 三樹에 쌓이어 一張平石이 있고 자세히 보면 「六花岩」 3자의 사기었음을 알아 내리니 요새 행인은 대개 모르기도 하고 알아도 尋常히 간과하되 옛날에는 이것이 金剛山 중의 金剛山이라고 하던 千佛洞口의 표석이던 것입니다.

주막 뒤로 은옥한 一洞이 깊다랗게 뚫이고 淸溪 一道가 수 놓은 듯한 송림 중으로 쏘쳐 나옴이 千佛洞의 숨은 소식을 전하는 것이니 옛날에는 遊子 必賞의 승지였으나 簡易 速成 좋아하는 근래는 金剛山 구경에서도 좀 페스러운 이런 곳은 차차 돌아보지 않게 되고 그 실지를 모르매 천불이란 이름만으로써 상상하여 千佛洞에는 諸佛 여래의 前劫적 刻像이 있는데 신비하여 凡夫의 縱覽을 허락지 아니한다는 황당한 전설로써 사람의 입에 오르나립니다. 실상은 千佛洞도 白塔洞이나 만물초나 한 가지로 천연한 一奇 석림에 불과한 것입니다. 근대에서 대표적 산악 行者라 할 楊蓬萊는 千佛洞에도 깊은 애착을 가지었는데 위선 여기 六花岩이라고 새긴 것도 그의 짓이라 합니다. 이제 蓬萊의 千佛洞記를 抄해 두겠읍니다.

登百鼎峰, 北望大赤壁, 地勢高, 霓起雲漲, 從山背, 不舍二十里, 到壁上, 得遽空橋, 非橋也, 無梯槽雁齒之可緣, 壁畔有穴, 湊目外通天光, 穴嘴微有石帶, 匍匐行百餘手, 呀然作門, 內外路絶, 望數十里, 白雪羞明, 削玉爲屏, 舖瓊開局, 叢蔚輝粲, 離抱亭矗, 曳腹舒頭, 乃膝石閾, 微有石褶,

半身附壁入中局, 先有玉樓瑤臺, 或冠帶鉅人揖遜如禮, 或介胄之帥掉臂張勢, 有螺鬟霞帔佛現仙飛, 有奇觀詭相鬼怒優笑, 萬物之己脫胚胎者, 不可名狀, 環壁二十里, 圓正不楕, 地平衍, 可置土田數千頃, 正中有白玉圓臺, 高十餘丈, 一旋面可收全景, 石泉在在甘冽, 飮之忘飢, 日暮洞天晃朗如曙, 夜深兩兩鶴聲徘徊而下, 月光璀璨, 鶴集圓臺之上, 試隨而翔翔, 一作淸唳, 亦不驚, 己而晨光辨色, 鶴則飛去.

百鼎峰이란 것은 천연한 정형석이 무수히 列在하였다 하여 부르는 이름이니 金剛山의 동변에 百鼎으로 일컷는 봉이 둘인데 蓬萊記의 이른바 百鼎峰은 그 南인 자로 金剛山의 직접 眷屬에 드는 것이요 또 하나는 여긔서 다시 북으로 五六十리나 올라가서 通川, 甕遷(독벼루) 뒤에 있는 것입니다.

萬物草

葛田에서붙어 오르는 맛이 좀 늘어서 한 10리를 더 나가면 五峰山이 거의 이마에 닿고 溫井嶺이 빤하게 치어다 보이는 곳에 우람한 石門 一構가 허공을 헤치고 선 속으로 얼른 보기에도 심상ㅎ지 아니한 一洞府가 열리었읍니다. 인간에 대한 대지의 노염이 일종에 一角式 일시에 폭발한 것처럼 것잡을 수 없는 무량 무수한 奇秀 幻凝이 그 속에 그득히 들어 장여 있음을 보고는 에쿠머니의 소리가 문득 목구멍에서 튀어 나옵니다. 萬物草 밖에는 이럴대가 어대랴 하는 直覺이 납니다.

동구 옆으로 石嶂을 의지하여 一小亭을 얽고 茶果를 파는 것은 萬相亭이라 하여 萬物草 探勝客의 숨도 도르고 점심도 하고 또 신들메를 고처 하는 곳입니다. 얼마나 깊은지 모르는 은윽은윽한 洞壑 속으로붙어 나오는 바람이 시원하다 못하여 조곰하면 사람의 폐부를 얼리려 니다. 이것이 仙官의 옥패를 울리고 신녀의 雪肌를 스처나오는 上方의 청풍이거니 하면 쌀쌀한 채로 홋홋한 맛이 있어 형체가 있으면 껴안고라도 싶습니다.

萬物亭으로붙어 右肩으로 돌아가면 鉅龍의 利角처럼 鉅靈의 利釗처름 일대 석봉이 촉기있게 한울을 찌르는 사이에 駝鞍같이 잘룩해진 곳이 있으니 이것이 「獅子목」이라 하여 萬物草의 관상 지점입니다. 바위의 裂罅를 타아서 바드러운 길이 났는데 바스듬한 鐵欄을 붓들고 꺽김꺽김 옳아가면 어언간 鞍部가 되는데 여긔서 五峰山, 勢至峰의 連亘을 데미다 봄이 마치 歇得樓에서 內金剛 列嶂을 바라다 보는 것도 같고 백운대에서 衆香城 건너다 보는 것도 비슷합니다. 이것이 萬物草(舊 萬物草, 곳 外 萬物草) 란 것입니다.

히히! 하는 소리가 먼저 납니다. 이것은 造化가 다 싱스럽기도 하고 공교스럽기도 하고 또 작난스럽기도 하고 좀 상스럽기도 하다는 뜻을 먹음어서의 최대 奇異에 대한 최대 驚嘆聲입니다. 深深密密도 하거냐 曲曲折折도 하고 重重疊疊도 하거냐 層層區區도 하고 奇奇妙妙도 하거냐 幻幻虛虛도 하신지고. 히히! 저렇게까지 하실 것이 무엇이리. 조화의 好奇가 또한 과하시다는 생각이 납니다. 줄 잡고 줄 잡아도 金剛山의 1만 2천奇를 一覽 全得하도록 一張 全彫해 놓은 것이 萬物草라 할 것입니다. 글세 萬物草는 첫째 金剛山의 목록이라고 하겠읍니다.

사자목이의 右翼은 닿으면 버여질 듯한 날카로운 三尖峰인데 秘宮의 淸淨을 捍衛하는 降魔劍과 같아서 서슬이 과연 푸릅니다. 이것을 요새 ㅅ 사람이 三仙岩이라 하지마는 적절하지 못한 이름이며 여기 반하여 左翼인 一鈍峰은 頭部가 흡사한 인형이요 게다가 험상스러우며 鬼面岩이란 이름이 볼쓰록 善形容인 줄을 감탄할 밖에 없읍니다. 멀리 보나 가까이 보나 영낙없는 鬼面이니 이것은 필시 神域 鎭護의 소임을 맡은 천연 長柱일까 합니다.

鬼面岩 뒤로 벌리어 있는 重重한 叢峯이 萬物草란 것이니 가만히 떼미다보면 어느 돌 하나와 어느 모 하나고 物形 아닌 것이 없고 그것이 둘도 같은 것이 없으며 그 속에는 없는 物形이 없다고 할 만도 합니다. 그나 그 뿐인가 하나를 가지고도 아까 볼 적에는 이렇던 것이 있다가는 저러하고 이리 보면은 이러하다가 저리 보기에는 닳아지어서 일쪽 一瞬만한 定觀이 있지 아니하매 그 神詭 怪幻함이란 이로 이를 길이 없읍니다. 무론 아침에 보던 것이 저 녁의 그것이 아닐 것이며 晴光으로 보는 것이 吟詠의 그것이 아닐 것이니 이 모든 조건을 自乘 又乘한 대변화는 거의 사람의 상상 밖이라 할 것입니다.

아무리 단출 좋아하는 이라도 萬物草 이야기를 하자면 말이 저절로 번잡스러워질 밖에 없읍니다. 이것은 무엇 같고 저것은 무엇 비슷한 것을 엮으려 하면 저절로 萬有 물품을 죄다 들추게 되매 한 번 입을 떼기만 하면 維摩詰이라도 잔말장이 노릇을 할밖에 없는 것입니다. 옛날 물건의 이름 있는 것은 옛 사람들이 이미 몇 번식 울여 먹었거니와 시체 새 것을 가지고 말할찌라도 위선 뾰족뾰족하기는 봉마다 방송「엔테나」같다고도 할 것이요 그것들이 모이어서 一幅의 活畵를 일우기는 도무지가 활동 사진의 영사막과 같다고도 할 것입니다. 그런데 쉬일 새 없이 그리로서 방송되는 것은 우주 靈活의 거룩한 「멜로듸」며 거긔 映現되는 것은 천지 진미의 앗질앗질한 光色입니다.

萬物草는 그 아는 品物의 종목이 많을쓰록 形喩되는 범위의 점점 어수선해짐이 자연한 일입니다. 어대 무엇에고 끌어다 대어지지 아니할 것이 없을만 하기 때문입니다. 희랍의 신화 한 편도 거긔 구경할 것이며 유태의 묵시록 한 판도 거긔 구경할 것이며 인도의 제 천지와 支那의 列仙傳 같은 것은 그 속에서도 작은 한 부분을 일우었다고도 할 것입니다. 「딴테」의 구경한 천상 지하의 모든 광경과 水滸志에 나오는 미인 협객 모든 인물과 春香傳 洪吉童傳 田禹致傳 三說記의 모든 장면이 어느 것 하나도 빼어질 것이 없읍니다. 一言으로 잘라 말하면 무릇 천지간의 物形이라는 모든 物形과 또 그것으로써 구성할 수 있는 모든 미관이라는 것은 萬物草의 속에 모주리 들어 있다고 할 것입니다.

오죽해야 과장할 줄 모르는 古人과 상징적 擴大視 허고는 담을 쌓았다 할 조선인도 원체 엄청난 경계를 당하였는지라 그껏 형언하여 萬物草라는 소리를 하게 되었읍니다. 造物主가 천지 만물을 배포하실 적에 설계서와 雛形으로 草 잡으신 것이 이 萬物草니라 합니다. 시방말로 하면 物形美의 全量이요 總覽이라는 뜻일 것입니다. 대저 萬物草는 진실로 金剛山의 목록인 동시에 山岳美의 총목록이며 아울러 물체적 변화의 전 목록입니다.

萬物草는 근래 일본인들이 音相似란 계로 萬物相이라 하지마는 이는 고인의 중에 혹 萬物肖라고 쓴 이가 있은 것과 마찬가지로 古義를 傷하는 일입니다. 相이 불교적으로 雅名이 될 법도 하되 萬物의 草라고 하는 단적 뷔절한 맛이 없음을 생각할 것입니다.

新萬物草

金剛山의 특색을 가장 단적하게 말하자면 조각적 미의 叢集이라고 할 것인데 金剛山의 이러한 특색을 가장 단적하게 표현한 곳이 어대냐 하면 곧 萬物草의 이러한 특색을 아직 극도로 발휘한 곳이 어느 쪽이냐 하면 그것은 신 萬物草입니다.

사자목이에서 데미다 보는 萬物草란 것은 실상 萬物草의 외부이요 현관이요 또 包裏요 상표같은 것이니 萬物草의 진상 實價를 알려 하면 모롬직이 그 內庭을 보아야 할 것이며 그 堂奧을 보아야 할 것이며 또 그 내용을 살피고 실질을 더듬어야 할 것입니다. 舊 萬物草 곧 외 萬物草가 좋기도 하거니와 內간에서만 어정거리다가 그만 둘 것 아니라 안 뜰로 웃적 들어서어서 新萬物草의 秘奧를 더듬어 본 뒤가 아니면 萬物草의 진미를 말할 수 없을 것입니다. 잦을 송이로 할 꼬야 고소한 참 맛을 누가 알겠읍니까.

구경하는 이가 혼히 사자목이에서 건너다 보이는 것만을 보고 萬物草 구경을 다 하였다 하며 혹 이것만으로써 萬物草도 별 것 아니라는 말을 하는 이도 있지마는 거죽에 들어난 구萬物草는 요하건대 眞萬物草가 아니며 아무리 너그럽게 말하여도 舊萬物草란 大萬物草 중의 비교적 변변ㅎ지 아니한 작은 일부분일 따름입니다. 舊萬物草로붙어 新萬物草까지 길은 좀 까달롭지 않은 것 아니지마는 萬物草 구경을 왔다가는 新萬物草를 반듯이 보아야 할 것이 金剛山 구경을 왔다가는 萬物草 구경을 아니할 수 없는 것 이상으로 필요 당연한 일입니다. 구 만물에 놀란 이는 참으로 한 번 놀라보기 위하여 또 舊萬物에 자미 들이지 못한 이는 긔어히 萬物草 맛을 알기 위하여 누구나 긔어히 新萬物草까지의 걸음을 아끼지 말 것입니다.

사자목을 넘어서 鬼面岩 밑으로 하여 실개천 졸졸 흐르는 돌 시내 바닥을 밟고서 건너다 보는 萬物草의 영사막을 달겨들어 넙구리에 줌 처 끼고 좌편으로 뚫린 좁다란 岩峽으로 하여 우중충한 밖으로 까마아

득한 미지의 세계를 찾아 들어갑니다. 격지격지 층단을 일운 돌 바닥과 반뜻 모소리진 바위 빈 양이 한 조각으로나 왼 幅으로나 다 솜씨 있는 대조각인데 다만 한 가지 가고 가면서 부족한 생각을 주는 것은 수분 水素의 비교적 빈약함입니다. 생선탕 맛을 온전히 맛보자면 쇠고기 꿈이를 넣지 말고 긇이어야 한다는 말을 들었더니 아마도 萬物草는 조화가 石味石美만을 오지게 맛보이시려 하는 곳일새 물은 아무쪼록 졸략히 쓰신 양 합니다.

안돌고 지돌고 치받고 들이받아 길은 과연 평순하달 수 없읍니다. 그러나 탁 거치는 것은 도무지 범상한 물건이 아니라 사람으로 치면 西施 楊貴妃요 꽃으로 말하면 목단 해당 같으매 괴로운 그것이 도무지 다 樂입니다. 무덕이 무덕이 미의 군상이요 또 이것이 連環的 長繩的으로 줄다 하였으매 轉瞬마다의 新奇觀이 가쁨을 잊기에 모자랄 것 없읍니다. 돌이어 자연미이기에 망정이지 이것이 참으로 저만한 미인 그것이었더면 우리네가 치맛자락인들 근더려 본다 하였을까 하면 이렇게 무릅을 시친다 허리통을 껴 안는다 함에 다시 한 번 유감한 생각이 납니다.

얼마 가다가 길이 양분하여 이른바 奧萬物草로 가는 길을 右로 비키고 左로 狹路를 취하여 의연히 萬花谷이나 것는 듯한 생각으로 뚫고 들어가고 뚫고 옳아가기를 합하여 六七리나 하면 또한 사자목이란 고개를 넘는데 사자목이란 金剛山에서 우뚝 주춤한 석봉의 鞍部에 흔히 쓰는 이름이지마는 여긔야말로 仰天大吼하는 천연한 猛獅가 고갯목을 눌어 서서 명실이 뷘틈없이 들어 맞임을 봅니다. 萬物草에도 사자목이 이미 둘이니까 여긔를 안ㅅ사자목이라고 부르는 것도 좋습니다. 이 사자목이를 올라서 보면 비탈도 여긔 저긔 지고 골작이도 좀 환하게 터지어서 마치 빡빡한 사람의 싹싹한 구석만한 너그러운 맛이 듭니다.

사자목을 넘어 서면 길이 좀 평탄해 지어서 손과 무릅이 비롯오발의 보조 노릇을 면하고 바로 서어서 걸을 수 있게 됩니다. 조금 나가다가 奧萬物로 가는 제2 岐路가 나아서는데 여긔서 5리라는 標木이 서어 있음을 봅니다. 사자목이로붙어 2 ㄹ地 쯤 들어가면 별안간 석벽이 天城처럼 앞을 가리고 깜앟게 올리어다 보이는 곳에 사람 하나나 갈 만한 구멍이 있어 그 밖에도 한울이 있고 세계가 있음을 엿보이어 줍니다. 이것이 없었던들 긔가 막히었을 일을 생각하면 그 구멍이 내 코ㅅ구멍이란 생각을 할 것입니다. 이때까지 은총으로써 더듬어 들어오게 하신 우리언마는 새삼스레히 안까지는 보일 수 없다 하시는 듯이 여긔 간을 막으신 것을 생각하면 미상불 엄청난 무엇이 그 속에 들어있을 것이 분명 확실하여 궁금ㅅ증이 더럭 나지마는 나는 새 아니고 한참 망단하지 아니할 수 없습니다. 어떻게 하면 저 밖을 나갈까 하여 휘휘 둘러 볼 때에 살뜻한 一路가 문득 눈에 들어옵니다.

玉女峰頭의 大觀

가만히 보매 巖罅가 주줄이 지고 뿌다치가 드문드문 내밀었는데 어느 구세주의 悲愍으로서 나온 것인지 一條 鐵索 좇아 들이우어 있습니다. 옳다구나 하고 踴躍 一番하여 손으로 붙잡고 발로 더듬으면서 반은 공중걸이로 한참만에 글짜 그대로의 천문에를 올라아 서었읍니다. 올아오는 것만이 다행이어서 땀나고 힘들고 바드러운 것이 도무지 생각나지 아니하다가 천문으로서 나오는 天風이 이마의 땀을 훔처줄 때에야 아레를 나려다 보고 참 위태로운 대를 더위 잡아 올랐구나 하는 생각을 하였습니다. 옳지 인저는 나도 仙班에 들 叅列하는구나, 하고 이 문을 쑥 나서면 홱 끼어처오는 無邊 광경이 언뜻 別有天地非人間이란 생각을 전기처럼 發來합니다. 문을 나서어서 북쪽 암벽에 金剛 제1문이라는 刻字가 있는데 돌이어 천상 제1문이라 함이 더 적절할까 하는 생각이 납니다.

문 밖은 그대로 허공입니다. 毘盧峯으로붙어 五峰山으로 나려온 동안의 휑한 구멍이 나려다 보일 뿐이요 오직 좌로 꺾이는 一枝 連嶂이 우리를 이리 오라고 잡아 끕니다. 눈을 돌리매 모래 한 알 없는 순백

석봉들이 이미 頭頭 尖尖히 奇를 뭍하고 巧를 獻하여 恍惚히 眼睛을 정하기 어려우며 더욱 가지 지어서 뻗으러진 놈은 할 일 없는 大鹿의 뿔 같은데 이 틈바구니를 새기어서 가로 타고 세로 타며 나가는 것이 어찌 말하면 玉京으로 朝參하는 것이라 白鹿의 등에 올라 앉은 격이라 고도 하겠읍니다. 가다가 千耶萬耶한 裂罅를 뛰기도 하고 또 암벽이 구비지면서 鳥逕 좇아 끊기었는데 통나무 몇 주를 건너질러서 겨우 발을 붙이게 한 곳도 있는 등 길은 과연 아슬아슬하기 짝이 없읍니다. 다 가면 무슨 구경을 시기시겠기에 이렇게 先金 대가를 받으시나 하는 생각을 모퉁이 모퉁이에서 하다가도 눈만 들면 입이 딱딱 벌어지는 神奇 妙觀에 괴로워함이 금세 금세 뉘우쳐집니다.

다른 것은 다 그만두고 바람에 날려가지 아니한 것만을 또한 다행으로 알면서 오를대로 오르고 나갈대로 나가매 攀緣이 絶頂이요 眺望이 초점인 곳에 천선대를 새긴 돌이 눈에 띄웁니다. 그렇지요 天仙이나 되어서 이런 곳에를 와서 놀 것이요 설사 火食하는 인간이라도 이런 좋은 곳에를 오면 잠시라도 신선이 된 셈이라 할 것이요 또 여기까지 오른 공부를 생각하면 육신으로붙어 羽化를 한 대도 그다지 공한 일이 라고는 못하리니 아무 누구 어떤 이라도 여기 와서 서면 다 天仙이라고 함이 가능할까 합니다.

좁은 대로도 들어 왔더니 眼界도 한 번 잘 터지었읍니다. 험한 대도 지나왔더니 奇壯한 구경도 하게 됩니다. 참 거룩하외다. 그래 거룩하외 다. 이렇달 수 저렇달 수 아무렇달 수가 없으니 두리 뭉수리 같은 말일찌 모르나 가장 포괄적인 뜻을 취하여 다만 거룩하다고나 할밖에 없읍니 다. 天仙臺는 해발 3,500척이니까 그리 높은 곳은 아닙니다 마는 발을 한 번 여기 붙일 때의 昻奮하여지는 정신─ 신비와 恍惚과 장쾌와 공포 의 한 덩어리 된 심리 상태는 무론 金剛山에서도 처음 지나는 경계요 또 다른 아무대서고 얻어보지 못할 감각입니다. 사업 경영으로 말하면 七顚八倒한 끝에 究竟의 성공을 걷은 것이요 전장 경계로 말하면 악전 고투한 뒤에 최후의 승리를 얻은 셈이매 玉女峯 頭 天仙臺를 기어히 올라왔다 함이 일대 快事임은 毋論이지마는 眼前에 전개된 超特 越逸한 대 怪奇界의 불가 名狀할 장관에는 처음 당하는 조화의 신비한 위력에 무서운 생각이 더럭더럭 나며 더구나 이쪽 저쪽이 다 낭떠러지요 몸이 허공에 兀立한 듯 하매 이턱 저턱 소름이 쭉쭉 끼치기도 합니다.

玉女峯은 진실로 王者입니다. 동해의 浩波가 멀다니 捍衛하고 毘盧峯이 具甲힌 대장처럼 덜미를 鎭護하였는데 그 일맥이 완연히 동북으로 달아나아서 서남으로 上登峯, 북으로 五峯山, 동으로 勢至, 文殊, 양 봉이 둥그렇게 藩屛을 일을 속에 萬物草라는 玉京이 배포되고 玉女峯이라는 옥황이 奠坐하셨는데 帽帶 袍笏한 億千 선관과 冠裳 環珮한 萬百 天女와 九流 百家 四夷 八蠻 鰲‰道 六趣 四生 兆品이 다 각기 한 자리 한 소임식을 가지고 朝觀 環擁하여 있읍니다. 무론 인간의 제왕에는 이러한 영화가 있었을 리 없읍니다. 「케사르」의 궁전에고 唐太宗의 조정에고 이러한 조회의 큰 반열은 있었을 리 없으며 오직 하나 神人 양 大衆이 率歸 同集하던 桓雄 王會의 광경이나 거의 이만하였을까 하는 생각이 날 뿐입니다.

어떤 쪽은 천하 인간이 삼재에 塗炭된 것을 悲愍하게 아시고 天帝子 桓雄이 구세의 원을 父皇의 앞에 지성 啓達하는 양이 분명하며 어떤 쪽은 지상 천국의 대설계를 세우신 천제와 帝子가 人世를 굽어 보시면서 어느 지점에 이 영광의 표목을 박을고 하시다가 대조선 大伯山을 별 揀擇으로 정하시는 양이 분명하여 어떤 쪽은 이미 각본이 되고 무대가 초점되매 「홍익 인간」의 대희곡을 實演하시는 人天 齊仰의 大神優이신 桓雄 천왕이 天符 三印과 風伯, 雲師 등 3천 신도를 더리시고 太伯山 神檀樹 下에 威儀있게 강림하사 360 신국 天政을 次第로 발표하시는 양이 분명하며 어떤 쪽은 天帝子의 신화가 태양처럼 赫臨하고 대광처럼 周遍하시사 長闊에 跋扈하던 千妖 萬邪가 낭패 전도하여 구멍들을 찾고 深苦에 신음하던 萬彙 群生이 甘露 滴滴에 죽어가던 숨을 돌리어서 손들을 휘둘으며 환호 嵩呼하는 양이 분명하며 어떤 쪽은 熊母의 지극한 精進으로 人界 久遠의 왕중 왕이실 檀君天王이 萬花 요란한 「불

171

그내」園 중에 誕育되시는 양이 분명하며 이 쪽에는 이 광경, 저 쪽에는 저 광경, 신화 시대 以降의 1만년 「朝鮮」 전개상이 역력히 그 속에 다 들어 있음을 봅니다.

무론 그 속에는 황금시대 대조선의 王會일 판도 현연히 들어나아 있읍니다. 魚皮 입은 「에스키모」인, 녹각 찬 「죽지」인, 態掌 받던 「아이누」인, 鯨髥 질머진 「코리악」인, 石砮 楛矢의 肅愼 말갈, 夏馬 冬猪의 室章 契丹, 陰山 大獵의 남북 匈奴, 赤山 送神의 東胡 鮮卑, 黼黻 文章의 西土 歷朝, 卉服 漆齒의 南島 諸夷 각기 공납을 짐짐이, 임임이, 바리 바리, 수레 수레 가지고 모이어 드는 광경이 조각체의 「기네마」로 活現되어 있읍니다. 凶獰한 인도의 諸 神衆, 端美한 희랍의 諸 仙群, 紅毛 碧眼의 遠西人, 黑膚 裸形의 海南人 없는 종족, 없는 계급없는 形貌가 무론 없는데 이 모든 遐邇의 인물이 다 한가지 천국의 신화를 입어 白淨 靈光을 꼭 뒤로 붙어 뒤집어 쓰었음이 더욱 갸륵 갸륵 합니다.

저긔 무엇이 있다. 저긔 누가 어쩐다 하기를 시작하면 한정도 없고 또 만물을 歷數한다 하여도 잖말만 되었지 그 形似를 盡喩할 수도 없는 것이요 그 뿐 아니라 이런 잘고 좀스러운 비유는 많이 인용할쓰록 신비 渾撲한 원상 本味를 손상하여 이른바 剜肉 生瘡만 될 것이니 다만 不可稱 不可說 不可名狀할 萬形 大全, 萬奇 集成이라는 一語나 하고 말겠읍니다. 이것이 조화의 만물 만드시던 초본이라고 하지마는 우리 생각에는 시방까지 만드신 것 만이 아니라 위선 초목만 만드시고 실물은 아직 생기어 나지 아니한 미착수 초본도 그 중에 많이 있는 것 같습니다.

金剛山이 원체 一塊石의 풍화 所成이지마는 더욱 萬物草는 金剛 金石의 작은 一角이 거의 慘刻하다 할만치 풍식력의 극치를 보인 일대 기형적 산물입니다. 合衆國 「아리쏘나」 道諸 산중에 있는 覇王樹 簇生의 어마어마한 광경을 그림으로라도 보시었으려니와 기괴 幻譎한 萬形 石峯이 다 발로 떨기로 무덕이로 퍼부어 있는 新萬物草의 엄청난 구경은 거의 위혁적 고압적으로 사람의 美眼의 百劫 重障을 단번에 찢어 버리려 드는 것입니다. 달관하는 체 하는 이는 혹시 新萬物이 돌오 舊萬

172

物이지 더 별 것이 무엇이냐 할는지 모르고 똑똑한 체 하는 이는 혹시 표면으로 보던 舊萬物草를 이면에 돌아 오아 보는 것이 新萬物草가 아니냐 하고 말는지 모르겠지마는 같은 萬物草로되 新萬物의 앞에는 舊萬物이 처들 얼골이 거의 없으리라 할 만치 아주 딴판이요 동뛴 것이 新萬物草입니다. 말하자면 舊萬物은 假萬物이요 新萬物이 眞萬物草라고 할 것일까 합니다. 사자목에서 舊萬物 어귀만 보고 마는 이는 말도 말고 긔껏 속까지 본다고 오다가 中路에서나 金剛 제 1문까지 와서는 에그, 더 못 가겠다고 退縮해 돌아가는 이들은 요하건대 참으로 萬物草를 보았다 못할 것이요, 또 新萬物草를 바로 보지 못한 이는 金剛山을 잘 보았다고 못할 것입니다. 사람이 세상에 낳거던 모름직이 新萬物草에 와서 눈ㅅ겁풀을 벗기라 하고 싶습니다.

萬物草의 題咏도 古來로 적지 아니합니다마는 무론 須彌山에 蚊聲만한 울림을 준 것도 없읍니다. 저 李嶠堂(象秀)의

峰驚拔物爭相睨 石怒排空盡欲飛

라 한 것 같음은 인구에 膾炙한 名句로대 渾圓한 大塊를 바늘 끝으로 약간 따아쫙 하였다고나 할 정도가 될까 말까 한 形言입니다. 金剛山이 전체로 시인, 미술가, 웅변가 누구 무엇 할 것 없이 사람의 손과 입을 대지 못하게 생기었지마는 더욱 손톱 반만한 자국도 내는 수 없이 된 곳이 이 萬物草요 특히 玉女峯 頭에서 보는 新萬物草입니다. 이것은 만일이라도 신용해 낼 미술가는 모든 盡未 來際 언제도 나와 보지 못할 것입니다.

新萬物草의 구성과 형태는 진실로 威稜하고 통쾌한 남성적의 것입니다. 그런데 그 중에 두 가지 여성적 분자의 섞이었음을 봅니다. 하나는 7分 淨白 3分 嫩황, 地衣 蘇苔가 험상스러을 석면을 쫓아다니면서 곱닿게 곱닿게 단장시키고 옷 입히었음이요 또 하나는 상봉 바로 밑에 옥녀 洗頭盆이라는 香艷한 자취를 셋 식이나 머물러 가지었음니다. 절정의

바위를 안ㅅ고 서향으로 俯瞰하면 100척쯤 直下의 편편한 석면에 똥글 앟게 깊이 판 石壺 셋이 나란히 놓이었으되 큰 것은 직경 3척, 작은 것은 1척여 되는 것이 있으니 大旱 不渴의 물이 고이는데 전하기를 이 玉女峯에 천녀들이 하봉하면 거긔 머리를 감고 간다하여 옥녀 洗頭盆 이란 이름이 있다 합니다. 원래 옥녀 洗頭盆이라 하는 것은 支那에 출 처를 가지는 것이요 조선에도 명산 處處에 이것이 있으며 또 金剛山에 萬瀑洞 上八潭 기타 여러 곳에 동명 동형의 것이 있으니 이제 그 확실 한 古義를 말하기는 어려우나 우리 생각으로는 대개 고대 제전이 무슨 유적일가 합니다. 그것을 가아 봄에는 金剛門까지 나려와서 바위를 끼 고 돌아가야 합니다.

洞口에서 玉女峯頭까지 10리를 잡으나 실상 그 반쯤 되는 里程이요 길이 험난함으로 올라가기에는 2시간이나 걸리되 나려 오기에는 30분 이면 족합니다. 金剛문에서 조곰 나려오다가 左折하여 羽衣峯의 鞍部 를 넘어서 가면 이른바 奧萬物草로 하게 되는 떼 근래 이 방면의 탐승 도 차차 성행합니다. 奧萬物草는 新舊 양 萬物草에서 보던 五峯山과 勢 至峯을 연결하는 山背이니 좌우의 峰巒이 截斷的으로 劖刻削秀하여 奇 觀 壯瞻 거의 應接 불가할 지경이며 그 정상은 무론 新萬物보담도 높고 동해의 물이 거의 발 끝에 채일만치 임박해 있음니다. 길은 좀 험하지 마는 이리로 하여 萬物草 全洞을 遍踏하고 長箭港으로 빠아지어 나가 야 비롯오 萬物草 구경을 온전히 하였다 할 것입니다.

附記할 것은 萬物草 앞으로 하여 지나가는 外金剛으로서 內金剛 들 어가는 別路입니다. 萬物草 앞에서 바로 올라가는 大路는 五峯山의 鞍 部인 溫井嶺(2,600척)을 넘어서 新豐里, 細洞으로 하여 金剛川을 끼고 서 末輝里(北倉), 塔巨里를 거치어서 長安寺까지 통한 것이니 밀림 幽逕 과 奇花 異香에 겸하여 나무틈으로 동해가 갸웃갸웃하는 것을 보면서 무한히 친화한 기분 중으로 행진하는 溫井嶺 넘이는 金剛山 중에서도 가장 취미 있는 통로의 하나라 하는 것입니다. 또 細洞 지나 쑥밭이란 데서 남으로 꺽이어 들어가면 永郎, 凌虛 양 峯間으로 떨어지어 나려오는 골짝에 金傳洞이 있어 신라 金傳大王 陵이란 것이 있고 또 그 우에는 九成洞이라 하여 예로붙어 萬聲瀑같은 泉瀑의 勝으로 들린 곳이 있으니 교통 관계로 이 방면은 심상한 探勝客에게 아직 閑却되나 金剛山 전차가 이쪽으로 개十μ한 뒤에는 응당 명성이 웃적 著聞할 것입니다

[10] 鎖夏 特輯,
明陵遊感, 『동광』 제2권 제8호(통권 16호, 1927.08)

*중국 북경-경릉선

海星, 明陵遊感-朱元璋의 五百年 迷夢

춘기 방학시에 본교 지질 여행단 30여 인과 같이 北京을 經하여 중국의 유일한 외국인의 손을 빌지 않고 건축한 京綏線으로 南口에 赴하여 부근 암석과 지질을 시찰한 후 익일 南口를 離하기 약 20리 가량 되는 巨庸關에 이르 때 南口 정거장 北 약 5리 許에 八達嶺으로붙어 연연한 산곡의 입구가 있으니 양 안에 昔日 전신을 代하던 봉화대와 산성이 있다.

이 山口에 들어서면 산곡의 廣이 약 七八百米突에 불과하며 高 약 六七百米突의 높은 절벽이 중앙에 小川과 철로를 두고 羊腸과 같이 굴곡되며 50여 리를 내뻗히었다. 산곡 좌우에 암석과 지층을 觀하기 위하여 徐行함으로 일행은 午頃에야 겨우 巨庸關에 다달은 즉 좌우에 절벽은 더욱 높아지고 골작이는 좁아지었으며 산정에는 장성이 蜿蜒 굴곡하여 昔日 진시황의 위엄을 떨치는 듯 幾千, 幾萬 役夫의 怨情을 하소연하는 듯 우뚝하게 솟았으니 실로 일대 當關에 萬夫 莫開의 地다. 그 골작에서 산성 내로 들어가기 위하여 성 문어진 터와 사태 나린 틈으로 기다싶이 하여 올라 가다가 돌절구확(石臼)를 발견하였다. 나는 일쪽이

돌절구는 오직 白衣人의 사용하던 석기라 함을 들었다. 그러고 본즉 여긔도 昔日 우리 조상의 옛 터임을 알 때에 아! 우리의 조상은 이렇게 강하고 용맹하였거늘 우리들은 웨 이렇게 약한가? 우리의 조상은 삼천 리 금수강산과 700리 요동벌도 만족지 못하여 여긔까지 와서 무공을 세웠거늘 우리는 (…此間 7자 삭제…) 기아에 號哭하니 실로 今昔의 감으로 一掬의 淚를 不禁하겠다. 계월향을 죽으리 만큼 감동하게 한 함교장의 연설이 생각난다. 우리는 다시 우리 조상과 같이 강하게 되기 위하여 노력에 노력을 가하여야 하겠다.

翌早 小驟로 川邊에 굴곡한 濠塹과 戰跡을 보면서 明陵에 나아갈 때 南口을 離한 동북 약 20리에 이르어 陵所의 통로가 있으니 거긔 대리석에 쌍용을 조각한 碑樓가 있고 거긔서 붙어는 폭 약 5리 長 약 10리의 평야를 에워 그리 높지 않은 산이 남편 어구를 남기고 병풍같이 둘러서었다.

중앙 대로로 약 10리를 가서 北便山 빗타리 松林이 자욱한 곳에 明成祖의 陵이 있고 그 좌우로 每隔 45리에 成祖 이하 12帝의 陵이 나열되었다.

중국은 何朝를 물론하고 반도와 밀접한 관계가 있지마는 明朝는 특별히 깊은 관계가 있다. 壬辰亂에 我廷의 청원을 응하여 大兵으로써 助戰한 자 이 明朝이며 恩國을 찬탈한 자라 하여 愛親覺羅씨의 간청하는 합종을 거절하다가 丙子胡亂에 奇耻大辱을 받음도 이 明朝를 인함이다.

成陵의 구조는 北京 각 淸宮과 같이 앞에 淸瓦와 大磚으로 건축한 陵門이 있고 그 문 안에 약 七八日畊될 넓은 정원이 있으며 정면에는 대리석에 용을 조각한 계단 우에 장엄한 正殿이 있으니 거긔 신위가 있고 좌우로는 廟房이 둘러섰다. 正殿 뒤에 高 약 30척 주위 약 1리될 造山으로 된 陵이 있으니 陵前에 하층은 陵頂으로 오르는 升階요 상층은 碑磋으로 된 문이 있으니 거긔 高 약 10척될 「明成祖文皇帝之陵」이란 비석이 있다. 陵上에는 수백년 된 柏樹가 자욱한 森林을 일우어

바람에 찌걱일 때마다 최후를 맞으며 부르르 떠는 듯이 비참하게 보이며 그 공정은 비록 浩大하나 춘풍 秋兩 幾 백년을 실수한 所以로 廢頹하고 황량함은 마치 평민으로 起하여 황제된 朱元璋의 500년 基業 성쇠를 이야기함 같이 처량하게 보인다.

기타 12릉은 다 成陵과 같으나 비교적 적으며 世陵은 더욱 적다. 陵前에 太監 王承恩의 문엄이 있으니 李自成이 北京을 攻破함에 조상의 유업을 失함을 비분하여 愛妻와 愛女를 自手로 殺하고 景山(神武門 後)에서 목을 매어 죽은 世宗을 딸아 순국하였음으로 후인이 그 충심을 생각하여 世陵 前에 묻은 바라 한다. 世에 왕왕 국가와 인민의 重托을 받은 장상이 되었다가 苟且한 명리를 貪하여 조국과 동포를 적에게 팔아 써 일신의 榮을 구하는 비루한 무리는 王씨를 대하여 부끄러움이 없지 못할 것이다. 亡國之君이라 하여 그런지 이 陵은 특히 적고 보잘 것 없으나 역사상 관계로 遊客의 足跡이 不絶한다.

오후 차를 놓치지 않기 위하여 맨 뒤에 떨어진 둘이 급히 나귀를 몰아 돌아올 때 앞선 사람은 보이지 않고 길은 자세히 앒 수 없음으로 路旁 小村에 길을 물으려 돌어갔다. 촌민들은 다 모른다고 하며 어떤 자는 다른 사람이 대답하려는 것도 상관하지 말라 하면서 이리 저리 헤어지고 맒다. 같이 오던 王교수가 딸아가면서 「웨 남이 길 뭇는데 상관하지 말라느냐?」하고 질문한 즉 촌민은 무서운지 그때야 길을 가르치어 준다. 이 귀한 지면을 실없은 이야기로 차지함은 우리 농촌 동포들은 이와 같이 말아달라고 함이다.

이것으로써 국민 문명 정도를 측량하는 연고다. 歐洲 야만의 별호를 듯던 俄國 농민도 길을 모르면 자기하던 일을 다 치우고 자세히 가르처 준다. 적은 일로써 남에게 정도 없다는 소리를 듯지 말자는 말이다.

1927. 天津 北洋 대학에서

[11] 鎖夏 特輯, 歸省雜感: 東京에서 京城에,
  『동광』 제2권 제8호(통권 16호, 1927.08)

*동경에서 경성

無名山人, 歸省雜感: 東京에서 京城에

東京 각 대학은 대개 6월 末이면 강의가 끝나게 된다. (豫科는 한 10
여 일 더 늦지마는). 그리하여 吳군 형제와 李군을 作伴하여 7월 1일
밤에 東京을 출발하여 歸省하게 되었다.

출발할 때에 총총 중에 周密함이 얼마나 찬찬한 사람인가를 더욱 느
낀 일이 하나 있다. 池袋에서 下關행을 탐에는 省線 山手線으로 新宿으
로 돌아 品川역에서 바꾸어 탐이 경로다. 그러하나 東京에서 출발한다
면 의례히 東京驛으로 알게됨으로 知友들이 그리로 전송올 것을 믿어
생각하지 못하였다. 그 뿐 아니라 東京驛에서 탐이 아니면 일행이 連接
한 좌석을 차지할 수 없음은 물론이고 잘못하면 遠路에 앉지도 못하고
가게 될 염려가 십상 팔구다. 더군다나 요지음은 휴가에 歸省하는 학생
이 퍽 많음으로 더욱 그러할 염려가 있었다. 그리하여 東京 경유라고
지정하여 차표를 사지 못함이 匆忙 중 나의 생각이 周到하지 못하였음
을 가시 먹은 목꾸먹처럼 마음을 거북하게 만들었다. 나의 차표 뿐만
아니라 委託 밤은 동행하는 분들의 것까지 그리하게 되었다. 「品川에서
下關까지」란 급행권만 밀이 사지 아니하였더라도 15전만 버리면 東京
驛으로 가아서 타기에 고장이 없겠지마는 그 급행권은 品川 감이 아니
면 가위로 찍음 (개찰)을 받을 수가 없이됨으로 차표와 급행권을 무르
고 다시 사기 전에는 品川역으로 먼저 가지 아니하면 아니되게 되었다.
그러하나 적바른 (여유 없는) 할인권을 또 하나 허비하기도 재미없을
뿐더러 指定 잘못하여 놓고 다시 개정하여 청구하기는 싫었다. 그러한
데 匆忙 중 실책 혹은 부주의는 나 뿐만은 아닌가 하고 적이 위로되는

듯이 느끼게 한 것은 역원도 나의 車賃에 계산 잘못됨을 발견함이었다. 그리하여 실책이 저 편에 있는 것은 떳떳하게 採根할 수 있는 것임으로 1원 41전을 돌우 찾게 되었다. 그리하여 시간은 여유가 많았음으로 品川역으로 가아 급행권 개찰을 받아 가지고 군일이지마는 다시 東京驛으로 역행하여서 친구도 작별하고 자리고 편히 잡고 출발하게 되었다. 혼자 남아있게 되는 그러나 가장 연소한 金군을 고별할 때에 「歸心이如矢하」나 시험이 있어서 떨어지는 것이 애석하게 보이었다. 나종 그의 서신에 「…작별하고 보니 그 섭섭한 마음 무엇이라 형언할 수 없었음니다」 함이 그의 그때 심정을 엿보게 하는 구절이었다.

乘東口 계단에서 차실로 들어갈 때였다. 검으데데하고 반들반들하게 때가 묻은 굵다랔 本木의 중의와 적삼을 입고 상투에 망건 쓴 머리로 때ㅅ국이 조르르 흐르는 중절모—띄도 없어진—를 쓰고 긴 담배ㅅ대를 들고 거지 보통이 같은 울퉁불퉁한 짐을 거느린 한 50세 되어 보이는 중 노인(고생의 힘ㅅ줄이 이마에 줄음 잡고 영양 부족의 얼골이 초췌한) 한 분이 역시 같은 주제의 무명 치마와 적감에 머리 틀어 얹은 입이 옴을어진 부인 한 분과 함께 차실 밖에 앉아 있음이 눈에 뜨이게 되었다. 이는 물을 것 없이 우리 동포의 退敗者의 부부 일행인 것이 의심 없었다. 吳군은 그들을 권하여 우리가 넓직하게 차지하여 두었던 걸상 한 자리를 전부 사양하여 주고 우리 자리를 좁히어 앉았다. 吳군은 원래 열정적 인물인 고로 친구마다 다정하게 굴고 자기의 물자 노력을 不顧하고 친구의 난처한 사정이나 부탁받은 일을 極力 돌아보아 주나 그러하나 그처럼 열렬한 애착심을 가지고 참위안을 줄 참벗을 바라지 마는 그는 아직 한 사람도 남녀간에 그러한 벗을 가지지 못하여서 고독하게 지나는 이다. 그의 이 열정이 이 노인에게 대하여도 발현된 것이었다. 이 노인 내외는 大邱가 고향인데 3년 전에 자기 아들이 東京에서 노동하다가 닿치어 죽게 됨으로 변변지 못한 살림을 다 팔아 근근 차비를 만들어 가지고 아들을 구원하러 간 바 치료는 고사하고 자신 감당도 못하겠는 고로 그 부인은 엿장사 그 노인은 노동을 하여 아들을

완치하여 돌리어 보내고 자기네 내외는 노비나 얻도록 노동과 행상을 3년간 계속하였다고 한다. 그리하여 절약이람보다 죽지 아니할 만한 정도의 消極的 생활을 함으로 말미암아 백 수 십원 돈이 모이게 됨으로 노동자 객 주 영업하는 이도 아무도 모르게 저금하였던 것을 찾아 가지고 주인더러 돌아가겠다고 말할 때에 그 주인은 돈 모았던 것을 그제야 알고 험상스려운 눈치로 나아가더니 힘센 자들을 데리고 오아 이 핑게 저 트집으로 못 가게 할 뿐 아니라 노동자계에 흔히 보는 칼부림이 날 기세가 보임으로 그 노인은 그 피땀으로 모아 두었던 돈을 근 20원이나 들이어 그들을 요리점으로 초대하여 술을 대취하게 하여놓고 겨우 抽身하여 정거장으로 도망하여 온 것이라 한다. 전일 大阪 노동계를 잘 살핀 어느 벗에게 들은 바와 같이 노동자에게는 도덕이니 신의니 인정이니 하는 것이 조곰도 없고 다만 동물성, 맹수욕밖에 남은 것이 없도록 일반이 타락되었으니까 아무라도 돈 있는 기색만 보면 가만두지 아니하고 어떻게 하여서라도 빼앗아 먹고야 만다고 함이 사실임을 이 노인에게도 들었다. 「飢寒이 至身에 不顧廉恥라」 함은 예붙어 있는 말이어니와 그들을 그처럼 인성에서 멀어지게 한 원인은 적더라도 그 대부분은 현사회 제도의 결함에 있지 아니한가 하는 느낌이 새삼스럽게 용솟음치게 되었었다.

경부선 차에서 종일 沿道의 주민의 생활을 볼 때에 고국 오는 (1년 4개월 만에) 반가움보다 기쁨보다 가련한 슬픔을 더 크게 먼저 느끼게 되었다. 이는 東京에서 下關까지 沿道 주민의 생활 상태(비록 피상적 관찰만이지마는)와 비교하게 됨으로 그 차이의 심함을 발견하게 됨으로 그러하였다. 즉 一葦水 현해탄을 경계로 하여 건너편 沿道 주민은 그 주택이 다 개와집이요 또 다수가 層屋인데 이편의 그것은 긔어들고 긔어날만한 왜소한 엉성한 斗屋이요 초가다. 의복으로 볼찌라도 저편에는 그 製裁는 비록 不美하다 할찌라도 다 성하고 깨끗하고 가벼운 값진 것이지마는 이편의 그것은 비록 세계적 미로 칭찬듯는 제도 (특히 여자의 것) 라도 남루하고 때묻고(이는 외벌이라 替代하여 세탁할 옷도 없는 까닭) 무거운 싼 것이었다. 무정한 독평자들은 이같이 극빈한 소치로 주거나 의복이 추한 것을 보고 「돼지 우리」같으니 미개한 까닭이니 한다. 마는 當豪 생활을 본다면 그 악평임을 곧 깨달을 것이다. 어찌 의복 주거로만 貧乏의 참상이 보이랴. 피ㅅ기 없고 활기 없는 얼골에도 蹋縮된 행동에도 이것이 완연히 표시되는 것이다.

京城은 그동안 변한 것이 적지 않다. 전차가 龍山에서 서대문으로 직행되도록 궤도가 연락된 것이라던지 迎秋門까지 가던 것이 孝子洞까지 연장된 것이라던지 종로ㅅ거리 동서로 길에 「애쓰빨트」를 깔고 인도 (Side-walk)를 만들은 것이라던지 황토현에서 개천을 덮어낸 신작로라던지 安國洞 네거리에서 동으로 뚫은 신작로 기타 신작로들이 얼핀 눈에 띄운 것이었다. 그러하나 그 沿道의 상점 내용은 원래 東京의 三越, 松坂屋, 白木屋이나 기타 銀座通의 상점과는 물론 대비할 것도 못되는 것이지마는 그러한 殷盛한 거리를 보다가 보아 그러한지 전보다 돌이어 더 영락한 것 같은 느낌을 주었다. 표면 관찰이 그러할 뿐 아니라 내용도 그러한 것을 들었다.

京城의 외관의 변화가 여러 가지지마는 경복궁 안에 7백만원인가 얼만가 들이어 累年 건축하던 굉장한 석조 건물이 畢役되고 그들이 倭城臺로붙어 이리 옴기게 되자 그 앞을 가리어 우뚝 솟았던 광화문의 구 건물이 간 곳 없이 된 것이 가장 쉽게 눈에 뜨이는 동시에 무엇인지 모르게 인정에 섭섭함을 주는 선뜻한 자극을 느끼지 아니할 수 없었다. 거기에는 世情에는 暗昧하였으나 굳센 뜻으로는 한량없는 大院君의 위력 있는 호령 소리도 포함되었을 것이며 거기에는 이것이 만일 사진 種板이라 하면 조석으로 呑吐하던 고관 대작의 금박 은장의 찬란하던 복장의 광채도 투영되었을 것이며 거기에는 그것이 만일 유성기(축음기)판이라 하면 팔도 장정들의 負役歌도 새기어지었을 것이며 事勢에 極難한 원납전에 대한 원한도 적히었을 것이다. 그러하나 세상이 살아지고 그 세상을 상징하게 하던 이 광화문 좇아 1세기도 못 차는 반세기 남즛한 운명을 겨우 보전하고 그에 파괴를 당하고 말았다. 이것은 인사는 바뀌고 세상은 변함을 보인 것이다. 그러함으로 나는 울는 철학자 헤라클라이터쓰(Heraclitus, the weeping philosoplier)가 아니라도 선견지명을 가지고 예루살렘을 바라보던 예수가 아니라도 고적을 극히 사랑하는 고고학자가 아니라도 울음을 억제하기 어려웠다.

　오던 대바람으로 밤에 잠도 잘 못자고(叙話로) 이튿날 아침에 培化에 붙들리어 가게 되었다. 도안만 결정하고 基地 治平 공사만 시작한 것을 보고 가았더니 그 도안이 실물로 변하여 4층의 신선한 또 설비도 유일한 완전한 것으로 변함이 기쁘었고 그보다고 사랑하는 어린 학생들을 대하게 됨이 메우 기쁘었다. 기성 인사들의 各般 所爲에서 실망을 많이 받은 나는 전 애정을 또 전 소망을 그들 후진인 남녀 학생들에게 集注하지 아니할 수 없음이 이처럼 그들을 볼 때 기쁘게 반갑게 하는 원인일 것이다. 물론 이처럼 애지중지하던 그 어린 벗들 중에 실망을 느끼게 함이 적지 아니하였지마는 바로 지도만 하면 誠力껏 애호만 하여 기르면 설령 농부가 추수할 때에 쭉정이를 다소 걷우지 아니할 수 없다 할찌라도 實穀이 더 많음이 常例됨과 일반으로 참벗이 참사람이 더 많아지겠음이다. 그러하나 그보다도 그들이 나를 극히 사랑하여 줌이 더 큰 원인일지도 모른다. 사실 江戶 旅舍에서 쓸쓸함을 괴롬을 느낄 때에 많은 위로를 느끼게 함은 그들의 소식을 듯던 때들 외에 별로 없었을 것 같다. 그러하나 급기야 대하고 보니 할 말도 없고 냉정스럽게도 하고 말았다. 아마 그들도 나를 오래간만에 맞남으로서의 표정이 넘우도 냉정하다고 느끼었음인지 그 선생님을 통하여 「선생님 우리 좀 들어오아 보아 주시어요!」하고 전함으로 수 차 들어가 보았으나 이는 교수를 참관함에 불과하였지 아무 정회도 서술할 기회는 아니었다. 이때에 느낀 것은 「우리의 소위 예의는 돌이어 정의를 소홀하게 함이 아닐까」함이었다. 일본의 어느 史家가 李朝 500년사는 허례로 멸망한 기록이라 하였다 하거니와 우리 사회에 열이 없고 냉기가 돌며 딸아 分離가 쉽게 됨은 인정에 발로되는 애정을 자유로 표시하여 정의가 두텁게 하지 못하도록 繁禮와 허식이 극성하였음일 것이다. 즉 부모와 자녀간의 애정도 형식적 「효」에 눌리고 부부간의 애정도 형식적 예인 「別」에 눌리고 朋友의 애정도 형식적 「信」에 눌리고 長幼간의 애정도 형식적 「序」에 눌리었다. 그리하여 애정을 죽이어 버린 우리 사회야말로 겨울같이 냉랭하고 가을같이 쓸쓸하게 된 것이다. 남은 없는 애정도 살리어내려 함이 사교지마는 우리 사회는 있는 애정도 죽이어 버리게 하는 것이 사교임을 더욱 새삼스럽게 느끼었다.

그들에게 나는 東京에서 얻은 인상 몇가지를 이야기하여 주었다. 그는 이것이었다.

一. 勞力 ─ 작년 처음 下關에서붙어 차창으로 내어다 보고 얻은 인상이었다. 농사는 거진 여자의 사업인 듯이 느끼어질만치 여자들이 농업에 종사하며 또 토목 공사에 여자가 노동함은 더욱 놀랍았다. 土堤를 다지고 떼를 입히는 일이라던지 地境닿는 일이라던지 짐차를 끌고 댕김이라던지 다 우리 여자들에서 보지 못하던 바였다. 그뿐 아니라 남자도 우리는 소학 지식만 가진 이라도 노동은 수치로 생각하는 在來의 악습이 있지마는 東京 시내에서는 신사 양복을 입은 이가 짐 차를 끌고 댕김이 흔히 보게 되었다. 이것은 얼마나 노력이 귀한 것임을 實覺한 증거라고 느끼었다. 과연 이 풍조로 인함인지 우리 학생들도 移徙 댕길 때에 한 시간에 15전이면 얻는 貰車를 빌어 가지고 자기가 짐을 실어 끌고 감이 유행함에 感心하였다. 그리하여 나도 한 번은 그리하여 보았었다. 땀에 옷을 버리었는 고로 그 세탁비를 친다면 밑진 셈이지마는 배움은 크었었다.

二. 女子美 ─ 일본 여학생들을 볼 때마다 나는 우리 여학생과 비교하면서 유심하게 보게 되었다. 그리하여 그네에게는 체격미와 표정미와 치장미가 훨씬 낮음을 느끼었다. 체격은 바르고 꿋꿋하며 건전하여 보이며 표정으로는 활발하고 쾌활하며 싹싹하고 애교있는 예민한 표정을 볼 수 있으며 치장으로는 위생, 의약, 운동으로 피부를 건강 유연하게 함으로 얼골을 미려하게 할찌언정 鉛毒들릴 분칠은 아니

하며(학생 이외 특히 遊女는 별문제나) 의복의 紋彩(模樣)와 깨끗함으로 치장할찌언정 錦繡의 값진 것으로 사치함은 보기 어려웠다.

三. 內外 習慣이 없음 ─「男女七歲不動席」을 철칙으로 삼아 남녀 絶緣의 예의에 젖은 나의 눈에 크게 새롭은 인상을 준 것은 內外法 없음이었다. 私私 가정에 주인 잡고 있어도 주인의 내외 가족은 손님과 간격없는 가족적 관계로 접한다. 식사도 공동으로 돌아앉아 먹게 만든다. (오히려 영업적 旅舍는 방방이 각각 먹게 하지마는) 그리하여 우리처럼 내실 외실의 구별이 없이 자유롭게 출입하게 됨이 매우 호감을 주는 동시에 우리 여자들도 솔선하여 내외 법 깨트림의 선봉이 되게 하였으면 하고 느끼었던 것이다.

四. 讀書 ─ 그들은 점원 남녀는 물론이고 노동자라도 다 신문은 반듯이 읽는데 분망한 중에 시간 이용으로 店頭에서, 차실에서 신문이나 잡지 들고 있지 아니한 이는 보기 드물다. 그리하여 독서의 취미와 상식 수양이 일반에 充溢하여 보이었다.

五. 趣味 ─ 그들 생활에는 각 방면으로 취미가 津津함을 발견하게 된다. 정원의 화초와 도처의 식목이 혼함을 보는 동시에 이에 딸아 원예 전문상, 식목 전문업이 혼함을 볼 수 있게 되었으며 일요일에는 전 가족 남녀 老幼가 먹을 것을 褓에나 주머니에 준비하여 가지고 공원으로 유원으로 교외로 나아가기 때문에 시외 전차가 일요일이면 대 혼잡을 일우도록 되며 여름 휴가에는 산으로 바다로 여행의 취미를 취하는 이가 퍽 많음은 특히 좋은 일이하고 느끼어지었었다. 우리는 여긔에 큰 결함이 있다고 느끼었다. 물론 이것도 貧乏의 소치겠지마는 돈 아니들고 될만한 취미도 장만할 줄 모른다.

六. 父母는 子女의 동무 ─ 우리 부모가 자녀에 대하는 태도를 보다가 그네의 그것을 볼 때에는 누구던지 天壤의 判을 느끼지 아니할 수 없을 것이다. 우리네의 부모가 그 자녀에게 대함이 경관이 인민에게 대함 같다하면 그네들의 부모가 자녀에게 대함은 아주 친한 동무가 동무에게 대함과 같다고 느끼게 되었었다. 이것으로 우리가 당한 해독은 큰 것이다.

七. 公德 — 예제할 것 없이 법 외나 예외의 사람의 행동은 말할 것 없겠지마는 공원이나 庭邊의 화초 수목에 대한 일반 公德이라던지 측간이나 기타 공동물에 대한 公德이 비교적 발달되었다고 느껴졌다.

八. 淸潔 — 신체, 의복, 거처들에 대한 청결의 습관이 기쁜 인상을 주었었다.

이 밖에 그들의 남녀 混浴이나 나체 생활 기타 野率한 듯한 결점들의 인상도 받은 것이 있으나 나는 남의 결점을 소개하고 싶지는 아니하여 그만 두었다. 그리하고 우리 학생계의 학업 상황과 사상계에 대한 인상이 있었으나 이상의 것도 시간 부족으로 못다 마치고 말았다.

여러 가지 느낌이 많이 잇었으나 편집 기일이 이미 늦었다고 독촉이 있기 때문에 그만 끊어버리려 한다. (7월 16일 京城에서)

[12] 金東進, 外眼에 빛인 朝鮮: 千八百九十八年 露文豪 가린의 朝鮮 紀行, 『동광』 제18호~제24호 (6회)

▲ 제18호(1931.02)

露西亞 帝國主義의 東方 經營은 建陽 元年 卽 西曆 一千八百九十六年을 前後하야 其 銳鋒이 半島를 侵略하얏다. 高宗의 俄館播遷 等 半島의 政界는 累卵의 危機에 臨하얏슬새 露國은 東海의 寶庫라고 하는 朝鮮의 各種 利權을 獲得하고저 虎視耽耽하야 北邊에 要人의 出入이 無常하얏다. 이때 露國 文豪 '가린' 氏는 政府의 特別한 依囑을 받고 極東 露領 滿洲 及 朝鮮의 事情을 故國에 紹介하고저 一千八百九十

八年 九月부터 十月의 두 달 동안에 咸北의 豆滿江岸을 沿하야 白頭 山麓을 踏破하고 鴨綠江을 下航하야 滿洲로 들어갓다. 이 글 一篇은 '가린' 氏의 그 紀行으로 그 緻密한 觀察과 暢達한 文章은 當時 朝鮮 의 官情과 民俗을 充分히 描寫하얏다. 氏는 朝鮮 紀行外에 朝鮮 傳說 集을 이 紀行文과 合輯하야 一千九百十六年版 當時 露國 唯一 最大 한 文藝雜誌 〈니봐〉에 發表하얏는데 最近 勞農聯邦에 잇는 某 友로 부터 其單行本(古本)이 寄送되어 왓음으로 이에 飜譯한다.

港口의 아침 風景

一千八百九十八年 九月 三日 午前 七時 우리가 탄 크지 안은 汽船은 方今 海蔘威를 出帆하려고 한다.

우리는 '뽀세트'까지 이 汽船으로 航行하고 거게서부터 陸路로 '노앤 키엡스크'-'크라스노예·셸로' 村을 지나서 朝鮮으로 들어가고저 한다.

아침이다. 海蔘威의 높은 고개를 넘는 太陽은 海面에 자욱히 내려 덮인 牛乳빛 같은 안개속으로 透明한 光彩를 던지고 잇다.

선창에 碇泊한 우리배를 向하야 여기저기로부터 조그마한 삼판과 從 船이 모여든다. 同夫人한 軍人, 日本人, 中國人의 배사공, 運搬夫, 旅客 할 것 없이 그들의 騷音과 목멘 듯한 굵은 소리가 잠을 方今 깨는 항구 의 아침 공긔를 날카롭게 한다. 不動의 姿勢, 沈黙, 偉軀의 無數한 軍艦 이 或은 히고 혹은 검은 舷側(현측)을 높다랗게 항구를 威壓(위압)하고 잇다.

港口의 아침 風景! 南方의 色彩, 南方의 아침, 南方의 方言, 衣服, 또 한편엔 海上의 浮城, 이 여러 가지가 한데 어우러진 곳에 南國의 情趣가 橫溢한다. 警察은 中國人 旅客의 旅券을 檢查한다. 中國人은 出入할 때 마다 五루불의 稅金을 바쳐야 하는 法이다. 萬一 納稅證印이 旅券에 捺 印되지 안앗으면 乘船시키지를 안음으로 多數 密航者이 阿鼻 呼喚의

混雜과 慘狀은 이루 形容할 수 없다. 數人의 警官이 密航者의 무리를 이편에서 쫓아내면 저편으로 蝟集(위집)한다. 어떤 사람은 무릎을 꿇고 哀願도 한다. 이런 때에 警官의 어깨가 한번 웃슥하면 벌서 그 주머니에는 몇 루불식의 現金이 들어간다. 이러케 하야 證明書 한 張도 없이 法網을 뚫고 出入하는 者 六百 三百으로 헤일 수 잇을 것 같다.

發錨(발묘)를 信號하는 세 번재 鍾이 울자 警官이 사다리를 내리엇다. 이 瞬間에 中國人의 密航者는 潛水夫가 水中에서 솟아 오르듯 이 구석 저 구석에서 數없이 나타난다. 從船에 내린 警官들은 그들 密航者에 對하야 高聲으로 威脅하나 그들의 兩眉間에는 滿足의 喜色이 漂動한다. 이 光景을 目睹한 乘客 中의 한 將校는 憤慨하기를 마지 안으며 嚴律로 懲治함을 主張한다. 그러나 배는 벌서 岸壁을 떠나 둥그런 浦口를 나아간다. 丘陵듸 都市, 고개 뒤에 도 山, 가을 차임, 새파란 하늘 속에 저 山과 고개가 잠들어 잇다.

港口를 나서나 獨逸 將校는 얼마 前에 東方을 旅行하는 그 나라 '핸리' 親王의 漁獵하는 곳이라는 점을 가르친다. 無數한 魚貝와 사슴 四十頭를 捕獲하엿다는 功名談도 나온다. 그러나 汽船의 動搖가 甚하야 豪氣를 뽐든 그 將校들을 비롯하야 乘客의 多數가 船室로 살아지고 말엇다.

極東 露領의 港灣인 '뽀새트' 灣內에 들어갓을 때부터 배의 動搖가 조금 나아진다. 웬 뚱뚱한 露國人 하나가 나를 보고 내 旅行目的을 잘 알고 잇으니 무엇이든지 가르켜 주마고 한다. 그는 朝鮮에서 畜牛를 貿易하는 商人으로 巨利를 得하야 上海에 數軒의 家屋을 가지고 잇다고 한다.

'뽀새트' 陸上에는 兵營 비슷이 지은 붉은 벽돌집이 兀立하고 반듯이 거재는 雙頭鷲紋(쌍두취문)이 빛을 發한다. 埠頭에 내릴 제 그 뚱뚱한 商人은 朝鮮에선 絕對로 武器를 携帶치 말지니 그 나라 사람들로부터 盜賊의 誤解를 사기 쉬우며 또 그 百姓을 輕視하는 빛을 外貌에 나타내지 말고 꼭 우리나라 사람들과 같이 接觸하라고 하며 또 朝鮮에는 호랑이와 표범이 많아 山中에서 만날는지도 모르되 사냥을 잘하면 貴한 가

죽을 얻을 수 잇다고 한다.

'노앤키엡스크'는 純全한 軍事都邑이다. 큰 建物이라고는 步砲兵의 營舍요, 行人의 多大數도 軍人이다. 우리는 조고마한 家屋을 얻어가지고 降雨로 因하야 數日間을 屋內에 蟄居하며 旅行券 手續 같은 것을 마치엇다.

傳聞되는 朝鮮 事情

이 新開拓의 原始地에 完全한 道路와 橋梁이 設備되어 잇슬 理가 없다. 河川도 저 가고 싶은 곳으로 뚫이고 우리 旅舍의 뜰안도 幾條의 小川이 橫流하야 濕氣와 汚穢로 견딜 수가 없다.

비에 막혀 逗留하는 동안에 數人의 同行이 붙엇다. 한 사람은 젊은 天文學者요 한 사람은 그의 助手요 또 한 늙은 鑛山家, 그의 同行, 그밖에 두 사람이다.

鑛山家는 西伯利 北方 '야쿳크' 洲와 東方 '옥홋스크' 洲를 探險하고 朝鮮으로 가는 길이요, 그 同行자는 늙은 獵夫로 朝鮮事情이 가장 精通한 사람이다. 그는 오래 朝鮮에 旅行하야 淸人 馬賊과도 잘 사귀고 朝鮮 官憲과도 意思가 相通함으로써 朝鮮의 國禁 地下의 寶庫를 採掘할 同道人인 되엇다고 한다.

그는 <u>朝鮮 事情이라 하면서 이러한 말을 한다. 朝鮮 官憲은 슬쩍 어르만지기만 하면 된다. 淸廉치 못한 도야지 같이 주어 먹지 못하는 것이 없으니 鉛筆도 먹으며 칼도 삼킨다. 그러나 百姓에 對한 그의 命令은 絶對 神聖하야 하느님과 마찬가지라 하며 官憲의 橫暴를 列擧</u>한다.

한번은 朝鮮內에 旅行할 때에 말 몇 匹을 얻어두엇는데 약조한 翌日未明에 馬匹이 오지 안음으로 알아보앗드니 地方官이 가지 못하게 한 것임으로 그를 尋訪할 제 '코냐크' 한 甁을 선사하엿으되 좀처럼 듣지 아니하야 하루를 虛費하엿스며 自己와 契約하얏든 馬夫들은 볼기를 맞앗다고 한다. 官憲의 苛斂誅求가 甚함으로 人民은 財物을 숨기나니 鷄

卵, 한 개라도 잇냐고 물어보면 依例히 없다고 하되 잇는 것을 찾아내 가지고 代價를 支拂하면 百拜謝禮한다고 한다.

이 朝鮮通은 朝鮮에 土地와 家屋을 사 두엇는데 이는 그가 아직 獨身者라 將次 朝鮮 婦人에게 장가들기 爲함이라 하며 朝鮮 婦人을 讚美한다. 어여쁘고 키가 크고 목소리가 아름다운데 방 천개로 물동이를 이고 가는 것을 보면 무한히 아름다워 보인다고 한다.

潔白하나 懦弱한 民族

'노얫키엡스크' 地方官으로부터 午餐의 招待를 받아 갓드니 내 座席 옆에 地方 判事가 앉앗다. 그는 三十五歲의 젊은 紳士로 둥그런 얼굴에 조그마한 眼境을 스고 이 地方 犯罪 傾向에 對하여 말하기를 殺人과 掠奪이 第一 많으며 犯人은 馬賊이 首位요, 그 다음이 露國 兵卒이라고 한다.

"그러면 被害人은 누군가요?" 하고 물엇드니, 그는 "露國人도 잇스되 多數는 朝鮮人이요."하며 이와 같이 說明한다. ─ 우리는 朝鮮人이 白衣에 異常한 말총 帽를 씀으로 '白鳥'라고 부르지요. 그런데 四年前에 이 近處 山路에서 露國 兵丁이 四人의 白鳥를 射殺하고 財物을 掠奪하얏는데 그 犯人을 裁判할 때에 그 答辯이 우습지요. 朝鮮人은 靈魂은 없고 빈 김(氣)뿐이니 죽여도 하느님의 罰을 받지 안는다고요. ─

그 犯人 二十人을 嚴罰하얏음으로 犯行이 좀 줄엇으나 아직까지 성냥을 請하다가 돈 紙匣을 빼앗으며 닭알 퇴먹기가 일수랍니다. 그럼으로 이 無法한 軍卒 밑에 怯弱해진 朝鮮 居留民들은 軍卒이 오기만 한다면 집을 버리고 山中으로 移徙한답니다.

나는 判事에게 "그러면 나는 將次 朝鮮에 들어가 어떠한 態度를 가질가요. 傲慢해야 될가요?" 하고 물엇드니,

그는 對答하되 決코 不遜한 態度를 가지면 아니된다. 無賴漢들이 그

런 行動을 가지고 다님으로 露國人의 名譽를 더럽힌다고 한다.

判事의 말이 그치자 내가 紹介된 警官은 또 이러케 自己의 朝鮮人觀을 말한다. 朝鮮人은 有用한 國民이 되며 勇敢치 몯하며 어린애같이 착하되 懶惰하고 熱이 없어 보인다. 그러나 재미스럽고 淸潔한 民族이라고 한다. 그와 같음으로 그들의 犯罪라고야 兒戲에 不過하며 恒常 軍人과 馬賊에게 侵略을 當하야 그 生活은 疲弊하얏다고 한다. 그러면서 내가 銃器를 携帶하되 隱匿할 것을 再三 勸告하니 惡人으로 誤解를 받아 그 사람들과 接觸함에 큰 不便이 잇을 것이 念慮되는 까닭이다.

九月 十日. 오늘이야 겨우 길을 떠나게 된다. 午後 四時 半에 '노얜키엡스크'를 떠나 期朝 國境인 '크라스노예·셀로'로 向한다. 地平線으로 바라보이는 것은 푸른 바다가 아니면 붉은 禿山뿐이다.

西便 地平線上에는 黑雲이 내리갈리어 마치 泰山 喬嶽같이도 보이고 異常한 짐승이 목을 길게 빼고 大洋을 삼킬 듯한 形狀으로 보인다. 太陽은 그 最終의 光線으로 이 密雲의 젖가슴을 부둥켜 안고 잇다. 東方 海上은 식검어게 흘러간다. 멀리 水平線上에는 異常히 푸르고 붉은 몽롱한 城壁이 나타나 잇는데 거기는 船艦이 遊泳하고 樓閣이 浮動한다.

光線은 漸漸 鈍해 가고 黃昏의 帳幕은 검푸러간다. 大地 우에선 어데로부터서인지 밤의 찬긔운이 솟아 凄凉한 氣分이 왼 몸을 엄습한다. 그러나 그러나 저 落照 밑에는 平穩과 靜肅이 잇는 듯하다. 구름 사이로 새어 흐르는 한두 줄기의 光線— 그것은 燦爛한 金色, 土耳基玉, 붉은 딸기를 한데 溶解한 그 빛이다.

朝鮮 移民 村落

우리의 騎隊는 이 大自然의 품에 안기어 長蛇의 列을 지어 南으로 進行한다. 어떤 이는 銃을 쥐고 어떤 이는 칼을 들고 英國式 帽子에 마치 '自然과 人生'이라는 雜誌의 表紙 그림 그것과 같이 ……

移住 期鮮 農夫의 家屋에 當到햇다. 돌을 얹은 지붕, 집과 따로 떠러저 서 잇는 나무굴둑, 白紙로 발은 窓戶, 이것을 둘러산 울타리. 朝鮮人은 그 안에 제 몸과 그 家族과 風俗을 抱擁한다. 어찌 이 秘密에 對한 異常의 興味가 없을고.

집집마다 말탄 사람의 키보다 높이 솟은 삼(麻)과 수수(高粱)밭이 잇다. 하늘에는 蒼白한 초생달이 어느덧 솟아 잇다. 하늘은 金剛石같은 별과 이 초생달로 우리를 안아준다.

山길은 가다가 물속으로 들어간 곳도 잇다. 速步로 앞을 재촉하는 우리 中에는 잘못하야 물속에 빠졋다가 기어 나온 사람도 잇다.

豆滿江邊에 잇는 中國 滿洲의 唯一한 東方 開港場인 '항시'라는 곳을 通過하얏다. '항시'는 貿易이 殷盛하야 해마다 繁昌한다고 한다. 沿路의 村落은 깊은 잠에 잠기엇다.

밤이 깊어서 '자레치야' 村에 當到하야 '니꼴라이' 라는 사람의 집에 投宿하얏다.

主人은 露國에 歸化한 朝鮮人이다. 그는 우리를 그 房으로 인도하야 쉬게 한 后 朝鮮 반찬에 쌀밥과 茶를 待接한다. 집은 房마다 따로히 出入口가 잇는데 그 面積은 一平方 '사젠'(七尺 四方)에 不過하고 窓戶는 한 '알신'(二尺 五寸)의 높이를 넘지 못할 듯하다.

빈대는 없느냐고 물엇드니 조금 잇다고 한다. 잇거나 말거나 疲困한 몸이라 누으니 잠이 들엇는데 잠들기 前에 처음에는 이 環境이 夢幻같이 어슴푸레하다. (次號 繼續)

▲ 제19호(1931.03)

九月 十一日

快晴한 아침이나. 나는 붓을 들고 내 눈앞에 展開된 이 家屋의 光景을 記錄한다.

窓과 門의 區別이 없이 大概 한 '아르신'의 높이에 裝飾한 종이로 발랏으며 그밖에는 한 '아르신'의 마루가 잇다. 첨아 높이는 한 '사젠' 가량인데 지붕은 잔돌을 올리고 색기로 그물을 떠서 덮엇스며 煙筒(연통)은 첨하 높이보다 더 높은 네 조각 板子로 되엇다. 採煖(채난)은 방바닥 火坑을 뚫고 불을 때는데 三冬엔 그것으로 防寒이 될 것 같애 보이지 안는다.

울안은 두 部分으로 논아 잇다. 하나는 廁舍(?)같은 더러운 곧이요 한편은 居室이 잇는 정한 곧인데 여기는 花階도 잇어 알지 못할 紅白의 草花가 競艶하야 遠客의 눈을 慰安한다.

울타리에는 붉은 苦草와 누른 옥수수와 흰 마눌이 걸려 잇다.

울타리 밖에서 보면 垂楊 버들의 흰 닢이 해빛을 받아 銀같이 번쩍이는 것을 볼 수 잇다.

사람은 머리 복판에 뾰죽한 상투를 짯다. 어린애 같이 넓고 順한 얼굴 그 빛은 짙고 눈은 가는 一字 눈이다. 눈두덩은 높다.

그는 書卓에 의지한 사이에 '니끼따, 알럭세이비치'가 거의 죽는 듯한 소리를 지른다. 모든 사람이 놀래어 일어나 보니 그는 좁은 마루에 그 뚱뚱한 몸을 누이엇다가 잘못 굴러서 떠러진 것이다. 一同이 呵呵大笑.

그러는 사이에 行馬의 準備가 되엇음으로 우리는 三隊로 논이어 醫師가 거느린 一隊는 朝鮮 慶興으로 直行하고 우리는 '크라스노예, 셀로'로 向하기로 하고 '자려치야' 村을 떠나 '뽀찬기' 河谷을 進行한다.

沿路에 移住 朝鮮 農夫의 田庄(전장)뿐이다. 或은 조를 심으로 或은 燕麥을 심으로 或은 옥수수나 콩을 심엇는데 콩은 이것을 原料로 醬을 만든다고 한다.

이 地方의 年事는 最近 三年의 凶年을 겪은 뒤에 큰 豊年으로 萬頃의 豊田이 眼前에 黃金을 깔아놓앗다. 藍靑色 높은 하늘을 우르러 보며 馬嘶聲(마시성)을 들을 때에 遠客의 悵懷(창회)가 깊을 뿐이다. 더욱 通譯 金氏로부터 山中의 王이라는 호랑이 이야기와 朝鮮人의 習俗을 들으며 알지 못할 나라로 글려가는 疑懼의 憧憬에 잠기게 된다.

白鳥로 誤認되어 총을 맞아

이 地方은 十五年 前에 비로소 開拓된 곳이다. 그때 移住 朝鮮人의 開拓할 때의 困難은 到底히 後人의 推測도 밎지지 못할지니 그들은 饑寒을 못이겨 妻와 딸에게 부끄러운 職業을 시켜 糊口를 햇다고 한다.

그러면 이 地方의 朝鮮 女子들의 風紀가 좋지 못한가 하면 그러치는 안으니 生活의 安定을 얻음에 따라 貞節을 지키게 되엇다고 한다.

이 地方 朝鮮人에게는 苛酷한 義務를 지웟섯으니 그는 一千五百戶에 對하야 二百 露里(一 露里는 九町 四十五間)의 道路를 修築시키는 데 그 負擔이 每年 六千 루불 以上에 達함으로 屢次 그 輕減을 陳情한 結果 減稅되어 免除된 돈으로 只今 學校를 經營한다.

밭에 나가 보리마당질을 하는 白衣人들이 遍野하얏다. 멀리서 보면 꼭 들 우에 나려앉은 白鳥와 갓다. 白鳥에 彷徨하기 때문에 큰 慘劇도 잇엇다니 그 이야기를 들으면 이러하다.

一千八百九十二年 늦은 봄 解凍이 되자 '크라스노예셀로' 附近 '센데눕'이라고 하는 못가에서 朝鮮人 玄某의 僵屍(강시)가 發見되자 열여섯 살 먹는 그 아들이 찾아가 그 屍體 우에 업드려 울 때에 어데서 銃알이 날라와 그의 얼굴을 꿰엇음으로 그 자리에서 卽死하얏다. 發射者를 探査하야 보니 露國 軍人으로 그는 池畔의 白鳥인 줄 誤認하고 射擊한 것이라고 하얏다. 그 後부터는 白鳥에 對한 失手가 없어젓지마는 이때부터 白衣人은 露國 兵卒을 두려워하게 되엇다고 한다.

우리는 이날 밤 아름다운 長江, 豆滿江邊 天幕에서 지나기로 하얏다. <u>이 江은 朝鮮과 滿洲와 朝鮮과 露國의 境界로 돌로 만든 境界標가 잇다.</u>

우리는 여기서 하로동안 晴雨計를 檢査하고 또 天體를 觀察하여 또 다른 사람들은 江口의 形相을 撮影하얏다.

附近의 朝鮮人은 매우 親切한 態度로 우리와 接觸한다.

여러 가지 物件을 조금 값이 비싸게 팔고저 하는 意思도 잇으련만 매우 愉快하다. 實相은 우리와 같은 遊歷者를 좀처럼 만나기 어려울 터이니……

나는 '뾰드고롯스키' 村에 잇는 學校르 參觀하엿다. 教師와 學徒가 다 朝鮮人이다. 教師의 月給은 十五루불이라고 하니 이와 같이 物價가 비싼 곧에서는 生活이 農夫보다도 窘塞하리라고 생각된다.

學童들은 熱心으로 工夫하며 그의 習字의 筆法은 훌륭하다. 朝鮮人은 매우 有用하다는 感想이 일어낫다.

校舍는 今年에 新築한 것으로 採光이 잘 되어 깨끗한 氣分이 일어난다.

저녁에 내가 天幕으로 돌아오니 많은 朝鮮人이 모여온다. 그 中에는 三十五六歲 가량 되어 보이는 새카만 瞳子에 짧은 手足을 가진 사람이 잇는데 그는 教師가 내게로 보내준 이로 朝鮮일을 잘 아는 有識한 사람이다. 그는 내 앞에 종그리고 앉아서 朝鮮 이야기를 한다. 다른 사람들도 靜肅히 앉아 그 말을 듣고 잇다가 或 그가 잘못 말할 때는 訂正도 하고 또 서로 言爭하기도 한다.

나는 그러는 사이에 十餘種의 朝鮮 傳說을 記錄하엿다. 그리고 그 有識한 朝鮮人은 나의 勸告를 받아 나와 같이 朝鮮으로 나의 傳說 蒐集과 朝鮮 研究 旅行에 補助를 하기로 되엇다.

虎豹 等 猛獸들의 習性

一般 朝鮮人의 意見을 綜合하면 露領에 居住하는 사람은 그 本國에 잇는 同胞보다 그리 福된 生活을 누리고 잇다고 한다. 萬一 朝鮮 官憲이 越境을 禁치 안코 自由로 移住를 許하엿으면 그간에 發生한 殺傷의 慘事가 없이 朝鮮人은 좀 더 幸福스러웟을 것이라고 한다.

朝鮮人뿐 아니라 中國人도 그러하니 罪人을 斷髮만 시키면 釋放하더라도 本國으로 逃走할 念慮가 없으니 이는 其國法으로 編髮치 안은 사람은 斬하는 까닭이다.

豆滿江畔 境界標 옆에 一棟의 茅屋이 잇으니 一人의 젊은 露國 將校와 數名의 兵卒이 守直하고 잇다. 그 將校는 이처럼 寂寞한 곧에서 오직

植物 採集과 사냥으로 消日하고 잇다.

太陽이 꺼진 後의 風景! 長江은 靑山을 다라나는 호랑이의 얼룩과 같으며 水面은 자주빛갈을 품어 놓앗다. 여리저기 朝鮮 漁舟 등불이 반짝이며 검푸른 하늘엔 두루미 소리가 처량하다. 물 우에선 雁鴨(안 압)이 울고 이 희미한 夜光에 번쩍인다.

露領 江岸의 最終夜다. 나는 神話를 듣는 것처럼 종용히 호랑이와 포범 이야기를 듣는다. 호랑이는 敵을 잡아먹을 때에 고양이가 쥐를 어루듯 그 앞에서 뛰어도 보고 누어도 보고 꼬량이로 치기도 하고 노려보기도 한다. 이 機會를 朝鮮 獵夫는 利用하야 '槍을 받아라'하고 高喊을 치며 槍을 내지르면 호랑이는 입으로 받아물자 목구멍이 뚫리어 죽어버리고 만다.

豹는 樹陰이나 岩石 뒤에 埋伏하엿다가 덤벼든다. 그러다가 사냥군에게 섯불리 맞으면 죽은 듯이 너머젓다가 달려들기가 일수라고 한다.

호랑이와 표범이 다 불을 무서워한다. 그럼으로 朝鮮人들은 싸우지 안코 오직 驅逐만 할 때에는 횃불을 들고 鉦(정)을 치며 高喊을 지르면 다라난다고 한다.

九月 十四日 午前 六時. 해는 아직 올라오지 안앗으되 東天이 밝아온다. 흘러가는 물소리 홀로 깨엇는 듯 朝鮮人의 流筏이 지치는 듯이 흘러간다.

우리는 천막을 걷고 旅具를 整頓한 後 나는 우리 一行을 三隊로 논앗다. 一隊는 會寧으로 直行하고 一隊는 慶源으로 가고 나는 먼저 豆滿江口 '가사케위치' 灣으로 가기로 하여 出發하엿다. 江上의 冷風이 선들선들한다. 하늘엔 黑雲이 뭉게뭉게 떠단닌다. 칩다. 속이지 못할 가을 새벽이다.

나룻배는 三十尺 길이나 되고 넓이는 八九尺이나 되는데 三百 '섁드'의 무게를 積載한다. 사공은 두 사람으로 두 개의 櫓를 젓는다.

배가 언덕가지 닿지 못함으로 우리는 발을 빼고 건넛다.

언덕에 朝鮮人이 많이 모여 貨物 運搬을 自願하지만 미리 準備시켜

두엇든 二臺의 牛車예 짐을 실엇다. 車의 構造는 二輪車인데 소굴레는 코를 꿰어 使役한다. 積荷 一 '뿌드'(四貫 四百匆) 每一 露里에 一 '코페크'를 받는 것은 아무리 이런 때라도 비싸기 짝이 없는 값이다.

商人들이 <u>換錢을 要求하기에 時勢대로 兩換하엿더니</u> 一 루불에 對하야 葉錢 五百 닙을 준다. 葉錢은 銅製다. 露貨 二 '코페크'와 三 '코페크' 자리의 中間型이나 될 만한 것으로 中央에 구녕을 뚫어 색기로 꿰어가지고 단니게 만들엇다. <u>不過 六 루불을 交換하엿지마는</u> 큰 짐이 되어 運搬에 걱정이 된다.

朝鮮 國境엔 귀치 안은 手續도 없엇스며 兩國 官憲으로부터 何等 旅券의 提示의 要求도 없엇고 오직 朝鮮 境內에 휠신 들어가서 國境 守直官에게 우리의 入境을 通告하엿슬 따름이다.

過路의 草屋이 그림과 같이 업드러잇다. 얼마 하지 안해 露領 '가스케워치'灣이 바라보인다. 二十九年度 이 바다 앞에서 海蔘威의 巨商 '쿤스트·알베스' 商會의 所屬船이 破船하자 사람만 艱辛히 '뽀드'로 救濟되어 海蔘威로 돌아갓다가 얼마 後 船主와 遭難處에 와서 보는 船體도 없어지고 積荷는 全部 朝鮮人에게 奪取되엇다. 그런데 웃으을 것은 荷物은 大槪 海中에 遺棄하고 오직 '윗트카' 술만 奪取하고 多額의 露國 紙幣는 全部 壁이나 窓戶에 붙여 두엇섯더라고 한다.

船主가 朝鮮 政府에 歎願한 結果 慶興 監理와 小吏 數名이 免職되고 其後 數年만에 '고사니'(高山?)村에 잇는 國境 守直兵 四人을 死刑하엿다고 한다.

丘陵 새에 끼인 十餘戶나 됨즉한 조그마한 村에 이르러 其中에 가장 淨潔한 집을 빌어 짐을 내리고 나와 金通譯은 浦口를 구경하러 나갓다. 海邊 가장 높은 언덕에 오르니 朝鮮 사람은 이곧을 '얀지'라고 부르는데 여기 烽火臺가 잇어 邊境에 事變이 突發하면 烽火를 들어서 서울까지 信號한다. 臺엔 痕迹만 남앗는데 돌틈에 無數한 뱀이 우물거린다. 朝鮮 사람은 길고 黑褐色 빛이 나는 놈을 朝鮮뱀이라고 하고 灰色빛이 나는 놈은 淸國뱀이라고 하는데 둘이 다 毒蛇나 淸國뱀이 더 毒하다고

한다.

烽火臺 밑에는 조그마한 돌무뎀이가 잇으니 이는 祈禱하는 곧으로 아이가 앓든지 不幸이 잇을 때에는 돌을 잡고 살을 가지고 巫女로 하여금 祈禱케 한다.

마을 옆을 지나가며 여러 가지 朝鮮 禮儀를 보앗으니 어떤 집 옆을 지날 때에는 下馬를 하여야 되고 甚한 者는 鐙(등)에서 발을 빼게 한다. 婦人네와 만날 때에도 이러한 禮儀가 必要하거니와 또 同等人끼리 만날 때에는 땅에 내려 절을 하여야 된다.

旅舍로 돌아왓다. 房바닥에는 흙을 바르고 돗자리(莚薦)를 깔앗다. 다리를 겨우 펼 만한 房 두 間을 얻어 茶를 끓여 마시고 저녁을 먹엇는데 主人에게 茶를 勸하니 매우 깃버한다. 主人은 良順한 사람이며 客을 待함에 親切하다.

李舜臣의 碑閣?

밖에 나갓든 金通譯이 突然히 나를 부르기에 나가보앗더니 그는 어떤 古碑閣 옆에 서 잇는데 이 碑閣은 벽돌로 쌓고 지붕은 蓋瓦를 덮엇으며 三面이 모두 堅固한 壁이요 正面만 겨우 出入할 만한 入口가 잇다. 碑面은 漢字라 읽을 수가 없으나 通譯의 飜譯하는 바에 依하면 이는 三百年前 朝鮮 英雄 李舜臣의 勝捷 紀念碑로 稀代의 그 功勳을 紀念하기 爲하야 建立한 것이라 한다. 이러한 偉人의 紀念碑임으로 그 閣의 入口를 좁게 한 것은 後世의 參拜人으로 하여금 崇敬의 念을 일게 하고저 한 것일가 한다.

碑閣을 구경하고 旅舍로 돌아오니 들에 五十五六歲 되어 보이는 偉軀의 朝鮮人이 섯다. 그는 사냥군으로 집은 露領 '크라스노예 셀로'에 두엇으되 露國法은 鹿類의 狩獵을 禁함으로 朝鮮에 건너와 사냥을 한다. 그 一生에 猛虎 九頭와 大熊 二十一頭와 사슴 七頭와 無數한 豹와 노루를 잡앗다고 한다. 朝鮮의 '삼손'이다. 무슨 재주로 그러한 猛獸를 잡느냐고 물엇더니 '그럭저럭 잡지오' 하며 터벅터벅 돌아가고 만다.

뜰 안엔 數多한 兒童이 모엿다. 大槪 얼굴이 넓고 눈이 작다. 顔面엔 活氣가 적고 愁心이 띄어 잇으며 무엇을 생각하는 듯한 容貌다. 나는 그들에게 가지고 잇든 '비스케트'와 砂糖을 논아 주엇다.

十四五人이나 될가? 洞里애가 다 모인 줄 알앗더니 두 집애라 한다. 그러면 이와 같이 朝鮮人은 多産인가 들으니 往往이 十人 以上 十五人까지 낳는 婦人이 잇다고 한다.

門 밖에는 무섭게 醜한 얼굴을 가진 두 사람이 서 잇다. 癩病患者라고 한다. 이 洞里에 두 사람이나 잇다고 함으로 朝鮮에 이런 病人이 많은가 하고 물엇더니 相當하야 때대로 徒黨을 지어가지고 돌아단닌다고 한다.

사나이 글과 여자 글

'가스케워치' 灣의 視察을 마친 後 慶源을 向하야 午後 五時에 이 小村을 出發하엿다. 河川과 沼池에는 물오리가 새카맣게 水面을 덮엇다. 물에는 水禽, 山에는 猛獸, 나는 아직 이와 같은 곤을 보지 못하엿다.

途中에서 村民 數名과 同行이 되엇다. 이 말 저 말 交談하는 끝에 그들은 現王朝에 對하야 失望을 품고 잇음을 알앗다. 國王의 '에고이즘'에 對하여 不平을 가지엇으며 또 그 世子되시는 이의 肉體上 不健全한이라 한다.

그리하야 百姓들은 國王의 庶生의 王子에 期待를 붙이고 잇다.(譯者 = 義親王인 듯). 그 王子는 二十二歲로 方今 日本에서 敎育을 받으신다고 하며, 日本 미카도께서는 그 따님을 王妃로 주신다는 말이 잇다. 王子께서는 至極히 聰明하시며 內外의 智識을 俱備하시엇다고 한다.

朝鮮의 文字는 두 種類가 잇다. 하나는 사내글이요 하나는 女子글인데 사내글은 漢字요 女子글은 朝鮮文이다. 朝鮮文은 全國民의 半數는 안다.

土地에 對하야 이야기햇다. 土地는 廣大하다. 面積이 單位는 가리(耕)인데 一日耕은 八百平方 '샤찐'(一 샤찐은 約七尺)이요, 우리의 一'제ᅨ샤찐'(제샤찐은 二千四百平方 샤찐－即 一町 一段 五畝)의 價格이 二百五十兩이다. 一兩은 二十 '코페크'니 露貨로 換算하면 一 '제샤찐'에 五十 루불이다.

이 地價는 이 地方 咸鏡北道의 時勢요 南方은 高價라 한다. 耕地의 收入은 一 제샤찐의 面積으로부터 百兩 即 露貨 二十 루불이요 作物은 大麥, 燕麥, 大豆, 蕎麥, 大麻 等으로 耕地는 쉴새없이 여러 가지 作物을 季節에 따라 代播한다.

地面은 고랑을 지으니 이는 溫氣 때문인 貌樣이다. 播種은 四月 中旬에 하고 收穫은 九月 中旬인데 마침 이때가 秋이다. 이 地方에 大地主는 없고 大槪 平均이 二三 제샤찐 式의 土地를 가지고 잇으며 이에 따라 賣買는 殆無한 세음이다.

우리의 行路는 江邊물이 찔벅거리는 곧으로도 뚫리고 山頂 높은 石逕으로도 되엇다. 겨우 말 하나가 通行할 만한 險峻한 길이다. 鞍裝에 앉아 가기가 苦痛이다.

호랑이 못 나오게 呼角을 불어

十 '웨르스트'나 와서 同行들을 作別하니 우리 一行만 남앗다. 山길에 잠긴 우리는 어느덧 夕陽을 맞이하엿다. 어두컴컴한 平野우엔 農夫들이 부지런이 일을 하고 잇다. 어둠을 뚫고 十 웨르스트나 더 갓을까, 엉뎅이는 까부는 말 안장에 벗어지고 왼 몸이 풀어지어 勞困하기 짝이 없다. 그런데 同行 中의 一人이 없어젓음을 發見한 우리는 오든 길을 다시 도리켜 소리를 지르고 呼角을 불러 信號를 하엿스나 蹤跡을 알 수 없다. 깊은 山中에 밤가지 깊엇으니 나그네의 근심이 더욱 깊다. 神秘한 夢幻國을 彷徨하는 듯이 한참 허덕거리다가 깊이 잠든 조그마한 村落에 들어서 하로밤을 새이기도 하엿다. 十戶가 될가 그러나 잘 만한

房이 없음으로 우리는 그들에게 古邑까지 데려다 주기를 願하엿다. 村民들은 처음엔 우리를 疑心하엿으나 金通譯의 釋明이 奏效하여 村民 數人은 소를 타고 앞장선다. 山이 險하야 범이 나온다고 그들은 路上에서 高聲을 發하고 우리는 號角을 불엇다. 나는 처음에 그러케 요란스럽게 할 必要가 없다고 拒絶하엿으나 村民과 通譯에게 說服되어 그대로 따랏다.

새벽녘에 古邑에 到着하여 旅舍를 定하고 比較的 平安히 疲困한 몸을 쉬엇다. 아침에 일어나 어린애들에게 砂糖을 논아주고 主人에겐 장작값으로 十五 '코페크' 十三兩의 馬糧값으로 二十 코페크 닭 한 머리의 값으로 二十 코페크 우리 一行 十三人分의 宿泊料로 그 代價를 支拂하엿더니 謙遜한 主人은 葉錢의 半額을 돌려주면서 굳이 사양한다.

이 곧 通貨는 葉錢 外에 露貨와 日本 銀錢을 使用한다. 露貨 一 루불과 日本 銀錢 一圓에 四百八十分이 時勢다.

▲ 제20호(1931.04),
傳說의 豆滿江畔: 露文豪 가린의 朝鮮紀行에서(三)

九月 十五日

右邑으로부터 慶源까지는 三十里다. 露國 里數로는 十五 웨르스트이나 步數와 時間으로 보아 十 웨르스트밖에 되지 안을가…

道路는 豆滿江邊으로 通하는데 沿路의 景致가 좋다. 兩岸엔 넓은 沙洲가 二百 사젠에 미칠 뜻하니 楫의 通航에 不便이 많겟다. 對岸은 淸國 땅인데 山岳이 圓形劇場같이 둥그러케 돌고 最高峰은 雲霄(운소)間에 솟아 잇다.

太陽은 값비산 波斯 絨緞빛같이 찬란한 빛을 水面에 던지고 잇다.

江上엔 漁夫의 小舟와 獨木舟가 點點하다. 연어(鮭, 어채복 해/복 규)가 많이 잡히기로 有名하다는데 漁撈는 全部 朝鮮人의 것이다. 漁産이 豊富함으로 그들의 生活은 裕足할 뜻하나 그러치 못하다는 것은 飮酒

가 過度하기 때문이다. 그들은 술일홈을 '토주'(土酒)라고 부르는데 無限히 嗜好한다.

여게서도 癩病患者를 만낫다. '장시'와 '가키치'라는 五六戶식 되는 마을을 지나 慶源邑을 바라보앗다.

慶源邑으로 들어감

邑의 周圍는 十五六尺의 놉히나 됨즉한 石城이 잇고 城門은 넷이 잇다. 朝鮮의 築城法은 依例히 이와 같이 東西南北의 四方에 一個式의 門을 두어 이리로 通行하게 한다.

門을 드러서니 戶數는 百四五十이나 될까. 大槪가 茅屋에 진흙으로 壁을 발랏으며 市街 中央에 大家가 잇으니 이는 兵營과 監理營門이라고 한다. 監理는 地方의 最高 行政官으로 絶大한 權力을 가지고 잇다. 그는 村落의 首長인 風憲을 指揮하며 都邑의 武士 首領인 座首와 其他 名譽 잇는 地位를 가진 사람들을 號令한다. 이와 같음으로 富豪들은 그에게 財物을 바친다.

몬전 보낸 先發隊가 定해 놓은 家屋에 드럿으나 통조름같은 좋은 食糧은 벌서 會寧으로 실어내고 朝鮮 안에선 다시 求할 수가 없음으로 三日 以內에 會寧에 到達할 日程 밑에 총총한 旅行을 하여야겟다.

그러나 非常한 境遇에는 食糧難에 빠질 理는 없으니 기장(黍)밥도 잇고 닭과 鷄卵 옥수수도 잇으며 生鮮도 잇다. 오히려 探險隊를 爲하야는 食糧을 携行치 안음이 便利할는지 모르나니 萬一 우리가 二百露里나 되는 白頭山 頂上을 올으게 된다면 모든 荷物을 내어버렷을 것이다.

困한 몸을 쉬이려하는 참에 監理로부터 警官이 와서 날더러 直接 旅行券을 가지고 監理에게 오라고 한다. 나를 直接 呼出하는 것은 아마 賂物을 要求하는 것일 것 같애 매우 不快한 생각이 이러남으로 내 代身으로 隊員 中의 一人과 金通譯을 보낼 때에 내 寫眞이 붙은 旅行券을 提示케 하얏다.

約 半時間이나 되야 二人이 도라와서 하는 말이 監理는 조고마한 사람으로 두 사람을 房 안에 請하야 椅子에 앉인 後 遠來의 손을 厚히 待接치 못함을 謝하고 自己의 倫敦에 가 잇든 慶源 監理 '朴義秉'이라는 名啣을 내어주더라고 한다. 나는 多幸히 내 推測이 杞憂에 도라갓음을 기뻐하얏다.

촉지늪의 傳說 靑龍 黃龍

이 地方에 이러한 자미잇는 傳說이 잇다. 옛날 五百年 前 李氏가 朝鮮 國王에 登極할 때 朴哥와 李哥라는 두 英雄이 잇엇다. 둘이 다 慶源郡 사람으로 李氏는 '솔뫼' 朴氏는 '남뫼'라는 村에 살앗다. 두 사람이 다 山神靈의 精을 타고 孕胎된 지 十二朔만에 出生하니 어깨밑에 날개가 도치엇으며 나자마자 어머니의 젖은 먹으되 그 出沒의 形像이 보히지 안케 다니며 젖을 먹고는 仙師한데 가서 兵學을 배호기 시작하얏는데 둘이 다 얼골이 白玉같이 히고 머리털도 老人과 같이 銀髮이엇다고 한다.

離乳期를 지나서부터는 두 父母는 그 子息의 얼골도 求景할 수가 없 엇는데 몇 해 後에 나라에 큰 戰亂이 이러나서 새 임군을 세우게 되자 百姓은 畢竟 李氏를 推戴하야 王位에 오르게 하얏다.

그런데 李氏가 王位에 오르기 몇 날 前에 그 李氏의 亡父는 夢現하야 李氏를 보고 하는 말이, "來日 밤을 자지 말라. 촉지 늪(沼)에서 靑龍 黃龍이 어우러져 싸홀 터인데 黃龍은 네 애비요 靑龍은 朴의 아버지이 니 萬一 싸호다가 黃龍 卽 내가 지는 듯하거든 활로 靑龍을 쏘라."하는 付托을 하고는 사라지고 말엇다. 現夢한 아버지의 말을 銘心한 李는 '촉지늪'에 나가보앗더니 果然 靑龍 黃龍이 고리를 치며 사호다가 畢竟 엔 靑龍─卽 朴의 아버지가 목이 傷하야 떨어지엇는데 떨어지는 것이 바로 늪 우에이라. 大地가 振動하는 큰 소리가 나며 땅이 꺼지어 촉지 늪과 豆滿江이 通해지고 마럿는데 後에 사람들이 이 江을 촉지江이라고 일커럿다고 한다. 그런데 싸홈에 敗한 朴氏는 그날 다음날 밤에 그 아들에게 現夢하야 가로되 "不幸히 내가 싸홈에 敗하야 네가 나라를 얻지 못하얏스나 五百年 後엔 自然히 네게 王位가 도라올 터이니 얼마 동안 몸을 숨기고 잇스라. 萬一 李氏에게 알려지면 大患이 잇스리라." 고 가르치고는 사라지고 말엇다. 아버지의 가르침을 받은 朴은 卽時 行色을 감추어 깊은 山寺로 들어가 숨어 버렷는데 때가 벌서 五百四年 이나 되엇으되 아직 朴氏는 出現하지 안음으로 사람들은 이제나 저제 나 하고 그의 出現을 기다리고 잇다고 한다.

그런데 異常한 것은 豆滿江口서 멀리 日本 海中에 섬 하나가 잇는데 그 섬에선 날이 흐리면 異常한 소리가 남으로 好奇心을 가진 사람들이 間或 찾아가기도 하나 누구든지 한 번만 갓다가는 다시 나오지를 안는 다고 한다. 사람들은 이 섬에 그 朴氏가 잇다고 믿는 모양이다.

朝鮮의 氏族制度는 大端히 複雜하다. 通譯 金氏는 古邑 出生인데 어데 가든지 그 同系의 姓氏를 가진 사람들은 親兄弟와 같이 그를 待接한다.

豆滿江을 끼고 行進

우리는 監理에 對하야 前說이며 또는 地理와 모든 事情에 精通한 引 導人을 周旋하야 달라고 付托하얏더니 그는 露語까지 通하는 사람을 얻어주마고 함으로 믿고 잇엇으나 정작은 사람을 보니 아모것도 알지 못하는 맹추이다.

우리는 巫人과 監獄 求景을 하려고 하엿엇으나 警察의 妨害로 보지 못하고 會寧으로 出發하기로 되얏다.

金通譯도 이 地方 地理에 生素함으로 監理가 보낸 引導者에게 여러 가지 事情을 무럿으나 그는 露語도 모르는 체하고 또한 이야기거리도 잘 하지 안는다. 아마 監理로부터 緘口令을 밧앗는지 모르나 黙黙히 길만 간다. 나는 그에게 露語를 할 줄 아느냐고 무럿더니 머리를 내여 흔든다. 아는 듯 하면서도 모른다고 對答함이 殊常도 한데 或은 監理가 우리 一行의 行動을 監視하기 爲하야 보낸 것일는지도 몰라 우리는 그에게 葉錢 百分을 주어 돌려 보내려고 하얏다. 그러나 그는 혼자 가기가 무섭다고 拒逆하다가 '다우리'라는 村에 到着하야 다시 葉錢 百枚를 주어 艱辛히 떼엇다.

沿路의 朝鮮 農夫들은 山間에서 흐르는 조고마한 溪流도 버리지 안코 재치잇게 引用하야 水車를 돌린다.

길은 다시 險峻한 懸岸 위로 기어오른다. 우리는 여긔서 마지막으로 豆滿江과 惜別하고 方向을 돌려 豆滿江의 支流인 가무리의 沿岸을 弓形으로 돌게 되엇다.

이틀 동안 親愛하든 溶溶한 豆滿江畔의 嶄嚴(참엄)에 오라 우리는 一眸下(일모하)에 收覽(수람)되는 山容水態를 바라본다. 落照가 西山에 걸리엇는데 하늘엔 黃金가루를 뿌린 듯이 燦爛하다. 靜肅한 自然의 '파노라마'이다.

滿洲 皇帝 發源之地

'다우리'라는 마을에서 온 朝鮮 사람들과 이야기를 바꾸게 되얏다. 그들은 멀리 南方을 가르치며 會寧郡이 저기라고 한다. 다시 손을 돌려 '항송데'라는 못을 가르치며 그곳은 滿洲 族長의 發祥地라고 한다.

滿洲 皇帝의 發源地가 여기라 하면 그 陵는 왜 奉川에 잇슬가?

"淸人은 朝鮮人의 德澤 밑에서 사는 세음이지오."하며 짧은 저고리에 낭테는 넓고 帽子는 좁은 갓을 쓰고 긴 담배를 물은 老人이 쭈구리고 앉아서 넷말을 시작한다. 다른 몇 사람도 亦是 그 모양으로 앉아서 그 老人의 말을 嚴肅한 態度로 傾聽하다가 或은 訂正도 하며 千年 묵은 옛 記憶을 새롭게 한다. 老人이 말하는 一片의 傳說─分明히 이는 傳說에 끊치지 안는 그들의 信仰의 一端이다.

하늘은 紫朱빗 絨緞을 까른 듯하다. 古老의 神話같은 傳說을 듯는 우리는 우리가 앉은 바위가 山 우에 놓인 것이 아니라 豆滿江上의 彩雲

에 둥실 뜬 것 같은 氣分이 난다. 구름 밖엔 連峰이 疊嶂하고 幽谷엔 蒼靄(창애)가 糢糊한데 二三 茅屋이 暮煙에 잠겨 잇다. 平和스러운 山村의 象徵이다. 어데서 우렁찬 소 우는 소리 – 고요한 空氣를 흔든다. 偶然한 過客인 우리도 千年前 事實에 想到하매 밑없는 구렁에 떠러진 듯한 感慨가 깊다.

山蔘과 三兄弟의 傳說

千年前의 傳說을 信仰같이 이야기하는 朝鮮사람들은 只今도 마치 어린애들같이 英雄의 出現을 바라고 잇다. 幸福을 渴望한다. <u>豺狼(치랑)과 진애의 危脅 밑에서도 그들은 堅固한 信仰으로 그들을 救해 줄 英雄이나 神의 出現을 믿고 잇다.</u> 本乃伊 같이 冷情한 그 얼골에 아득한 希望이 漂動하는 것이다.

日沒은 完全히 되엇다. 선선한 저녁 바람이 선 듯 부러 昏暗을 내려 덮으니 神秘의 思索도 그 속에 덮히고 말엇다.

前進을 재촉하는 우리는 途中에서 "朝鮮人은 돈을 사랑하느냐"고 무럿더니 그 對答이,

옛날 三兄弟가 山中에 드러가 人蔘을 캐어가지고 도라오는 길에 慾心에 눈이 어두어 伯仲의 두 兄弟는 막내 同生을 죽이엇다. 셋재를 죽이고 남은 두 兄弟는 제가끼 생각하기를 저 혼자 山蔘을 가젓으면 巨富가 될 것이 아니냐 하는 慾心이 도 생기어 서로 陰計를 꾀하자 長兄은 그 동생을 때려죽이려고 洞里로 술을 사오라고 하야 보내놓고 오는 길에 邀擊할 準備를 하야 놓앗다가 計劃대로 때려죽이고 滿足하야 同生이 사가지고 온 술을 마시엇더니, 저마자 죽어버렷는데 그 술에는 둘재가 맏 兄을 죽이려고 毒을 탓든 것이엇다. 이리하야 三兄弟는 自滅하야 버리고 貴重한 山蔘은 썩어버렷음으로 이것이 前鑑이 되어 朝鮮人은 財物보다도 兄弟愛가 더 깊어젓다고 한다.

이 말이 한 이야기에 不過하겟지마는 <u>事實 朝鮮人은 兄弟의 敦睦이</u>

<u>매우 도타운</u> 模樣이다.

▲ 제21호(1931.05), 김동진, 露文豪 가린의 朝鮮紀行에서(三)

가팔嶺을 넘어서

九月 十六日

비가 보슬보슬 내린다. 駄馬(태마)는 떠내보내고 나는 茅屋에 드러앉아 窓門을 여러 제치고 原稿를 쓴다. 窓밖엔 옥수수와 高粱으로 앞이 맥혓다. 高粱밭 사이에 水田이 잇스나 豊作이 못 된 듯하다.

시원한 바람이 말른 풀 香氣를 안아다가 내 얼골에 끼얹는다. 우리가 탄 말은 좋아라고 옥수수 대를 뜯어 먹는다.

下人은 오리를 求하다가 기름에 복구엇는대 山中 別味다. 첨하 밑엔 매(鷹) 한 마리가 매여 잇다.

이 집 主人은 매사냥의 名手라 한다. 그러나 요새는 換羽期가 되어 사냥하지를 못하고 잇다. 獵期는 十一月부터 四月까지라고 한다. 사냥하는 法은 獵犬으로 하야금 꿩을 날리고 매로 하야금 차오게 한다. 主人은 매사냥으로 有名할 뿐 아니라, 이 洞里의 洞長이다. 몸은 호리호리하게 생기고 얼굴은 柔順한데, 수염이 드물게 낫다. 이 老人이 우리의 앞길을 引導하게 되엇으나 한 時間 前에는 떠날 수가 없다 하니 그 理由는 洞中 裁判이 잇기 때문이라 한다.

逃走한 少婦의 裁判

洞中 裁判이라는 말에 好奇心이 벗석 생긴 우리는 裁判 구경을 懇請하얏더니, 多幸히 許諾되엇음으로 나는 金 通譯과 同行하야 구경하기로 하얏다. 裁判 받는 사람은 누구냐고 물엇더니 <u>十六歲의 少婦로 男便한테 매를 맞고 다라난 것을 붙잡아다 놓은 뒤에 是非를 裁斷</u>하는 것이라

고 한다.

이윽고 法廷이라는 茅屋을 찾아가 보앗다. 家屋의 構造는 普通 家屋과 差異가 없다. 房 안에는 八人의 裁判官이 앉앗고 그 뒤에 九人은 老人이 앉앗으며 그 앞에는 나무로 깎아 맨 案床이 노여 잇다.

그 옆 房엔 十六歲 나이보다 늙어보이는 被告와 그 男便이 앉아 잇다. 男子의 나이는 二十歲라고 한다.

나는 드러가면서 長靴 버슬 것이 念慮스럽더니 多幸히 免除되고 帽子만 벗엇더니 通譯은 帽子를 쓰는 것이 禮義라고 注意함으로 다시 썻다. 아닌 게 아니라 裁判 以下가 모두 갓을 쓰고 잇지 안는가.

여기 잇는 朝鮮 사람들의 얼굴은 빛이 검어 보이며, 輪廓이 넓고 수염이 적다.

눈 瞳子는 大概 溫順해 보이고 얼굴은 醜한 사람도 잇스나 伊太利 美男子를 聯想케 하는 優雅한 사람도 잇다.

裁判의 光景을 절반쯤 보다가 도라와서 行李를 收拾하고 主人 老人의 歸還을 기다려 길을 떠낫다. 途中에서 老人으로부터 判決을 드르니 結局 男便의 過失로 認定되어 棍杖 十度를 執行하얏을 뿐. 逃走한 其妻에 對하야는 何等의 刑罰을 加하지 안엇다고 한다. 이 말을 듣는 우리는 疑訝한 생각을 풀 수 없어, "그러면 그 女子는 어떠케 하느냐?"고 무럿더니 老人의 對答이, "男便을 罰한 것은 안해를 잘못 가르치어 洞里를 騷亂케 한 罪를 處罰하얏슬 뿐이요, 그 안해에 對한 處決은 그 男便의 意思에 맡길 뿐이라."고 한다.

刑 받은 男便은 것지를 못함으로 馬車에 태우고 그 안해가 護從하얏으며 이로써 그 女子도 改心하얏다고 한다.

그러면 "그 女子가 다시 逃走하면 어찌하느냐?"고 무럿더니 그는 "그 때에는 酷毒히 處罰하야 다라나지 못하도록 한다."고 한다.

山靈堂에 祈禱

벼는 악수로 퍼붓는다. 비라기보다도 물을 내려 붐는다는 便이 옳을 것이다. 外套도 새여 온 몸이 흠박 젖엇다. 朝鮮人의 雨衣는 麻皮를 벗겨 엮은 것인데 매우 技巧잇게 된 것이나, 고슴도치의 털 같애 보인다.

驟雨에 새로 생긴 急湍(급단) 激流가 돌을 굴리고 길을 막는다. 行路難을 嘆하지 안을 수 없다.

가파랍게 내려 깎인 듯한 '가팔 嶺'이라는 고개를 艱辛艱辛히 넘을 때에 날은 저문다. 우리의길 引導人은 더 前進치 못하겟음을 宣言하니 그 理由는 말이 '냄새'를 맡고 꼼작하지 못하는 까닭이라고 한다.

'냄새'를 맡다니 무슨 냄새란 말이오? 하고 너머 異常하고 마음이 죄여 무럿더니 그는 서슴지 안코 '호랭이 말이오' 하면서 이 고개는 밤 中에 通行하는 사람은 絶無하고 白晝에도 二人 以上式 떼를 지어 단니는 것이라고 한다.

우리는 억지로 끌다 싶이 그를 재촉하야 前進을 繼續하얏다. 이런 때에 나에게도 祈願이 일어남을 깨다랏다. 朝鮮人은 고개 위에 山靈堂에 여러 번 허리를 굽히어 깊은 골 높은 고개를 無事히 넘게하야 줌을 축수한다.

가팔 嶺 山中에서 玉皇上帝 이야기

九月 十七日

가팔 嶺 아레 '발개리'라는 洞里, 金희봉의 집에 疲困한 몸을 쉬엇다. 洞里 앞에는 濁流가 成川하야 물소리가 요란하다. 山谷에는 안개비가 자욱하야 아직 快晴되지 안엇다.

流聲과 鳴湍(명단)을 듣는 것이 高架索의 勝景을 聯想케 한다.

十餘人의 마을 사람이 찾아와서 말동무가 되어 준다. 그들도 나와 더부러 會談하는 것을 希望하는 모양이어니와, 나도 어린이와 같이 純

眞한 그들로부터 奇談 說話를 傾聽하는 것이 매우 興味잇다.

話題는 宗敎談을 中心으로 各種 說話를 涉獵하얏다. 儒敎, 薩滿(살만), 山岳 崇拜 等 朝鮮 사람의 常識的으로 아는 이야기가 내 귀에는 몹시 新奇하다.

數 많은 話題 中에서 가장 나에게 感興을 준 것은 많은 死後論이니 朝鮮人은 靈魂 輪回說을 믿고 잇다. 卽 사람에게는 三魂이 잇는데 第一魂은 死後 卽時 세 天使가 내려와 그 魂을 天上 極樂으로 불러간다. 極樂의 主人인 玉皇上帝는 그가 地上에서 行한 善惡을 審判하야 그 功罪에 따라 或은 極樂에 永生을 누리게 하고 或은 다시 사람으로 還生케 하고 或은 畜生으로 變生하기도 한다. 叛逆의 罪를 지은 者는 永劫에 畜生으로 輪回한다.

第二魂은 그 肉身에 附隨하야 地下 卽 地獄으로 가는데 이것도 세 使者가 잡아 간다.

第三魂은 空中에 浮遊하면서 恒常 子孫을 保護하는데 이 魂은 한 使者가 불러간다.

埋葬은 大槪 數日 或은 數十日을 經由한 後에야 行하나니 이는 玉皇上帝의 審判 如何로 다시 還生을 期待할 수도 잇는 까닭이라 하며, 그 還生은 三, 五, 七 等 奇數日을 擇한다고 한다.

薩滿과 卜術 或은 預言者나 曆官이 發靷日(발인일)을 擇하는데 이 때문에 富豪 中에는 三個月이나 殯室(빈실)에 屍體를 安置하여 두고 그동안 生時와 같이 獻饌(헌찬)한다.

또 墓地를 擇함에 가장 位置가 좋은 名山으로써 하나니 이는 第三魂의 安寧을 꾀하는 것으로 一族의 榮枯盛衰가 이 墓地 如何에 잇다 하야 地官으로 하야금 選擇케 한다. 그럼으로 朝鮮의 山林은 大槪 小區域식 各人이 分割하야 가지고 잇스니 이는 將次 그 陵墓를 파기 爲함이다. 그러나 名山을 求得함은 極難한 일이라 이 때문에 棺을 파 가지고 이山에서 저 山으로 轉轉하고 잇다.

昨日 路上에서 棺을 移送하는 것을 目睹하고 그 사람들에게 옴기는

理由를 무럿더니 그들은 對答하기를 "우리집 어린애가 알튼 中인데 巫人에게 무럿더니 六個月 前에 死亡한 그 祖父의 墓地 탓이라. 名堂으로 還葬하라고 함으로 吉日을 擇하야 還封하는 것이라."고 한다.

第三魂 即 空中에 浮動하는 魂02 慰勞하기 爲하야 山中의 山神堂 또는 城隍堂에 돛을 잡고 쌀밥을 지어가지고 巫人으로 하야금 祈願케 한다.

人類의 生死는 冥府의 主人(閻羅大王)의 主管이라고 한다. 그 大王은 萬人의 姓名을 記錄한 長冊을 가지고 잇어 그 長冊에 그 壽命이며 生後의 善惡을 記錄하야 둔다. 그런데 閻羅神도 過失이 잇던지 어느때 明川 朴某의 魂이 死者에게 붙잡혀 閻羅廳에 갓섯는데 大王은 長冊을 閱讀한 後, 端川 朴某를 잘못 알고 불러간 것이 判明되어 죽엇던 明川 朴某는 回生하얏다고 한다.

비는 暴注한다. 어제 終日 비에 젖은 옷에 濕氣가 배여 不快하기 짝이 없다. 성냥도 濕하야 일지 안는다.

나는 집 主人을 보고 이 집에는 屍體를 두지 안엇섯느냐고 무럿더니 二年前에 喪事가 잇섯으면 바로 몇일 前에야 脫喪하얏다고 한다. 나는 그 屍體를 어느 房에 두엇섯느냐고 다시 무럿더니 시방 내 寢臺 놓인 곳이 그곳이라 한다. 病名은 天然痘.

한 幅의 그림

여러 사람들에게 感謝를 表하고 길을 다시 떠낫다. 小川에는 물이 불어 濁流가 滾滾(곤곤)하다. 안개는 漸漸 걷치고 검면 하늘도 훤하게 터온다. 길은 疎林(소림)과 稚樹 새이를 羊腸같이 누비는데 듣건대 이 山林이 往昔에는 喬木이 參天하야 白日이 昏暗하든 것이 近年에 이르러 火田을 起耕하기 때문에 이 模樣이 되엇다고 한다. 地帶가 急傾斜인데 여기에 보섬을 넣는 才操는 사람이 아니라 山羊이나 豹狼(표랑)이 아니면 어려울 것이 아닐가?

한 二露里쯤 거러와서 江을 渡涉할새 우리 眼前엔 奇觀이 演出되엇다. 마츰 江畔에 三十餘名의 朝鮮人이 群集하엿기에 무어냐고 무럿더니 來日이 秋夕節임으로 祭物을 準備하기 爲하야 소를 잡는 것이라고 한다. 大槪 웃동을 벗어 靑銅色의 皮膚를 露出하엿는데 팔둑과 억개에 筋肉이 불룩거리는 것이 모두가 力士다. 쭉 들러앉은 그들의 앞에는 各其 한목식의 고기덩이가 놓여 잇다.

渡涉에 꽤 困難을 當하얏다. 激流이기 때문에 駄馬가 中流에서 미그러지는 등 야단법석이 이러낫다. 一行 中 어떤 사람은 攜行하는 哲學書籍을 流失하얏다. 到底히 우리 一隊의 힘으로는 滿足히 건늘 수가 없음으로 소잡는 사람들의 助力을 빌기로 하엿더니, 그들에게 若干의 報酬를 주엇지만 瞬息間에 終了하얏다.

山葡萄가 시컴엇게 익엇다. 보숭보숭한 송이를 따서 입에 넣어보니 송이는 비록 적으되 맛은 꿀같이 달다.

鑛山家의 同行者는 近處 山中에 山羊이 棲息한다는 말을 듣고 사냥을 떠난다. 갈 때에 모리 軍으로 몇 朝鮮人을 얻으려 햇더니 恐怖를 느껴 躊躇(주저)한다. 通譯으로 하야금 무섭지 안타는 것을 타일러 艱辛히 따르게 하얏다.

中流에 너머진 말을 건지노라고 두 朝鮮人은 벌거벗고 땀을 흘린다. 더러는 우리짐을 나르노라고 右往左往한다. 또 江 언덕엔 많은 朝鮮人이 들러앉아 긴 담배대를 퍽퍽 빠라 새파란 내를 내뿜는다. 한 幅의 그림이 아니고 무어라! 나는 寫眞器를 끄어내어 이 光景을 필림에 넣엇다. 朝鮮 사람들은 寫眞器를 보고 깜작 놀래엇으나 通譯의 說明으로 安心하고는 外樣을 端正히 차린다.

撮影 後에 貴엽게 생긴 어린애들에게 砂糖을 노나주엇다. 그 中에 가장 어여뿐 兒孩가 잇기에 그에게도 노나주엇더니 내종에 드르니 그는 兒童이면서도 벌서 장가는 들엇다고 한다. 그는 旣婚者의 表證으로 머리에 草笠을 썻다.

參天한 一株의 喬木 밑에 天幕을 치고 이 냇가에서 하로밤을 쉬기로 하얏다. 近洞 사람들이 하나둘식 天幕으로 모혀들기 시작하는데 그 中

에는 露國 神父가 쓰는 것같은 넓은 冠을 쓴 사람도 잇으니, 이는 이곳 兩班이라 하며, 白笠을 쓴 사람도 잇으니, 이는 喪人이라 한다. 朝鮮人은 喪服에 白色을 使用한다. 머리 위로부터 발끝까지 白色이다. 이뿐 아니라 朝鮮人은 一般으로 白色을 愛用하는 傾向이 잇다.

老學者를 만나서

저녁 後에는 다른 洞里 사람들의 來訪도 받앗다. 其中에는 有名한 學者도 잇음으로 나는 通譯에게서 배운 禮儀대로 두 손으로 그의 두 손을 잡아 上席의 倚子에 앉치고, 若干의 物品을 寄贈하고 또 모힌 사람 全部에게 '콘냐크'를 待接하엿다. 비록 몃 盞식 돌지 안엇으나 이것으로 그들의 혀끝을 얼리기는 充分한 模樣이엇다.

이 兩班 學者님은 모든 사람의 尊待를 받는다. 그는 조끔 痲痺된 語調로 現下의 時局에 大不滿을 吐한다. 以前에는 官職은 그 智識과 名望에 따라 주엇섯다. 그러다가 其後에는 金錢으로 벼슬을 사게 되더니 요새는 서울 사람들끼리만 해먹게 되어 다른 사람들은 벼슬맛을 볼 수가 없이 되엇다. 憤慨하며 貧乏에 長歎한다.

그러고 그는 긴 한숨을 내어쉬며 "어찌해 다른나라 사람들은 富饒한데 우리는 貧乏할가요?" 하며 眞摯하게 묻는다.

나는 이 對答을 "나의 觀察에 依하면 朝鮮人은 天然的 富者는 잇으되 科學的 富者가 나지 못하는 까닭이요, 技術을 몰으면 現代에서는 富者가 될 수 없소. 假令 우리가 徒步로 旅行하면 一日에 二十露里를 못 가되, 汽車는 能히 千露里를 닷지 안습니가? 設使 그런 鐵道가 잇다기로 使用法을 몰으면 亦是 마찬가지가 아니겟소? 朝鮮 사람들은 매우 有用한 才質을 가지고 잇는 國民이니 배우기 시작하면 日本人이 歐洲人을 배우는 것 같이 進就할 수가 잇으리다. 더욱 北邊은 露國과 隣接하엿스니 朝鮮人의 希望만 그러타면 우리는 兄弟의 分誼로 朝鮮에 新知識을 傳受할 것이외다."라는 긴 說明으로써 하엿다.

그 學者는 "우리는 所願하는 바외다. 그러나 남들이 다 우리 같아야 지오." 하며 朝鮮의 所謂 學者들을 非難한다.

朝鮮 學者는 오직 漢文을 崇尙함으로써 滿足한다. 朝鮮 文字는 '女子의 글'이라 하야 當初에 배우지를 안음으로 그들은 多數의 朝鮮文만 아는 民衆 사이에서 호올로 無識한 者가 되는 것이다.

이 老學者에 對한 여러 사람의 恭敬은 非常하다. 무엇이든 줄 때마다 반드시 兩手로써 하고 나에게서 待接을 받을 때에도 ——히 그의 許諾을 받는다. 同行한 二十歲의 그의 아들은 恒常 꾸러앉어 그 長竹에 담배를 담어 두 손으로 바치고 술은 한 盞도 받지를 못한다.

長竹의 香嗅(향후) - 내 少年에 小露西亞의 祖父의 집에서 지나든 印象이 난다.

老學者는 우리 天幕을 하직할 때에 두 손으로 내 왼손을 잡아 손바닥을 이윽히 드려다 보더니 내 壽가 九十을 넘겨 살리라고 한다. 이것은 손바닥이 잡은 금을 보는 觀掌術을 그가 볼 줄 아는 것이다.

金 通譯의 하는 말을 들으면 會寧으로 가면 有名한 卜術이 잇는데 그는 能히 過去 未來 禍福을 아라낸다고 한다.

老學者와 구든 約束

九月 十八日

새벽 四時에 눈이 깨여 이러낫다. 四面은 아직도 캄캄하다. 天幕밖엔 守直하는 朝鮮 사람 두 名이 紅炎이 늠실거시는 화투불 엽헤서 무엇이라고 떠들고 잇다. 그 音聲은 높고 語調는 速하나 물결소리같이 은은히 들린다.

다섯 時 半에 東녁이 터온다. 우리 天幕은 골작우니 첫음으로 아직도 어두운 긔운이 가득하다. 그러나 열분 面紗布를 씨워놓은 것같이 漸漸 透明해오는 大氣中에 흐르는 江물, 은은한 골작우니 잠자는 茅屋, 一幅의 名畵같은 맑고 아름다운 曉光(효광)이다.

어제 朝鮮 사람들로부터 오늘이 名節이라고 들엇더니 名節답게 爽快한 氣分이 더올르는 날이다. 名節은 어느 나라에서든지 기쁜 것이다. 나 어린 때에 名節을 즐기든 생각이 솟아난다.

여섯 時쯤 되어 벌서 洞里 兒孩들이 모혀든다. 어제와 달리 그들은 白色 或은 紅色 藍色의 울깃불깃한 새옷을 입어 몸을 깨끗이 하엿다. 그 中에 어룬 한 名이 석겨 왓는대 白紙로 만든 食紙를 덮은 두 소반에 名節 飮食을 차려 가지고 왓다. 飮食의 種類는 朝鮮식 흰 떡과 누런 떡, 삶은 돼지고기, 저린 외(瓜), 무김치, 익힌 生鮮, 소창ㅅ나국, 개장국, 술, 수정과, 菜蔬 等 十種類의 珍味로 나는 感謝하야 ——히 賞味하엿다.

건너다 보이는 저편에 어제 왓든 老學者도 소반에 무엇을 가지고 온다. <u>그를 發見한 農夫들은 우리에게 하는 말이 '兩班'은 벌서 千八百九十五年 乙未年에 勅令으로 그 社會的 階級이 消滅되엇지마는 이러한 僻地에선 아직도 兩班이 남아 잇으나 서울같은 大處의 兩班階級은 庶民과 差別이 없이 된 지가 이미 오래다고 한다.</u>

本來 朝鮮 兩班은 그 種類가 넷이라고 한다. 하나는 村落兩班, 하나는 都邑兩班, 하나는 地方兩班, 하나는 서울 兩班인데, 서울 兩班은 政府 高官으로 皇帝의 賜爵을 받은 者를 이름이요, 地方兩班이라는 것은 地方에서 官吏의 職에 잇는 사람이요, 鄕村兩班이라는 것은 或 軍職도 잇지마는 何等 權別가 없다.

蒼苔(창태) 낀 골작우니 길을 더듬어 그 學者가 서 잇는 집으로 갓다. 그 집은 蓋瓦를 덮엇는데 蓋瓦 貌樣이 淸國의 그것과 恰似하다. 집을 삥 둘러 울타리를 하엿는데 호박과 누런 옥수수와 草綠色 담배와 붉은 苦草가 듸영듸영 달려 잇다. 東國의 밝은 景致다.

主人은 우리를 迎接하며 "이것은 林檎이요, 이것은 櫻桃외다." 하면서 우리에게 그 田園을 구경시킨다. 도라다보니 四面이 골작우니인데 석 벼리를 갈고 雜穀을 심엇다. 山속엔 멀구넝굴과 櫻桃나무가 잇다.

나는 主人 學者에게 向하야 "時期가 옵니다. 그대의 힘으로 골작우니를 開墾한 것과 같이 朝鮮 民族의 奮鬪努力은 能히 朝鮮을 가멸(富)게

할 수가 잇겟습니다. 그러나 이 過程을 決코 淸國의 結果 없는 學文을 修得하여서는 不可하니 모름직이 現代 新科學을 닦아 果園을 造成할 줄 알고, 山中에서 寶物을 採掘할 줄 아는 技術을 鍊磨함이 朝鮮을 가멸케 하는 捷徑이지오. 그때까지는 朝鮮人은 오직 善良한 民族으로 잇슬 것이오. 祖先의 墳塋만 지키는 善良한 民族일 것이외다. 그러나 善良한 民族에게 侮蔑이 잇슬 뿐이지오."

老學者는 恭遜히 허리를 굽히어 내 말에 讚意를 表하며 途中까지 餞送한다. 山村에 사는 이 老學徒를 對하매 나는 '동키호테'의 생각이 불연 듯 난다. 그와 相別함에 臨하야 朝鮮 禮儀대로 下馬하야 두손으로 親切히 그의 손을 잡엇다. 그는 感謝하야 "나는 生前에 그대를 다시 한번 뵈엇으면 하오." 한다. 나는 이 學者의 衷情으로 우러나오는 要望에 "萬一 내가 다시 와서 뵈옵지 못한다면 내 아들이라도 代身 보내리다." 하고 구든 約條를 남기고 앞길을 재촉하얏다.(續)

▲ 제22호(1931.06), 김동진, 露文豪 가린의 朝鮮紀行에서(五)

會寧城內의 하로밤

九月 十八日. 二露里의 널비나 됨즉한 골작우니를 거르면서 서너 마을을 지낫다. 골작우니도 돌바탕이지만 훌륭히 開墾되엇으며 오히려 灌漑水가 充分한 탓으로 水田이 많이 돌렷다. 그러나 土薄한 탓인지 寒氣 따문이지 發育이 不良하다.

名節 쇠는 光景이 處處에 展開된다. 村村마다 處女들은 추천을 뛰고 젊은이들도 三三五五 作伴하야 거닐고 잇으며 어룬들은 省墓에 겨를이 없는 듯이 山 우엔 白衣가 點點하다. 朝鮮의 墳墓에 對한 觀念은 대단하야 萬一 他人의 墓地를 侵하면 死로서 嚴刑한다. 一年에 몇 차례식 잇는 謁墓의 祭事는 모든 飮食과 果實을 바치고 또 술을 따르는데 三盃를 墳上에 끼엇는 法이라 한다.

문득 어떤 집 앞을 지날 때에 어떤 사람이 뛰어나오며 우리를 부른다. 그는 露西亞말로 問安을 하고 우리를 自己 집으로 招請한다. 그는 오래동안 露領에서 勞働하든 사람으로 매우 반갑기는 하나 夕陽까지 會寧邑에 드러가야 되겟음으로 압 路程이 총총하야 好意를 感謝히 여겻을 뿐이다.

侍從을 듯는 '비비크'는 무엇을 생각하는지 빙그레 웃는다. 이 사람은 豊沃한 '하리꼽'縣의 胎生으로 '똠스키'縣에서 生長하얏기 때문에 小露西亞 婦女의 邦言을 쓴다.

나는 그에게 "어떤가 朝鮮도 살기 관찬지?"하고 무럿더니 그는 다시 빙그레 웃으며, "무어가 좋아요. 이런 山골이? 우리 똠스키 縣은 넓은 벌이 끝이 없는데요."

"집은 어떤가. 자네곳바더 정하지. 四面에 綠陰이오……"

"글세 그러나 여게는 家畜이 없지 안습니까? 우리 고장은 羊도 잇고 ─ 다 잇는데 여게는 소뿐이니까……"

"그러나 여기는 房이 논히여 잇지 안은가. 그러나 露西亞 農家는 통한 房에서 뒤끓지 안는가?"

그는 다시 빙그레 웃으면서 "그까지ㅅ게 房이오? 닭이 장이지오."

七尺 長身의 그는 귀밑까지 찌여진 입을 비쭉이며 "나는 살기 실소. 淸國도 이렇겟지오." 하며 鄕愁에 빠진 모양이다. 그는 只今까지 나와 旅行을 하는 동안에 한번도 愉快한 빛을 가질 때가 없엇다. 이만큼 그는 感傷的 人物이다.

月夜의 傳說

오늘 우리 一行은 十二 時間에 百韓里를 踏破하얏다. 黃昏에 最後의 나루를 건늘 때의 山谷의 壯麗한 景色에 恍惚하얏섯다. 山頂과 峽谷이 한가지로 玲瓏한 天鵝絨(천아융)의 장막을 친 것 같이 奇異하얏다.

어둠이 내려 덥히면서부터 北風이 선 듯 불더니 寒氣가 掩襲한다.

中空에는 어느덧 銀盤같은 明月이 淸朗한 빛을 發하고 잇다. 우리는 長途의 旅行에 極히 疲困하야 精神을 차릴 수 없는 머릿속엔 오직 睡眠이 가득할 뿐이다. 朗朗한 月光에 어느듯 物體가 빛이니 이덧이 會寧 城門이 아닌고 하는 생각이 솟아난다.

馬匹도 終日 먹지를 못하야 길가에 雜草는 勿論, 나뭇가지까지 물어 뜯는다. 朝鮮馬의 胃腑의 强健이란 놀랄 수밖에 없으니 露國말이 乾草와 꼴을 먹는 것과 같이 옥수수대로부터 못 먹는 物件이 없다. 그러면서도 亂暴한 取扱을 받는다. 露國 農夫가 馬匹을 부리듯이 音聲을 높이어 叱責하고 잇다.

한 골작우니를 지날 때에 우리 길 案內人은 이 山속에 구렝이(大蛇)가 산다고 하여 손으로 그 기리를 形容하는데 기리가 十五六尺이나 됨 즉하다.

나는 그더러 제눈으로 보앗느냐고 무럿더니 그리 큰 것은 보지 못하엿스되 四五尺되는 놈은 보앗다고 한다. 말을 드르니 구렝이는 뱀같이 생긴 놈 外에 鰐魚같이 네 발 가진 놈도 잇는데 구렝이에 對한 傳說도 많다. 어떤 놈의 머리는 사람머리 같이 생기기도 하엿는데 이놈은 長成한 處女를 퍽 사랑한다고 한다. 이에 對한 傳說은 大同小異하게 坊坊谷谷에 傳해 잇는 貌樣이다.

구렝이는 겨울에는 冬眠하고 春夏秋期에 跋扈하는데 野鼠와 멱자구를 捕食한다고 하며 毒素를 가젓다고 한다.

가장 毒한 놈은 '굴뱀'이라고 하야 땅속에 구덩을 파고 여러 놈이 同棲하는데 萬一 한놈을 건드리면 많은 놈이 共同一致하여 對敵한다고 한다. 하나 이놈은 그리 크지 안어 三尺 內外에 不過하며 色은 土色과 같은 保護色을 가지고 잇다고 한다.

이런 말 저런 말을 드르면서 슬금슬금 거른 것이 어느덧 會寧 城門에 到達하엿다.

城門은 石灰를 발라 히다. 虹門(홍문)의 넓이는 二 사젠이나 된다. 성문으로부터 城壁이 連하야 市街를 繞回하엿다. 城의 높이는 二 사젠이나 될까. 東西南北의 四邊에 各 一門式이 잇어 城外의 交通을 하게 만드럿다.

나는 門通으로 城 안을 드려다 보앗다. 거게는 아지랑이가 끼인 것 같기도 하고 白玉世界가 展開된 것도 같아 朦朧한 깊은 구렁으로 굴러 드러가는 듯한 느낌이 일어난다. 幻影같은 東方의 建築이어!

그러나 門을 뒤로 두니 벌서 여기는 夢幻境도 아니오 白玉世界도 깨트러저 버리고 오직 田畓이 즐펀할 뿐이오 道路 左右에 灰色 말둑을 百個로 세일 수 잇는 것은 前官長의 德을 頌하는 紀念碑다.

이러한 畦畔(휴반)을 것기 한참만에 겨우 人家가 잇는 市街에 到達하엿다. 市街라야 다른 村落과 같이 납작한 茅屋이 比隣하야 農家보다 도리어 不潔하다. 내가 탄 말이 지나가매 길이 막힐 지경이며 내머리는 첨하 밑에 부드친다. 아직 초저녁이라 여덟시도 못되엇음즉한데 路邊에 잇는 店鋪를 비롯하야 왼 邑內가 죽은 듯이 잠을 잔다.

이 자는 방에 우리는 어데서 하로밤을 샐꼬? 어느집에 이르러 大門을 두드렷더니 그 집 主人이 나와서 '우리를 爲하야 郡守는 客舍를 準備하엿으리라'고 한다. 이 기쁜 消息을 드른 길 引導人은 몸이 뜬 듯이 압장을 서서 닷더니 이윽고 요란한 소리가 나며 黑團領 입은 使令이 마중나와 우리를 引導한다. 골목을 몃 고비나 돌앗을까 한 군대에 이르니 크다란 집이 나타나는데, 이것이 客舘으로 郡守가 우리 一行의 宿所로 定해 둔 곳이다.

어떠케 饑渴과 疲勞가 甚하든지 저녁을 치우자마자 자리에 누엇다. 曲調에 變化가 없이 길게 느리는 東邦의 歌謠가 바람결에 날려온다.

九月 十九日. 異常한 騷音이 漸漸 가까워지더니 우리 旅舍 앞엔 무슨 事變이 突然한 듯이 喧騷하다. 잠결에 놀라 깨어 通譯으로 알아보게 하엿더니 郡守의 行次가 우리를 尋訪하는 것이다. 아직 여섯 시가 좀 지낫을까, 우리는 아직 寢衣에 드러섯음으로 通譯으로 하여금 無禮를 謝하는 同時에 將次 官衙로 拜訪할 意響이 잇다는 것을 傳達케 하엿다.

郡守는 우리의 事情을 諒察하엿음인지 멀리 온 珍客에게 敬意를 表할 兼 인사 兼 왓섯노라고 問安을 하고는 還行하엿다. 그가 돌아선 後에 그 行列을 보앗더니 先頭에 선 十數名의 使令은 萬歲를 呼唱하는 듯한 소라를 길게 빼며 그 뒤에는 老年의 郡守가 흰옷에 갓을 쓰고 四人轎 우에 앉엇으며, 四人轎에는 豹皮를 얹엇다. 그 左右로는 眉目이 究麗한 두 少年이 陪從하니 이는 副官(通引인 듯)이라 한다. 또 그 뒤에는 十數人의 使令이 護衛하는데 先頭에 선 使令의 萬歲聲 같은 소리는 앞길을 틔우는 呼令이라 한다.

郡守의 行次에는 반드시 이러한 儀式이 必要하다. 庶民은 그를 對함에 鞠躬拜禮로 恭待하여야 한다고 한다.

午後 二時나 되어서야 駄馬가 到着하엿음으로 우리는 옷을 갈아입고 郡守 訪問을 나섯다. 우리 先頭엔 警吏가 引導하고 뒤에는 어린애들이 달렷다. 沿路에는 많은 사람이 諸列하야 우리를 구경하는데 그 中에는 血色 좋고 얼굴빛이 흰 婦人도 끼워 잇어 그 行色이 유난스럽게 다르다. 미상불 異常한 생각이 없지 아니하야 通譯에게 물엇더니 그는 웃으며 하는 말이 그 女子는 寡婦라 한다. 그러나 이 寡婦는 普通 寡婦와는 다르다 하니 그는 이전 郡守의 愛妾으로 守廳 들엇던 妓生이라 한다.

나는 通譯에게 "妓生은 都會地와 商民 階級에서 擇하지 안느냐."고 물엇더니 그는 暫時 沿路 群衆과 問答을 하더니 商民 階級만이 아니라 農村에서도 巫人이나 卜術에게 問卜을 하야 萬一 夭逝(요서)할 運數라 하면 身體를 때기 爲하야 妓籍에 넣는다고 한다.

우리는 郡守의 善政碑가 羅列된 길을 누비어 한 큰 집에 이르럿다. 이 집은 建築의 技巧가 淸國式을 模倣한 듯이 蓋瓦를 덮고 門樓가 잇다. 樓上에는 大鼓가 잇는데 이는 城門의 開閉를 信號하는 것이라 한다.

內衙에 잇던 郡守는 우리를 보고 마중나와 中門을 열고 안으로 引導한다. 이 中門은 郡守外에는 何人이든지 任意로 出入을 못하는 禁域이다. 郡守의 引導대로 높은 階段을 올라가 크다란 房에 들어가니 中央에 흰 床褓를 덮은 卓子가 잇고 그 四圍에 一座式의 椅子가 놓엿는데 그

中 두 개에는 豹皮가 깔리엇다. 郡守는 이 두 자리에 나와 鑛山技師를 앉히고 남아지 두 자리에 通譯과 自己가 앉앗다.

郡守는 우리를 보고 遠路의 疲勞를 慰하고 朝鮮의 風土와 民族이 어떠냐고 묻는다. 나는 그의 厚意를 謝禮하고 朝鮮은 工業의 發達로 하야 將次 繁榮할 수 잇으리라고 하엿다. 郡守는 내 말에 "무엇보다도 新敎育이 必要하지요. 우리 셋재 아들은 벌서 一年재 '뻐떼르부르그'에 遊學中이외다. 朝鮮은 不幸하야 他强國의 侵略만 없으면 能히 自立할 수 잇소. 朝鮮人은 强하지 못하야 겨우 淸國의 羈絆을 벗어나니 또 日本의 憂患이 잇소. 그는 食慾이 잇고 虛飾을 좋아하오." 하며 그는 日本人을 嫌惡하는 表情을 眉字에 가득히 그린다. 아마 그는 이 때문에 官職에서 몰려날지 모른다. 그러나 그는 매우 率直하다. 珍客인 우리를 보고저 많은 사람이 窓밖에 蝟集(위집)하엿다. 손고락으로 窓을 뚫고 그 구멍으로 드려다 보는 사람도 잇다.

"이애는 내 둘재 아들이오. 셋재 妾의 몸에서 나온 애요." 하며 그는 그 아들을 내게 紹介한다. 이전에는 朝鮮에 庶子와 嫡子의 區別이 儼然하엿다고 한다.

庶子의 待遇

옛날 어떤 大臣이 嫡子가 없어 家督을 그 甥姪에게 相續시키기로 定하고 그 祝賀로 잔치를 베풀엇을 때에 貴賓 顯紳은 勿論, 皇帝까지 來臨하엿섯다. 그 때 열 살된 그 庶子가 賓客의 앞에 나아가 "여러분 보십시오. 제가 우리 아버지의 子息이 分明합니까. 分明치 안습니까." 하고 唐突히 물엇다. 滿堂의 賓客은 무슨 영문인지 모르고 平凡히 "너는 네 어른의 子息이 아닐 수 잇느냐." 하매 그 少年은 다시 語聲을 높이어, "내가 우리 아버지의 子息이 分明할진대 어째 아들의 權利를 剝脫하야 四寸에게 주고저 하나이까. 내 四寸이 내 아버지의 아들은 아니겟지오." 하엿다. 그 아버지는 너무 민망하야 "그런 法이니 어찌 하겟느냐." 하엿더니 그 少年은 "그러면 法律은 누가 記錄한 것이겟습니가." 여러 손들은 서로 바라보며 苦笑를 不禁하면서 "사람이 法을 맨들엇지." 하고 어이없이 對答을 하니 그 少年은 뒤를 이어 "그러면 여러 손님이 사람일진대 不公한 法律을 고칠 수 잇지 안켓습니가?" 하고 追窮하야 滿座를 正色케 하엿다. 이때에 皇帝께서 "오 그놈 어린 것이로되 奇特하다." 하시며 庶子를 薄待하는 法을 고치게 하니 그 뒤부터 庶子의 待遇가 平等히 되엇다고 한다.

"兩班階級은 消滅되엇다니 事實인가요." 하고 물엇더니 郡守는 "階級은 依然하되 그 特權은 一千八百九十五年(乙未年)에 剝脫되엇습니다." 한다.

奴隷制度는 어떠냐고 물엇더니 아직 잇으되 없애려고 準備中이라고 한다.

이러한 談話가 交換되는 사이에 食卓에는 붉은 약과와 밝아코 흰 강정과 大棗와 淸國式 薑餠(강병) 等 같은 甘菓와 生麵과 茶와 '코냑' 술이 準備되엇다. 이 술은 그 瓶을 보아 露國人의 손에서 나온 것임이 分明하다.

우리는 携行한 선믈ー五十本의 呂宋煙과 百本의 卷煙과 呂宋煙 넣는 舌盒(설합)을 寄贈하엿다.

그는 매우 感謝한다. 나는 그에게 撮影을 勸하엿더니 滿足한 빛을 보이며 그 夫人과 모든 妾과 그 子女와 官妓와 많은 下人과 같이 박힘을 所願하기에 鑛山技師로 撮影케 하엿다.

우리는 새 引導人을 求했다. 이 사람은 傳說도 잘 알고 글도 잘 읽는다. <u>朝鮮說話集 七冊을 삿으니 이는 道中에서 읽고저 하는 것이다.</u>

저녁에 郡守는 다시 우리를 來訪하엿다. 靑紗籠, 紅絲紗籠에 불을 밝히고 威風堂堂히 來駕하엿음엔 悚懼한 생각이 없지 안엇다. 우리는 門前에 그를 迎接하야 室內로 引導하고 코냑를 따르고 菓子를 내엇더니 그는 단 것을 좋아하지 안는다고 술만 마신다. 이윽고 몇 잔이 거듭되어 陶然한 醉色이 漂動하더니 千萬意外에도 露西亞말을 한다. 놀램을 禁치 못하야 배운 곳을 물엇더니 그는 일즉이 海蔘威에 갓던 일이 잇어 그때 汽車도 타보고 海蔘威 知事와 午餐도 같이 놓앗다고 한다. 이러한 關係로도 그러하려니와 그는 誠意잇는 親露黨으로 그 反面에 日本을 罵倒함이 至當하다. 그는 會寧 近傍에서 發見된 石灰의 灰塊를 見本으로 가지고 와서 우리에게 보이며 露國의 힘으로 會寧과 四街里 間의 灰坑 鐵道의 續成을 바란다고 한다.

郡守가 還幸한 後에 우리는 朝鮮式으로 저녁을 먹엇다. 飯饌은 七楪 (칠접)이라 하야 닭 白熟과 쇠고기 전골과 너비아니와 白飯 七種인데 여게다 방을 섞어 먹으니 別味다.

九月 二十日. 午前 여섯 時 벌서 數多한 兒童의 눈알이 窓을 뚫고 드러나 본다. 더 잘라야 그 설레에 더 잘 수가 없다. 아이들은 귀엽다. 그러나 異常한 惡臭가 코를 찌른다.

왜 이리 어린이들을 정하게 해 두지 안을가.

어제 저녁 宴會 後에 相當한 盜難이 잇음을 發見하엿다. 茶술도 잃고 통조림도 없어진 것이 많고 彈丸도 더러 없어젓다. 朝鮮에 들어온 後 아직 잃은 物件이라고는 하나도 없엇는데 畢竟은 도적을 맞앗다. 그러나 좀 盜賊이 없는 나라가 어데 잇을라구. 英京 倫敦 大路에서도 盜賊을 만나지 안느냐. 거리에 나가서 風景 二三點을 撮影하엿다. 店房과 국수 집도 박고 어린애를 등에 업고 가는 婦人도 박앗고 上半身을 벗어놓고 일을 하는 婦女도 박앗다.

異國情緒

어느 廛房을 보니 어떤 어여뿐 젊은 婦人이 白色의 허리들어나는 그 服色을 하고 솜을 산다. 한손에는 꿰인 葉錢을 들엇다.

어느 뜰 안에 遮日을 첫다. 이는 大祥祭事를 지나는 것이라 한다. 이 날에는 隣里 親戚이 모이어 먹고 마시며 故人을 紀念한다고 한다.

이곳 商人도 가치다리하고 泰然히 앉아 잇는 모양이 露國 商人과 마찬가지로 金錢 外에는 모든 것을 蔑視하는 듯하다.

南門 밖을 나서니 젊은 아낙네들이 높은 동이에 물을 담아 이고 들어온다. 길에서 지나치는 사람마다 우리에게 相當한 敬意를 表하며 어린이들은 낮은 소리로 '아라사 아라사' 하며 우리를 有心히 본다. 한 老人이 우리 앞에 버리고 서서 高聲으로 무슨 말을 한다. 通譯에게 물엇더니 아라사 사람은 順良하되 露國 兵丁은 不良하다고 한다.

會寧의 印象은 이것뿐이다. 千戶에 六千三百 人口와 百頭의 牝牛(빈우)와 三十의 馬匹과 千頭의 도야지가 잇는 會寧에 小麥 七'부드'와 鷄卵 七個를 求하엿을 뿐이다.

다시 馬上의 人이 되어 南門에서 會寧과 作別하엿다. 물동이 이고 오락가락하는 젊은 안악네를 보며 異國情緒가 더욱 戀戀하다. 山腹에 墓地가 많다. 其中에는 石像을 세운 곳도 잇다. 朝鮮 里數로 三十里나 됨즉한 곳에 '碑거리'라는 洞里가 잇다. 碑거리는 名稱과 같이 碑石 많은 거리라는 말인데 新舊 사도가 遞迭될 때에는 이 거리에서 皇帝가 親授한 印符를 交換한다고 한다.

碑거리를 지나서부터는 '촌강물'이라는 비단결같이 아름다운 시내를 끼고 간다. 山밑을 지나면 玉蜀黍 밭이 나오고 그것이 다하면 조밭이 벌려진다. 조밭이 그치는 곳은 숲이 되고 숲을 지나면 垂楊 느러진 防川이 展開된다. 水晶같이 透明한 水面에 버들가지 너울너울 춤을 추는 光景은 宛然한 一幅 名畵다.

會寧서 八十里되는 山腹에 업드린 조그마한 '촌골'이라는 部落에서 날이 저물엇다. 宿營을 準備하는데 農家의 幕煙에 어두움을 재촉한다.

어느덧 遠近 洞里 사람들이 모여들엇다. 그 中에 <u>二十歲 假量되어 보이는 靑年이 鄕土味가 濃厚한 說話를 들려준다.</u>

<u>朝鮮人은 아직 '호머' 時代를 벗어나지 못하엿다.</u> 그들은 아직 神話的 說話를 듣기 좋아하고 말하기 즐겨한다. 그러나 그들의 이야기는 大槪 祖先의 이야기와 幸福의 期待뿐이다. 自己의 幸福을 爲하야 祖先의 白骨을 移搬함에 힘듦을 깨닫지 못하고 吉日을 擇함에 預言者 訪問하기

에 겨를이 없다.

山에는 멀구와 林檎과 배(梨)와 외얏(李)이 成熟하고 地下에는 金銀銅
鐵 石炭이 無盡藏으로 埋沒되어 잇으되 朝鮮人은 이에 慾心을 내지 안는
다. 오직 그들에게는 說話와 幸運을 必要하게 여긴다.

▲ 제24호(1931.08), 김동진, 露文豪 가린의 朝鮮紀行에서(六)

丗年前의 白頭山 踏破記

> 一八九八年에 露文豪 가린은 露政府의 密令으로 朝鮮의 北部 豆滿
> 鴨綠의 邊境을 踏破햇다. 이것은 그 日記에서 譯出한 當時의 國境
> 光景이다.

九月 二十一日. 우리 探險隊는 벌서 出動하얏다. 農家에서는 집집마
다 秋收해 들이기에 奔忙하다. 아츰 天氣가 晴朗하야 心身이 爽快하다.
많은 兒童들이 벌서 모이어 떠드는데 其中에는 불상한 癩病患者(나병
환자)가 잇다. 여기서는 이러한 患者를 隔離시키지 않고 健康한 사람과
같이 둔다.

沿路(연로)의 山腹에는 省墓하는 白衣群이 흐터젓다. 길은 오르기만
한다. 道中에서 형겊과 淸國 술을 積載한 牛車 數三을 追越하니 棉布는
露領에서 輸入하야 들여오는 것이다.

茂山嶺 頂上에는 山神堂이 잇다. 周圍가 六尺이나 됨즉한 喬木밑에
蓋瓦 덮은 堂宇가 잇고 그 안에는 褐色紙에다 黃色 얼골에 흰 수염과
흰 눈썹이 난 老人이 푸른 옷에 누런 掌甲을 끼고 검정 木靴를 신고
椅子에 한손으로 호랑이 머리를 쓰다듬는 것을 그려 붙이엇다.

이 그림은 會寧 附近에 사는 畵家가 一千八百九十八年 三月에 그린
것이라고 한다.

山神堂 土壁에는 많은 落書가 잇다. 其中에는 露字로 '一千八百八十九年 三月 八日 웨떼르고프', '千八百九十年 三月 二十五日 웨떼르고프 네오위우스, 크루소프', '千八百八十六年 二月 二十六日 데사노'라고 씨워 잇다.

이것은 모두 나보다 먼저 이 고개를 踏破한 사람들의 遺痕이다. 나도 '千八百九十八年 九月 二十一日 가린'이라고 記錄하얏다.

오늘 아침 떠난 곳에서부터 十一露里 假量이나 되는 곳부터는 人跡 未到한 곳같이 雜草가 荒凉하고 行路가 險峻하다. 二十露里되는 곳에 이르러서 비로소 數三 人家를 만낫다. 이 附近은 馬賊의 出沒이 頻頻하야 朝鮮人은 매우 무서워하는 곳이다. 實相 朝鮮人은 怯弱하야 百人이 뭉쳐 가다가도 數三人의 馬賊을 만나면 몸에 지닌 物件을 모두 내어버리고 다라난다고 한다.

清人은 世上에 弱한 人種이다. 그러나 朝鮮人보다는 强하다. 朝鮮人은 戰爭에는 不適한 사람같다. 그들의 傳說에 依하면 英雄의 行動을 羨仰(선앙)한 것이요, 推奬한 바이나 近世의 朝鮮人의 實際는 小兒와 같이 柔順하고 嬰弱(영약)하다. 나의 從卒 '비비크'는 朝鮮人의 이 弱點을 利用할 念慮가 많음으로 恒常 그가 朝鮮人에게 對하야 物品 買入에도 干涉치 못하게 하고 婦女를 희롱함과 朝鮮人의 感情을 살 行動을 하지 못하게 嚴正히 監視한다.

森林은 良好하지

못하다. 燒殘된 것이 아니면 腐朽(부후)한 것뿐이다. 立木은 楊柳科에 屬한 것과 針葉樹나 落葉松이 大概요 赤松類는 드물다.

날이 저문 뒤에 茂山의 끝인 '챠뿔령' 고래를 넘어 '석사리ㅅ골'이라는 山村에 이르러 밤을 지나기로 하얏다. 村의 周圍는 자욱한 樹木뿐인데 저녁의 찬바람이 우렁차게 운다. 무서운 바람소리! 어떤 旅客은 이 산골에서 四五日을 묵으면서 바람 자기를 기다렷다고 한다. 그러나 이 모양으로 바람이 좀처럼 잘 것 같지가 않다.

窮村이요 貧家다. 高架索의 茅屋이 聯想된다. 치위는 四度, 乾草도 없고 燕麥도 없다. 사람을 十里나 보내서야 겨우 二'뿌드'의 燕麥과 二十五束의 藁草를 求해 왓다. 우리는 이미 十餘日재 馬鈴薯와 麵麭(면포)를 먹지 못하고 지낫다.

우리 酒幕 內室에는 어여뿐 婦人이 從僕을 대리고 들엇다. 이것을 發見한 從卒 '비비크'는 前正校 '베세딘'을 보고 단장을 하야 將官같이 보이도록 꿈이라고 勸한다. 이 女子 때문에 室內의 汚穢와 疲困 때문에 元氣가 沮傷되엇든 一行에 웃음판이 버러젓다.

이 女子는 會寧邑에 사는 班家의 婦女요 從僕은 十五歲 少女로 南部 朝鮮에 大旱이 들엇을 때 팔려온 것이라고 한다.

이 婦人 行客은 衣服이 端雅하다. 허리에 銀鈴(은령)을 찻으니 이것은 一種의 佩物이라고 한다. 女子답게 생긴 女子다. 그 乘馬에는 平坐할 鞍裝이 실려 잇고 그 우엔 西洋式 陽傘이 놓엿다. 이밖에 또한 젊은 男子 行路도 들엇으니 이도 衣服 凡節이 정하다.

나는 通譯으로 하야금 이 靑年의 職業이 무엇이며 生活이 어떠냐고 묻게 하얏더니 그는 會寧 近處에서 二日耕의 田庄(전장)으로 生活을 維持한다고 한다. 그 收入으로 不足치 않으냐고 하얏더니 "무얼요 좁쌀 얼마와 이러한 衣服이면 넉넉하고 갓은 一生을 두고 쓰는 것이니까요." 하며 尋常히 對答한다.

9월 22일

우리는 다시 행진을 시작하얏다. 한 고개를 넘으니 골자구니요 거기는 茅屋이 點點하다. 산비탈은 급경사인데 전면이 개간되어 잇다. 무슨 재주로 보섭을 넣엇는지 감탄을 할 수밖에 없다.

조갈 마한 나루를 건느다가 조선 농부가 사용하는 보섭을 보앗다. 그 모양이 露國의 그것과 흡사하다. 농구는 전부 조선제를 사용하얏으나 최근에는 일본품이 수입되기 시작한다고 한다.

노상에서 茂山 방면으로부터

白楊材를 적재하고 오는 牛車를 만낫다. 조선인은 白楊木으로 관을 짜면 백골이 썩지 않는다는 미신을 가지고 잇기 때문에 이와 같이 白楊材의 移搬이 빈번한 것이다.

나는 길압잡이군더러 천지의 창조를 누가 하얏느냐고 무럿더니 그는 하는은 옥황상제가 지은 것이오 땅은 사람이 만든 것이라고 한다.

옥황상제는 누구가 만든 것이냐고 재처 무럿더니 「사람이 생기는 것과 마찬가지로 되엇지오」하며 명확한 대답을 하지 못한다. 우리 일행이 한 적은 부락에 들어 갓을 때에 조선 사람들은 내가 발한 질문을 화제로 하야 서로 다토다가 결국 존경을 받는 듯한 사람이 나서서 땅은 스스로 생기고 하늘과 사람은 옥황상제가 지은 것이라고 대답하얏다.

석양에 茂山이 바라보엿다. 「茂山」은 그 字意가 산이 깊다는 것이니 아닌게 아니라 준령이 疊嶂하고 巒嶽이 巍峨하야 과연 茂山이다.

어느듯 황혼이 시야를 덮어 버린다. 이런 산중에 사찰이 하나 잇음즉 한데 하나도 보이지 않는다. 「웨 조선은 산중에 사원이 없느냐」고 압잡이에게 무럿으나 그도 피곤한 듯이 「없어요. 없어요」할 뿐이지 이유를 대답하지 않는다.

茂山邑에 당도하야 어느 큰 집에 하루 밤을 쉬게 되엇다. 蓋瓦집이요 또 청결한 방 넷이 준비되엇으며 방의 창호도 회색 견사지를 발러 상쾌한 기분이 떠오른다. 일행도 기뻐 떠들며 구경군도 소란하다.

얼른 저녁을 먹고 취침하여야 되겟으나 할 일이 태산같다. 技術 보고도 적어야 되겟고 일기도 써야 되겟고 천문관측도 하여야 되겟으며 조선의 신비한 전설도 수집하고 호랑이와 마적의 소굴인 압길―백두산이야기도 들어야 되겟다.

「이반, 이봐나세프」가 황급히 뛰어 들어와서 마필 5두는 蹄鐵이 탈락하얏고 2두는 등이 상하얏으며 馬糧과 육류도 떠러지엇고 또 일행은 內衣의 세탁을 요망하니 1일간 체류할 필요가 잇다고 보고한다.

세탁은 아직 냉수가 90도에 불과하니 아직 차서 못 빨 리는 없겟으나 다수의 의견이 휴식을 바람으로 하로동안 체류하기로 결정하얏다.

9월 23일

오늘은 茂山에서 쉬이는 날이다. 아츰에 명함을 장관에게 보냇더니 그는 우리를 초대하고저 모든 준비를 다하고 기다린다고 한다. 巷說을 듣건대 이 장관은 청렴하야 뇌물을 탐하지 않고 또 재판을 공정히 하기로 유명하다.

장관의 저택을 방문하얏더니 생활이 매우 質素하야 보이나 인품은 체구가 늠름하고 眼光이 炯炯하야 풍채가 당당하기 짝이 없다. 나는 알지 못할 일종의 경애를 감하얏다.

실내엔 의자가 없어 우리는 불편한 평좌를 할 수밖에 없엇다. 식탁에는 닭이 백숙과 조선 국수와 김치 같은 일상 食物이 놓엿다. 차와 기타 단 것은 권해 주지를 않는다. 우리는 약소한 기념품을 증여하며 장래 우리의 통과한 것을 기념하도록 말하얏더니 그는 사의를 표하며 벌서 우리의 行程을 위하야 모든 준비를 하야둔 것을 말한다.

茂山에서 백두산 가는 길은 보통 조선 도로에 비하면 이상적이라고 할 수 잇으며 교량도 가설되어 잇다고 한다.

나는 그의 정치적 의견을 두드려 보앗더니 그는 자기 개인의 의견이라고 하며

『조선인은 전쟁에는 부적당한 인종이니 인자하고 평온하다. 그러나 행복스러우니 이는 적은 것에 만족할 줄 아는 까닭이다. 금전은 반드시 인류에게 행복만 齎來하는 것이 아니니까요』하며 미소하는데 그 紅脣皓齒와 炯炯한 眼光이 매우 好男兒일뿐더러 열정적 성격의 소유자임을

엿볼 수 잇다. 그는 다시 말을 이어

『일본은 조선과 同系의 민족이나 부패하얏다고 아니할 수 없으니 그들은 허식과 貪慾이 많다. 그러고도 富하지 못하나 露國은 富하고 국민이 강하다. 북부 조선의 주민은 露國의 덕을 입음이 많다. 조선이 자신을 위해서는 軍備가 필요치 않고 오직 인류애가 귀여울 뿐이나 마적을 방어하기 위하야만 다소의 軍備가 소용된다고 한다.

茂山에는 400호, 1,500여의 인구가 살며 牛 300두와 馬 100여 두가 잇다. 주민의 반분은 농업이요 餘他는 관청 종업과 상업이요 또 그 남어지는 무직자이다.

우리의 압길 두만강과 압록강변에는 무한한 곤란이 가로 놓엿다. 가옥도 없고 寒氣도 심하고 마적, 맹수 같은 험난이 잇다. 그러나 하늘이 우리를 보호할 것이다.

9월 24일

昨日은 종일 일을 하얏다. 글도 쓰고 시가도 순회하얏다. 시가는 역시 좁고 더럽고 구멍 가가가 잇을 뿐이다.

오전 7시에 장관이 내방하얏다. 그는 四人轎도 타지 않고 軍奴使令이 소리도 웨치지 않는다. 그는 이미 신법을 준수하기 때문에 질서 잇음과 靜穩함과 겸손함을 좋아한다.

昨日의 나의 요청에 의하야 그는 백두산 가는 노정표와 조선 토산을 朝鮮紙로 포장하야 가지고 왓는데 표면에는 漢文으로 『光明의 始初』라고 썻다.

나는 그와 기념 사진을 박고 피차의 행복을 축수하며 헤여젓다.

금일부터 駄馬는 한데 뭉치어 가기로 되엇으니 이는 중도에 마적의 災厄을 조곰이라도 피하기 위함이다. 또 다시 두만강변으로 나섯다. 여게서부터는 강이 아니고 小川이다. 폭이 불과 25「샤젠」에 지나지 못하다. 江岸의 小路는 험난하야 때때로 수중을 渡涉하기도 한다. 兩岸에는

樹林이요 그 새에 각색 草花가 수를 놓앗다. 두만강의 우렁찬 물소리가 갈색 天鵝絨을 간 듯한 하늘로 스며 드러간다.

對岸 淸領엔 沃野가 즐편하다. 이 땅은 전부 조선 농부가 淸國人의 토지를 빌어 起耕한 것으로 소작료로 10束에 6束을 바친다. 이와 같이 조선인은 淸人 지주의 利慾에 희생이 될 뿐 아니라 마적의 침략까지 無常하야 越境 조선인은 생활에 安睹를 얻지 못한다.

沿路의 조선 농민은 俄羅斯를 신뢰한다. 만일 俄羅斯이면 능히 마적도 섬멸할 수 잇을 것이라고들 하야 俄羅斯를 신뢰함이 두텁다.

路程은 淸領을 걸음이 보다 편하다고 한다마는 우리는 마적의 화를 면하기 위하야 할 수 잇는 대로 조선 땅을 것기로 하얏다. 淸國 땅은 평탄하지마는 조선편은 험하야 駄馬도 傷하고 우리 일행도 발을 다치어서 할 수 없이 對岸으로 건너갓다.

저녁 노을은 이상하게도 찬란하다. 오색이 영롱한 것이 신비의 奇觀이다.

어두운 뒤에 寒氣는 심하다. 中路에 한 농가를 얻어 야영하기로 하고 우선 馬糧부터 주엇다.

부근에 사는 조선인 십 수명이 회집하야 우리 일행을 환영하며 이 땅은 淸領이라 하나 실상은 조선 소유이니 조선 내지를 여행함과 같은 안심을 가지고 잇으라고 한다. 어쩐 곡절인지 몰라 반문하얏더니 그들의 대답이 두만강에서부터 150리는 조선 땅인데 마적에게 沃土를 侵奪되엇다는 것이다.

아마 50露里의 국경 중립지대를 말함인 듯 하다. 중립지대를 淸人이 무법히 빼앗은 모양이다.

조선인들은 백두산 소식을 말해 준다. 정상에는 일대 호수가 잇어 압록, 두만, 松花의 삼대 강의 수원이 되엇다고 하니 아마 이 호수는 필시 往昔의 분화구일 것이다.

이 호수는 신비하야 그 주위 10露里는 항상 뇌성과 같은 소음이 끄칠 때가 없으며 사람은 그 정상을 바라볼 수는 잇으되 가까이 갈 수는 없으니 만일 사람이 가까이 하면 陰風이 大作한다고 한다. 웬 바람이 그러케 이러 나느냐고 무럿더니 그 대답인즉 호수에 큰 용이 잇어 제가 서식하는 곳을 사람에게 보이고저 하지 안는 까닭이라고 한다.

9월 25일. 아츰의 기온은 영하 2도나 되는 치위다. 오전 7시가 되도록 아직 짐도 싸지 못하고 출발 준비도 차리지 못하얏다. 강 건너로부터는 벌서 조선인의 군중과 아동들이 달려와서 소란스럽게 떠들고 잇다. 그러나 언제든지 부녀의 자최는 보이지 않는다. 땅 우엔 안개가 자욱하고 하늘은 흑연을 덮은 듯하다.

우리를 포위한 조선인들은 입을 벌리고 우리를 바라본다. 나는 『당신들의 눈동자는 우리 눈으로는 다투지 못하오. 우리에게는 여자의 밝은 눈동자가 당신들을 대신하얏으면 얼마나 유쾌할는지 모르겟소』하는 말을 통역으로 하야금 전하얏더니 일동이 大笑爆笑하야 갑작이 웃음판이 버러젓다.

필경 우리는 떠나지 않을 수 없엇다. 나는 심중으로 詩趣가 가득한 조선과 작별하고 마적의 나라...황색 『이야불로』(악마)의 왕국인 老大國의 요람지로 드러가는데 대해서 일종 공포와 애수를 느끼지 않을 수 없엇다.

9월 25일. 강 하나를 새에 두고 저쪽은 산악지대인데 이곳은 오곡이 풍요한 沃野다. 금년은 稀有한 풍작으로 굉장이 높은 高粱과 누런 玉蜀黍와 조(粟)와 대두가 성숙하얏다. 나는 이런 곡물 30여 종을 수집하얏다.

1露里도 못와서 우리는 다시 조선 땅으로 건너왓다. 강을 끼고 거러가는 길에 호피를 지고 오는 포수를 만나니 그는 조선 음력 8월 14일 즉 약 1주일 전에 사살한 것이라고 하는데 기리가 꼬리를 내놓고 2「아르신」이나 된다.

포수에게서 드르니 이 호랑이는 두만강 가에서 김장 배채를 씻는 부인을 문 것을 동리 사람들이 모리를 하다가 那終에 이 포수의 손에 사살된 것이라 하며 잡은 호랑이 가죽은 법에 의하야 원님께로 바치려 가지고 가는 길이라고 한다. 관아에서는 그 호랑이 가죽의 값을 지어 일부분은 官庫수입으로 하고 일부분을 상금으로 내린다고 한다.

나는 茂山 군수에게 이 호피의 양여를 懇望하는 편지를 써서 보냈다. 朝夕은 한랭하지만 낮에는 殘暑가 30도 이상이다.

高山 幽谷을 跋涉함에 人馬가 한 가지로 피곤하야지고 24露里(60리 가량)를 다 오지 못아야 날이 저물었다. 예정한 「잡네」동까지 돌파치 못하고 농가 2, 3호가 잇는 적은 산중에 露營하게 되엇다.

해가 지기 무섭게 한기가 엄습한다. 오늘의 落照는 다른 날과 같이 영롱한 색채가 보이지 않고 뽀얀 노을이 서산의 윤곽을 딸기 빛으로 그릴 뿐이다.

[13] 都宥浩(도유호), 獨逸 生活 斷片, 猶太人論과 負傷日誌, 『동광』 제23호~제27호 (4회)

▲ 제23호(1931.07)

(기행문으로 보기는 어렵지만, 이 시기 독일 유학생의 사상 관련)

대학이 휴가를 당한 후로 나는 어느 고등학교 교수 윌큰 氏 宅으로 독일어 개인 교수 받으려 다녔습니다. 어느날 나는 슬픔의 시인 『하이네』가 쓴 『뿌록켄 山上에서』를 배우게 되엇습니다. 그 글 중에는 다음과 같은 문구가 잇엇습니다. (…前略…) 어린양의 무리는 麵麭부스럭이를 집어 먹습니다. 햇빛에 반작이는 귀여운 송아지들은 우리가 앉은 가으로 뛰어 다니며 방울을 울립니다. 그리고 커다라코 기꺼움 찬 눈으로 우리들에게 웃으며 인사합니다』 ... 윌큰 교수는 여기에 이르어 멀정한 거짓말이라고 코웃음을 마지않습니다. 이 『뿌록켄 山上에서』에는 이런 엉터리가 이것 뿐 아니다. 월큰 교수의 하는 말이 어린양의 무리는 麵麭부스럭이를 집어먹는다고 썻으나 양은 麵麭를 먹는 법이 없다고 합니다. 풀을 뜻든 양의 무리가 앉아서 点心먹는 그들의 가에 와서 그들이 던지는 떡 부스럭이를 먹엇다는 것은 멀정한 거짓말이라고 합니다. 그리고 또 송아지들이 햇빛에 반작인다고 형용하엿으나 그것도 엉터리요, 또 송아지 무리가 날뛰며 방울을 울렷다는 것은 두말 없이 거짓말이라고 합니다. 그리고 또 송아지의 눈은 결코 웃는 눈이 아니라고 합니다. 그것은 기꺼움찬 눈이 아니라 도리어 그와 반대의 것이라고 합니다. 잇다라 氏는 『하이네』에 대한 평을 합니다. 그는 『하이네』의 낭만기분을 찾기 어려운 곤에 근거케 합니다. 『하이네』는 가장 감상적의 시를 썻습니다. 하이네의 쓴 글은 獨逸文입니다. 우리는 『하이네』를 獨逸의 시인으로 알아 왔습니다. 그러나 월큰씨는 『하이네』를 獨逸詩人이라고 하기를 긍정치 않습니다. 그의 쓴 글은 獨逸文이나 그의 詩想은 그가 께르만 족의 혈통을 안 받은 만치 獨逸의 것이 아니라고 합니다. 그러면 猶太人인 『하이네』는 獨逸文을 통하야 猶太人의 감정을 표현하엿다는 말이 됩니다. 그는 간접으로 나에게 일러줍니다. 獨逸人은 감정적이 아니라고. 나는 氏의 말을 듣고 놀래지 않을 수 없엇습니다. 그때 무러는 못 보앗으나 그러면 『아인쓰타인』의 상대성 원리도 猶太人의 머리속에서 나왓으니 유태인의 探究的 精神에 의한 것이 아니라고 그는 주장할가요… 그의 태도는 한 거름 더 나아가면 민족의 근거를 인류학적 見地에 두랴는 것이 됩니다.

오랫동안 獨逸에서 생장하여 온 猶人들 그들의 국어는 독일어입니다. 그리고 그들 중에 純猶太血統을 가진 자는 별로 없습니다. 그들은 혼인을 獨逸人과는 않하는 것이 통상이오나 그들은 다소나마 독일혈통을 받고 잇는 것이 사실이라고 합니다. 물론 대부분의 자족내의 혼인이 오랫동안 연속된 관계로 그들에게는 생리적 특징이 없는 바도 아닙니다. 소위 猶太人의 코라는 것은 날달리도 끝이 뾰죽하고 높습니다. 그리고 코끝과 입술새가 남달리 짤으읍니다. 그리고 그들에게는 그들 특유의 종교가 잇습니다. 이 猶太敎는 猶太人에 한한 것입니다. 그리고 猶太人에게는 남다른 성질이 잇습니다. 그들은 금전상의 利害에 가장 밝습니다. 이것은 각국을 통하야 유태인 특유의 점들입니다. 이런 점들을 합하야 학계에서나 俗界에서나 猶太人은 한 특수한 민족으로 생각하는 것이 통상입니다.

일즉이 奧地利의 사회주의자(사회민주주의자)『빠우에르』도 각국에 흐터진 猶太人을 通처서 일정한 민족으로 지명하엿습니다. 그러나 이 『빠우에르』의 관찰에 대하야 『카우츠키』는 猶太人을 1개의 사회층 (Kaste)으로 처리하엿습니다. 나는 카우츠키와 함께 猶太人을 1개의 『카쓰테』로 생각하는 것이 가장 적당치 않은가 합니다. 우리가 猶太人 猶太人 하나 猶太人間에는 서로 차이가 잇고 그것은 또 住在國을 따라 서로이 결정되고 잇습니다. 獨逸의 猶太人은 英國의 猶太人과 다르옵니다. 그들은 猶太人이라는 어느 『그룹』에서 어떤 특징을 계승하게 되는 동시에 또 그 住在國의 大雰圍안에서 어떤 특징을 계승하게 됩니다. 그런 고로 英國의 猶太人은 英國의 猶太人만큼 獨逸의 猶太人과는 다르옵니다. 물론 猶太人을 1개의 민족으로 처리하는 것은 同中異를 제거하고 異中同을 취하야 이 개괄적 개념 우에서 猶太人全部에 공통되는 점을 대상으로 할 것입니다. 그러나 이 처리방법을 가장 리롭게 하는 것은 거기에 공통되는 언어가 없는 것이옵니다. 그리고 또 민족적으로 결정되는 이해의 관계가 서로이 背馳되는 것입니다.

猶太人이 民族的으로 박해를 받은 중에 가장 現顯한 곧은 戰前의 露西亞와 또 그 屬地인 波蘭이엇습니다. 그러나 그들이 민족적으로 당한 박해는 그들의 사회층적 특수행동에 의한 것이엇습니다. 그리고 이 猶太人을 통처서 1개의 민족이라고 생각할 때에 또 한가지 難点은 현재 팔레스타인에 잇는 猶太人과 歐米各國에 산재한 猶太人과의 차이입니다. 여기에 대한 답변으로는 물론 이 兩方의 文化財傳承의 차이를 云謂하게 됩니다. 그러나 이러케 되면 결국 이 兩方을 異種의 민족으로 처리치 않으면 안됩니다. 그러나 보옴에 歐洲人의 태도는 이 兩者를 구별하기에 그리 질기는 배 아니옵니다. 그들은 英國系統의 米國人은 英國人과 민족적 계통을 구별하고 獨逸系統의 米國人은 獨逸內에서도 외국인으로 대접하나 猶太人 만은 모다가 같은 猶太人이라고 합니다. 그들은 같은 태도로 匈牙利의 『집시』나 西班牙의 『집시』나를 구별치 않고 통처서 『집시』로 몹니다.

일즉이 『빠우에르』는 文化財傳承을 云謂하야 민족을 1개의 운명적 결합체(Schicksalsgemeil shaft)로 인식하면서 猶太人을 통처서 1개의 민족으로 취급하엿습니다. 그러나 猶太人을 1개의 민족으로 취급함은 결국 文化財傳承의 관념을 벗어나 혈통문제에 이르게 되는 것에 과합니다. 혈통으로 처리하는 민족문제는 결국 인종학 내지 인류학의 분야에 해결을 求치 않으면 안되게 됩니다.

猶太人 猶太人하나 獨逸에서 猶太人의 本所라고 할만한 곧은 바로 이 佛郎府입니다. 얼즉이 英國의 『로쓰차일드』家도 佛郎府에 그 선조를 둡니다. 佛郎府에서도 『로칠뜨』(로쓰차일드의 獨語發音)家의 세력은 대단합니다. 『뽁켄하임』 큰 길에 나서면 白堊大舘들이 좌우에 쭉 늘어 잇으니 그들의 대개는 猶太人의 소유입니다. 그리고 이 큰 거리 한가에 잇는 棕櫚公園도 猶太人系의 경영입니다. 그리고 市街의 큰 상점들은 대개가 猶太人의 경영입니다. 棕櫚公園의 아름다움은 실로 佛郎府의 한 가지 자랑이라고 합니다. 그러나 일요일이나 명절 이외에 이리로 드나드는 손의 대개는 猶太人이라고 합니다. 공원 내 옥외 奏樂臺 앞에나 『카페』 뜰악에 늘어앉은 남녀노소의 무리는 대개가 猶太人이라고 합니다. 돈 잇는 猶太人이 아니고야 무슨 팔자로 통상 때에 여기에 드나들 수가 잇겟습니까. 그리고 獨逸 사람들이 생각하는 猶太人은 적어도 돈 많은 猶太人, 남보다 별달리도 잘 사는 猶太人입니다. 그러케 猶太人은 뿌르조아 계급의 어느 특수부분으로 獨逸人에게 대하오나 獨逸人은 이것을 민족편견의 색안경으로 보는 것이 통상입니다.

이야기는 새삼스럽게도 변하여 가오나, 猶太人 猶太人하고 일반 獨逸人과 구별하는 반면에 여기에는 서로의 대립이 성립됩니다. 대립은 투쟁을 초래합니다. 이 대립과 투쟁은 실로 역사의 내용을 조성하는 바입니다. 猶太人問題는 따로 치고 투쟁을 중심으로 한 인류의 역사에 조곰 언급하여 볼까 합니다. 『칼 맑스』는 일즉이 有史來 모든 사회의 역사는 계급투쟁의 역사라고 하엿습니다. 나는 좀 나가서 인류의 역사를 3개 樣態의 투쟁으로 구별하여 볼까 합니다. 하나는 <u>인류의 문화건설에 의한 對自然力的 鬪爭입니다. 둘재는 異樣集合体間의 與族鬪爭입니다. 셋재는 동일한 社會內의 계급투쟁입니다.</u>

對自然力의 文化鬪爭과 一社會內의 계급투쟁에 대한 소견은 여기에 略하고 與族鬪爭에 다소 언급하여 보겠습니다. 나는 與族鬪爭이란 개념 아래에 민족투쟁과 부족투쟁을 포함시켯습니다. 與族鬪爭은 처음 부족간의 투쟁으로 시작하야 다시 민족간의 투쟁으로 전개케 된 것입니다. 大体 생물은 일반이 집합성(Gregariousness)을 가젓다고 합니다. 더구나 인류에 이르러 보오면 인류는 태조부터 집합성을 가젓든 것입니다. 그것은 먼저 생존경쟁의 원칙 하에 생존조선의 安易를 위하야 필연적으로 생기는 어느 원시적 집합체에 먼저 體現됩니다. 어느 집합체가 성립되면 따라 그 집합체의 부원은 여기에 애착심을 가지게 되는 것입니다. 이 애착심은 동시에 배타성을 동반하게 되는 것입니다. 이것은 첫재로 이 집합체의 안전을 위하야 그럿습니다. 그러나 동시에 이 집합체 내에서 자란 부원들은 다른 어느 집합체에 대하야는 가장 낯이 설게 됩니다. 낯이 설다는 것은 반면에 거기에 대한 공포심을 초래하게 되는 것입니다. 이러케 異種集合体 間에는 相距가 생기고 대립이 생기게 됩니다. 거기서 自屬集合体의 안전 내지는 隆盛을 위하야 서로이 투쟁은 시작됩니다. 이 투쟁은 가장 원시시대에 잇어서는 부족부족 간에 성행하엿든 것입니다. 집합체의 범위는 부족으로부터 다시 민족으로 전개되엇든 것입니다. 그러나 이것은 늘 일정한 규율 하에서 필연히 그러케 되는 것은 아니엿습니다. 어느 민족은 민족적 집합체로부터 다시 부족으로 분리될 때가 많습니다. 더구나 중세기의 봉건제는 그리하 엿든 것입니다. 그리고 민족문제가 가장 그 의미를 가지게 된 것은 봉건제 붕괴 이후의 것으로 거기에는 물론 이유가 잇습니다. 그리고 이 집합체 내에는 이럭저럭하는 동안에 사회 층이 생기게 될 것입니다. 그리하야 與族鬪爭에 의한 이득은 그 사회층 중의 首位에 잇는 층에 가장 풍부히 부여케 됩니다. 이 首位層은 다시 자기 층의 이익을 위하야 族的鬪爭의 승리를 도모케 됩니다. 그리하야 그것을 각부원의 그 집합체에 대한 애착심에 호소합니다. 이러케 되는 일방 그 집합체 내의 각사회층은 상호의 이익상반에 의한 투쟁을 계속합니다.

일즉이 羅馬의 역사는 이 對外族的 鬪爭과 羅馬 內部의 사회층 간의 투쟁(귀족과 평민의 계급투쟁)의 역사이엇습니다. 그리고 민족은 種族으로부터 유래하엿사오나 種族은 민족과는 그 의미를 다르게 합니다. 종족은 數個의 異種民族으로 난외어 오게 되엇습니다. 민족은 그 발전과정에서 통일되거나 혹은 2, 3개로 분리되어 국가라는 기관을 만드는 것이 통상이엇습니다. 그리하야 다시 국민이라는 개념 하에 이해케 됩니다. 그러나 국민과 민족은 동일한 것이 아니옵니다. 민족 중에는 국가의 성립 이후 다른 민족과 싸와서 국가의 성립에 파괴를 당하고 타민족이 성립한 국가에 속하야 그 국가의 국민으로 취급케 되는 예가 많습니다. 그리하야 민족은 數個의 국민으로 分岐되거나 또는 數個의 민족이 1국민 내에 포함되거나 합니다. 英語의 Nation은 그리하야 그 국가라는 정치기관에 관련하야 민족을 의미할 때에 적용되는 말입니다. 정치기관을 제외하고 민족을 의미할 때에는 그리하야 Nationality라는 말을 씁니다. 다소 의미의 차이는 잇으나 獨逸語에서도 Nation과 Nationalitaet을 구별하는 것을 통상으로 합니다. 영어의 『내슈낼리티』나 獨逸語의 『나쵸날리테-트』이나 모다 Nation이라는 말에서 유래한 것으로 민족과 국가의 성립이 얼마나 밀접한 것이며 또는 민족과 국민의 합치되는 예가 얼마나 많은 가는 이것으로도 알 수 잇습니다. 그리고 민족이 한 집합체로 출현할 때에는 거기에 어느 공통되는 언어를 가지는 것이 통상입니다.

일즉이『칼 카우츠키』는 민족을 이 언어(국어)의 차이를 중심으로 결정할랴고 하엿습니다. 그리고 동일어 내에 異種의 민족이 연결된 경우를 그는 동일국어 내에 數種의 민족이 포함될 수도 잇다는 것으로 설명하엿습니다. 이 설명은 그러나 명확한 과학적 답안은 못되옵니다. 그러나 이 민족집합체와 언어와의 관계는 가장 밀접합니다.

민족은 이 집합체 내에서 어느 특수한 語文化活動을 합니다. 그러는 중에 그들은 그 자체 내에 공통된 어느 언어를 수립합니다. 이 민족은 그러나 역사를 通轄하야 一樣의 의미를 가진 것은 결코 아니옵니다. 우리의 민족관념에 대한 이해는 여기에 가장 실제적이고 가장 중요한 의의를 가지게 됩니다. 현대의 민족개념은 羅馬時代의 민족개념과는 現顯히 다른 것입니다. 이상에 말한 바와 같이 민족투쟁 승리의 이득은 언제나 그 민족 내의 首位社會層 다시말하면 지배계급에 가장 풍부히 부여되는 것입니다. 그리하야 이 지배계급은 自階級의 이익을 도모하는 때에 그 민족전체의 민족애에 호소하게 됩니다. 그리하야 결과는 어느 異種民族의 희생에 끝치옵니다.

그런대 이 지배계급의 전환은 민족의 개념자체에 변화를 줍니다. 그리하야 이 민족의 개념은 이 지배계급의 출현을 결정한 어느 조건에 의하야 다시 결정되게 됩니다. 그런고로 그냥 민족이라는 관념으로 현대의 민족을 설명할랴고 할 때에는 적지 않은 오진를 초래케 되는 것입니다. 그리하야 자본주의의 최후 계급인 帝國主義的 侵畧을 기초로 출현된 현대의 민족을 羅馬時代의 민족관념이나 壬辰亂 當時의 민족관념에 의하야 이해할랴 함은 적지 않은 착오입니다. 그러나 사실 이것을 실행하는 분은 가장 많은 것입니다. 나는 이상에서 민족대립 及 기타에 언급하엿습니다. 민족은 여태것 대립하여 왓습니다. 그러나 그것은 결코 장래의 대립을 예언하는 바는 아니옵니다. 우리는 과거에 잇어서 부족적 대립이 민족적 대립 하에 소멸된 것을 보앗습니다. 여것은 간단히 장래의 민족대립의 소멸에 대한 암시라고 하여도 별로히 과언이 아니옵니다. 일반의 민족의식은 가장 避키 어려운 것입니다. 그것은 歐洲

戰爭 爆發當時에 우리가 가장 잘 證得한 바입니다. 민중은 언제나 발생적인 심리상태에 잇습니다. 이 심리상태는 언제나 비논리적 현상에 끝이는 수가 많습니다. 그러나 이것은 민중과 敎化에 의하야 어느 건전한 『이데올로기』의 지배 하에 둘 수가 잇는 것입니다.

이상에 나는 까닭 없이 민족 云云을 일삼앗습니다. 그리고 민족대립의 소멸에까지 언급하엿습니다. 그러나 민족이라는 인류의 집합체는 언어의 불통일과 문화정도의 차이로 그 집합체를 相互히 구별하게 되는 것입니다. 이 구별은 민족대립의 소멸에 가장 방해물이 됩니다. 민족은 원래 문화활동의 1단위엿습니다. 어느 특수한 민족은 언제나 어느 특수한 문화를 건설하여 왓습니다. 이 문화건설의 정도 及 형태는 그 民族天來의 생리적 능력과 그 住在地帶의 지리적 조건(거기에는 기후도 포함됩니다)과 기타 外族과의 관계 등에 의하야 결정되엇습니다. 그러나 이것은 상호의 특수부분을 역사의 흐름을 따라 서로이 교우시켜 오게 되엇습니다. 이 특수성은 근대에 이르러 가장 現顯히 교우하게 되엇습니다. 현대의 문명이란 일방으로 보면 이 특수민족의 특수문화를 서로이 상통시켜서 일류 전체에 及하는 것입니다. 안된 소리를 되는 대로 떠버렷으니 인제 話頭를 좀 돌려 보겟습니다.

그것이 8월 2일 아참이엇습니다. 마침 주인 집 부인은 아이들을 다리고 촌으로 갓섯고 具先生은 巴里로 갓섯고 또 『로멜』氏도 오늘은 부인 가신 곧으로 가게 되엇습니다. 그날은 토요일이엇습니다. 나는 통상 때에는 1주일에 5次 式 월큰 氏 宅에 다니고 土曜 日曜는 그만두던 것을 월큰 氏 사정에 의하야 오늘은 토요일임에도 불구하고 氏 宅으로 출석케 되엇습니다. 나는 그날도 여전히 자전거로 출석하엿습니다. 바로 떠나기 전에 나는 天津서 온 金鎭東君의 편지를 받엇습니다. 편지 속에는 이것저것의 자미 잇는 소식이 꽤 많앗습니다. 바로 그날 월큰 씨 집에서 도라오든 길이엇습니다. 서툴은 솜씨에 자전거 행세를 하다가 그만 자동차에 즛찌어 버렷습니다. 정신이 떨떨한 속에 굽어 보니 옳은 팔이

부러젓습니다. 자전거가 이리저리 틀어 젓습니다. 이윽고 적십자 자동차가 오더니 나를 실고 갑니다. 세상에 나온 후에 팔이 부러저 보기도 오늘이 처음이지만 마취하여 보기도 오늘이 처음입니다. 내가 床車에 담겨서 드러간 곧은 정형외과 병실이엿습니다. 처음에는 큰 병실에 드러갓다가 그 대음에는 적은 병실로 옴기게 되엇습니다. 이 정형외과 병실에 드러누운 분의 대개는 나 같이 팔이나 다리가 부러진 분들입니다. 그 다음 서로히 이야기를 하며 무러본 즉 절골 된 원인은 대개가 교통사고라고 합니다. 요새 흐니 신경쇠약을 문명병이라고들 하드니 가만이 보니 교통사고로 생긴 이런 병들은 뭇잘 것 없이 문명병입니다. 문명의 정도는 石鹼消費高로 측정되느니 사탕소비량은 문명의 정도에 정비례하느니 하는 격으로 문명의 정도는 교통발달의 정도로도 측정됩니다. 교통의 발달은 교통수단의 증가와 교통망의 緻密을 동반합니다. 이것은 인류의 문명적 향락을 위한 것입니다. 그러나 이 반면에는 여기에 드러누운 우리네처럼 이 교통발달에 희생되는 자도 잇게 됩니다. 그리고 희생자를 내는 것은 실상 불가피한 것입니다. 그러나 이 희생자에 착안하야 문명을 呪咀할 수는 도저히 없는 것입니다.

인류의 사회에는 『레블류치온』이란 현상이 일어납니다. 그것 중에는 사회의 발전을 위하야 불가피한 것이 대개입니다. 그러나 이 『레블류치온』은 사회원의 많은 희생을 동반합니다. 이 희생을 眼目에 여코 『레블류치온』을 呪咀하는 것은 교통사고로 문명을 呪咀함과 달은 배 없습니다. 나는 병석에 누어서 가장 뻔뻔한 생각을 하엿습니다. 나는 문명의 희생자 노릇을 당분간 하게 되엇다. 문명을 가장 심각하게 맛보앗다라고 안된 맘 푸리를 남 모르게 하엿습니다. 싀어머니 몰래 이불 속에서 먹는 구운 밤 이상으로 나의 이 맘 푸리는 소리 안나고도 고송하엿습니다. 이 고송한 맘 푸리란 안타까운 일을 당한 때에는 가장 효력이 많은 것입니다. 이것을 소리 안 나게 잘 씹어 넘기면 凡人도 어느덧 철학자가 됩니다. 이 凡人이 철학자 되는 경우는 許多히 많지만 그 중에도 가장 쉽게 철학자 되는 경우로 나는 먼저 이 맘 푸리 철학을 들고 십습니다.

凡人은 때대로 또 싱통생통하고 이상야릇하게 철학자 되는 수가 잇습니다. 일테면 낮잠 자다 깬 끝의 허무주의 철학은 원치도 않는데 자아를 철학도 의자 우에 앉처 놓습니다. 그러나 이 철학의 『야마시』에 너머가다가는 냉수로 볼도 뿌셔보기 전에 鬼拍을 맞는 수가 잇습니다.

내가 獨逸 와서 한 가지 感心한 것은 獨逸사람의 친절한 맛이엇습니다. 내가 병실에 드러와서부터도 그들은 퍽이나 親切하엿습니다. 이튼날은 일요일입니다. 오후에 한 『압파드』곁간에 사는 자동차 운전수 『랑』氏의 夫妻와 얼마 전에 친한 『쉽프』부인이 『빠나나』복송아 그밖에 내가 쓰든 치솔, 비누, 세수 수건 같은 것을 수둑어니 안고 왓습니다. 내가 여기 드러온 것을 어떠케 알엇느냐고 무럿더니 어저께 순사가 와서 『로엘』씨를 찾앗으나 그 집에는 아모도 없엇기에 까닭을 무럿더니 내 이야기가 나오드라고 합니다. 내 곁 왼편에 누은 분은 어느 小刀製造工腸의 職工이엇습니다. 이 친지는 어대서 배와 넣엇는지 영어 쌍소리를 無窮無盡히 줏어 냅니다. 뜻을 무럿더니 더러는 아나 더러는 모른다고 합니다. 내 바른 곁에는 自働自轉車에 치인 젊은 친지 하나가 다리, 팔, 산산히 부러저서 누엇습니다. 때때로 그의 어머니와 그의 애인이 문병을 옵니다. 그의 애인이라는 젊은 색시는 때때로 남 안보는 틈을 타서 키쓰도 합니다. 갈 때면 눈물이 그렁그렁합니다.

나의 옳은 편에 누은 분이 건넛 列로 옴기자 그 자리에는 미국청년 한 분이 드러오게 되엇습니다. 이 청년은 지금 내가 잘 아는 數物學科의 『뻬드』君이엇습니다. 君은 獨逸系統의 米國人으로 가정에서도 獨逸語를 상용하엿다고 합니다. 그러나 뻬드 君은 모다들 米國人으로만 봅니다. 뻬드 君의 병은 "빨네뽈 작란 끝의 足指病이엇습니다. 우리는 누어서 서로 웃우운 소리를 넘기웁니다. 나는 獨逸語가 부족하야 영어로 씹어럽니다. 그러면 뻬드 君이 이것을 번역합니다. 그러나 나는 또 남들이 하는 소리를 조곰도 알아 듯지들 못하는 때가 퍽이나 많습니다. 원래 재미 잇는 이야기는 표준어보다도 사투리 편이 더욱 재미난다고 합니다. 이 친지들이 여태것 알음소리를 치다가도 벼란 간에 목이 터저 라고 웃는 것을 나만은 영문을 몰으고 지나웁니다. 사투리에는 뻬드君 도 곡절을 몰읍니다. 내가 여기서 한 가지 딱 한 목을 당한 것은 그들이 日本에 대한 불평을 내게 털어놓는 것이엇습니다. 나는 日本사람이 아 니요 朝鮮사람이라고 하여도 이 친지들은 드러를 안줍니다. 歐洲戰爭 때에 日本은 왜 獨逸하고 싸왓느냐고 뭇습니다. 나는 되던 안되던 때때 로 책에서 얻어넣은 소리들을 안써는 獨逸語로 애써가며 털어놓습니 다. 그러나 내 소리는 귓속으로 안 들어 가는 것이엇든가 봅니다.

입원 2, 3일 후부터 나는 때때로 남들을 따라 병원 뜰악을 산보하엿 습니다. 그리다가 그 한가에 흐르는『마인』강에 이르게 되는 때도 잇엇 습니다. 도회의 뾰족 집들은 강변에서 보는 것이 무엇보다도 어여뿌다 고 나는 생각합니다. 내가 보든 중에 가장 귀여운 것은 강 건너 사원의 뾰죽 집이엇습니다. 나는 그리고 또 이번 입원 중에 가장 섭섭한 소식 을 듣게 되엇습니다. 기다리고 기다리든 아부지의 편지를 한번 받게 되엇습니다. 거기에는 어린 삼촌 鎭百이와 繼母의 별세 소식이 잇엇습 니다. 鎭百이는 자보다 몇 배나 영리한 소년이엇습니다. 鎭百이는 엄척 난 작란도 꽤 잘하든 소년이엇습니다. 그는 혈기 잇는 소년이엇습니다. 鎭百이는 이미 세상을 떠낫섯습니다. 나는 그리고 입원 중에 적은 형님 의 檢印맞은 엽서도 받아 보앗습니다

▲ 제25호(1931.09), 獨逸 留學 日記, 獨逸에서 都宥浩

9월 초순을 당하야 겻집『랑부인의 언니가 시집사리하시는『볼펜하 우젠』촌으로 놀러가게 되엇습니다.『볼펜하우젠』은 이름 잇는『타우누 쓰』삼림 속에 앉은 조고마한 농촌입니다.『랑』부인 언니의 시집 되는 『빠우만』댁은 조고마한 客主집이엇습니다. 내가『오버뿌레허』역에 내 렷을 때에 정거장에는 랑부인 언니의 시아우되는『루듸』군이 마중을 나왓섯습니다. 그 날 뻐스를 타고 가든 길에 나는 처음으로 그림속에서

나 보든 양 몰고 다니는 목자의 모냥도 보앗습니다. 흐린 하늘 아래의
『타우누쓰』의 숲은 가장 그럴 듯 하엿습니다. 그날 客主에 다은 후에
나는 『루듸』군과 숲속으로 산보하게 되엇습니다. 산보 중의 이야기는
노총각 간에 흔이 들러 다니는 어여쁜 색시 이야기로 시작하야 이력저
력 나종에는 사냥 이야기도 하엿엇습니다.

도중에서 우리는 이 동내에서 조고마한 피혁공장을 경영하는 어느
消日 사냥꾼 한 분을 맞나게 되엇습니다. 사냥꾼의 눈은 남달리도 밝아
서 어수룩한 저녁 속에서 건넌 산기슭을 가르키며 짐생들의 어룽기는
모냥을 뵈어줍니다. 그것이 아마 그 다음날이든가 봅니다. 『루듸』군은
내 방에 들어와서 현재의 독일 정치에 대한 불평을 털어 놓기 시작하엿
습니다. 『루듸』군은 國粹社會主義者입니다. 군은 소리를 높이어가며 『듹
타토』정치의 필요를 부르짖습니다. 그는 그리고 관리의 봉급이 너무
높다는 것을 몇 번이나 곱씹어 말하옵니다. 그의 불평은 무엇보다도
이 관료의 봉급이 농민이나 노동자의 수입에 비하야 높다는 대에 잇습
니다. 이것은 그리고 현 공화정치의 죄라고 합니다.
『빠우만』집에는 現今 자식 3형제가 잇습니다. 맨 큰 아들은 전번 大
戰 당시에 전사를 하엿고 그 다음 아들 되는 이는 분가를 하야 산 아들
중 한 분도 딴 대 잇으니 집에 남은 것은 『루듸』군과 군의 형으로 『랑』
부인 언니의 남편 되는 『월헴』씨입니다. 그리고 이 집에는 또 양자 한
분이 잇으니 그의 이름도 『월헴』입니다. 집에서는 그리하야 본 아들은
『윌리』라고 부르옵니다. 양자 『월헴』군의 아버지는 전번 戰死를 하엿
답니다. 잇다라 어머니도 돌아가시니 집에는 兒孩 4, 5인만 남게 되엇
답니다. 그리하야 동내 중 몇 집에서 兒孩들을 모아 양자녀로 집어 갓
다고 합니다. 그리고 이 집에는 또 『빠이언』에서 온 『젬펠』군이 실업
후의 住食을 의탁하고 잇습니다. 그들은 모다들 마차를 몰고 밭으로
가거나 산으로 가거나 합니다. 망냉이 아들 『루듸』군만은 나히 30에
아직까지 엉석하는 버릇이 남아서 정주간에 궁뎅이를 박고 떠나지 안

습니다. 늙은 빠우만 부인은 『오븐』화덕가에 앉아 보선을 뜨거나 감자를 벗기거나 하고 젊은 빠우만 부인은 하녀를 다리고 소젖도 짜고 도야지 물도 주고 『뻐터』도 만들고 그 밖에 음식 주선도 하십니다. 루듸군은 몸집이 뚱뚱해서 형이나 형수나 자당되시는 분은 때때로 『뚱뚱보』로 몹니다. 윌리씨는 일즉이 전쟁에 나가섯다고 합니다.

다리 한 쪽을 총에 맞아서 도라온 뒤로 휴전되기꺼지 남아 잇게 되엇다고 합니다. 뚱뚱보 『루듸』군은 군복을 입어본 2, 3일만에 출전용사의 월계관을 쓰고 鄕里에 돌아오게 되엇답니다. 하로 나는 『윌리』씨와 『젭풀』군을 따라 마차에 앉아 목재실이를 가게 되엇습니다. 윌리 씨는 출전의 경험담을 시작하엿습니다. 그 중에는 佛蘭西 농가에서 감자 굽든 이야기, 이러케 우거진 숲속으로 기어다니든 이야기, 총알이 머리 우으로 씨르릉하고 지나가든 이야기들이 잇엇습니다. 한 번은 그가 지나가다가 보니깐 佛蘭西 군졸이 무수히 더러는 앉앗고 더러는 업디엇고 더러는 電柱에 지대 앉앗고 하엿드랍니다. 그들은 모다 독까쓰 먹은 이들로 그만 방비구를 못가젓든 까닭이라고 합니다. 한 번은 세 주일 동안이나 집으로 편지할 기회를 못얻고 지낫더니 집에서는 모다들 죽은 줄로 알앗드라고 합니다. 늙은 『빠우만』부인은 하로 자기 방으로 나를 불러 맏아들 되는 이의 군복 자태의 사진을 뵈어줍니다. 그리고 한숨을 한 번 길죽이 쉬어 버립니다. 그는 지금도 시시로 죽은 아들 생각에 한숨 쉴 때가 많다고 합니다. 바로 전쟁 당시에 이 『볼펜하우젠』에는 불란서 사람 15, 6명이 붙잡혀 왔다고 합니다. 그들은 모다 발전 당시의 독일 체류자들로 전쟁이 폭발되자 모다들 죄수로 붙들리어 여기 와 일하게 되엇답니다. 그들 중의 2, 3인은 이 『빠우만』집에서 기숙하게 되엇답니다. 그리고 그들의 사역을 감독한 분은 지금 이 동니에 남아 잇는 노선장 『펫츠』씨엿다고 합니다. 이 『펫츠』노인은 일즉이 東洋 航路에 오랫동안 종사하신 이로 그는 부인의 本鄕을 찾아 여기 오게 되엇답니다. 그이의 집에 가 보면 책상 앞에는 자기가 일즉이 타고 나니든 범선 한 척의 사진이 걸려 잇습니다. 그는 朝鮮해안들을 몇 번이나 지나첫고 또 海參威에서는 朝鮮사람들도 많이 보앗다고 합니다. 그이에게는 海參威 朝鮮사람들의 가옥 풍습 기타에 대한 사진이 많습니다. 물어보니 그것은 모다들 30여 년 전의 것이라고 합니다. 이 동니에서 내가 맞난 분 중에 표준어를 상용하는 이는 이이가 처음입니다. 이『펫츠』노인은 아직까지도 이 동니 사투리를 잘 못 알아듣노라고 하십니다. 대체 독일이란 어떤 놈의 나라인지 方語가 기가 막히게 많습니다. 일즉이 봉건 시대에는 이 동니에서 저 동니로 가는 것도 자유로 못하엿엇다고 합니다. 그리하야 불과 5리를 隔한 두 동니의 말도 함경도 사투리와 전라도 사투리와의 차이만큼은 되는 모양입니다. 독일 아이들은 8개년의 의무교육을 받습니다. 학교에서는 표준어만을 사용합니다. 그러나 그애들은 집에만 돌아오면 사투리를 집어 셉니다. 그러니 졸업 후의 사투리야 말할 것 잇습니까. 그리고 남은채 한 동니 안에서 지난 분들은 표준어로 말할 때에도『악센트』만은 여전히 사투리 악센트가 됩니다.

한동안 도회 살림에 큰 생원님 노릇을 하든 나는 이 동니에 온 뒤로부터 소똥 냄새 말똥 냄새에 익숙지 않으면 안되게 되엇습니다. 이 집은 그래도 客主집이라고 2층 한쪽에는 대강당 비슷한 방이 한 간 잇습니다. 이 방에는 한켠에는 무대도 잇고 무대를 향하야는 극장식으로『갤레리』도 잇습니다. 무대에는 연극 배경의『캔버쓰』도 잇으니 이것은 작년 크리쓰마쓰 때 쓰든 거라고 합니다. 크리쓰마쓰가 오면 여기서는 또 춤들을 추게 된답니다. 이 방 들어오는『또아』에는 17세 이하의 소년소녀는 입장을 금지한다는 경찰서 告示가 붙엇습니다. 나는 변소로 갈라면 안방을 거처서 무대 한켠에 잇는 조고마한 間으로 들어가게 됩니다. 변소에 들어가면 그 밑으로는 병아리 우는 소리 도야지 뚤뚤거리는 소리가 들려옵니다. 이 변소는 특히 객을 위해 된 변소입니다만 첨 온 손에게는 다소 딱한 때도 잇습니다. 변소 소리에서 별안간 음식 소리로 넘어오니 다소 순서가 틀리기도 합니다만 나는 땟가리면 가족들과 함께 정주로 내려갑니다. 내가 여기서 제일 많이 먹는 것은 새로

만들어 노릿노릿한 『뻐터』입니다. 그리고 그 다음에는 佛郞府에서는
얻어 먹기가 좀 어려운 도야지 순대입니다. 원래 佛郞府는 순대 産地로
佛郞府 순대라면 이름이 잇지마는 식당 출입을 하시는 신사분네게는
이러케 맘대로 쑥쑥 베어서 麪麭에 무처 먹는 때가 드뭅니다. 순대라면
가는 것 하나를 감자 『쌀낫』에 바처 주는 것이 통상입니다. 그리고 여
기서도 남들처럼 하로에 다섯 끼를 먹습니다. 다소 배불은 소리오나
나는 하로에 다섯 끼로는 목트림이 거치러워서 백여나는 수가 없습니
다. 그래서 아침과 점심 새의 간식만은 면제처분을 받엇습니다. 이 동
니도 다른 동니와 같이 午正이면 교회당의 종이 울고 하로에 몇 번 식
을 소식을 보고하는 경찰서 어른이 길거리에서 종을 흔들며 열무장수
모양으로 무어라고 소리를 지릅니다. 그리고 여기서도 한 주일에 한
번식 토요일 석양을 당하면 길거리도 소제하고 오양깐 뒤깐도 수리치
고 말 꽁무니에 붙은 똥더덕이도 뜯고 합니다. 그러는 한켠에는 떡장수
집 문간으로 과실 케익판이 끊임없이 드나듭니다. 일요일이면 과실 케
익을 먹는 것이 풍속이온대, 보통 집에는 굽는 가마가 없고 보니 만들
어서는 떡장수 집에 가서 굽는 것이 보통이라고 합니다. 왼 주일동안
일하든 그들도 일요일만 되면 아츰에 먼저 이 과실 케익에 카피를 집어
세고는 모다들 그 다음에는 놀러 다니는 것이 일이라고 합니다. 그 중
에도 젊은 아가씨네나 서방님네는 춤 추러 다니거나 숲 속에 노니는
것이 일이라고 합니다. 너느 때 보면은 두드려 잡은 부엉이 같든 친지
들도 일요일만 되면 재넘어 郡主事어른 이상으로 번즐을 하야 나오고
어저께까지도 큰 나루묵에 앉은 팟죽장수같든 안악네들이 오늘에는 난
대 없이 큰댁에 온 서울 색시로 化身들을 합니다.

그것이 내가 이 동니에 와서 맨 처음 당한 일요일이엇습니다. 그날
오후에 나는 남들을 따라 『랑헥케』거리의 무도장으로 갓습니다. 오늘
마침 여기에는 악대 잇는 무도장이 두 군대나 되어서 인근 동리에서들
흠뻑이 모여들엇습니다. 나는 남들과 함께 첫 군대서부터 담배도 피우
고 술도 마시엇습니다. 남들은 모다들 맥주를 집어 세나 일즉이 맥주

林檎 兼服에 두 번이나 혼을 낸 나만은 포도주로 때게 되엇습니다. 포도주는 한 잔에 40페닉(약20전)이나 맥주는 한 잔에 20페닉 밖에 안됩니다. 이러케 되니 포도주 마시는 나만은 자연히 새 양반으로 堂上에 올려 앉게 되엇습니다. 한켠에서 뚱따라 뚱따라 소리가 나면 젊은 남녀의 무리는 서로 끼고서 이리저리 삥삥 돌어 갑니다. 그러는 한켠에 나만은 춤을 게을리 흘리고 앉아서 처다봅니다. 석고로 틀 짜 놓은 오른팔을 줄에 걸어 메고 왼손으로 술잔을 들랴면 꽁무니가 때때로 옴씰거려서 견대는 수가 없습니다. 우리는 두 무도장으로 두서너 번 오르내렸습니다. 때때로 남들이 춤을 추는 한켠에 생원님네 무리가 술통가에 서서 대병들이 잔이나 장화 모냥으로 생긴 잔에 맥주들을 부어서 서로히 건배를 올리며 노래들을 합니다. 그러는 중 한 번은 우리『볼펜하우젠』동니의 무태들이 한군대 모여서 건배를 올리게 되엇습니다.『젭풀』군 무릎에는 건딘골 색시 한 분이 걸처 앉앗습니다. 젭풀군은 흥이 나서 노래를 불읍니다. 나는 어언간에 정신이 떨떨해 왓습니다. 나도 남들의 뒤를 따라 여기 와 배워 넣은 單목 노래를 불럿습니다.

노래란 별게 아니라 우리 조선으로 치면『아리랑 아리랑 아라리요』나『저 하날에는 별도 많고 이내 싀집살이엔 말도 많다』와 비슷한 것입니다.『이히 합디히탄첸 게젠 운드 따이네 쉰하잇미히 톨게마흐트』이 동니에 와서 내가 한 가지 또 자미잇게 생각한 것은 그들의 歌詠에 대한 소양이엇습니다. 토요일 밤마다 이『빠우만』댁 遊戱室(이상에 말한 큰 방 말입니다)에는 동니 사람들이 모여서 歌詠연습들을 합니다. 모인 이는 모다 사내들뿐으로 이때면 늘 교사 한 분이 옵니다. 그는 여기서 묵고 가는 것이 보통이요 그들의 노래는 정밤까지 계속합니다. 노래가 끝나면 그 다음에는 맥주잔이 모여듭니다. 그들의 노래소리는 때때로 가장 거룩하게 울려 옵니다. 드르니 이 歌詠團은 동니마다 잇는 것으로 1년에 몇 번식 경쟁회가 열린답니다.『볼펜하우젠』은 그 중에 가장 많이 이기는 편으로 경쟁으로 얻어온 전리품이 트근이 놓여 잇습니다. 그들의 부르는 노래는 때때로 우렁차게도 울려 오고 때때로 가장 자릿

자릿하게도 울려옵니다. 그리고 어떤 때는 엿듣는 나의 가슴을 가장 외롭게도 하여 줍니다. 그 다음 토요일에는 이 노래 연습이 끝나지 않아서 일요일 아침에 다시 하게 되엇습니다. 나는 그때도 가서 엿들엇습니다. 나는 『갤레리』(다락)에 앉아서 그들의 얼골 썰우는 법이며 입 놀리는 법이며를 끝없이 내려다 보앗습니다.

교사는 때때로 테이불을 치며 안된 대를 곤처 줍니다. 그들의 소리는 한 번은 가장 높은 대서부터 차차 내려가기 시작하야 나중에는 가장 그윽한 곳으로 들어갑니다. 늙은 『빠우만』은 입을 하 벌리고 천정을 처다보며 가장 애조를 띠고 잇습니다. 소리가 끝난 줄 알앗더니 소리는 어느듯 다시 나오기 시작하야 차차 높은 대로 올라갑니다. 나중에는 가장 우렁찬 소리가 들려옵니다. 나는 입을 다믈고 그들의 뒤를 따라 소리없는 노래를 은근히 불럿습니다. 그것이 바로 이 날입니다.

이 날은 9월 14일 1930년의 선거일입니다. 이 날을 몇 칠 앞두고 바로 이 큰 방에서는 조고마한 독일국민당 선거연설이 잇엇습니다. 연설을 듣는 청중은 불과 수십인이엇습니다. 그 중에는 이따금 공격을 시험하는 이도 잇엇습니다. 연사는 다른 정당들을 모조리 비난합니다. 공격하는 분은 맥주잔으로 이따금 책상을 뚝뚝 치며 코웃음을 섞어갑니다. 나는 전번 이리로 오기 몇 칠 전에 佛郞府 어느 활동사진관에서 SPD의 발성사진 선거연설을 들은 일이 잇읍니다. 『토키』를 선거연설에 사용하는 것은 그야말로 1930년식이엇습니다. 나는 그 때 부족한 독일어로 더구나 『토키』에서 나오는 말이라 잘 알아듣기가 어려웟엇습니다. 그러나 나중에 나오는 말은 들건대 여전히 다른 정당에 대한 공격이엇습니다. 『토키』 속의 연사는 그 때 마즈막으로 가장 소리를 높여 가며 공산주의자의 말에 넘어가지 말어라 國粹社會主義者의 허튼 소리에 속지 말어라 社會主義! 社會主義에는 우리의 부르짓는 바가 진정이다라고 하엿엇습니다. 이 선거일을 앞두고 곳곳마다 선거연설은 끝이지 않엇습니다. 그리고 9월을 당하야서부터는 또 경찰은 흉기의 단속들을 엄중히 하엿엇습니다. 이럭저럭 하는새 선거일이 당도하엿습니다. 『볼펜하우젠』동니의 선거는 소학교 강당에서 거행하엿습니다. 20세 이상의 남녀들은 그리로 갑니다. 독일의 선거는 독자 여러분도 잘 아듯이 개인명으로 하는 선거가 아니라 黨名으로 하는 것입니다. 黨名은 그리고 다시 번호로 표시합니다. 선거는 오후 다섯 시(?)까지에 끝을 냇습니다. 그 날 석양 나는 길 건너 海店에 들어가서 『젭펠』군과 그 외 죽 둘러 앉은 여러 친지들과 함께 한 잔 마시게 되엇습니다. 그 때 살그먼니 들어와 한켠에 앉은 친지 하나를 가르키며 곁에 앉은 분이 나더러 저 사람은 공산주의자라고 합니다. 나는 그 다음 그 친지에게서 오늘 선거의 결과를 알게 되엇습니다. 잘 기억키 어렵사오나 그 결과는 사회민주당(SPD) 147 國粹社會黨 37, 공산당이 36이든가 봅니다. 1930년 독일정당 득점 수의 순서는 바로 사민, 국수 공산으로 되엇습니다. 독일에서 소위 과격정당이라는 것은 국수당과 공산당이옵니다. 패전국 독일에는 國體의 零落을 우려하는 젊은 무리가 가장 많습니다. 그들은 帝政 당시의 국가 융성을 회고합니다. 現下의 국난은 먼점에 國强으로 구원하여야 된다고 합니다. 그들에게는 國粹社會主義가 가장 강한 『압필』을 가젓습니다. 國粹黨은 많은 感情家의 총애를 받게 되엇습니다. 그러는 반면에 독일의 산업 『뿌르조아지』는 이것을 운용하기에 가장 힘을 씁니다. 그들은 그들의 무기인 금전을 이 國粹黨에 가장 충실히 제공합니다. 그러고 이 國粹黨의 제일 강적은 공산당입니다. 그들은 때때로 서로이 충돌을 이르킵니다.

　『볼펜하우젠』에 잇는 동안 나의 가장 질긴 것은 전나무들이 끝없이 죽 느러선 새로 산보하는 것이엇습니다. 그때면 나는 늘 어떤 매력에 이끌리엇든 것입니다. 자연의 매력이란 실로 위대합니다. 인간의 가슴 구석에 숨어 잇는 모든 어여뿐 생각들은 자연의 매력에 취한 때면 가장 달콤한 입김을 배받습니다. 나무 그들이 어수룩히 어린 새로 이름 모를 꽃송이 한 폭이 머리 숙인 곧으로 나의 시선이 굽으러 들어갈 때 그윽한 적막이 이따금 내 귀에 웃음 소리를 들려줄 때 내 가슴에는 알지 못할 생명의 싹이 폴음폴음히 올려 밉니다.

　그러는 한컨에 자연은 또 나에게 가장 정다운 孤寂을 속삭입니다. 孤寂은 때때로 나에게 보드러운 비애를 느끼게 합니다. 비애는 나의 가슴에 올려 미는 생명의 싹을 가장 소심히 길러 줍니다. 일즉이 시인 『워즈워드』는 노래를 을퍼

　기꺼운 생각들은 내 가슴에
　슬픔을 어느덧 부어주는
　달콤한 속에 취하여서
　한줄기로 얼이처 나오는
　수없이 많은 곡조를 나는
　숲 속에 숨어서 들엇노라.

라 하엿습니다. 『타우누쓰』의 우거진 숲속에서 이리저리 호을로 헤매이며 나는 기꺼움과 슬픔의 엉키인 환상악에 몃 번이나 취하엿습니다. 거기서 나는 또 우주의 영원을 생각하엿습니다. 生의 신비를 느꼇습니다. 때때로 나의 마음은 세속 생각 우으로 날아 다니엇습니다. 나의 마음은 다시 가장 낮은 곧으로 갈앉앗습니다. 『타우누쓰』의 숲속에서 나는 그들을 생각하엿습니다.

　나는 이 숲 속에 산보할 때면 때때로 딸기 사냥도 하엿습니다. 그 어느 날도 나는 하로를 이 딸기 사냥으로 보내게 되엇습니다. 그러는 동안에 나는 이따금 앉아 쉬기도 하며 이따금 끝없이 헤메이기도 하엿습니다. 때때로 소리없이 노래도 을퍼 보앗습니다. 그것은 일즉이 내가 身病으로 금강산에 숨엇을 때엿습니다. 나는 어느 날 여기처럼 이러케 전나무들이 늘어선 새로 헤매이다가 외로히 길가에 서 한 송이 붉은 장미꽃을 보앗습니다. 그 뒤에 내가 쓴 안된 노래를 나는 이 『타우누쓰』숲 속에서 몃 번이나 외엇습니다. 그리고는 제멋에 늘 나는 가장 그럴 듯한 시인이라고 하엿섯습니다. 사람들은 모다 제멋에 산다고 하지만

적어도 나만은 제멋에 삽니다. 그러나 불행히 남들이 알아 안주니 안타깝기는 합니다만 알아주거나 말거나 여전히 나는 내멋에 삽니다. 나는 을폇습니다.

衆香城 아래 그윽한 골
저므렴 종소래 흘으는 속에
한가히 나는 거기 옵거니
거기에 전나무 느러선 밑에
말없이 잇는 한 송이 장미!
거기는 밤이면 단이슬 나리는
그윽한 골 종 우는 대서
내 마음 은근히 부르옵는대
대답도 없이 숙이고 잇는
그늘 밑에 한 송이 장미꽃아!

거기 『타우누쓰』의 깊숙한 숲속에서 이름 모를 꽃 한 송이를 나는 은근히 불럿습니다. 내가 이러케 허튼 생각을 하고 다니는 동안에 때때로 노루나 사시미떼는 애꾸진 짓들을 하고 달아납니다. 나는 그 날도 여전히 딸기통을 메고 숲속에 들엇습니다. 딸기는 딸 차비도 없이 나는 여전히 허튼 생각에 마음이 팔렷습니다. 정처없이 헤매이며 나는 다시 영원을 생각하고 無常을 생각하고 과거를 생각하고 미래를 생각하엿습니다. 나는 거기서 인생의 離沓을 생각하고 안식을 생각하엿습니다. 일즉이 詩聖 『꾀테』는 『끽켈한』 山上에서 아직은 젊엇을 때 손소 벽에 써 놓은 시 한 구를 다시 읽고 감개무량하엿섯답니다.

왼 산봉오리는
寞寂에 갈앉앗고
나무가지 끝에는

숨소래 없으매
새들도 이미
숲속에 들엇거니!
가만히 기다리어라
네게도 곧
안식이 오리로다.

　그는 마지막으로 『야 와르테누아 빨데루에스트뚜아우흐』를 다시 한 번 읊고서 산으로 내렷섯답니다. 일즉이 젊어서 부르짖은 안식을 그는 백발이 설이인 오늘에 또 한 번 가장 아숩게 부르짖엇습니다. 그러나 안식은 결국 죽엄에서 비로소 찾을 배 아닐까요. 온 것이 하로의 괴로운 싸홈 끝에 고요히 잠의 나라로 들어갈 때 詩聖 『꾀테』도 자기의 마음이 피난처에 들 것을 노래하엿습니다. 그러나 결국의 피난처는 죽엄에만 잇습니다. 그려면 『꾀테』는 그 때 죽엄을 노래햇든가요. 내가 여기서 암만 물엇대야 『꾀테』의 심정은 물론 알 도리가 없습니다. 그러나 여하간 『꾀테』도 인간이엇거든 이것만은 확실하엿겟습니다. 그는 생의 고투에 피로를 느꼇섯습니다. 그는 안식을 동경하엿습니다. 그러나 한 켠으로 그는 이 고투에 대한 애착심을 가젓섯습니다. 귀치 않고 성가시기 끝이 없으면서도 내버리기에는 아까운 것 그것이 바로 生이외다.
　적어도 『꾀테』에게는 그것이 生이엇습니다. 옳소이다. 우리는 안식을 찾습니다. 그러나 이 고투를 영영 내버리기에는 조금 아깝습니다. 그러나 우리는 이 고투를 내버리지 않는 이상에는 그냥 어펑펑히 하여서는 안됩니다. 이미 붙잡아 쥔 것이니 싸호는 판에는 힘껏 싸와 볼 것이외다. 이러케 생각하며 나는 『꾀테』를 따라 그 마지막 구를 한 번 읊어 보앗습니다. 『와르테누아, 빨테, 루에스트 아우흐』. 내가 이러케 소리치자 별안간에 노루 두 마리가 이쪽에서 뛰어나와 내 앞으로 달아납니다. 나는 안식을 追願하엿는데 이 노루들은 속도 모르고 넋이 나가라고 뛰어갑니다. 남들이 흔히 生은 『아이로니』라고 하드니 이 노루들도 지금에 왜 生의 이 『아이러니』를 체험하는 셈인가요...나는 뛰어가는 노루들을 처다보고 한 번 더 생각하여 보앗습니다. 백여 년 전의 『꾀테』의 이 노래가 오늘 이 순간에 타우누쓰 한 구석에서 나로 하여금 이 노루무리들을 놀라게 하엿습니다. 그들로 하여금 生의 『아이로니』를 맛보게 하엿습니다. 우주의 온 것이 인과율에 지배된다면 오늘의 因果는 그야말로 기묘하게도 얼매어젓습니다. 가만히 생각하옴에 이 因果의 그믈은 가장 치밀히 엉키엇습니다. 이 因果의 힘은 끊임없이 이리저리 흘러다닙니다. 그러나 이 힘이 서로이 부드칠 때 거기에는 變이 생깁니다. 자연계에 잇어서나 인간계에 잇어서나 비극이란 이 因果의 흐름이 순조롭지 못할 때 생기는 것입니다.

이날도 나의 딸기 사냥은 어째 시언치 못햇습니다. 이럭저럭 하는 동안에 날은 저물어 왓고 배도 좀 곯아서 할 일 없이 나는 집으로 내려왓습니다. 내가 『또아』에 들어서서 정주간으로 향하랴할 때 이쪽 酒房 문선에서 늙은 빠우만 부부가 나를 부릅니다. 여기는 지금 색시들이 많이 왓으니 들어오라고 합니다. 나는 딸기통이 비엇길내 당분간 이 두 분 앞에 가기는 좀 미안도 햇습니다. 그리다가도 색시란 말에 마음이 어째 후리후리해서 그리로 향하엿습니다. 거기에는 색시 수십 명이 쭉 둘러 앉앗는데 그 중에는 양귀비의 후신도 잇고 『헬렌』의 따님도 잇고 거진 되다가 못된 『비너쓰』도 잇습니다. 어쩐지 나는 갑작이 수접은 생각이 나서 머리를 변변히 들 수가 없습니다. 『빠우만』부인은 나를 좌중에 소개합니다. 『여기 이 냥반은 일본서 오신 이요』라고 화두를 뗍니다. (…중략－원문…) 이윽고 시선은 내게로부터 다시 내 왼손에 달린 딸기통으로 옮기게 되엇습니다. 암만 찾아야 밑에서 뵈지 않는다길래 그것은 전등 광선이 미약한 탓으로 돌리게 되엇습니다. 일반은 우슴으로 내 설명을 긍정하엿습니다...이 색시들 틈에는 뜨믄뜨믄 사내들도 앉앗는데 그 중에도 『젭풀』군은 양팔에 색시 하나씩 끼고 앉아서 희색이 만만하야 떠버립니다. 나는 처음에 이 색시들은 『젭풀』하고는 전부터 친한 줄만 알앗습니다. 그러나 그들은 모다 오늘에 초면이라고 합니다. 그들은 오늘 『에어빠흐』를 떠나 이리저리 遠足하다가 지금 다시 『에어빠흐』로 돌아가는 길이라고 합니다. 그들의 더러는 『끼타』를 끼엇고 더러는 『맨돌린』을 앞에 놓앗습니다. 그들은 밤 여덜 시 반까지나 앉아 쉬게 되엇습니다. 나는 그동안에 저녁도 먹고 할 일 없이 내 방으로 오르내리기도 하엿습니다. 그러는 동안 그들은 노래도 하고 악기도 울렷습니다. 이윽고 그들은 떠난다고 합니다. 그리고 거기에 남은 사내들은 도중까지 바러드린다고 합니다. 『루듸』군의 勸으로 나도 그 중에 섞이엇습니다. (물론 나는 가기 싫은 것은 아니엇습니다.) 하늘에는 초승달이 차차 올러 밀엇습니다. 달빛은 가장 몽롱하엿습니다. 뒤딸으든 사내들은 하나씩 둘씩 떠러지기 시작하엿습니다. 그리하야 나중에는 젬풀군과 빠우만老 양자 월헴군과 그 밖에 또 한 친지와 나뿐이엇습니다. 마지막으로 우리는 서로이여이게 되엇습니다. 그것은 마침 어느 큰 길까로 한켠에는 『타우누쓰』의 전나무 숲이 울타리를 둘르고 잇엇습니다. 그 가 풀숲에 앉아 우리들은 마지막으로 이별의 놀이를 하게 되엇습니다. 좌중에서는 하나씩 둘씩 노래도 하며 『맨돌린』도 뜯으며 『끼타』도 울립니다. 때때로 阿只氏 중에서는 일어나 춤추는 분도 잇습니다. 이윽고 『젬풀』군은 『빠이언』의 민요를 줏어내게 되엇습니다. 『젬풀』군은 『끼타』를 이리저리 뜯으며 노래를 불읍니다.

『우리집 마누라는 이쁘기는 하지마는 몸집이 뚱뚱해서 넓이가 석 자 세 치.』이러면 阿只氏들은 허리가 부러저라고 땅바닥을 두다리며 웃음을 터놓습니다. 『젬풀』군은 잇다라 작고 주서냅니다. 노래가 민요인 만큼 방언이기 때문에 알아듣기 어려운 대가 많습니다. 더구나 『빠이언』(빠바리아)싸투리라면 표준어와는 엄청나게도 다른 것으로 그 차이는 같은 게르만어로 지금은 아조 독립한 국어로 수립된 和蘭語와 독일어(표준어)와의 차이보다도 도리어 크다고 합니다. 그래서 젬풀군은 한 번씩 하고는 그것을 표준어(?)로 번역을 합니다. 번역을 하면 그 다음에는 웃음이 터집니다. 그러면 노래는 다시 『앙코』를 받게 됩니다. 이윽고 노래는 『월헴』군에게로 넘어오게 되엇습니다. 월헴군은 阿只氏들이 늘어 앉은 앞에 꿇앉아서 『끼타』줄을 뜯으며 가장 처량한 노래를 부릅니다. 노래가 끝나자 阿只氏 한 분은 가장 아릿다운 목소리로 『그게 무슨 노래인지 애처롭기도 하다』라고 감탄의 辭를 올립니다. 모다들은 거기에 동감입니다. 이러는 동안에 밤은 점점 깊어 갓습니다. 색시 중에 나이 어린 분들은 떠나기를 催促합니다. 좀 나이 먹은 색시들은 『조곰만 더』로 對句합니다. 그 중에 키가 적은 阿只氏 한 분은 새삼스럽게도 『달빛은 저러케도 몽롱한데』라고 한숨을 쉬며 떠나기를 가장 애석해 합니다. 마침내 우리들은 서로 여이게 되엇습니다. 색시들은 모다들요 다음 다음 월요일은 우리 동리의 천주교 명절이니 부대 놀러오라고들 합니다. 그 중의 한 분은 『젭풀』군을 불으며 올 때엔 저 중국 손님도 대리고 오라고 합니다. 나는 이번에는 중국인 행세를 합니다.

이 색시들과 여인 뒤에 우리는 볼펜하우젠』동니로 자취를 돌리게 되엇습니다. 『젭풀』군은 이 때도 『빠이언』풍속으로 끝이 빠 저고리에 쩔은 가죽바지에 무릅 아래에서 발목까지 가리인 長襪을 신은 채 가장 힘이 낫어 釘 박은 구두로 땅바닥을 툭툭 울리며 것습니다. 때때로 구두 바닥에서는 불이 벗적벗적 이러납니다. 『월헴』군은 모냥 없이 생긴 『끼타』를 앞에 둘러 메고 몇 번이나 곱씹어 『그 깜정 머리 꽤 이뻐』를 부릅니다. 우리들은 질음길(近途)을 거처 숲속을 끼여서 다시 큰 길에 나서게 되엇습니다. 『젭풀』군은 잇다라 林檎 따먹기를 제의합니다. 『이 밭 주인은 저 건너골에 사는데 내가 잘 알어. 좀 훔처 먹엇대여 자리 안날테니 자네들 여기서 기다리라니』하고 어성어성 들어가 林檎 몇 개를 따내옵니다. 林檎밭은 우리네 밭과는 달라서 철망이나 木柵을 안둘럿습니다. 나도 따온 林檎 한 개를 맛보앗습니다…나는 그 후 곳 佛郎府로 돌아오게 되엇습니다.

▲ 제26호(1931.10),
도유호, 시인 쾨테의 舊家를 찾고(독일 유학 일기)

『빠우만』노부인은 나다려 몇 번이나 『에어빠흐』의 天主敎 名節에는 부대 함께 가자고 부탁하엿습니다.

『에어빠흐』에는 자기의 분가한 아들이 산다고 하엿습니다. 나는 『에어빠흐』로 가기는 싫엇사오나 佛郎府에 돌아온 뒤로는 이럭저럭 다시 기회를 몯얻엇습니다. 내가 『볼펜하우젠』 동리에 잇는 동안에는 그밖에도 자미잇는 일이 많엇습니다. 그 중에서 하나 더 이야기 해 보건대, 그것은 바로 선거일 밤이엇습니다. 그날 밤 빠우만宅에서는 유성기를 틀어 놓고 무도회를 열엇습니다. 그날 밤에는 나도 오랫만에 한번 『딴쓰』를 해보앗습니다. 나에게 딴쓰 가르켜 준 阿只씨는 엽집의 『미나』엿습니다. 『미나』는 자기 동생과 함께 주부 없는 자기 집일을 도맡아 합니다. 낮이면 밭에 가서 감자도 파고 집에 돌아왓어는 오양깐도 치고 도야지 물도 줍니다. 그리고는 홀아비 아부지의 옷도 빨어드립니다. 내가 『미나』에게 『딴쓰』를 배우노라고 손을 잡엇을 때에 그의 손은 내 손보다 몇 배나 거치려윗습니다. 다소 실례의 말이오나 『미나』의 손은 틀림없는 일군의 손이엇습니다.

내가 佛郎府에 돌아온 뒤에 『루듸』군의 편지에는 『에어빠흐』 타령이 춤을 흘리게 씨여 잇엇습니다. 내가 올 때에 老빠우만 부인은 내가 딴 딸기로 만든 것이라고 하며 쨈 한 병을 주엇습니다. 그 후에 빠우만댁에서는 다시 한 병 더 보내주엇습니다. 마침 새로 옴긴 主人에는 아침 麵麭에 뻐터가 없길래 나는 그것을 緊하게 먹엇습니다. 더구나 마지막 병에는 도야지순대도 부터왓섯습니다. 도야지순대를 나는 한 主人에 잇는 낄게쓰군과 나누어 먹엇습니다.

내가 佛郎府에 돌아온 때에는 발서 俱선생이 主人을 옴겻섯습니다. 그리하야 지금잇는 주인은 王家街 한곁에 잇습니다. 나는 佛郎府에 돌아와서는 한동안 월켄교수 댁으로 다시 드나들게 되엇습니다. 그러는 동안에 옳은 팔도 나앗습니다.

　그 후 나는 다시 대학에 재적까지 하게 되엇습니다. 다소 버릇없는 소리오나 나이가 나이라 대학에서는 늙으니 틈에 듭니다. 대학에 들어서 처음에는 강의 알어 듣기가 가장 어렵더니 지금은 그것도 매우 나아젓습니다. 佛郎府에 돌아온 뒤로는 별로 다른대 여행한 일이 없읍니다. 다만 하롯밤을 『하이델쎅』에서 지냇을 뿐입니다. 그것은 물론 그곧 대학 여부를 알기 위함이엇습니다. 하이델쎅은 조금한 고을이오나 가장 아름다운데입니다. 하이델쎅대학은 역사가 오래기로는 獨逸서 몇 재 가는 곧입니다. 거기에는 일즉이 우리가 늘 듣는 철학자 릭켈르트교수도 잇습니다. 그리고 사회학자로 獨逸서 이름잇는 『웨버』도 잇습니다. 이 웨버는 물론 일즉이 종교사회학자로 세계적 명성을 띄든 『막쓰 웨버』와는 달은 분입니다. 이 『막쓰 웨버』는 이미 세상을 떠낫습니다. 하이델쎅에서 또 내가 본 것 중에 여짜 올 것은 인류학 연구에 적지 않은 재료를 제출한 『하이델쎅 人』(Heidelbergmaon)과 佛蘭西軍에게 파괴를 당한 居城이엇습니다. 오랜 대학도시이고 경치 좋은 곧인 만큼 하이델쎅에는 아름다운 노래도 잇습니다. 『옛날의 고을 하이델쎅, 너는 어여쁘도다. 以下約 』

　나는 어느 날 윌켄씨에게 돌아오든 길에 『꾀테』家에 들럿습니다. 이것은 꾀테의 생가이고 또 소년기를 지나 청년기까지 잇은 곧입니다. 일즉이 청춘 남녀의 눈물을 자아내든 『웨르터의 悲哀』도 이 집에서 썻다고 합니다. 이 집으로는 나날이 구경군이 끄님없이 드나듭니다. 거기에는 꾀테박물관도 잇습니다. 그러나 꾀테의 집이라고 할 곧은 바로 『와이머』에 잇습니다. 내가 그 날 꾀테家에서 한가지 자미잇게 본 것은 꾀테의 인형극장물이엇습니다. 『꾀테』는 늘 심심한 때면 이 인형들을 몰아 놓고 체조를 시키거나 연극을 시키거나 하엿답니다. 괴테는 우리도 잘 아는 분이지만 獨逸사람들은 입을 떼면 『꾀테』입니다. 그리고 꾀테석상 동상은 간 대마다 잇습니다. 그것은 대학에도 하나 잇습니다.

꾀테의 시는 남달리도 의미심각하다지만 금번 학기에 하이델뻑대학에서는 「파우스트」를 철학과의 과목으로 『릭켈트』교수가 강의한다고 합니다.

우리 主人집 근가에는 아릿다운 共和公園이 잇습니다. 그것은 일즉이 『호엔쫄레언』의 이름을 가젓섯으나 지금은 共和公園이라고 합니다. 이것은 공원이라기는 좀 어렵습니다. 獨逸語로 『안라케』라고 하는 것으로 이 『안라케』는 길가에 조금식 자리잡고 잇습니다. 獨逸의 도시에는 이것이 간대 쪽쪽 잇습니다. 나는 때때로 이 共和公園으로 산보하엿습니다. 여름 한 철 동안은 못 가에 수양버드나무가 축축 내려드린 것이 가장 어여뿝니다. 이 공원으로는 아침저녁으로 남녀의 무리가 끈임없이 모혀듭니다. 그리고 이 공원에서 흔히 보는 것은 젊은 애인의 무리들의 조심 없이 하는 『키쓰』입니다. 전후의 獨逸에는 남녀관계의 사회적 구속이 가장 자유롭게 되엇다고 합니다. 戰前같으면 이러케 남 앞에서 키쓰하는 이것은 물론 안된 짓이엇사오나 지금에는 아조 허물없이들 합니다. 남들이 앞에 쭉 드러 앉엇는대서 키쓰를 소래내여 합니다. 남들도 그것은 보는 체 만 체합니다. 그러나 이것도 佛蘭西에 비하면 아직까지 멀엇다고 합니다. 전번 어느 주간화보를 보앗더니 거기에는 巴里에 키쓰篇이 실렷는대 그림을 본즉 키쓰는 전차에서도 큰 거리에서도 茶店에서도 마음놓고 집어세고 잇습니다. 큰 거리의 키쓰는 때때로 교통순사 나으리로 하여금 머리 긁게 하는 수가 많다고 합니다. 獨逸의 키쓰는 그러나 아직까지 치우 公園에 한하여 놓앗습니다. 그러나 이 공원의 키쓰도 날이 차차 추워가면 산보객이 줄어지니 자연히 없어지게 됩니다. 내가 共和公園으로 저녁마다 산보하는 동안에 닢들은 떠러지기 시작하야 어느듯 엉성한 줄기만이 남게 되엇습니다. 나는 가을의 처량함을 무엇보다도 못 가에 내려드린 수양버드나무의 남은 줄기에서 느끼게 되엇습니다. 그리고 나는 그것이 엇쩐지 아까윗습니다. 더구나 가을이 푹 깊어서는 말은 닢이 하나식 둘식 마지막으로 떨어지는 양이 四圍의 공기를 가장 적막하게 만들어 줍니다. 그것은 나로

하여금 다시 한번 다음의 노래를 부르게 합니다.

　저녁볏은 머−르니 기울어지고
　토담 밑 굴둑에 내가 몽길 때
　엉성한 정자나무 비낀 가지서
　말없이 떠러지는 말은 닢 하나.

　내가 이 노래를 쓴 것은 발서 7, 8년 전! 그때의 나의 마음은 가장 아름다윗습니다. 그때는 이미 갓습니다. 그러나 나는 언제나 늘 그때의 마음을 가지고 싶습니다. 언제나 그때처럼 살랴고 합니다.
　佛郎府의 겨울은 가장 푸근합니다. 여름 기후가 서늘한 반면에 겨울 기후는 춥지를 안습니다. 그때 한 두어 번 눈도 왓섯으나 온 뒤로 곳 녹아 버리는 것이 일이엇습니다. 한번 그만 어름이 얼엇다고 할 줄도 모르는『스켓』을 메고 나갓섯드니 그것도 하로가 지나니 죄 녹아 버렷습니다. 작년에는 기후가 꽤 추엇으나 금년은 예년과 같이 푸군해젓다고 합니다. 그러나 겨울은 겨을이라 방에는 역시 불을 피어야 견대게 됩니다. 이 겨을이 옴에 어대나 할 것 없이 빈한한 분들의 살림은 한층 더 괴로워집니다. 때때로 주인집 문전에는 걸인이 나타납니다. 신체는 뻔뻔하나 걸식을 할라니 부득이 병신의 목소리가 나오게 됩니다. 그들 중에는 실업자의 무리가 가장 많다고 합니다. 실업 후 한동안은 보험금으로 지낫으나 그것도 반년밖에는 안되니 그 다음브터는 부득이 이즛이 나오게 됩니다.
　이 실업자의 수는 점점 늘어갑니다. 全 獨逸을 통하야 현재 실업자의 수는 350여만 명이나 된다고 합니다. 실업자가 늘어가면『거지』도 늘어갑니다. 이 소리가 낫으니 잇다라 女流失業者 이야기나 해 볼가요. 아니 실업자라면 어폐가 잇습니다. 내가 지금 이야기 할랴는 분들은 당당한 직업부인들입니다. 밤이나 낮이나 할 것 없이『카이저』거리나『알테쉬탓』에 나서면 수없이 많은 아낙네들이 이 구석 저 구석에 늘어섯습니다. 그들은 뭇잘 것 없이 모다들 매음부들입니다. 전후에 獨逸에는 여곽이 없어젓습니다. 그러나 그 대신에 이러케 자유로 매음하는 분들이 나지게 되엇습니다. 그분들 중에는 허가 잇는 이도 잇고 허가 없는 이도 잇다고 합니다. 그들은 대개 생활의 방도를 달리 구할 도리가 없엇든 것입니다. 이 매음부의 수도 나날이 늘어갑니다. 나는 전번 어느 토요일 오후에 비로소 그들의 존재를 目見하게 되엇습니다.『카이저』거리는 佛郞府에서 제일 번화한 대입니다. 서울로 치면 종로나 本町같고 東京으로 치면 銀座通같은 대입니다. 거기서 나와 함께 가든 親故가 손가락질을 하며 저기 저것이 무언지 아느냐고 뭇습니다. 그 다음에 살펴보니 그 수는 놀낼 만큼 많엇습니다. 그댐에 드론즉 茶店이나 식당에 同夫人하고 온 짝들 중에는 이런 매음부 끼인 것이 꽤 잇다고 합니다.

어느 날 오후 내가 집에 잇는 동안에 주인집『또아』앞에는 어떤 젊은 提琴家 한 분이 나타낫섯습니다. 어대선가 묘한 소리가 들려 오기에 한참 듯다가 나는 그것이『낄게쓰』君 잇는 방에서 나오는 소리인 줄 알고 그리고 들어러 갓습니다. 그러나 거기에는 아모도 없엇습니다. 그 대음『또아』를 열고 내다보니 바로 그 앞에는 이 젊은 친지가 줄을 긋고 잇습니다. 이것은 물론 걸인이엇습니다. 그는

그러나 가장 예술가답게 몸차리 하엿섯습니다. 이밖에도 때때로 난 대없이 음악소리가 들려오는 때가 잇읍니다. 창문을 열고 내려다보면 길거리에는 이런 乞人樂士들이 연주를 하고 잇읍니다. 그러나 때때로 이것을 구세군으로 속는 수도 잇습니다. 구세군 말입니다만 서울서 보면 종로나 서대문 거리에서 구세군들이 나팔을 불고 북을 울리면 남녀노소가 쪽 뫼이는 것이 일이더니 여기도 보매 구세군들은 늘 보아야 무척대고 빈 거리에서 햇 연설들을 합니다. 때때로 정녕 청중이 없으면『마가폰』을 들고 좌우로 돌아가며 얼골이 벌개서 소리를 지릅니다. 이야기는 점점 순서 없이 굴러갑니다. 음악 이야기가 낫으니 한 主人에 잇은『낄게쓰』君의 提琴긋는 재조까지 이야기하여 둡니다. 君의 침착

한 태도는 여기에까지 이르럿습니다. 이 재조는 그리고 직접으로 군에게 경제상 보조까지 하야줍니다. 나는 때때로 君의 긋는 提琴소리를 엿들엇습니다. 한번 군은 자기를 차저 온 누이와 함께 『피아노』『바이올린』의 연주회를 청중 두서넛으로 주인집 한 구석에서 열게 되엇습니다. 음악에 문외한인 나로서는 이러타 저러타 까불일 수 없으나 여하간 나는 그것을 심취하야 들엇섯습니다. 그리고 나마는 君의 재조를 찬탄하여 둡니다. 보옴에 獨逸사람들은 누구나 대개 다소의 음악 소양은 가진 듯 합니다.

나는 하로 교실 어구에서 어떤 법학생 한 분을 맛나게 되엇습니다. 그는 나더러 미국 이야기를 물으며 미국에 일년간 交換給費留學을 해봄이 어떨가해 합니다. 그는 나더러 지금 伯林의 (63頁에 續) 普魯政府 學務局에서 내년(1931)의 交換給費留學生 모집을 하는대 이 이해에 대하야 여부를 물어봅니다. 물론 나는 대답을 못햇습니다. 이해란 금전상 이해보다도 시간상 이해입니다. 미국에 유학하면 국가시험입격이 적어도 1년은 늦는다고 합니다. 그리고 하는 말이 『나는 지금이라도 아부지가 돌아가시면 공부는 그만이야. 아부지가 언제 돌아갈지 아나』라고 합니다. 그는 그리고 『타임이즈마니』를 몇 번이나 말합니다. 군은 그 뒤에 다시 내 主人으로 놀러 왔습니다. 군은 다시 『타임이즈마니』를 곱씹습니다. 그리다가 화두는 다시 바뀌게 되엇습니다. 군은 나더러 조선에도 社民黨이나 共産黨이나 國粹黨같은 것이 잇느냐고 뭇습니다. 우리의 이야기 중에는 다음과 같은 것도 잇엇습니다.

『君은 어떤 정당에 호의를 가지는가? SPD에 인가?』

『SPD는 문제가 아니네. 문제는 共産黨인가 國粹黨인가에 잇을 뿐이네. 그러나 그 중의 하나는 당령이 좀 모호해서...』

그리고 그는 내가 어느 당의 당령이 그러냐고 뭇는 데는 대답이 없엇습니다. 그는 그리고 나에게 조선 사람들도 政談을 질겨하느냐고 물엇습니다... 獨逸 사람들은 아니 獨逸의 청년들은 政談을 질겨합니다. 나는 여기에 대한 어느 영국 학생의 평까지 들은 일이 잇습니다. 그는 그때 저더러 영국서는 談話에 政談은 실례라고까지 하엿섯습니다. 그리고 그는 가장 영국적의 신사풍을 뵈여 주엇섯습니다...

영국에서는 어떤지 모르나 적어도 전후의 獨逸청년들은 政談을 주저치 않고 합니다.

▲ 제27호(1931.11), 도유호, 獨逸 大學生의 生活
(검객 남녀 나체 생활 첨단 연애)

독일의 대학생 중에는 때때로 뺨에 칼자리 가진 親知들이 뵈입니다. 이 親知들은 못잘것 없이 劍客들입니다. 어찐셈인지 兩類에 跟跡이 많을스록 명성은 높어간다고 합니다. 親知들중에는 종종 劍刀로 남의 흉내 내는 분도 잇다고 합니다. 칼자리는 또 뺨뿐 아니라 이마에도 잇는 분이 잇읍니다. 독일에는 學生帽가 두 가지가 잇어서 하나는 前屁잇고 하나는 前屁가 없는데 이 劍客들의 쓰고 다니는 모자는 대개 前屁없이 그냥 동글안 것입니다. 이것은 劍客에만 한한 것이라고 합니다. 이 面上의 劍跟은 전에는 대단하엿으나 지금은 차차 줄어간다고 합니다. 60 70에 일으게 되면 그때는 늘 자녀들 앞에서 자기의 청년시대의 무협을 이아기하는 것이 이 劍客들의 말년의 낙이라고 합니다. 이 劍客들은 대학에 禮式이나 잇을때면 通運에 듭니다. 劍客중의 어떤 「그룹」은 특수한 禮服을 입고 旗를 들고 자동차로 왕래하며 식장에 들어서서는 특수한 좌석을 한 자리 차지합니다. 禮服이란 일즉이 활동사진 「三統士」에서 보든 武士의 군복에 방불합니다. 「資本主義의 沒落期」를 운운하는 오늘에 이 親知들만은 아직까지 封建領主의 대청앞에서들 놉니다. 그리고 또 독일의 대학생 중에는 「그룹」이 대단히 많습니다. 일정한 「그룹」은 일정한 색의 製帽나 肩帶를 띄는 것이 보통입니다. 이 그룹들 중에도 이상에 말한 劍客의 그룹은 佛郎府대학의 예를 보면 매일 오전 11시로 12시 새에는 한 군대 모힙니다. 이것은 독일 대학에 공통되는 것으로 시간도 11시와 12시 새가 일반이라고 합니다. 이 劍客들은 대학생 중에서는 일테면 한 특수한 「카쓰테」(社會層)입니다. 劍客은 인제브터는 또 女傑중에도 생기게 되리라고들 합니다. 전번에 활동사진에서 보앗더니 어느 여학교에서는 어린 여학생들에게 劍術을 가르킵니다. 그러나 만일 여학생 阿只씨 빰에 칼자리가 난다면 男子劍客界에는 대변이 생기게 됩니다. 劍術이 女人國에 유행한다면 결과가 어찌되리라고는 물론 말하기 어렵사오나 여하간 女人國의 豪傑중에는 손에 칼자루 잡기 시작한 분이 생긴 것만은 사실입니다. 女人國의 검객 이야기가 낫으니 싱퉁생퉁한 이야기를 하나 더 일러둡니다. 前日 哲學科에 잇는 米國學生 「쿡」君 한테서 듯노라니 君은 그 멫칠 전 伯林에 잇는 영국 女유학생분께서 남녀공통의 나체 체조의 취미에 대한 편지를 받앗노라고 합니다. 이 영국 여학생은 君의 벗으로 當今 그것을 실행하는 중이엇다고 합니다. 듯기만하여도 야만적입니다. 남녀가 벍언 나체로 함께 모여서 날뛰다뇨. 이게 말세가 당도햇다봅니다. …그리고 또 남녀 7세에 不同席은 東洋의 禮法이엇거든 禮儀의 땅 東洋에 이런 蠻風이 들어와서야 이게 되는 소립니까. 집을 팔아 멍석을 사서라도 이 놈의 못된 바람만은 막아야 되겟습니다. 그리고 또 이 놈의 바람을 맞다가 돌아온 연석들을랑 한거번에 모와서 「한정간」에 몰아 넣고 땀을 좀 푹푹이 내주어야 되겟슴니다. …이러고 보니 后日에 이 땀을 어떠케 흘리나 하는 생각에 마음이 개려워집니다. …나체의 共同體操가 유행한다니만큼 독일 사람들은 몸가리기를 실혀도 합니다. 여름날 수영장에를 갈라치면 남녀중에는 웃동 가린 親知가 가장 보기 드믑니다. 지난 여름 나는 한 번 웃동을 가리고 갓다가 함께간 親知한테 코웃음 소리를 듯게 되엿섯습니다. 수영장에 半裸體는 日本과 흡사합니다.

　K珈琲店은 대학 親知들의 所窟입니다. 그러나 여기 오는 親知들은 대개가 일정합니다. 그 중에는 나도 때때로 석기게 됩니다. 거기에는 미국학생 「깽」(Gang)도 드나듭니다. 미국 親知들의 특징은 언제나 자기네 끼리만 앉는 것입니다. 珈琲 한 잔에 25페닉! 요새는 세금으로 2전 더! 합하야 27전입니다. 모다들 호주머니가 넉넉지 못하니 더는 할 수

없고 해서 한 잔으로들 때게 됩니다. 그러나 한 번 앉으면 진저리가 나게 됩니다. 어대로 가자니 갈 데는 없고 집에 가서 책 펴보기는 좀 일즉하고...... . 이러는 동안에는 이 이야기 저 이야기가 나오게 됩니다.

波斯의 A君은 때때로 勞農露西亞 욕을 끄집어 냅니다. 그의 삼촌은 지금껏 「모스코」에 잇고 그의 부친은 혁명전의 豪商이엇답니다. 「뻬드」군과 神學士 (米) 한 분과는 우주의 哲理를 토론합니다. 그들의 결론은 언제나 「요대음」으로 끝을 맺습니다. 獨伊間兒 「아른트」군은 多國語에 능통하온대 이번에 국가시험에 합격하야 인제는 미국에 건너가서 교편 잡어 볼 방도를 꾸미고 잇읍니다. 그의 동모 되는 분 한 분은 시험 중 두 가지를 실패하야 다음 번을 기다리고 잇읍니다. 그러나 인제는 두 가지밖에 안남엇으니 맘 놓고 놀아도 괜찬은 판입니다. 인제부터 그의 머리를 괴롭게 하는 것은 「푸라우」 선택입니다. 문학청년은 언제나 龍의 알을 까는 법입니다. 때때로 「倫敦滯在의 그 색시」가 나오게 됩니다. 詩人 學徒 「쒼더만」군은 여전히 지금도 난장마진 靑年帽로 행세합니다. K珈琲店의 「씨—ㄴ」은 때때로 대학식당으로 옮기게 됩니다. 어린 영국 학생 한 분은 장래의 大文豪를 꿈꾸고 잇고 그의 동무되는 분이 한 번은 연애관에 「어평평」이 分子를 집어 넣다가 봉변을 당하엿읍니다. 文學靑年 중에는 여기에도 고국과 다름없이 「그 순결하고 거룩한 사랑」을 부르짓는 분이 잇읍니다. 세상이 뒤집히거나 산이 묿어지거나 나는 알 배 없다고 멋없이 허공에 둥둥 떠서 영원한 美를 찾고 영원한 사랑을 찾는 親知들이 한 켠에 잇으면 이쪽 켠에는 또 가장 나진대로 괭이를 메고 팔을 부르것고 내려오는 親知들도 잇읍니다. 허공에 둥둥 떠서 보통에 마음을 붙이고 가장 초연히 잇는 분은 노니는 땅이 너모나 높다나니 四時長長 白雪이라 기색은 밤낮 퍼래만 집니다. 나는 일즉이 고국 잇을때에 소위 文士 중에서 이 영원의 사랑을 찾는 분들을 보앗읍니다. 그들은 말합니다. 소위 푸로레타리아 文士들은 사랑에 階級意識이 如何오를 운운하나 사랑은 언제나 순진한 사랑이 아니냐고 합니다. 그들은 말합니다. <u>인간 감정의 이나적은 局部에 착안한 革命文學은 문학</u>

264

의 本道는 아니라고 합니다. 그러나 이러케 보편의 것을 찾다가는 결국 인생 그것에는 즉 해 볼 기회를 못 얻고 맙니다. 生은 언제나 特殊相에 실재합니다. 生의 충실은 이 特殊相에 대한 충실입니다. 그들에게는 가장 利那的 현상인 特殊相에 拘泥하은 가장 어리석어 뵈입니다. 그런 고로 그들의 眼目에는 실업쟁이 거지도 연애의 순결성을 알어야 됩니다. 「카이저ー」거리의 阿只씨들도 춘향이를 본 받어야 됩니다. 이미 수백년 전에 王公侯를 위하야 이야기의 재료들로 이 王公侯를 중심으로 한 「쉑쓰피어」의 劇은 勞農露西亞에서도 대환영이라고 그들은 예를 듭니다. 文學은 「쉑쓰피어」와 같이 초연히 인성 전부에 넘치는 것이라야 된다고 합니다. 그러나 이러케 영원한 것을 찾다가는 이럭저럭하는 틈에 어평펑이 鬼拍을 맞게 됩니다. 나는 燕京時代에 滋味잇는 冗談 하나를 들은 일이 잇습니다. 연중행사의 하나로 1930년 初頭에 지금 「하버드」에서 교편을 잡고 잇는 史學大家 「떼바거쓰」교수는 「1929년」을 단행본 식으로 강의화하엿습니다. 그것이 마침 지질학부에서 열렷기에 지질학부의 교수 한 분이 개회사를 하게 되엿섯습니다. 그때 그는 冗談 格으로 역사가의 떠벌이는 소리는 자기같은 지질학가에게는 개소리 (Nonsense)로 밖에 안들린다고 하엿섯습니다. 그것은 사실이외다. 기나긴 자연계의 장구한 시간의 변화를 이 쩔은 인류의 역사에 비할때 가장 特殊相이고 가장 단기간 내의 변화인 이 인류의 역사는 사고에 넣기에 너모나 어리석어 뵈입니다. 지질학에 잇어 이성동물기(Psychozoic Era) 는 인류가 인류의 최고 문명을 건설한 紀로 이것만이 발서 30만년을 계산하고 잇읍니다. 그 중에도 극히 일부인 불과 수천년의 역사! 그리고 또 그것은 자연계의 일부분인 생물 생물중에도 인류에 국한한 것! 이러케 생각하면 역사가의 하는 소리는 개소리로 밖에 안들리는 것도 당연한 일이외다. 이 30만년을 지구의 초시에 비할때! 이것을 다시 우주의 영원에 비할 때! 이러케 되면 생각은 점점 아득하여 갑니다. 그러나 이러케 되면 인생은 너머나 허무하여 집니다. 이 30만년만에 착안하다가는 인생의 형체는 어느덧이 살아저 버립니다. 마찬가지로 인류 전체에 東西古今을 물론하고 관일되는 연애라는 것에만 착안 할 때에는 生의 실제에는 가장 멀어지게 됩니다. 결국 생은 끝까지 特殊相에 卽하엿습니다. 生의 충실은 이 特殊相에 대한 충실에 잇읍니다.

젊은 「쏘시알리쓰트」王兆平君이 애인과 함께 놀러 왓섯습니다. 그는 나더러 까닭없이 「멜랑콜리」한 기색을 띠고 잇으니 어쩐셈이냐고 합니다. 두 분은 모다 같은 소리로 나를 공격합니다.

그의 애인 H는 그의 인생관을 나에게 설교합니다. 밤낮 책만 보는 자들은 「바가」라고 합니다. 「인생이 불과 몇칠인가. 생을 질겨하는 법을 배워야 돼」라고 생기잇게 연설을 합니다. 나는 물론 책이라면 방에서 몬지 올리는 것이 일입니다. 그러나 그들에게 내 책자 안 본다는 변명은 할랴고도 안햇습니다. 그들이 들어 올 때 나는 마침 이 印象記를 쓰고 잇엇습니다. 이윽고 王군은 H에게 권고를 합니다. 都군이 어찌 요새는 침울해 뵈이니 「키쓰」나 한 번 해들이라고 합니다. 나는 冗談인줄만 알엇더니 애인을 곁에 세이고 H는 나에게 달콤한 키쓰를 줍니다. 이것은 거즛말없이 到歐 이래로 내게는 첫 키쓰엿습니다. 나는 그들의 하는 짓이 너모나 혁명적이어서 당분간은 어쩔 줄 몰랏습니다. 滯獨 이래의 첫 키쓰를 당신께서 받노라고 햇드니 H는 눈이 뚱그래지며 나를 「식충」이라고 합니다. 「당신은 세상에서 무엇하려고 사오?」 그러면 나는 별로 대답이 없엇습니다. 王은 곁에서 빙글빙글 웃습니다. 나는 한 켠으로 日吉선생의 편지를 생각하엿습니다.—

「희락은, 행복은, 만족은, 소극적이다」를 인용한 日吉선생의 편지를 나는 다시금 생각하엿습니다. … 王군은 재래의 모든 것에 반항을 합니다. 재래의 性도덕에 끗까지 도전합니다. 그는 나에게 연애가 다 무엇이냐 정조가 다 무엇이냐로 덤비입니다. 나는 그에게 항의하엿습니다. 그러나 나는 그의 태도에 비하야 오직 나는 그보다 뒤떨어진 자라는 것을 부지불식간에 느끼게 되엇습니다. 그는 H를 사랑한다고 합니다. H도 그를 사랑한다고 합니다. 그러나 그는 H에게 나를 위하야 「키쓰」를 빕니다. H가 내게 「키쓰」를 줄때 물론 나는 거절치 않엇습니다. 王

군은 젊은 사회주의자입니다. 그는 「니힐리쓰트」입니다. 그는 재래의 남녀관계를 끝까지 부정합니다. 그러나 그는 자기자신에 대하야는 영웅주의자입니다. 그는 이 영웅주의로 女人國에 出征합니다. 女人國民은 영웅숭배자입니다. 王은 「니힐리즘」으로 영웅입니다. 王은 황금으로 영웅입니다. 이 두것이 아울러 번득일때 女人國民들은 머리를 숙이고 예배를 합니다. 英雄崇拜의 심리는 솔직하게 말해서 원시적입니다. 나는 다름의 글을 생각합니다. 驚く間は樂しみである, 女は仕合せなものだ. ...그는 女人國에 대한 이 태도는 혁명가의 떳떳이 취할 바라고 생각합니다. 나는 항의하엿습니다. 그러나 나는 그의 적극적 태도, 그의 타협없는 반항에는 항의치 못하엿습니다. 그는 나보다 몇 배나 先進하엿다고 나는 느낌을 금치 못하엿습니다. 솔직히 말하면 물론 내가 女人國에 출정치 못한 것은 나의 도덕관에 지배되어온 까닭은 아닙니다. 나는 出征한 무기를 못가젓습니다. 나 같은 「건달」에게는 물론 「단속곳」구경을랑 상점 유리창안에 선 인형에 걸린 것 밖에는 할 기회가 없습니다. 그러나 나의 관념으로는 애인을 벗에게 「키쓰」하도록 할 용기가 없습니다. 나는 H를 처다 보고 王군을 처다 보앗습니다. 테이불 우에 놓인 「히야신쓰」는 여전히 향기를 뿜고 잇엇습니다. H는 나더러 「당신은 이 꽃을 사랑합니다」...... 나는 몃번이나 「야- 야-」로 대답하엿습니다. 그리고 나는 다시 벽에 붙은 裸體畵 「離別」(Adschied)과 「물작란」(Wellensspiel)을 물끄럼히 처다 보앗스니다. 나는 쇼펜하우르와 같은 비관주의자는 아니웁니다. 그러나 나는 또 생각하엿습니다─「喜びは, 幸福は, 滿足は, 消極的である」

내가 이 글을 쓰는 동안에 어느덧 1930년은 지나갓습니다. 섯달금음밤 零時를 당하야 이 집 저 집에서는 모다들 창문을 열어 놓고 길거리를 향하야 2층, 3층, 4층 되는 우에서 烟火들을 불달아서 아래로 내려던 집입니다. 烟火들은 사나웁게도 폭발을 합니다. 사방에서 連하야 한참동안은 끊임없이 爆發聲이 들려옵니다. (烟火로 新年을 맞는 것은 중국에서 온 風입니다) 이 집 저 집에서는 각색의 閃光들을 連하야 반득입니다. 이러케 신년을 맞는 일방 멀리서는 사원의 종소래가 우렁차게 들려옵니다. 나는 이 종소래로 신년을 맞앗습니다.

이야기가 좀 시끄렇게 나왓으니 나종으로 「수수꺽기」나 하나 내놓고 웃음으로 이글을 끗 내려합니다. –

요새 미국서는 시대가 시대라 어떤 일에나 간략을 주로 한다고 합니다. 언젠가 나는 어느 미국 잡지에서 부자간의 서신 왕래를 하나 보앗습니다. 그것은 학비에 군색한 親知가 자기 부친에게 한 편지로 편지 속에는 다만 다음의 句가 잇엇을 뿐입니다.

돈 없소. 滋味없소. 아들 말이요.

(No mon, no fun, your son.)

이것을 받아 본 아부지는 다음과 같은 회답을 하엿다고 합니다.

안됏소. 未安하오. 아비말이오.

(Too, bad, very sad, your Dad.)

그런대 요지음에 와서는 이와 비슷한 편지 하나가 또 잇엇다고 합니다. 이것은 어떤 일 서방님이 보낸 돈을 죄 쓰고 다시 아부지안테 돈 청구하는 편지로 그 속에는 다음과 같은 것 만이 잇엇다고 합니다.

SEND

+ MORE

MONEY (의미 = 돈 더 보내시요)

이것은 그러나 어나 일정한 額을 의미함이외다. 羅馬문자는 각각 일정한 수자를 대표합니다. 독자 중에 뜻 잇는 이는 한 번 그 額을 찾아내 봅시다.

(1931년 14일 德國佛郞府에서) (끗)

P.S.=써 놓고 보니 빠진대도 많고 않된 대도 많습니다. 그러나 당분간은 시간관계로 다시 집필 할 기회가 없기에 그냥 그대로 보내읍니다. 후일 다시 더 엇자을 작정으로 여기에는 이것만으로 끝읍니다. (필자)

[14] 平壤 尹槿, 江西 藥水 探訪記, 『동광』 제25호(1931.09)

관서지방에서 고분으로써 이름이 세상에 알려진 평안남도 강서군 (平安南道江西郡)에는 명승고적이 곧곧에 널려 잇지마는 그 중에 무학 산 밑 넓은 들 가운데는 신령한 새암물이 장류수로 두 곧에서 흐르고 잇다. 이 물을 통칭하여 강서약수라고 하는 것인데 사람이 한번 마시면 청산한 기운이 전신에 퍼지어 아무리 삼복 염천에라도 더위를 잊게 하 고 병든 사람이 이 물을 마시게 되면 홀연이 병이 낫게 된다. 맛은「사 이다」 맛과 흡사하야 별로 잡맛이 없고 위병(胃病) 림질(淋疾) 빈혈증 (貧血症) 황달병(黃疸病) 등에 가장 독특한 효가 잇으며 부인병 더욱이 아이를 낳게 하는 효능이 잇다는 것을 총독부 도기사(總督府 道技師)가 분석하여본 결과 증명을 하여 놓앗다.

강서약수는 통칭 구약수(舊藥水)라는 곧과 신약수(新藥水)라는 곧이 두 곧으로 나누어 잇는데 여러 가지 관계로 설비가 조곰식 다를 뿐 아 니라 약물도 성분과 분량이 다름으로 이를 구분하여 몇 가지씩 기록하 려 한다.

통칭 강서약수라는 곧은 강서군 강서면 정화리(江西郡 江西面 靜和 里)에 잇는 어름보다 더 찬 탄산냉천(炭酸冷泉)을 가르키는 것인데 그 약수의 내력을 들으면 자미 잇는 전설이 잇다. 즉 지금으로부터 240년 전 부근 일대는 로초(蘆草)가 무성하여 인가도 없는 황량적막한 들판이 엇는데 어떤 여름에 한 마리 백학(白鶴)이 나러와 현재 새암이 솟는 곧에 앉아 혹은 물을 마시며 혹은 몸을 물에 잠그기도 하면서 몇을 동 안이나 떠나가지를 아니하고 잇엇다고 한다. 부근 사람들이 이상하여 자세이 본 즉 백학이 바른편 다리가 부상함이 잇엇는데 그 때 사람들은 이는 신조라 하여 잡지를 않고 두엇더니 몇을 동안에 그 상하엿든 다리 가 완치되엇음으로 근방 사람들이 신기하게 생각하고 그 물을 마서본 즉 맛이 이상하게 상쾌하며 병든 사람이 마시면 백발백중으로 전쾌하 엿다 한다. 그리하야 근방 사람들이 모이어 우물을 팕는데 이 소문을 들은 사람들은 사방으로 모여들어 문득 5, 60호의 동리를 이루게 되엇다 한다. 어찌하엿든 강서에서는 자래로 학(鶴)이라는 것을 비상히 숭배하여 무학산(舞鶴山)이니 학란구(鶴卵邱)이니 명학디(鳴鶴池)니 학으로써 강서군(江西郡)을 지키는 신(神)을 삼앗다. 심지어 약수터에 잇는 려관(旅館)이름 같은 것까지 학(鶴)자를 부치엇다.

총독부에서와 평안남도 당국에서는 이 약수를 세밀하게 분석하여본 결과 자긔와 같은 성분이 잇다 한다.

無水硅酸 .03350
철 .03490
칼시움 .07400
마그네슘 .01200
나트리움 .0271
칼리움 .0255
1晝夜 용출량 57石6斗

의치효능으로 胃弱, 소화불량, 변비 萎黃病, 官能性신경질병, 輕度의 신경脊髓病, 부인생식기 諸病(월경이상 만성자궁근염 불임증)諸病, 회복기 諸種, 피부병.

이와 같이 신령한 새암터를 가진 정화리(靜和里)의 주민들은 서력 1928년 칠월에 려관, 음식뎜, 료리뎜을 합한 삼업조합(三業組合)이라는 것을 조직하고 수천 원 비용을 규출(鳩出)하야 우물을 수축하엿으며 수십 곳이나 되는 려관에서는 각각 설비를 완전이 하야 일시에 수천 명 손님을 수용할 수가 잇도록 되엇다. 동리는 대단히 고즈근하야 정양하기에 대단히 편하며 뒤에는 조그만 산이 잇어서 산보하기에 적당하다. 유희장으로 활(弓)터가 잇으며 앞에는 백사장이 잇어서 일광욕(日光浴)같은 것도 마음대로 하게 설비가 되어 잇다. 여관의 숙박료는 일박에 보통 80전에 침구까지 제공하게 되엇음으로 극히 편하고 또 싸다.

강서 자동차 상회의 승합자동차가 하루 4, 5차 왕복이 잇고 한참 당절에는 림시차를 운전하야 교통은 극히 편리하다. 자동차 임금은 평양에서 구약수까지 1원이고 신약수까지 85인데 강서읍내에서는 구약수와 신약수에 매 시간 자동차가 련락하여 잇다.

신약수(新藥水)는 강서 읍내로부터 남쪽 20정 쯤 되는 평야에 잇는데 이 약수는 근방에 농부들이 샘을 발견하엿다 한다. 지금으로부터 240년 전 가량 되엇는데 이 곧은 강서군 동지면 학천리(江西郡 東津面 鶴泉里) 좋은 수전판이엇는데 약수가 발견된 후로 4, 50호의 인가가 살게 되어 구약수 이상에 발전을 보게 되엇든 바 사람들이 너무 많이 모이어 중간에 살인사건이 많이 이러나서 당시 현령(縣令)으로 이것을 막아 버렷든 것이라 한다. 지금은 구약수와 똑같은 설비를 하고 인간 세상에는 보지 못하든 섭시 13도의 랭천을 마시고 나면 이상 없는 상쾌를 느낀다. 그리고 구약수보다 독특한 것은 어름 이상의 랭정욕장(冷井浴場)이 남녀로 구분하여 잇는데 어찌나 찬지 10분 이상을 계속하는 사람이 없다 한다. 그리고 신약수의 분석을 보면 구약수에서 보지 못하는 성분이 많다.

(…중략…)

이와 같이 신약수 물은 구약수보다 칼니움과 철, 탄산이 훨신 많음으로 물을 마시면 목구멍이 짜르르하고 극히 상쾌하다. 그럼으로 피서가는 이도 많다고 한다.

[15] 이광수, 露領情景, 『동광』 제26호(1931.10)

동광 제26호에 '그 당시의 추억'이라는 제목 아래 실린 글. 1913년 이광수가 러시아 블라디보스토크(해삼위)를 다녀왔던 체험기. 기행문이라기보다 회상기에 가까운 글임. 이 특집에는 이강 '桑港에서 海蔘威' 등의 회상기가 실려 있음.

入港과 試鍊

一千九百十三年, 歐羅巴 大戰이 일어나기 전햇 겨울, 나는 上海를 떠나서 海蔘威로 向햇다. 海蔘威는 그때가 바로 아라사 正初엿는데 항구에는 어름이 져서 배는 어름을 끈 사이로 들어갓다. 안개는 西面을 분간하기 어렵게 보이햇다. 배에 내려서 나는 朝鮮 사람이 산다는 新韓村을 차잣다. 新韓村이라는 곳은 서울로 말하면 東小門밖과 같이 외따로 더러져 잇는 곳인데 눈이 오면 설매를 타고 다닌다. 집들은 조꼼하고 납작한데 아주 보잘 것 없엇다.

나는 어떤 한 靑年을 만나서 旅館을 물엇다. 그가 引導하야 준 곳이 後에 알고보니 勸農會 會長 金道汝(김도여) 氏 宅이엇다. 가서 앉아 누라니까 얼마 아니하야 허대도 좋고 기운찬 靑年 十餘名이 들어와서 수상스러이 본다. 이 사람들은 아까 길 引導해 준 靑年이 모아온 사람들이다. 그 中에 한 사람이 잇다가,

"당신 어디서 왓소?"

"나는 조선 잇다가 상해로 해서 왓소."

"아니오. 당신의 행장을 보니 일본ㄱ것이오."

"당신의 行李도 중국것은 아니오."

四面에서 총공격이다. 결국 나를 ○○으로 안 모양이다.

"행리를 열어 봅시다."

나는 그럴 必要야 무엇 잇나고 辨明할 사이도 없시 그들은 자기 마음

대로 행리를 뒤지드니

"자, 이것 보아. 日本冊 아니야."

벌서 그들의 豫想은 맞앗다는 말이다. 朝鮮에서 多少 學識 잇는 사람은 다 日本말책을 본다는 것과 그것밖에 볼 만한 冊이 없다고 하는 나의 辯明은 아무 所用이 없엇다.

"자, 나갑시다. 일전에도 두 사람이 왓다가 끌려갓다우. 그져 갈 줄 아오?"

形勢는 자못 危急햇다. 그들은 나를 確實히 ○○○○인 줄로 斷定하고는 죽여버릴라는 것이다. 나는 그때까지 내가 어떠한 사람이라는 것을 말하지 않고 가지고 간 紹介狀도 내놓지 않고 잇엇다. 가지고 간 紹介狀도 다 써먹엇나보다 하고 생각하엿으나 그래도 하고

"나가면 나가지오마는 여기서 만나볼 사람이 잇으니 그 사람들이나 만나나 보고 나가도 나갑시다."

하면서 李鍾浩 氏의 紹介狀을 내놓앗다. 그들 중의 한 사람이 紹介狀을 가지고 나갓다.

내가 만난 사람은 金立 氏와 尹海 氏인데 한참 동안이나 잇더니 나갓든 사람이 金, 尹 두분과 같이 들어왓다. 尹海 씨는 東京서 學之光 할 때에 編輯도 하고 海蔘威 온 後에는 나보고 海蔘威서 감자 갈아먹게 오라고 편지까지 한 그이다.

"아 이것 참 정말 왓구려."

"이게 얼마만이오."

이러는 사이에 靑年들은 슬그머니 다 다라나버리고 말엇다. 後에 그들은 나를 만나면 親切하게 인사를 하엿다. 海蔘威에는 勸農新報라는 石板 新聞이 잇섯다.

감자 싫은 싹.

그들이 ○○ 처치하는 방법은 겨간 발달되지 않앗다. 의심 잇는 者가 오면 글고 가는 조고만 집이 하나가 잇는데 한편 담에는 올개미가 들어 갈 만한 구멍이 뚤려서 잇다 한다. 거기서 여러 가지로 審問을 하다가 틀렷으면 담구멍으로 올개미를 딜어밀엇다가 자바챈다고 한다. 그곳은 멀리 떠러져 잇는 언덕 우에 잇다고 하는데 나는 가 보지는 않앗다. 시체는 달구지에 싫어다 어름을 깨치고 물속에 장사해 버리는데 그 달 구지짝이 감자 싫은 싹으로 장부에 記入된다. 이것은 내가 치따 갓을 때에 ○○○ 장부에서도 보앗다.

범잡아 먹은 이야기

내 기억에 사라지지 않는 이는 洪範圖 氏다. 키는 작고 몸은 뚱뚱하 고 얼굴은 큰데 눈은 둥글고 담대한 이이다. 헌옷에 사비귀(신)을 신고 不遠千里하고 나를 찾아와서 하는 말이

"이 늙은이 앓아죽지 말게 하라고 이 말 한마디 부탁하러 왓소."

그러고는 그는 가버렷다. 그러나 그는 늙어 앓아 죽고 마랏다. 甲山 사람이다.

그이가 한 번은 새냥을 나갓다가 범한테 물려서 산골을 헤매인 일이 잇엇다고 한다.

냥식은 다 떨어지고 주린 배를 졸려매고 기진맥진하야 동무 서너 사 람과 숩풀 속에 누워 잇누라니까 새끼범 두 마리가 기어가드라고 한다. 그는 사흘 굶은 주린 배에 힘을 주고 최후의 정신을 채려서 총 두 방을 놓앗다. 요행 새끼범 두 마리는 의외에 힘없시 너머지드라고 한다. 그 는 사라서 움직이는 범의 넓적다리 삶을 베먹으면서

"범아 네게 무슨 원수가 잇네마는 너를 먹어야 살겟다."

그제야 정신이 좀 들드라고 한다. (文責在記者)

[16] 毛允淑, 間島에 客이 되어, 『동광』 1932년 5월호

필자가 학교 졸업 후 간도에 교사로 가서(?) 그곳의 사정을 그려낸 글. 〈동광〉 32년 5월호에는 간도 문제 특집이 실려 있다. 유광열, 농촌거사, 윤화수, 박은혜, 모윤숙의 글이 실려 있는데, 이 가운데 박은혜의 글은 편지글이며, 모윤숙의 글은 회상적인 기행담이다.

間島의 첫 印象

구타여 北間島라 거칠은 印象, 구슬픈 感想밖에 또 무엇이 잇으랴. 學窓에서 바로 굴러나왔다는 곳이 <u>남들이 오기 싫어하는 北支那 悲劇小說의 背景으로만 取扱하려는 北間島</u>이엇다. 그러나 그도 親族 동무나 잇다면 모르거니와 間島 一年間 나의 客地 生活이란 寂寞 恐怖이엇다.

間島란 地帶가 元來 넓은 땅이요, 거친 確權을 잡은 主人公이 없다 하여 그런지 모르나 朝鮮 十三道 어데를 勿論하고 間島 살림을 目的하고 떠나온 사람이 얼마인지 모른다. 그래서 여기 사는 조선 사람의 全 風俗이란 것은 固有한 道의 特色이 없고 모도가 十三道 全體 風俗을 합처놓은 合衆式이다. 衣服이나 言語에 별다른 差가 없는 그들은 朝鮮 內地와 같아 鄉土的 自尊心을 서로 가지거나 서로 分裂하려는 氣分이 없고 相扶相助의 心情과 아울러 異域이니만큼 서로의 깊은 同情을 갖고 살게 된다. 어떠한 會名이든지 몽이는 힘이 强하고 조선 사람끼리의 團結을 일지 안는다. 그러나 或時보면 너머 非倫理的 主張과 熟練치 못한 修養 程度를 가지고 어떤 運動을 始作하다가 無智와 失敗를 들어내고 말게 되는 것을 종종 본다.

冷情한 批判力이 없이 氣分에 醉하여 熱을 吐하는 것이 間島 靑年들의 過程이라 볼 수 잇다. 그러나 나로서도 반갑게 느껴지는 것은 서로 快活하게 몸을 아낌없이 내어놓고 일해 보겟다는 그 붉은 마음만은 間

島가 아니고는 찾어 보기 어려운 現象이라 하겟다.

間島의 살람사리

間島의 새벽! 萬藉가 깊이 잠들어 사정없이 불어치든 바람결도 차차
잠잠해지는 새벽이 되면 어대서 거칠은 音聲이 새벽의 거리를 橫斷하
여 잠든 고막을 처량하게 울려주고 간다. 朝鮮人도 아닌 中國人이 잘
되지도 않은 朝鮮말로 무엇이라고 웨치고 그 소래! 나는 이때까지 그러
케 雄姿스럽고 처량한 리듬을 들어본 記憶이 나지 안는다. 그 소리는
一種의 物件을 사라는 廣告의 지나지 않건만은 그 구슬픈 音響이 空氣
를 通하여 나의 귀를 스처 들어올 때는 마치 죽엄를 찾어가는 설어운
노래 같기도 하고 거친 廣野가 원망스러워 끝없는 哀愁의 하소같이도
들린다.

"참길롬이 양양양⋯⋯사솔라봐" 그 소리가 새벽 하는 그윽한 間島의
空氣를 흔들어 놓을 때는 야릇하게도 서글픈 聯想의 눈물이 솟아난다.
어떤 날 아침 나는 그 소리에 깨어 하도 마음이 心亂하기에 뒷마을 東
山이란 곳으로 散步를 떠낫다. 찬 바람이 山우에 모질게 불고 잎새 잃
은 나무들이 여기저기 앙상하게 서 잇을 뿐이엇다. 나는 아츰 햇빛을
마시려는 間島의 자그마한 都市를 내려다보며 한가하게 冊을 읽으며
나려갓다. 한참 올라가려니까 소나무들이 듬은듬은 서어 잇는 틈으로
무덤들이 보인다. 아침 太陽의 反射되어 불숙불숙 올라온 黃土의 무덤
들이원한 많은 異域의 죽엄이라고 생각하매 가까이 가서 어르만저도
보고 싶은 愛着이 감돌앗다. 떼 하나 입히지 않은 무덤의 빛깔은 몹시
도 험하엿다. 나는 아모 意識없이 冊을 덮어들고 소나무 사이로 山길을
더듬으며 무덤 앞에 꽂힌 말둑을 찾어보고 한 고개 두 고개 넘어갓다.
치움을 참지 못해 呼吸運動을 해 가며 나려다 보히는 골작이를 마저
巡廻하려고 나려가다가 갑자기 아이구머니 소리를 벽력같이 지르고 오

든 길로 다름박질을 하여서 올라왓다.

女學生의 膽力

무서워! 나는 그러케 무서운 것을 世上에서 처음 보앗든 것이다. 떠러진 中國人 屍體가 바로 널 속에 누은 것인데 관뚝게도 덮지 않은 채 그대로 길바닥에 놓엿던 것이다. 내 눈에는 꼭 그것이 그때에 일어나려는 것 같이 보혓엇다. 그 옆으로도 여러 개의 관들이 그대로 그 골작안에 놓엿는데 朝鮮人의 관과 달러서 관 옆에는 붉은 용과 새들을 그려서 玉色으로 칠을 해 놓은 것이 보기에 더 무서윗다.

그 날 아침 그런 생귀신을 面會하고 하도 혼이 나서 宿食에 오든 길로 學生들에게 "棺이 그냥 나와 굴으니 그게 웬 일이냐?" 햇드니 學生들은 나의 예상보다는 너무 平凡하게 "여기 中國人의 風俗은 自己 父母가 別世하기 前에 죽으면 死後의 罰로 길바닥에 그냥 버러두어서 도야지나 개가 뜯어먹게 한답니다." 한다. 어린 學生들이 별일로 알지 않고 다만 平凡하게 생각해 버리는 것이 나에게는 더 아찔한 일이엇다. 如何間 間島 女學生들은 膽들도 크구나 속으로 생각은 하면서도 그 學生들의 異國 風俗에 능한 것이 한끝 勇敢스러워도 보히고 아직 생소한 나에게는 부러운 느낌도 없지 않엇다. 그 이튿날부터 몇 날은 길바닥에 놓인 棺들이 무서워 그 近處로는 발길을 避하엿다. 저녁 때 學校서 돌아오면 아랫동리 사는 세 살 먹은 어린 '윤극'이가 아장아장 걸어와서는 散步갑시다 하고 손목을 끄은다. 무엇이던지 배워 주면 그대로 꼭 외이고 잊지 안는 그 총명한 '윤극의' 눈쑹자를 볼 때에는— 그리고 저녁 때면 無意識的으로 내 방에 와서 놀다 散步를 가자고 조를 때는 할 수 없이 나도 손목을 끄을고 밖으로 나간다. 그러나 어린애 눈에 그 끔직한 棺이 보일가바서 그 총명한 눈가에 무서운 소름이 끼칠가 해서 나는 딴 길로 '윤극'이의 손을 끌어준다.

으슥한 밤의 序曲

해가 西山에 기울고 밤빛이 차차 몰려들 때는 陰沈한 어둠 속에 市全體는 감춰어 버리고 만다. 차라리 하눌의 별이 시컴한 길바닥을 밝혀 준다 할까? 누구나 間島의 밤길을 가고 싶어하는 사람이 없으리라. 바람이 횡횡 소리치고 여기저기 中國 巡査의 검은 塔이 우뚝우뚝 서 잇는 그 거리를! 急한 볼 일이 잇어 길바닥에 나선 사람이라도 마음 놓고 거름을 걸을 수 없는 밤의 거리다. 일미네슌이 혼들리고 딴스홀의 쨔스 노래가 흩어지는 밤의 거리에서도 어두움의 가슴을 안고 헤매는 동무가 잇거니…… 나는 暗黑街의 찬 바람을 맞으면서도 明日의 光明을 찾을 길이 없으니 生이란 場面마다 苦惱는 붙어 다니나보다.

어떠한 團體의 暴動이 일어나기 前에는 間島의 밤은 물부은 듯이 종용하고 崇嚴하다. 이따금 領事館 自動車 소래가 뽕뽕 들리면 또 무슨 일이 나나보다 하고 집집이 수잠을 자게 된다. 어떤 때는 ×××이 갑자기 出現하여 市內의 電氣를 끊고 총을 놓고 여기저기 불을 질러놓는 까닭에 방에 잇든 사람들은 총알을 避하기 爲하야 一齊히 방바닥에 업뜨려 버리고 더러는 地下室로 나려가 숨는다. 이리하여 조용한 밤이지만 그 沈黙한 밤 속에 險한 氣分이 잔득 들어차서 언제든지 마음을 安定할 수가 없는 것이다. 그리고 게엄영이 나린 때에 밤 八時 지난 後에는 絶對로 通行치 못하게 된다. 法을 모르고 지나가면 銃殺을 當하게 되는 수도 잇다 한다. 얼마 전에 어느날 밤 十二時가 지난 후 갑자기 어데서인지 폭탄이 投下되든 때 그 밤은 지금 생각하여도 소름이 끼친다. 하늘 한 쪽이 믏어저서 바다로 몰려드러 가는 듯한 처참한 소래엿다.

나는 그 때도 처음 當하는 일이라 밤샛것 못잣건만 宿舍 學生들은 '폭탄이 또 더러젓나'하고 돌어누어 그냥 코를 골며 잘 뿐이다. 險한 바람과 처참한 風景 속에서 자라온 그들에게는 그런 소래쯤은 잠고대를 妨害하는 씨씨리 소리만도 못한 모양이다.

無條件的 銃殺

바로 며칠 전 復活主日 밤이엇다. 學生들과 함께 새벽 찬양을 하려고 달빛을 동무하여 거리에 나섯다. 나는 떠날 때부터 길에서 中國 巡査를 만나면 中語도 모르고 또 새로 한시가 넘으면 길로 못 다닌다는데 어떨가 하고 反信反疑하며 떠낫다. 눈과 달빛이 어우러진 間島의 첫새벽은 아모런 音響도 없어 고요하고 맑엇다. 昨年에는 봄비를 줄줄 맞어가며 復活의 아침을 맞엇드니 今年 그날엔 눈길을 폭폭 밟어가며 復活의 멧세지를 傳할 줄이야!

우리는 한참 노래를 하다가 어느 골목으로 돌아서랴니까 어세서인지 갑자기 "꺄르르ー륵" 하는 毒殺스러운 부르지짐이 들려온다.

學生들은 一齊히 발을 멈추고 섯다. 그제서야 나는 그것이 밤의 파수 보는 陸軍이 그곳에 꼭 서 잇으라는 暗號임을 알엇다. 이윽고 눈길 우에 시컴한 그림자가 나타나 오는 것은 총ㅅ대 메인 中國 陸軍이다. 學生들은 서로 수군거리드니 그 中에서 한 학생이 나서며 "구주부와창!" 하며 우스운 中語로 무엇이라 하는 모양이더니 가라고 손짓을 한다. 나는 또 가슴이 털렁하여 그만 하고 돌아가자 하엿드니 學生들은 웃으며 그까짓껏 괜찮어요 하며 無心히 對答하여 버린다.

"꺄르륵ー륵"이란 소래는 무슨 뜻이냐 하니가 그것은 밤 中에 가는 사람이 잇으면 더 가지 말고 그 자리에 서서 취조를 받으라는 暗號인데 세 번까지 "꺄르륵ー륵" 소래를 내어도 듣지 않고 그냥 가면 無條件 銃殺이라 한다.

나는 學生들이 아니엇드면 몰랏겟으니 銃殺을 當할 뻔햇지 하고 一齊히 웃고 돌아온 일이 잇다.

그저 한마디로 하라면 間島는 사람 살지 못할 곳같이만 생각된다. 人心도 그러코 天候도 크러코(끝)

[17] 수필 八月 斷想錄(3편), 『동광』 1932년 8월호

〈동광〉 1932년 8월호에 수록된 수필 '팔월 단상록'에는 김성근, 강경애, 정인과 세 사람의 기행문이 실려 있다.

▲ 金聲近, 異鄕片片, 〈동광〉 1932.08.

旅情

月餘의 귀향에서 다시 東京 와 어느듯 두 달을 헤이려 한다. 겨우 두 달 동안 나는 완전히 또 이 대도회의 소음과 색채와 띄끌, 그리고 그 모든 것을 싸고도는 「메카니즘」의 旋風에 친화해 버리고 만 것이다. 자업자득임에는 틀림없으리라 마는 여기는 너무나 공연히 기계가 인간에게 叛逆하고 잇다. 이 기계의 暴威를 그대로 눈앞에 보는 것은 결코 아름다운 풍경이 못된다. 여기 모인 시민은 물론 전원의 예찬자가 될 수 없을 것이다마는 적어도 生理反撥은 그들에게서 영원히 牧歌에의 憧憬을 禁斷치 못할 것이다.

그러나 또 大都! 이것은 결국 인류가 쌓은 20세기의 거대한 「스핑크스」인 것을 어찌하랴. 우리는 오히려 그곳에 오늘의 철학과 도덕과 미와 원리를 찾어야 할 숙명에 사는 것이 아닐까.

떠나올 때 朝鮮은 정히 봄의 서막이엇다. 고향집 방 앞 달을 두고 불근 벗꽃 봉오리가 인제 겨오 하나둘 터지려든 때이엇다. 서울엔 때마즘 명물 夜櫻이 간 곳마다 철을 아는 사람들의 화제를 지배하고 잇엇다. (놀란 것은 같은 旅宿에 꽃구경으로 해 일부러 鐵原서 올러왓단 친구의 발견이다. 32년의 朝鮮 한가온대 이것은 또 얼마나 경이할 「풍류」의 존在─인가. 이 친구의 발견이 언짠어서 나는 단연 여정에서 못처럼의 夜櫻구경을 삭제해 버리기까지 햇다. 뒤에 생각하니 나도 웃으윗다.)

5년만엔가 맞으려는 鄕國의 봄! 반다시 즐거운 꿈이 묻히지 않어도 좋다. 고향의 봄－그것은 언제 누구에게나 아름다운 여인의 환상일 것이다. 그러나 나는 또 떠나고 말엇다.

집의 벗나무 열매는 콩알만치 컷다고 한다. 그러나 그 소식은 언제나 고향의 深切한 불황의 여운을 伴奏한다. 벗의 글에 서울의 여름 정경을 읽는다. 그러나 벗은 한번도 서울의 밝은 이야기를 들려주지 안는다. 적막한 旅心이다. 그러나 사람은 또 마음의 짐을 풀어 버리기엔 어디까지 寬容한 것이다. 나는 아직도 봄 맞으려는 시절의 아름다운 기억만을 남겨 가지고 잇다. 어수선한 거리의 저녁, 각금 「에도가와」공원 벤취에 전기ㅅ불 아래 뛰노는 이국의 어린이들을 보고 잇으면 鄕國의 가지가지가 도리어 보지 못한 이국의 풍경 같이 그리워진다. 나는 그곳에 비로소 「그리움」으로 해 행복한 나그네의 심경을 보는 것이다. 언제나 이런 그리움과 사모와 애착에 살엇으면－. 나는 보다 더 몸에 숨이는 旅愁를 意慾하고 까지 잇는 자기를 본다. 그러나 또 꿈을 의식하면서 꿈을 보는 사람의 적막!

追懷

朝鮮서 오든 길 國府津을 지나서 나는 겨우 2주야의 못 견딜 피로에서 벗어날 수 잇엇다.

때마츰 비 오는 저녁, 짙어 가는 황혼, 홈잣 여행, 어딘지 느끼는 南國의 봄의 향기... 이 「콘디숀」의 偶成이 오래간만에 나를 追懷의 감정을 경험하게 햇다. 몇 해 전 같은 봄, 비 오는 밤, 첫 이 길을 밟엇든 것이다. 그때 그리든 10대의 소년의 憧憬의 東京이 지금엔 완전히 허물어진 탑인 것은 말할 것도 없다. 앞날에 적어도 50퍼센트의 환멸을 상정하는 나의 賢明(?)이 夢現의 비극에서 나를 구해 준 것만은 다행한 일이엇다. 나는 오직 보다 꿈이엇고 감격적이엇든 지나간 날을 느끼는 것만 기뻣다. 京濱 일대의 省線電車의 鳴咽, 불야성의 불꽃과 불꽃－그곳에 보고 또 듣는 것은 몇 해 전의 율동, 그것이엇다. 나는 뷔인 객석을 찾어가면서 마치 그것이 최후의 행복이나 되는 듯이 이 감정을 貪햇다.

東京역에서 省線을 바꿔라고 나의 「로맨티시즘」은 連綿햇다. 그러나 마즌편 창에 자기의 윤곽을 찾을 때 비로소 나는 오늘의 자기로 돌아왓다. 서운햇다. 순간 같은 창에 나는 나로도 이해 못할 표정을 읽엇다.

여름

폭염! 梅雨 거둔 거리는 찌는 듯이 덥다. 이 거리의 녀름을 거느리는 것은 직사하는 태양의 광선뿐이 아니다. 그곳엔 「아스팔트」의 복사열과 그 밖 音響, 「스피드」, 색채의 교착에서 나는 物理熱이 가중하고 잇을 것이다. 都塵과 탄산까쓰가 거리의 녹음을 營養한다. 하로 몇 만 관의 어름을 이 東京의 인종이 소비한다고 한다. 그 녀름은 심각하다. 그러나 그것은 또 鋪道를 떠가는 파라솔의 채색과 같이 신선하다.

「마네킹」이 거리의 여름을 선전한다. 해수욕복의 「스타일」과 같이 그것은 확실히 작년보담 진화햇다. 가두를 행진하는 붉은 팔의 건강색—어느 소설가는 이것을 餘閑의 축적이라고 표현햇다.—거리의 녀름은 輕氣球와 같이 경쾌하다. 그들은 인제 더위에 앞서 여름을 先驅한다.

그러나 한 겹 밑의 이 大都의 여름! 假面을 運命으로 한 東京은 다행하다.

東京서 보는 「달」

밤마다 흐르는 사람의 홍수—녀름 밤 夜店 산책은 이 시민들에게 없지 못할 行樂인 것 같다. 나부끼는 「유가다」와 「게다」의 交響—그것은 이 섬나라 녀름의 독특한 매력일 것이다. 물건을 사기 위해서가 아니다. 그들은 낮 동안 그들의 직장에서 「오피쓰」에서 또는 敎場에서 포만한 울분을 이 夜市人의 포효에 풀려는 것이다.

어느 밤 나는 군중의 물결 속에서 하늘에 달을 보앗다.

「東京에도 달이 잇엇든가.」 그때만의 착상이엇다. 東京의 집웅 우에 달을 찾은 것-그것은 확실히 기적 같엇다. 나는 주위의 사람들을 돌려 보앗다. 그러나 그 중의 한사람도 그들의 머리 우의 달을 감각하는 것 같지 않엇다. 이 많은 사람 가온대서 나뿐이 달의 동반자인 것 같엇다. 거리의 달은 적막하다. 이 류미네숀의 광도가 이 시민들에게 달의 포용을 거절하는 것이다. 그들은 한가지 행복에 무지하다. 나는 호올로 총총한 삘딩을 통해 보는 달에 近代美의 一端을 이해할려 햇다. 다른 날, 같은 달, 좋은 밤, 나는 T와 神宮「프롬나드」를 걸으면서 그 밤의 아주 고명햇든 유쾌를 생각하고 혼자 미소를 보냇다.

自嘲

그 날 神田 가는 전차를 갈어탈려고 須田町에 나렷다. 많은 사람이 길에 차서 저쪽의 한곳을 바라고 잇다. 겨오 了解할 때 그것은 전율할 정경이엇다. 上層 길을 향한 삘딩 건축장에서 工夫 하나가 어떤 잘못으로 두 팔을 맨 윗 고압선에 걸고 방금 타고 잇는 것이다. 그 기름타는 소리가 아래에까지 들렷다. 십 분쯤 뒤 두 팔을 다 태이고 한 개의 肉塊는 몇 시간 전 그가 그처럼 생의 집착을 못 이겨 생의 糧을 얻으려 발을 떼인 땅 우에 그가 내일 수 잇는 최후의 음향과 함께 멀어젓다. 惡魔性이랄까. 많은 사람은-나도-마치 街角의 곡예를 보듯한 흥미로서 보고 잇었다.

전차에 오른 나는 이 처음 보는 광경에 아찔햇다. 삘딩- 그리고 오늘 문명의 에쎈스, 이 大都의 혈관인 電氣이길내 죽은 한 생명이 나를 혼란하게 햇다. 그 흥분은 그 밤까지 나를 지배햇다.

이튿날 아즘 나는 몇 朝刊을 차례로 들춰 보앗다. 그러나 나는 한군대서도 그 「비참」의 보도를 읽지 못햇다. 쩌나리즘의 감각이 줍기엔 그것은 너무나 적은 사실이엇다. 나는 간밤의 홈자 나의 흥분을 스스로 웃엇다. 그들은 촤플린의 환영에 특별 페이지를 발간하며 情死者―그 것은 아마 이 많은 시민에겐 극소의 교섭도 없는 「에고이스트」들 뿐임 에 틀림없을 것이다―의 과대 보도엔 활자의 용적을 아끼지 안는다. 그러면서도 그들을 존재하게 하는 이 문명의 적은 희생도 망각하기엔 그처럼 관대한 것이다. 그것이 또 이 시민들의 요구하는 보도 가치이니 기이하지 않은가.

내가 죽인 사내

최근 어느 벗이 권해 주어 본 「파라마운트」영화이다. 근일 영화를 본 뒤 후회하는 일이 많은 나는 이 영화를 본 뒤 후회를 안 느낀 것만도 만족할 일이엇다. 나는 이 영화를 비평하려는 것이 아이다. 「테크닉」에 고집한다면 이 영화는 사실 그다지 문제되는 것이 아니다. 감독자 「루빗취」로서는 도리어 근작 「러브, 바레나드」「쾌활한 中尉」에서 후퇴한 近作品이라고도 할 수 잇을 것이며 「필맆.홈스」나 「낸시.캬롤」의 연기 에 잇어도 「여학생 일기」「아메리카의 비극」이나 「밤의 천사」의 表現 域을 벗엇다고 못할 것이다. 내가 느낀 흥미는 이 영화의 「테마」와 스 토리가 역거내는 데리케트한 「무드」이엇으며 이 영화를 지금의 東京― 이 파쑈의 渦中에서 보는 흥미다. 이애이는 단순하다. 1919년, 전승 일 주년에 취하는 공원 巴里―그 가운대 「폴」이라는 서부전선의 戰勝兵은 그가 전선에서 죽인 젊은 獨逸兵에 대한 悔恨으로 괴로워한다. 오뇌는 커갓다. 그는 교회에 가서 목사에게 哀訴한다.

「당신은 의무를 다 햇을 뿐이다」라는 목사의 말에 분개한다. 「교회에 서 들을 수 잇는 말이 이것뿐인가」「대체 사람을 죽여야 할 의무란게 어디 잇을 것인가」 그는 드디어 전선에서의 기억을 더듬어 독일병의 고향에 그 집을 찾어 참회하기로 결심한다. 독일 온 그는 몬저 병사의 무덤을 찾어 꽃을 놓는다. 이것을 바라본 죽은 독일병의 안해 「에르자」 는 죽은 남편의 친우로써 생각한다. 獨逸 村에서는 佛蘭西 사람을 극도

284

로 미워한다. 그것은 몇 백만의 죽엄이 障壁한 민족적 감정이다. 「폴」이 주저주저하며 죽은 병사의 집을 찾을 때 그 부친되는 「홀다링」 박사는 旅人의 이름을 듣고 「흠, 佛蘭西 사람」 하고 면회를 거절한다. 그러나 「폴」이 애써 간원하고 절망 가운대서 무서운 고백을 시작하려 할 때 나타난 「에르자」는 진작 그를 죽은 남편의 친우로써 소개한다. 여기서 「폴」은 목적할 고백의 기회를 잃고 홀연 죽은 아들의 친우로서 민족적 감정을 넘어서 병사의 집의 귀한 손으로써 환대를 받는다. 마츰내 「에르자」와 두 사람에겐 사랑이 생겨 그것은 마을의 모든 비방과 조소를 극복하면서까지 굳게 자란다. 그러나 마음의 重荷를 벗지 못한 「폴」은 마츰내 자살을 결심하고 몬저 「에르자」에게 고백하고 다음 뒤미처 그 부모에게 고백하려 햇으나 그들의 행복을 흠내지 말어달라는 애인의 충언에 단념하고 그들을 위한 새 생활에 드는 것이다.

이애이에 보는 것과 같이 결코 반파쑈의 이데오로기 영화도 아니며 어디 국제주의의 고조가 잇는 것도 디아다. 그러나 神國의 영광, 아츰 저녁 我敵의 戰死數의 비교에 흥분하는 이 시민에게 이것은 얼마나 대조적인 인생의 一景인가. 전장의 淋漓할 피에 예술의 향기를 탐해 광분하는 예술가에게 이것은 또 하나의 「아이로닉」한 예술의 존재가 아닌가. 평탄하게 말하면 그것은 일편의 人情映畵임에 불과하다. 그러나 그것은 결코 저속의 이름으로써 唾棄할 것이 아니다. 우리는 예술의 생명과 「소위 普遍感情」 「恒久感情」이라는 것을 관련해 생각할 일이 잇다. 이 영화에서 받는 우리의 감정적 반응엔 적어도 그 진리의 일단을 시인케 함이 잇다고 할 것이다. 時潮에 휩쓸리는 人性, 恒久普遍의 人性, 이것이 투철 냉정한 관조에 예술가의 노력의 일면이 잇지 않을가 한다. 이 영화를 지금 日本의 「스크린」에 보낸 「루빗취」에게 나는 예술가의 권한과 자랑의 하나를 본 것 같다.

(6월 22일, 於東京)

▲ 姜敬愛, 間島를 등지면서, 〈동광〉 1932년 8월호

一九三一年 六月 三日 아츰

싯은 듯이 말게 개인 하늘가에는 飛行機 한 대가 후로페라의 폭음을 發射하면서 徘徊할 제 龍井村을 등지고 떠나는 天圖列車는 외마디의 離別 인사를 길게 던젓다.

나는 수많은 乘客틈을 뻭이고 자리를 잡자마자 車窓의 의지하야 돌아보니 얼신얼신 벌어가는 龍井村.

그때에 내 머리에 얼핏 떠오르는 것은 내가 처음으로 발을 들어놓든 작년 이때다. 그때에 龍井 市街는 新綠이 무르익은 街路樹 左右 옆으로 靑天白日旗가 멋잇게 나붓기엿고 붉고도 힌 벽돌 집 새이로 흘러나오는 깡강이의 단조로운 멜로디는 보라빗 봄하늘 아래 고히고히 흐터지고 잇엇다.

그러나 街路에서 헤매이는 乞人들의 이 모양 저 모양 그들에게 잇어서는 봄날도 깡깡이 소리도 들니지 안는 듯 驛頭에서 흐터지는 낫선 사람의 뒤를 따르면서 그 손! 버릴 뿐 그 험상진 손!

나는 이러한 옛날을 그리며 아까 驛頭에서 안탑갑게 내 뒤를 따르든 어린 거지가 내 앞에 보이는 듯하야 다시금 눈을 크게 떳을 때 차츰 멀어가는 龍井市街 우에 높이 뜬 飛行機 그리고 느진 봄바람에 휘날리는 靑紅黑白黃의 五色旗가, 白楊나무 숲속으로 번듯그렷다.

車窓으로 나타나는 논과 밭, 그리고 아직도 젓빗 안개속에 잠든 듯한 멀리 보이는 푸른 山은 마치 굼구는 듯, 한 폭의 명화를 대하는 듯, 그리고 아직도 산듯한 아츰 空氣 속에 짙은 풀냄새와 함께 향긋한 꽃냄새가 코밑이 훈훈하도록 스친다.

밭뚝 풀숭쿠리 속에 좁쌀꽃은 발가케 노라케 피엇으며 그 옆으로 열을 지어 돋아나는 조싹은 잎새를 두 갈내로 벌리고 붉어케 타오르는

286

동켠 하늘을 향하야 해빛을 받는다. 마치 어린애가 어머니 젖가슴을 헤치듯이 그러케 천진스럽게 귀엽게! …… 어디선가 산새 울음소리가 쩍쩍하고 들려온다. 쿵쿵대는 차바쿠에 품겨 들리는 듯 마는 듯.

"어디 가서요?"

하는 소리에 나는 놀라 돌아보니 어떤 트레머리 女學生이엇다. 한참이나 나는 그를 바라보다가,

"서울까지 갑니다. 어디 가시나요?"

혹시 京城까지 同行하게 되지나 않을까 하는 생각으로 이러케 反問하엿다.

"네 저는 會寧까지 갑니다."

생긋 웃어 뵈이는 입술 속으로 하얀 이가 내밀엇다.

"그리서요. 그럼 우리 同行합시다."

마츰 나와 마즌 켠에 앉은 어린 학생이 졸다가 옆에 앉은 日人에게로 쓰러젓다.

"아라!"

내 옆에 앉엇든 女學生은 날내게 일어나 어린 학생을 붙드러 앉히며 뉴창한 日語로 지껄린다. 日人은 어린 학생을 피하야 앉다가 이켠 女學生에 끌려 어린 학생을 어루만지며 서로 말을 건니엇다.

나는 그들의 말을 귓결에 들으며 다시금 창밖을 내여다 보앗다. 금박 내 앞으로 닥아오는 밭에는 어쩐지 조쌀을 발견할 수가 없어 나는 자세히 들러보앗을 때, "지금 촌에서는 밭가리를 못해서 묵이는 밭이 많다지. 올에는 굶어죽을 수 낫다." 하든 말이 내머리를 찡하니 울려 줏엇다. 나는 뒤로 사라지려는 그 밭을 안타깝게 바라보앗다. 거기에는 온갖 잡풀이 얽히엇을 뿐이엇다. 그때에 내 가슴은 마치 돌을 삼킨 것처럼 멍청함을 느꼇다. 따라서 農夫들이 저 밭을 대하게되면 어떨까, 얼마나 안타까울까, 얼마나 애수할까, 흙의 맛을 알고 그 흙에서 매일 달라가는 조쌀의 자라나는 그 자미 그 말로 農夫 自身이 아니고서는 아지 못

할 것이 아니냐. 그러면 저들이 저 밭을 대할 때 나로서는 감히 상상도 못할 그 무엇이 들어잇겟구나. 이러케 생각하며 얼핏 이러한 노래가 떠올랐다.

지금은 봄이라 해도
만물이 소생하는 봄이라 해도
이 따에는 봄인 줄 모를네 모를네.

안개비 오네. 앞산 밑에 풀이 파랫소.
이 비에 조싻이 한치 자라고
논뚝까지 빗물이 가득하련만

아아 밭가리 못햇소.
논가리 못햇소.
흙 한 줌 내손에 못 쥐어봣소.

나는 이 노래를 금박이라도 종이 우에 옴기고 싶은 충동을 느끼며, 빠스켓을 뒤젓으나 종이도 붓도 없어서 그만 꾹 참고 보누라 없이 휙근 돌아보니 옆에 얺은 그 女學生은 '主婦之友'를 들고 들어다 본다.

日人은 끄침없이 女學生에게 視線을 던지며 벙긋벙긋 웃고 잇엇다. 마츰내 日人은

"會寧 어디 게십니까?"

하고 묻는다. 그는 가볍게 머리를 들며,

"道立病院에 잇습니다."

이 말에 나는 그가 看護婦인 것을 直覺하며 다시금 그를 처다보앗을 때, 어디선가 그의 몸 전체에서 흘러나오는 약냄새를 새삼스럽게 느꼇다.

아까 내 마즌편에서 졸든 어린애는 어느듯, 女學生 곁으로 와서 앉어

물그럼이 책을 들여다본다.

"글세 이 애 혼자서 上三峰까지 간다지요."

그는 어린애를 가르치면서 나를 처다본다. 나도 그 말에는 놀라서 그 애를 자세 드려다 보앗다. 얼골이 동글동글한데다 눈이 큰직한 보암직스러운 사내엿다.

"너 몇 살이냐?"

그는 머리를 숙이며,

"일곱살이여요."

"응, 용쿠나. 너 혼자 어디가니?"

"삼봉 가요."

"응. 아부지 어머니 다 게시냐?"

어린애는 우물쭈물하며 말끝이 입술 속으로 슴어들고 잇다.

"이애. 똑똑히 말해."

그 여자는 어린애를 들여다보며 이러케 상냥스럽게 말하엿다. 그러나 그는 끝까지 말을 아니하고 잇엇다. 나는 웃으며 무심히 앉엇을 때,

"이애가 울어!"

그 여자는 어린 학생의 머리를 들며 들여다 본다. 나도 얼핏 그 편으로 보앗을 때, 그 껌한 속눈 새이로 크단 눈물이 뚝뚝 흘럿다. 그 때에 나는 그 애가 아부지도 어머니도 없는 孤兒엿음을 짐작하자 내가 웨 그런 말을 함부로 물엇든가, 내가 짐작하는 그대로 참으로 그애 아부지 어머니가 없엇다면 저 어린것의 가슴이 얼마나 내 물음에 아펏으랴 하고 생각하면서,

"이리 온. 이거 봐."

그 여자의 손에서 〈主婦之友〉를 옮겨 내 물읍 우에 놓며 表紙의 그림을 내보엿다. 어린애는 눈물일 싳으며 슬금슬금 바라볼 때 여러 사람의 視線은 어린에게로 집중됨을 나는 느껏다.

어느 듯 車는 圖們江 岸站(안참)에 이르럿다. 中國人 巡警에게 나는

일일이 짐조사를 받은 後, 어린애와 몇 마디 이애기를 주고받는 새이에
벌서 車는 슬슬 미끄러젓다.

옆의 女子는 내 억개를 가볍게 흔들며,

"圖們江이여요. 에그 저 고기봐!"

말 마치기가 무섭게 나는 머리를 돌려 구버 보앗다.

江邊 左右로 휘느러진 버들가지에 江물속까지 푸르럿으며, 그 속으
로 헤염처 오르는 금붕어, 은붕어를 보고, 나는 몇 번이나 하나 둘 셋
넷 하고 입속으로 그 수를 헤이다가 잊어버렷는지,

"고기 고기도 잇어요!"

조그만 손을 숙 내밀어 가르치는데, 나는 어린애의 손을 꼭 쥐며 이
러케 중얼그렷다.

"네게도 뵈니. 어디 잇어. 어디 가르처 봐. 또." 어린애를 처다보앗다.
그는 무심코 이런 말을 햇다가 내가 채처 묻는 결에 그만 부그러운 생
각이 낫든지 머리를 숙이며 잠잠하다. 순간에 나는 그애가 아부지 어머
니 틈에서 자라지 못한 불상한 애엿음을 확실히 알엇다.

江을 새이로 바라보이는 朝鮮 땅! 山色쫓아 이 편과는 確然히 다르
다. 山峰이 굽이굽이 높앗다 낮아지는 곳에 끄침없이 아기자기한 정서
가 흐르고 기름이 듣는 듯한 떡갈나무와 싸리나무는 비오는 날 안개
끼듯이 山峰 끝까지 자욱하야 푸르럿다.

車가 上三峰驛에 닿자마자 내 곁에 앉엇든 어린애는 냉큼 일어낫다.
그 뒤를 따라 나도 빠스켓을 들고 일어나며,

"이전 다왓지 …… 정 네 이름이 무어냐?"

車 간에서 정들인 이 어린 것에 이름도 모르고 보내는 것은 퍽도 섭
섭하엿다. 어린애는 잠잠히 車에서 나려서며,

"순봉이."

"응. 순봉이, 순봉아, 잘 가거라."

나는 海關 檢査室로 들어가며 돌아보앗슬 때, 순봉이는 開札口로 나

가며, 다시 한번 이켠을 돌아보고 사람들 틈으로 사라지고 만다. 어쩐지 나는 무엇을 잃은 듯한 느낌으로 그애의 사라진 곳을 한참이나 바라보앗다.

三十分 後에 우리는 上三峰驛을 出發하엿다. 看護婦와 나는 순봉이의 이야기를 주고받으며 다시금 순봉의 그 껌한 눈을 그려 보앗다.

刑事는 차례로 짐뒤짐을 하며 우리 앉은 앞으로 오더니, 亦是 내 짐이며 몸을 뒤저보고 몇 마디 말을 무러본 後 看護婦에게로 간다. 그는 언제나 삽삽한 態度와 유창한 日語로 對하여 준다.

車는 圖們江을 바른 便에 끼고 빙빙돌앗다. 실실이 느러진 버들가지 새이로 넘처 흐르는 圖們江물. 언제 보아도 싫지 않은 저 圖們江물. 네 가슴 우에 뜻잇는 사람들의 상기된 얼골이 몇몇이 비첫으며 의분의 떨리는 그들의 몸을 그 몇 번이나 안아 건니엇느냐.

숲속으로 힐끔힐끔 뵈이는 가난한 사람들의 우막은 작년보다도 그 수가 훨신 늘어 보엿다. 그 속에서도 어린애들이 솟곱노리를 하며 천진스럽게 노는 꼴이 뵈인다.

나는 이켠으로 머리를 돌리니 古會線 鐵道 工事 人夫들이 깜앗케 처다뵈이는 石壁 우에 귀신같이 발을 부치고 돌을 쪼아내린다. 나는 바라보기에도 어지러워서 한참이나 눈을 감엇다. 다시보면 볼사록 아찔아찔하엿다. 아레 잇는 人夫들은 굴러 나리는 돌을 지게 우에 싯고 한참이나 이켠으로 돌아와서 내려놓면 거기에 잇는 인부들은 그 돌을 이를 맞히여 차레차레로 쌓어 올라가고 잇다.

나는 車안을 새삼스럽게 둘러보앗다. 그러나 누구 한 사람 그곳을 注視하는 사람조차 없는 듯하다. <u>모도가 洋服쟁이엇으며 학생이엇으며, 淑女이엇엇다.</u> 우선 나조차도 저 돌 한 개를 만저보지 못한 사람이 아니 엿드냐.

<u>학생들은 무엇을 배우나.</u> 所謂 인테리층 紳士 나리들은 어떠케 살아가

나. 누구보다도 나는 이때가지 무엇을 배웟으며 무엇으로 입고 무엇으로 먹고 이러케 살아왓나.

저들의 피와 땀을 사정없이 긁어 몰아 먹고 입고 살아온 내가 아니냐! 우리들이 배운다는 것은 아니 배웟다는 것은 <u>저들의 勞働力을 좀더 착취하기 爲한 手段</u>이 아니엿느냐!

돌 한 개 만저보지 못한 나, 흙 한 줌 쥐여보지 못한 나는 돌의 굳음을 모르고 흙의 보드러움을 모르는 나는, 아니 이 차 안에 잇는 우리들은 이러케 平安히 이러케 호사스럽게 車안에 앉어 모든 自然의 아름다움을 맛볼 수가 잇지 않은가.

차라리 이 붓대를 꺾어 버리자. 내가 쓴다는 것은 무엇이엇느냐. 나는 이때껏 배온 것이 그런 것이엇기 때문에 내 붓 끝에 쓰여지는 것은 모두가 이런 種類에서 좁쌀 한 알 만콤, 아니 실오라기만콤 그만콤도 벗어나지 못하엿다. 그저 한판에 박은 듯하엿다.

학생들이어 그대들의 연한 손길 그 보드러운 흰살결에 太陽의 뜨거움과 돌의 굳음을 맛보지 않겟는가. 우리는 먼저 <u>이것을 배워야 하지 않겟느냐. 그리하야 튼튼한 일꾼 건전한 투사</u>가 되지 안으려는가.

돌에 치여 가로 세로 줄진 그 손이 그립다. 그 밭이 그립다. 해볏에 시컴하다 못해 강철과 같이 굳어진 그 뺨이 그립다! 얼마나 미듬성스러운 손이랴.

▲ **姜敬愛, 間島야 잘 잇거라, 〈동광〉 1932.10.**

이것은 本誌 八月號의 隨筆 '間島를 등지면서'의 繼續이다. 筆者는 間島 龍井村을 등지고 떠나는 天圖列車에 몸을 실엇다. 汽車가 圖們 江을 바른 便에 끼고 돌 때에 吉會線에서 鐵道 工事를 하는 人夫가

> 까맣게 처다뵈이는 石壁 우에 귀신같이 발을 부치고 돌을 쫓고 잇는 것이 보인다. 이것을 筆者는 勞働者와 所謂 인테리 紳士를 比較하야 黙想에 잠기는 것이다. '돌에 치며 가로세로 줄진 그 손이 그립다. 그 발이 그립다. 해볓에 시컴하다 못해 강철과 같이 굳어진 그 뺨이 그립다.'

이런 생각에 잠긴새 汽車는 어느덧 會寧에 到着하엿다. 同行하든 女性을 따라 驛에 나리니 驛頭에는 出迎人으로 雜踏하엿다. 웬일인가 하여 휘휘 도라보니 맨 앞에 달린 貨物車 속에서는 軍人들이 꾸역구역 몰려 나온다. 나종에 알고보니 琿春 地方에 出征하엿든 軍隊라고 한다. 그러자 이켠 뒷 客車에서는 數百名의 中國人들이 男負女戴하여 밀려 나온다. 이들은 朝鮮을 거쳐 中國 本土로 가는 間島의 避亂民이다. 나는 한참이나 멍하니 그들의 이 모양 저 모양을 바라볼 때 무어라고 말로 옴길 수 없이 가슴이 답답함을 느꼇다.

나는 엇결에 構外로 밀려 나왓다. 軍隊는 行列을 整頓하여 嚠喨(유량)한 喇叭 소리에 맞춰 武步堂堂히 群衆 앞으로 걸어간다. 우렁차게 일어나는 萬歲 소리! 그 중에도 天眞한 어린 학생들의 그 고사리 같은 손에 잡혀 흔들리는 日章旗! 그 깜안 눈동자.

해볓에 빛나는 銃劍에서는 피비린 냄새가 나는 듯 동시에 ××黨의 혐의로 無慘이도 怨魂이 된 白面 莊丁의 환영이 數없이 그 우를 다름질 치고 잇엇다. 나는 발낄을 더 옴길 勇氣가 나지 않엇다. 同行 女性은 내 손을 쥐고 作別 인사를 하엿다.

"안녕히 가세요."

겨우 입속으로 이러케 중얼그린 나는 그의 사라지는 뒷꼴을 바라보며 앗차 이름이나 서로 알엇드면 하는 후회를 하엿다.

수없는 避亂民들은 軍隊의 行步하는 것을 얼빠지게 슬금슬금 바라보며 보기만이라도 무섭다는 듯이 그들의 몸을 쪼그린다.

情든 故鄕을 등지고 生命의 保障이나마 얻어볼까 하야 누더기 보따리를 짊어지고 方向도 定치 못하고 밀녀나오는 그들…… 아니 그들 중에 白衣 同胞도 얼마든지 섞여 잇다.

午後 六時에 汽車는 會寧驛을 出發하엿다. 輕便車보다는 마음이 푹 놓여 車窓을 의지하야 밖을 내어다 보앗다. 맞츰 刑事들이 와서 지분거리기에 그만 눈을 꾹 감고 자는 체하든 것이 정말 잠이 들고 말앗다. 잇다금 잠결에 눈을 들어 보면 높고 낮은 山峰 우에 저녁 노을빛이 붉으레하니 얽혀 잇엇다.

이튿날 아츰 아즉도 이른 새벽.
검푸른 안개 속으로 어렴풋이 나타나 보이는 솔포기며 그 밑으로 흰 것품을 토하며 쏵 내밀치는 東海바다물. 그러고 하늘에 닿은 듯한 水平線 저 쪽으로 꿈인 듯이 흘러나리는 한두 낫의 별, 사랏다 꺼진다.

벌서 農夫들은 광이를 둘러메고 논뚝과 밭머리에 높이 서 잇엇다. 今方 移秧한 볏모는 시선이 닷는 데까지 푸르러 잇엇다.

이따금식 숲 사이로 뵈이는 초라한 초가집이며 울바주 끝헤 널은 흰 빨래며 한가롭게 풀 뜯는 江邊에 누은 소의 모양이 얼핏얼핏 지나친다.
잠시나마 붉은 丘陵으로 된 單調無味한 間島에 달든 나로서는 이 모든 景致에 취하야 宛然히 仙境으로 들어가는 듯한 느낌이 잇엇다. 그러나 이곳저곳에 흩어저 잇는 큰 工場에서 시컴한 煙氣를 吐하고 잇는 것은 將次 무엇을 말함일까.

大資本家의 蠶食이 그만콤 猛烈히 敢行되고 잇는 것이 '파노라마' 모양으로 歷歷히 보혀진다.

　汽車는 이 모든 것을 보여주면서 산굽이를 돌고 '돈넬'을 지나 숨차게 京城을 向하여 다름질친다. 그러나 나의 마음만은 反對 方向으로 間島를 向하여 뒷거름친다.

　아, 나의 삶이어.

　戰亂의 禍中에서 갈 바를 잃고 彷徨하는 가난한 무리들!

　그나마 壯丁은 죽엇는지 살엇는지 다 어디로 가 버리고 오직 老幼婦女만이 그래도 살아보겟다고 都市를 向하여 避難해 오는 光景이 다시금 내 머리에 떠오른다.

　父母兄弟를 눈뜨고 잃고도 어디 가서 하소 한 마디 할 곳이 없으며 그만콤 악착한 現實에 神經이 痲痺되어 버린 그들! 눈물좇아 그들에게서 멀니 다라나 버리고 말엇다. 오직 그들 앞에는 죽업과 飢餓만이 가로놓여 잇슬 뿐이엇다.

　그러나 間島여! 힘잇게 살아다오! 굳세게 싸워다오! 그리고 이같이 나오는 나를 向하여 끝없이 비웃어다오!

　汽車는 元山을 지나 三防의 險山을 바라보며 여전히 닫는다. (끝)

[18] 李允宰, 羅津灣의 황금비, 『동광』 1932년 11월호

> 필자가 나진을 방문하여 길회선(길림 회령선) 종단역이 결정된 이후 그곳의 투기 모습 등을 그린 기행문.

　나는 이번 여름 行脚이 우연히 關北地方으로 불리엇다. 關北이란 곳는 내가 이왕부터 많이 憧憬하엿다. 그것은 거기가 옛날 우리 先民의 끼친 史蹟도 많으려니와 汽車沿路의 경치가 다른 곳보다 유달리 아름 답다는 것이다. 또 한가지 理由는 咸鏡線의 開通이 아직 얼마 오래지 아니하엿으며 거기에는 응당 新開拓으로의 趣味잇는 좋은 材料가 많을 것이라 함이다.

내가 永興 咸興等地를 거치어 淸津에 到着하기는 8월 中旬. 그리고 鏡城에 갓다가 一週日쯤 뒤에 도루 淸津을 들러 雄基港에 이르럿다. 이 때 雄基의 全市街는

『땅!』

『돈!』

하는 소리로 가득 찻다. 몇해를 두고 淸津이냐 雄基냐 羅津이냐 하여 수수꺼끼로 되어 오든 吉會線 終端港 問題가 필경 羅津으로 決定되어 8월25일로서 正式發表기 된 것이다. 이로하여 갑작이 土地熱의 大旋風 이 捲起하엿다.『자 인젠 됏다!』하고 와글와글 모여드는 것은 뿌로커 무리다. 旅館마다 大滿員 街路에는 밤낮없이 人肩이 相磨, 實로 空前의 大活氣!

羅津은 雄基에서 南쪽 30里 거리에 잇는 조그마한 浦口로 산이 左右 에 둘러잇고 人家가 稀少한 荒地에 지나지 못하다. 얼마전만 해도 거기 의 土地 市價가 一坪에 불과 2錢, 혹 3錢이든 것이 지금은 一躍 10圓, 20圓까지 올랏다.『아아 요지음 羅津 근처에 땅마지기나 잇엇든덜 두말 할것없이 富者는 떼어놓은 것을』하며 탄식을 발하는 사람이 적지않다. 아닌게 아니라 거기에 數十萬坪씩이나 가진 淸津의 全某, 羅南의 洪某, 慶興의 金某 같은 幸運의 大地主들은 오늘날 어떠케 되엇겟는가? 그네 들이 그만한 土地을 장만할 적에는 그리 큰 힘이 든 것도 아니다. 萬坪 이라 해야 10餘圓 가량이면 족하엿든 것이다. 또 그곳 窮農들이 地稅 滯納으로 말미암아 差押을 당하게 될 때 幾十錢 되는 地稅額이나 물고 그저 가질 수도 잇엇다. 이러든 것이 오늘날 와서 萬倍, 十萬倍나 오를 줄이야 꿈엔들 어찌 생각하엿으랴.

여기에서는 미상불 허다한 悲喜劇을 演하는 일도 잇다. 들은대로 다 말하기놀” 어려우나 대강 1, 2의 例만 들어보자. 어떤 이는 數年前에 羅津에다 數萬坪되는 밭을 사두엇드니 收穫은 적고 地稅만 물게 되는 것을 성가시게 생각하엿든지 終端港되기 바루 數月前 原價에서 얼마 밋지기까지 하여 다 팔아 버리엇다. 그것이 지금 市街計劃圖 中 가장 重要地로 最高價이며 뒤에는 每坪 200圓씩 될는지도 모른다 한다. 그 사람은 追悔莫及이라 하며 가슴을 치고 통곡하엿다 한다. 이러한 悲劇이 잇는 反面에 또 活喜劇도 잇다. 어떤 뿌로커가 한 千坪 땅을 가진 사람을 찾아가 땅을 팔라고 권하며 每坪 8圓씩 주겟다 하는 것을 땅임자는 모두 8圓이라는 줄 그릇 알고 快諾하엿든 것이다. (그 땅이 밭이 아니고 山坂이므로 비싼 값으로도 每坪 5厘일 것이다.) 땅임자가 땅값을 찾으러 갓을 때에 8千圓을 내어 주는 고로 하도 어이없어 『무엇을 이러케 주오?』 하고 물으매 대답하기를 『여보 아까 한坪에 8圓씩으로 작정하지 아니햇소? 그래 모두 8千圓이면 맞지 않소?』 이 말을 들은 땅임자는 넋 잃은 사람같이 아무말도 못하고 돈을 가지고 덜덜 떨기만 하다가 돌아가서 이내 失眞한 사람이 되고 말앗다 한다. 겨우 30圓의 資金으로 一週間에 20萬圓이나 되는 巨金을 벌엇다는 靑年이 잇다는 것은 거짓말같은 참말, 이것도 한 재미잇는 이야기 거리가 되어 잇다.

終端港이 確定되엇다는 飛報가 한벌 돌매 가까이론 淸津 羅南으로 元山 京城 멀리론 大阪 東京 大連으로부터 日本人 뿌로커들이 눈에 불을 켜가지고 羅津! 羅津! 하고 몰켜들어와 미쳐 덤빈다. 그리하여 土地 買賣의 白熱戰이 시작되엇다. 靑色 地面圖 몇장만 가지면 作戰計劃이 넉넉하다. 大本營은 물론 雄基港이다. 장차 市街地 中心이 될 羅津과 그 接屬地가 될 新安面 全幅圓이 모두 그 渦中에 든 것이다. 이러구저러구 하는 사이에 그중 重要한 곳은 벌서 다 日本人 財閥들의 손으로 들어가고 말앗으며 남아지 얼마도 또 土地收用令 區域에 들어갓다. 이에 따라 各處로부터 金錢이 集中되는데 단순히 土地關係로써 殖産銀行雄基支店에서 取扱하는 金錢이 250萬圓 他方으로 現金去來가 200萬圓 모두 450萬圓이란 巨額이 雄基바닥에 떨어지엇다. 오늘날 全世界的으로 恐慌! 恐慌! 하고 야단하는 판에 여기 사람들은 돈벼락을 맞고 잇다. 과연 雄基는 黃金의 都市로 이루엇다.

이러케 세상사람의 耳目을 끄으는 羅津이란 대는 대체 어떠한 곳인가. 지금까지 地理책에는 羅津이란 이름이 없고 다만 「地境」이라든지 「新安」이라 하여 적히어 잇을 뿐이다. 이같이 이름도 없든 羅津이 이 앞으로는 크게 벌어저서 이 附近一帶가 왼통 羅津으로 행세될 것이다. 그런데 羅津은 咸鏡北道 慶興郡 新安面 一隅에 處하여 잇다. 海灣이 東北으로 灣入하기 6浬 그 前面에 小草島 大草島가 가루 놓여 잇어 海上에 어떠한 激潮와 暴風이 잇드라도 港內는 조금도 危險함을 입을 염려가 없고 아주 安穩靜謐하게 지낼수 잇다. (…以下 9行 略－원문…)

昨年 겨을 滿洲事變의 契機로 極東의 形勢가 一變하엿다. 25년이나 두고 經營하든 (…2字 略－원문…) 線鐵道는 이미 着手되어 不遠에 竣工을 볼 것이다. (…중략－원문…)

여태까지는 大連, 海蔘威(浦鹽斯德) 釜山等이 그 任에 當하엿으나 여러 가지 點으로 보아 北部地方의 一港으로 함이 더욱 必要함을 안 것이다. 淸津, 雄基, 羅津이 다 그 有力한 候補地로 將來 이 三港의 榮枯가 실로 여기에 달닌 것이다. 淸津과 雄基는 這間에 猛烈한 終端港 爭奪戰이 없은 것도 아니엇으나 最後의 榮冠은 필경 ***로 돌아가고 淸津 雄基 二港併用說 ****이 된 것이다. 哈爾賓에서 東支東*線으로써 海蔘威 經由로 敦賀에 達하기와 南滿鐵道로써 大連 經由로 長崎에 達하기를 羅津 敦賀(伏木?)에 比하여 時間이 短縮하므로 今後 大陸과 日本과의 交通은 羅津이 中心이 될지오 또 羅津이 창치 大連 海蔘威等의 繁榮을 빼앗을 것이다.

羅津 終端港 計劃이 一朝一夕의 일이 아니라 벌서 10年前부터 이미 調査가 되엇고 港灣協會에서는 築港과 都市計劃圖까지 하여 두엇섯다. 다만 이번 XX線 工事着手가 이 일을 促進케 된 것이다.

그리고 羅津을 30萬 人口의 大都市로 計劃中이다. 그곳의 平地 面積

은 불과 700町步요 또 그 半數가 土地收用令에 들어갓은 즉 이것만으로는 너무 狹窄하다는 嫌이 없지 않다 하겟으나 北으로 寬谷의 種馬所 官有地가 拂下되고 南으로 梨津方面까지 뻗어 갈 것 같으면 그러하기에 넉넉하리라 한다. 여태까지 이러틋 空間地 그대로 버려두엇든 오늘의 羅津이 不遠한 將來에 東洋 有數의 大都市로 化할 것을 생각하면 미상볼 興味잇는 일이다.